W0242036

Le secret d'Elysse

DÉJÀ PARUS DU MÊME AUTEUR

DANS LA SÉRIE DE WARENNE

L'héritière de Rosewood
Une passion irlandaise
Lady Flibuste
La tentation de Lady Blanche
L'alliance scandaleuse
La maîtresse de Clarewood

BRENDA JOYCE

Le secret d'Elysse

BestSellers

Collection : BEST-SELLERS

Titre original : THE PROMISE

Traduction française de EMMANUELLE SANDER

HARLEQUIN®
est une marque déposée par le Groupe Harlequin
BEST-SELLERS®
est une marque déposée par Harlequin S.A.

Photo de couverture
Femme : © DANA FRANCE / TREVILLION IMAGES
Réalisation graphique couverture : M. GOUAZE

Si vous achetez ce livre privé de tout ou partie de sa couverture, nous vous signalons qu'il est en vente irrégulière. Il est considéré comme « invendu » et l'éditeur comme l'auteur n'ont reçu aucun paiement pour ce livre « détérioré ».

Toute représentation ou reproduction, par quelque procédé que ce soit, constituerait une contrefaçon sanctionnée par les articles 425 et suivants du Code pénal.

© 2010, Brenda Joyce Dreams Unlimited, Inc. © 2012, Harlequin S.A.
83/85, boulevard Vincent-Auriol, 75646 PARIS CEDEX 13.
Service Lectrices — Tél. : 01 45 82 47 47
www.harlequin.fr
ISBN 978-2-2802-4873-0 — ISSN 1248-511X

Prologue

Adare, Irlande
Eté 1824

La rumeur sourde des conversations s'échappait de la salle de réception où le comte d'Adare donnait un dîner pour l'anniversaire de sa femme. Les enfants avaient été rassemblés dans un petit salon, de l'autre côté de l'immense hall d'entrée de la demeure.

Elysse O'Neill, onze ans, était assise sur un canapé en brocard doré, vêtue de sa plus belle robe. Elle aurait tant aimé être autorisée à se joindre aux adultes. Ariella de Warenne, sa meilleure amie, avait passé elle aussi ses plus beaux vêtements. Assise à son côté, elle était plongée dans un livre. Elysse ne comprenait pas son amie. Elle détestait lire, elle. D'ailleurs, sans la présence des garçons, elle se serait ennuyée.

Ceux-ci s'étaient regroupés à l'autre bout du salon, et chuchotaient entre eux avec animation. Elysse les regardait fixement, tendant une oreille indiscrète pour tenter de capter quelques bribes de leur discussion. Ils tramaient sans doute quelque chose de louche. Elle ne quittait pas des yeux Alexi de Warenne, le frère d'Ariella, car c'était toujours lui qui entraînait les autres.

Elle avait fait la connaissance d'Alexi quatre années plus tôt, lorsqu'il était arrivé à Londres avec son père et Ariella. Il venait de la Jamaïque, où il avait grandi. Dès qu'Alexi lui avait été présenté, elle l'avait aussitôt rabroué, même si son teint cuivré et son air arrogant l'avaient instantanément fascinée. Après tout, il n'était qu'un *bâtard* — même si sa mère était une Russe issue de la noblesse — tandis qu'Elysse était une lady. Elle était donc disposée, depuis leur première rencontre, à le lui faire sentir. Mais Alexi n'avait pas été affecté par ce rejet. Il avait même entrepris de la charmer en lui racontant sa vie. Elysse s'attendait à le trouver ignorant et gauche, mais il n'était ni l'un ni l'autre. Elle avait aussitôt compris qu'il avait déjà vécu beaucoup d'expériences pour un garçon de son âge. Il avait navigué dans le monde entier avec son père, essuyé les ouragans et les pluies de la mousson, évité des blocus navals et des pirates, tout en transportant les chargements les plus précieux au monde ! Il avait nagé avec les dauphins, escaladé l'Himalaya, arpenté la jungle au Brésil. Il avait même remonté une rivière en Chine à bord d'un radeau, et sans son père ! En fait, il s'était vanté de pouvoir naviguer sur n'importe quoi, n'importe où, et elle l'avait cru. En moins d'une heure, elle avait décidé qu'il était le garçon le plus intéressant qu'elle ait rencontré, mais que jamais elle ne le lui dirait !

A présent, elle le connaissait bien. Alexi était un aventurier, comme son marin de père, et il ne pouvait pas se tenir tranquillement assis très longtemps. Voilà pourquoi elle le soupçonnait de mijoter quelque chose.

A cet instant, les garçons traversèrent le salon à la hâte et Elysse comprit qu'ils s'apprêtaient à s'esquiver en passant par les portes-fenêtres.

Après avoir repoussé une mèche blonde derrière son oreille, et avoir lissé les plis de sa robe en satin bleu, elle se leva pour s'élancer vers eux.

— Attendez ! cria-t-elle. Où allez-vous ?

— A Errol Castle, répondit Alexi avec un grand sourire.

Son cœur fit un bond dans sa poitrine. Tout le monde savait que les ruines de ce château étaient hantées !

— Seriez-vous devenus fous ?

— Tu ne veux pas venir avec nous, Elysse ? demanda-t-il.

Les yeux bleus d'Alexi brillaient d'excitation.

— Tu ne veux pas voir le vieux fantôme qui arpente la tour nord au clair de lune ? insista-t-il en se penchant vers elle. On dit qu'il pleure son grand amour. Je sais que tu adores ce genre d'histoires ! Elle l'a quitté pour un autre homme, tu sais, un soir de pleine lune. Et il s'est suicidé. Depuis, il hante la tour chaque fois que la lune est pleine.

— Bien sûr, je connais cette histoire.

Elysse tremblait de peur à l'idée de se rendre dans le vieux manoir. Elle n'était pas aussi courageuse qu'Alexi ou que son jeune frère Jack, ou même que Ned, l'héritier du comte d'Adare, qui se tenait près d'eux. Elle ne souhaitait nullement s'enfoncer dans la nuit à la rencontre du fantôme.

— Peureuse, la taquina Alexi à voix basse en lui caressant la joue. Je te protégerai, tu sais.

— Et comment t'y prendrais-tu ? répondit-elle en reculant brusquement. Tu n'es qu'un enfant, et fou avec ça !

Le sourire d'Alexi s'évanouit.

— Si je dis que je te protégerai, c'est que je le ferai.

Elle savait qu'il tiendrait parole, même face à un fantôme. Elle hésita cependant, rechignant à les suivre.

— Les femmes n'ont pas besoin d'être courageuses, Alexi. Elles doivent se contenter d'être élégantes, avisées, polies et belles.

— Pas du tout ! s'exclama Alexi. Ma belle-mère a navigué dans le monde entier avec mon père et s'est même battue contre des pirates à ses côtés. Elle est courageuse *et* belle.

Il lui lança un regard noir.

Au même moment, Ned s'interposa entre eux.

— Laisse-la tranquille, Alexi. Elle ne veut pas venir avec nous.

Son jeune frère Jack ricana.

Ariella se dirigea alors vers eux, après avoir posé son livre.

— Je viens avec vous, dit-elle, ses yeux bleus écarquillés sous l'effet de l'excitation. J'adorerais voir le fantôme !

Alexi lança à Elysse un regard de défi.

— Parfait ! cria-t-elle, furieuse qu'il l'ait provoquée. Mais comment allons-nous y aller ?

— Cela ne nous prendra pas plus de vingt minutes à cheval, répondit Ned. Les filles pourront monter derrière nous. Et Jack montera tout seul.

L'idée était totalement insensée, Elysse le savait, mais tous manifestaient une réelle ardeur à l'idée de s'aventurer dans l'obscurité. Quelques instants plus tard, elle traversait la terrasse en compagnie des garçons et d'Ariella en direction d'un enclos où ils pourraient voler leurs montures.

Les garçons montaient souvent à cru, avec une simple bride ou même une corde. Elle aurait tant aimé qu'ils soient de grands cavaliers, capables d'effrayer un éventuel ennemi, mais il n'en était rien. La nuit était si sombre, si calme ! En traversant les grands jardins d'Adare, elle leva son visage vers la lune, pleine et brillante dans le ciel. Pourvu qu'ils ne rencontrent aucun fantôme cette nuit !

Quelques minutes plus tard, tout le monde avait enfourché sa monture et s'éloignait de la demeure en trottant. Elysse serrait fortement Alexi, de plus en plus furieuse contre lui à chaque minute qui passait. Contrairement à elle, il était très bon cavalier et elle avait peur de tomber.

— Tu me casses les côtes, dit-il sur un ton ironique.

— Je te hais ! s'écria-t-elle.

— Je n'en crois pas un mot.

Ils chevauchèrent en silence pendant le reste du trajet. Devant eux, dans l'étrange pâleur de la lune, se profilaient les ombres sombres et immenses d'Errol Castle.

Tout était calme. Elle n'entendait plus que le bruit régulier des sabots qui martelaient le sol, et les propres battements de son cœur. Sous ses mains, elle sentit la respiration d'Alexi s'accélérer et il lui sembla que son cœur battait plus vite. Ils passèrent entre des empilements de pierres d'un blanc insolite, qui avaient été autrefois les murs extérieurs de la barbacane. Elle n'avait qu'une envie : faire demi-tour et rentrer chez elle ! Soudain, un loup hurla dans la nuit.

Le corps mince d'Alexi se raidit.

— Il n'y a jamais de loups aussi près d'Adare, murmura-t-elle, anxieuse.

— Ils ne sont pas près.

Ils arrêtèrent leurs chevaux à côté d'une large ouverture dans les murs de pierre, qui avait été la porte principale du château. A travers les ombres enchevêtrées des cloisons intérieures, elle aperçut la tour solitaire à l'autre bout des ruines. Sa bouche était sèche et son cœur battait à tout rompre.

— On dit qu'il se promène avec une torche, murmura Alexi, la même que celle dont il s'est servi pour rechercher son amour perdu.

Il se tourna vers elle et lui tendit la main.

— Descend, dit-il.

Elysse obtempéra, se tenant à lui pour garder l'équilibre. Tout le monde mit pied à terre.

— Nous n'avons pas emporté de bougies, murmura Ariella.

— Si, répondit fièrement Alexi.

Il sortit une bougie d'une poche de sa culotte et l'alluma avec une pierre à briquet.

— Allons-y, dit-il.

Il se dirigea d'un pas rapide à l'intérieur de l'enceinte, clairement décidé à prendre la tête du groupe.

Tout le monde suivit. Le ventre serré par la peur, Elysse, elle, rechignait à avancer.

Le groupe commençait pourtant à disparaître dans l'obscurité du château en ruines. Elle se mordit la lèvre tout en s'efforçant de reprendre son souffle. Elle était maintenant seule dans la nuit sombre, à l'extérieur des ruines. C'était peut-être encore pire que de les suivre…

A cet instant, quelque chose bougea derrière elle.

Sursautant de frayeur, elle cria avant de s'apercevoir que l'un des chevaux occupé à brouter venait simplement de s'éloigner. A cet instant, une chouette poussa un hululement inquiétant, la faisant frissonner. Elle *détestait* l'aventure ! Elle préférait plutôt les fêtes et les belles choses ! Mais être seule à l'extérieur des ruines était pire qu'être à l'intérieur avec les autres. Elle finit donc par se précipiter pour rattraper ses amis.

Il faisait presque nuit noire à l'intérieur et elle n'y voyait rien. Elle entendait des chuchotements, quelque part devant elle, et elle courut pour essayer de les suivre. Mais l'intérieur des ruines était un labyrinthe de pierres. Elle heurta un mur, paniqua, tourna, rencontra un angle, et tourna encore. Et soudain, son pied heurta une pierre, la faisant trébucher. Elle s'écroula sur le sol dans un bruit sourd.

Elle s'apprêtait à appeler Alexi pour lui demander de l'attendre lorsqu'elle aperçut un vif éclat de lumière dans l'obscurité, du côté de la tour. Elle se figea, accroupie derrière le mur, apeurée à l'idée de crier. Venait-elle d'apercevoir la torche du fantôme ?

N'osant ni bouger ni émettre un son, effrayée à l'idée que le fantôme la repère, elle resta complètement immobile. Elle n'entendait plus ses amis, à présent. Où étaient-ils ?

La panique la submergea. La lueur venait d'apparaître de nouveau ! Elle sortit précipitamment du recoin derrière lequel elle était tapie, déterminée à fuir le château et son fantôme. Mais elle se trouva à tourner et à retourner chaque fois qu'elle atteignait un angle, trébuchant et tombant dans sa course. Ses genoux et ses mains étaient en sang. Pourquoi n'avait-elle pas encore quitté les ruines ? Où était l'entrée du château ? Elle s'aperçut bientôt qu'elle avait atteint un cul-de-sac. Ce qui avait été autrefois le grand mur d'une cheminée lui barrait le passage. Elle tomba contre la pierre rêche, haletante, puis elle entendit des chevaux qui galopaient.

Ses amis l'avaient-ils abandonnée ?

Incrédule et apeurée, elle se mit à sangloter. S'adossant

contre le mur, elle vit alors le fantôme avec sa torche s'avancer vers elle. Elle était paralysée par la peur.

— Elysse ! cria la voix d'Alexi toute proche d'elle.

Elle sentit ses genoux flageoler de soulagement. C'était Alexi, avec sa bougie, qui était venu la chercher.

— Alexi ! cria-t-elle, en larmes. Je croyais que vous m'aviez abandonnée. Je croyais que j'étais perdue pour toujours !

Il posa la bougie et la prit dans ses bras.

— Tout va bien, tu n'es pas perdue. Jamais je ne t'abandonnerai. Ne t'ai-je pas dit que je te protégerai toujours ?

Elle s'agrippa à lui très fort.

— Je croyais que tu ne me trouverais pas. J'ai entendu les chevaux s'éloigner !

— Ne pleure pas. Je suis là maintenant. Tu as entendu mon père, le comte d'Adare et ton propre père qui étaient à notre recherche. Ils sont à l'extérieur du château, et ils sont furieux.

Son regard se fit pénétrant.

— Comment as-tu pu croire que je t'avais abandonnée ?

— Je ne sais pas, murmura-t-elle tremblante, le visage baigné de larmes.

Mais elle s'était arrêtée de pleurer.

— Si tu te perds, je te trouverai. Si tu es en danger, je te protégerai, dit-il soudain très sérieux. C'est ce que fait un gentleman, Elysse.

Elle inspira profondément.

— Tu me le promets ?

Il lui fit un petit sourire et essuya une larme qui avait coulé sur sa joue.

— Je te le promets.

Rassurée, elle finit par lui rendre son sourire.

— Je suis désolée, je ne suis pas très courageuse.

— Tu es très courageuse, Elysse. Sauf que tu ne le sais pas.

Et il semblait sincère…

PARTIE I

Amour perdu

1

Askeaton, Irlande
23 mars 1833

Debout devant le miroir doré de sa superbe commode de bois de rose, Elysse O'Neill adressa un sourire satisfait à son reflet. Pourvu qu'Alexi la trouve belle !

Il lui semblait qu'elle n'avait pas vu son ami depuis une éternité. Pourtant, il ne s'était écoulé que deux ans depuis son départ.

Ajustant sa coiffure, elle évalua son apparence une dernière fois. A l'occasion de ce retour tant attendu, elle voulait être parfaite. Son excitation sautait aux yeux, elle le savait. Ses joues étaient rouges et son regard brillant. Elle était ravie qu'Alexi de Warenne soit enfin revenu. Et elle était impatiente d'entendre le récit complet de ses aventures !

Remarquerait-il qu'elle était devenue une femme ? Ces deux dernières années, elle avait eu une douzaine de prétendants, sans compter les cinq demandes en mariage qu'elle avait reçues.

Elle sourit de nouveau en constatant que sa robe vert pâle mettait encore mieux en valeur ses yeux violets. Elle avait l'habitude d'être admirée par les hommes ; elle était à peine sortie de l'enfance lorsque les garçons avaient commencé à la regarder. Y compris Alexi. Et maintenant, que penserait-il d'elle ? Elle n'était pas certaine de savoir pourquoi elle voulait qu'il la remarque ce soir. Après tout, ils n'étaient qu'amis. Impulsivement, elle tira sur le décolleté de sa robe pour l'échancrer un peu plus.

Jamais il ne s'était absenté si longtemps. Avait-il changé lui aussi ? Lorsqu'il était parti pour le Canada chercher des fourrures, elle ne savait pas que son absence se chiffrerait en années, mais elle se souvenait de leurs adieux comme si c'était hier.

— Porteras-tu une bague à mon retour ? lui avait-il demandé avec son sourire impudent.

Elle avait aussitôt compris ce qu'il voulait dire. Surprise, elle s'était vivement ressaisie.

— Je porte toujours des bagues, avait-elle répondu évasivement.

Mais elle s'était demandé si un fringant anglais lui ferait perdre la tête avant le retour d'Alexi. C'était sans aucun doute ce qu'elle avait espéré alors !

— Pas en diamants, avait-il rétorqué.

Il avait baissé ses cils noirs et épais, masquant ainsi son intense regard bleu.

— Je n'y peux rien si j'ai tant de prétendants, Alexi, avait-elle répondu en haussant les épaules. Je vais recevoir beaucoup de demandes. Père saura laquelle accepter pour moi.

— Oui, j'imagine que Devlin fera en sorte de bien te marier.

Leurs regards s'étaient croisés et aucun des deux n'avait détourné les yeux. Un jour, son père lui trouverait un bon parti. Elle avait surpris une conversation entre ses parents à ce sujet, et elle savait aussi que ces derniers tenaient à ce qu'elle fasse un mariage d'amour. Mais à quel point cette union serait-elle parfaite ?

— Si je ne reçois aucune demande, je me sentirai infiniment insultée, avait-elle fini par avouer.

— N'est-ce pas suffisant d'être constamment entourée d'admirateurs ?

— J'espère être mariée pour mes dix-huit ans ! s'était-elle écriée.

Elle devait fêter son dix-huitième anniversaire à l'automne suivant, pendant qu'Alexi se trouverait encore au Canada. A cette idée, elle avait senti son cœur chavirer bizarrement. Confuse, elle avait chassé cette crainte étrange et lui avait décoché un large sourire.

— Que vas-tu me ramener cette fois ? avait-elle demandé en saisissant ses mains.

A chacun de ses retours, il lui apportait un cadeau.

— Je te ramènerai une zibeline de Russie, Elysse.

— Mais tu pars pour le Bas-Canada, avait-elle répliqué, surprise.

— Je sais où je vais, avait-il répondu en la regardant droit dans les yeux. Et je te ramènerai une zibeline de Russie.

Elle s'était moqué de lui, certaine qu'il la taquinait. Lui s'était contenté de lui sourire. Puis il avait fait ses adieux au reste de sa famille et avait quitté le salon d'un pas altier. De son côté, elle était rapidement allée rejoindre ses plus récents prétendants, qui l'attendaient avec impatience pour le thé…

Alexi était resté au Canada plusieurs mois. Apparemment, il avait rencontré quelques problèmes pour acquérir son chargement de retour. Lorsque finalement il était revenu à Liverpool, il n'était pas resté. Il avait directement fait demi-tour en direction des îles pour chercher de la canne à sucre. A l'époque, Elysse avait été surprise de l'apprendre, peut-être même déçue.

Bien entendu, elle n'avait jamais douté qu'Alexi suivrait les pas de son père. Cliff de Warenne possédait une des plus prestigieuses compagnies de transport maritime au monde, et son fils avait voyagé en mer avec lui la plus grande partie de sa vie. Il était couru d'avance que, dès qu'il en aurait l'âge, Alexi emprunterait les routes commerciales les plus lucratives et transporterait les marchandises les plus coûteuses, comme son père l'avait fait avant lui. Et à dix-sept ans, il avait déjà commandé son premier navire…

Elle-même était la fille d'un capitaine de marine à la

retraite, et elle comprenait parfaitement l'amour d'Alexi pour la mer. Il l'avait dans le sang. Les hommes comme Cliff de Warenne, son père Devlin O'Neill, ou Alexi, ne pouvaient jamais rester à terre très longtemps.

Pourtant, elle s'était attendue à ce qu'il rentre chez lui après son voyage aux Caraïbes. Tôt ou tard, il avait toujours fini par revenir. Mais encore une fois, il avait réarmé son navire à Liverpool et avait mis le cap sur la Chine !

Lorsque Elysse avait appris qu'il avait loué l'*Ariel*, son navire, à la Compagnie des Indes orientales, qui avait le monopole du commerce avec la Chine, l'inquiétude l'avait envahie. Bien que retraité, son père officiait souvent en tant que conseiller pour le compte du ministère de la Marine et du ministère des Affaires étrangères afin de répondre à des questions de politiques impériale et maritime. Elysse était donc bien versée en matière de commerce, d'économie et de politique étrangère. Elle avait assisté à toutes sortes de discussions sur le commerce en Chine ces dernières années. Et la mer de Chine était dangereuse. Cette zone restait encore inexplorée, avec ses récifs cachés, ses rochers submergés et ses bancs de sable inconnus, sans compter les pluies de la mousson et, pire encore, les typhons. A l'aller, poussé par la mousson du sud-ouest, traverser la mer de Chine était relativement aisé, à condition de ne pas s'échouer contre ces rochers ou ces récifs à demi émergés. Mais entreprendre le chemin du retour était difficile et périlleux. Cependant, pour Alexi, le danger représentait certainement la meilleure partie du voyage ! Il ne connaissait pas la peur et aimait relever les défis. Elysse le savait très bien.

Heureusement, elle s'était fait du souci pour rien. La nuit dernière, Ariella lui avait adressé une lettre lui annonçant qu'Alexi venait d'arriver à Windhaven. Le message lui avait été remis en mains propres à minuit. Elle avait été stupéfaite d'apprendre qu'il était revenu de Canton sans encombre et qu'il avait accosté à Liverpool quelques jours en arrière avec 505 tonnes de soie et de thé, après seulement 112 jours de voyage. D'ailleurs, tout le monde parlait de cet exploit. Pour un capitaine qui n'avait jamais emprunté cette route, atteindre une telle vitesse était vraiment impressionnant. La prochaine fois qu'il rentrerait de Chine, Alexi pourrait vendre à prix d'or sa marchandise. Le connaissant comme elle le connaissait, elle ne doutait pas qu'il s'en vanterait.

Elysse se regarda une dernière fois dans le miroir et tira un peu plus sur son corsage, consciente que sa mère la prendrait à part pour souligner son audace. Elle était une beauté très admirée : tous les prétendants qu'elle avait eus s'étaient extasiés sur son incroyable blondeur. On lui avait souvent dit qu'elle tenait de ses deux parents : elle était menue, avec des yeux améthyste, comme sa mère, et des cheveux blonds comme son père. Pourtant, elle avait rejeté toutes les demandes en mariage qu'elle avait reçues ces dernières années et son père ne s'y était pas opposé. Et à présent, elle avait vingt ans… Pourvu qu'Alexi ne se moque pas de son célibat ! Avec un peu de chance, il aurait oublié qu'elle avait projeté de faire un mariage heureux avant d'avoir 18 ans.

— Elysse ! cria soudain Ariella depuis le couloir en tambourinant à sa porte. Nous sommes là. Alexi vient d'arriver, il est en bas.

Elysse inspira, soudain si excitée qu'elle éprouva un léger vertige. Elle se précipita vers la porte et l'ouvrit. Sa meilleure amie écarquilla les yeux en apercevant sa robe de soirée juste avant de l'embrasser.

— Tu sors, ce soir ? demanda-t-elle. Aurait-on oublié de m'inviter à un dîner ?

— Mais non, je ne sors pas, répondit Elysse en souriant. Je brûle d'entendre Alexi nous parler de ses aventures en Chine ! Comment me trouves-tu ?

Elle tournoya rapidement sur elle-même.

Agée d'un an de moins qu'elle, Ariella était dotée d'un physique exotique : des yeux clairs, un teint mat et une chevelure blond foncé. Elevée à l'écart de la mode, elle avait une préférence pour les bibliothèques et les musées, et une aversion pour les emplettes et les bals.

— Je me trompe peut-être, mais j'ai l'impression que tu essaies d'impressionner quelqu'un, remarqua son amie.

— Pourquoi me donnerais-je du mal pour impressionner ton frère ? demanda Elysse en riant. Il ferait mieux de remarquer que je suis devenue une femme, et la débutante la plus désirable de toute l'Irlande.

Son amie prit un air narquois.

— Alexi a des défauts, mais certainement pas celui de ne pas remarquer les femmes séduisantes.

Elysse ferma la porte de sa chambre. Tout le monde savait qu'Alexi était un homme à femmes, mais cela n'avait rien de surprenant. Les de Warenne étaient tristement célèbres pour leurs vies de débauche, qui prenaient fin le jour de leur mariage. Dans leur famille, un vieil adage disait que lorsqu'un de Warenne tombait amoureux, il ne le faisait qu'une seule fois et pour toujours, même si cet événement crucial mettait parfois du temps à se produire. Elysse pressa la main d'Ariella en longeant le long couloir où s'alignaient les portraits de ses ancêtres.

— A-t-il dit pourquoi il s'était absenté si longtemps ?

— Mon frère est un navigateur et un aventurier, répondit Ariella. Il est passionné par la Chine, ou par le commerce avec la Chine, peu importe. Il n'a parlé que de cela la nuit dernière. Il veut construire un clipper destiné uniquement au commerce !

Elysse la regarda pendant qu'elles descendaient au rez-de-chaussée.

— Il va donc continuer à naviguer pour le compte de la Compagnie des Indes orientales ? J'étais surprise d'apprendre qu'il avait loué l'*Ariel*. Je n'arrive pas à imaginer Alexi comme l'employé de quelqu'un.

Il n'avait jamais offert ses services à personne auparavant.

— Il voulait à tout prix se lancer dans le commerce, répondit Ariella. Je crois bien que tout le monde à un kilomètre d'Askeaton est venu pour avoir l'exclusivité de son récit sur la Chine et sa traversée !

Elysse se rendit alors compte du brouhaha confus qui régnait dans le grand hall. Il était évident qu'ils avaient de nombreux visiteurs, et que la plupart d'entre eux étaient surtout intéressés par le retour d'Alexi. La nouvelle de son retour s'était répandue comme une traînée de poudre. C'était de loin l'événement le plus excitant de la saison.

En atteignant le bas de l'escalier, elle eut une vue dégagée sur le hall, où ses voisins et les membres de sa famille étaient réunis. Askeaton était la demeure familiale des O'Neill, une demeure somptueuse dont le grand hall, avec ses poutres apparentes, était certainement la pièce la plus vaste. D'immenses tapisseries anciennes ornaient les murs de pierre, ajoutant encore à la majesté de l'endroit. A travers les hautes fenêtres se dessinait la campagne irlandaise, verte et vallonnée et, à l'arrière-plan, la tour en ruine d'Errol Castle. Mais Elysse ne regardait pas à l'extérieur, ni même la foule, elle n'avait d'yeux que pour Alexi.

Il se tenait près d'une grande cheminée en pierre, à la fois sûr de lui et indolent. Il était vêtu d'une redingote, d'une culotte élégante et de bottes en cuir. Le garçon de dix-huit ans avait disparu pour laisser place à un homme. Il était entouré de visiteurs qui tentaient d'accaparer son attention. Pourtant, lorsqu'elle atteignit la dernière marche de l'escalier, il leva aussitôt la tête vers elle, plongeant son regard dans le sien.

L'espace de quelques secondes, Elysse se contenta de le dévisager. Il avait tellement changé. C'était un homme d'expérience, maintenant. Un homme sûr de lui. Elle le voyait à son maintien, à sa façon de la regarder. Puis, finalement, il lui sourit.

Elle sentit son cœur vaciller étrangement, et une vague de bonheur déferla en elle. Alexi était de retour.

A cet instant, son frère Jack tapa sur l'épaule de son ami pour attirer son attention.

— Ça alors, tu ne peux pas en rester là, parle-moi du détroit de la Sonde.

Ils se regardèrent encore quelques instants, lui un étrange sourire aux lèvres et elle rayonnante. Il était encore plus beau que lorsqu'il était parti, ne put-elle s'empêcher de remarquer. Puis elle aperçut trois de ses amies à côté de lui, plus près que le reste des invités, l'air totalement subjugué.

— Il nous a fallu trois jours complets pour nous frayer un passage, Jack.

Alexi se tourna enfin vers son frère, grand et blond comme elle.

— Je reconnais même que, pendant une seconde ou deux, je me suis demandé si nous n'allions pas nous échouer sur des bancs de sable et passer quinze jours à Anyer pour faire des réparations.

Sur ces mots, il fit signe à un grand homme roux, qui s'avança aussitôt vers eux. Alexi prit l'élégant inconnu par l'épaule.

— Sans Montgomery, je ne crois pas que nous aurions pu faire la traversée en 112 jours. C'est le meilleur commandant de vaisseau que je connaisse. La meilleure chose que j'aie jamais faite a été de le prendre à bord avec moi au Bas-Canada.

Elysse se tourna enfin vers l'homme dont parlait Alexi. Il avait certainement quelques années de plus qu'eux, et il la regardait avec une étrange intensité, un sourire aux lèvres. Un bref silence s'installa, rompu par l'un de leurs voisins, un châtelain, qui les interpella avec enthousiasme.

— Alexi, mon cher ! Parlez-nous de la mer de Chine ! Avez-vous essuyé un typhon ?

— Non, parlez-nous plutôt du thé, cria le père Mackenzie en souriant.

— La Chine est-elle vraiment fermée à tous les étrangers ? demanda Jack.

— Je n'ai ramené que du thé de premier choix, leur répondit-il en souriant. Du thé noir, le meilleur que j'aie jamais acheté, je le jure. C'est du Pekoe. Vous ne trouverez pas d'autre capitaine de vaisseau qui en rapporte. Pas cette saison en tout cas.

Il avait beau s'adresser à toutes les personnes réunies dans la pièce, il ne quittait pas Elysse du regard.

— Comment as-tu réussi cet exploit ? demanda Cliff en souriant fièrement à son fils.

Alexi se tourna vers son père.

— C'est une longue histoire de gros sous et d'intermédiaire rusé et avide.

Libérée de l'emprise de son regard, Elysse prit soudain conscience qu'elle était restée debout comme une statue sur les dernières marches de l'escalier. Mais que lui arrivait-il ? Comme elle commençait à descendre l'escalier, l'une de ses amies demanda à Alexi à quoi ressemblait le Pekoe avec force battements de cils. Avant qu'il ait pu répondre, Elysse rata une marche et trébucha, se rattrapant de justesse à la rampe. Quelle sotte ! Elle d'ordinaire si gracieuse !

Un bras vint alors s'enrouler étroitement autour de sa taille pour lui permettre de se redresser et lui éviter la pire humiliation de sa vie.

Alexi…

Elle leva la tête vers lui et se laissa de nouveau subjuguer par ses yeux d'un bleu saisissant. L'espace d'un instant, elle oublia les invités et le bruit des conversations. Elle était dans les bras d'Alexi.

Il lui sourit, comme si la situation l'amusait.

— Bonjour, Elysse.

Elle avait le feu aux joues. Mais sa gêne venait de sa maladresse, et non du fait qu'elle se trouvait dans ses bras… C'était une certitude. Pourtant, elle était terriblement troublée et presque désorientée. Elle ne s'était jamais sentie si petite, si frêle, si féminine et Alexi ne lui avait jamais paru si fort, si grand et si viril. Son corps était dur et chaud contre le sien. Dans sa poitrine, son cœur battait à tout rompre.

Mais que diable lui arrivait-il ?

Elle s'écarta de lui pour mettre une distance convenable entre eux. Le sourire d'Alexi sembla s'élargir. A présent, la chaleur de ses joues semblait avoir gagné sa poitrine.

— Bonjour, Alexi, dit-elle en relevant le menton. Je n'ai jamais entendu parler du Pekoe.

— Cela ne m'étonne pas. Jamais personne n'a pu obtenir les premières récoltes, à part moi, bien sûr, fanfaronna-t-il.

Il lui sembla que son regard balaya d'abord son décolleté avant de plonger dans ses yeux. La trouvait-il belle, comme tous ses prétendants ?

Il lui fallut plusieurs instants pour reprendre ses esprits.

— Je suis certaine que vous avez obtenu le meilleur thé, dit-elle.

Etrangement nerveuse, elle ajouta avec désinvolture.

— Je ne savais pas que vous étiez de retour. Quand êtes-vous rentré ?

— Je croyais qu'Ariella vous avait envoyé un message la nuit dernière ? dit-il d'une voix traînante.

Elle comprit aussitôt qu'il avait perçu sa déception.

— J'ai accosté à Liverpool il y a trois jours. Je suis rentré hier soir.

Il enfonça les mains dans les poches de sa redingote.

— Je suis étonnée que vous vous soyez même donné la peine de revenir, dit-elle en faisant la moue.

Il lui lança un regard énigmatique et prit soudain sa main.

— Vous ne portez donc pas de bague.

Elle la retira vivement. Dès qu'il l'avait touchée, son cœur s'était emballé.

— J'ai reçu cinq demandes en mariage, Alexi, et de très bonnes. Mais je les ai toutes refusées.

— Si ces offres étaient si bonnes, répondit-il en plissant les yeux, pourquoi les avoir rejetées ? Je croyais que vous vouliez vous marier pour vos dix-huit ans.

Il se moquait d'elle ! Ou peut-être que non… Il souriait certes, mais il semblait tout autant gêné et il détourna son regard.

— J'ai sans doute changé d'avis.

Il cligna des yeux.

— Hum, pourquoi cela ne m'étonne-t-il pas ? Seriez-vous devenue romantique, Elysse ? demanda-t-il en riant. Attendez-vous le grand amour ?

— Oh, j'avais oublié à quel point vous étiez agaçant ! Evidemment, je suis romantique, contrairement à vous !

Elle avait beau protester, elle devait admettre qu'elle trouvait réconfortant qu'il la taquine, comme à son habitude.

— Je vous connais depuis que vous êtes enfant, répondit-il. Vous aimez surtout flirter !

— Toutes les femmes flirtent, Alexi, à moins bien entendu d'être vieilles, grosses ou laides !

Elle était réellement contrariée maintenant.

— Ah, toujours aussi peu charitable. Je pense que vos prétendants ne devaient pas avoir les compétences nécessaires pour emporter votre main.

Ses yeux pétillaient malicieusement.

— Avez-vous des vues sur un duc, peut-être ? Ou sur un prince autrichien ? Quel mariage convenable vous feriez là ! Je peux peut-être jouer les entremetteurs ? Je connais un duc ou deux, si vous voulez !

— De toute évidence, vous ne me connaissez pas du tout, répliqua-t-elle. Je suis *très* romantique. Et non, inutile de jouer les entremetteurs.

— Vraiment ?

Il se riait ouvertement d'elle à présent.

— Nous nous connaissons très bien, Elysse. Vous ne pouvez pas prétendre le contraire.

Il lui prit le menton.

— Vous ai-je contrariée ? Je ne faisais que vous taquiner, mon ange.

Elle écarta vivement sa main.

— Vous le savez très bien ! Rien n'a changé ! J'avais oublié à quel point vous aimiez me faire enrager. Et d'abord, qui êtes-vous pour me donner des leçons ? J'ai entendu dire que vous aviez une femme dans chaque port.

— Ah, un gentleman ne parle jamais publiquement de ses liaisons, Elysse.

— Votre réputation vous précède, pourtant.

Elle prit un air renfrogné. Secrètement, elle ne pouvait cependant s'empêcher d'y penser. Avait-il vraiment une maîtresse dans chaque port ? Elle n'avait aucune raison de s'en soucier, et pourtant cette idée la dérangeait.

Il effleura de nouveau son menton.

— Pourquoi cet air fâché ? N'êtes-vous pas heureuse de me voir ? demanda-t-il d'une voix douce. Ariella m'a dit que vous vous faisiez du souci pour moi, que vous aviez peur que je disparaisse en mer de Chine.

Elysse inspira profondément, soudain furieuse après son amie. Comment devait-elle interpréter le ton suave d'Alexi ?

— Ariella ne vous aura pas bien renseigné. Pourquoi me ferais-je du souci pour vous ? Je suis bien trop occupée. Je reviens tout juste de Londres et de Paris, Alexi. Et dans ces salons, on ne parle pas de thé ou de typhons !

— Ou de moi ? demanda-t-il, l'air sérieux.

Mais il se retenait visiblement de rire.

— Tout le monde parle du commerce avec la Chine, Elysse. C'est un monde nouveau. La Compagnie des Indes orientales ne va pas pouvoir conserver sa mainmise sur la Chine, et celle-ci va bientôt devoir ouvrir ses ports au reste du monde.

— Je me moque bien de la Chine, du libre-échange ou de vous, dit-elle, vexée et parfaitement consciente qu'elle mentait.

Après tout, ils étaient amis depuis qu'ils étaient enfants, et il en serait toujours ainsi.

— Mon Dieu, mon cœur est brisé à tout jamais.

Il lui adressa un petit sourire.

— Mais nous savons tous les deux que vous vous souciez de mes voyages. Vous êtes la digne fille de votre père.

Elle croisa les bras sur sa poitrine et le regard d'Alexi se posa aussitôt sur ses seins. Malgré son désir qu'il remarque à quel point elle était devenue une femme, la façon dont il l'observait la déconcertait. Elle réussit toutefois à reprendre la parole.

— Allez-vous naviguer de nouveau pour le compte de la Compagnie des Indes orientales ?

— Oui, je repars pour la Chine. Après ma dernière traversée, je vais gagner bien plus de cinq livres par tonne, Elysse. Mais la rumeur dit que la charte dont la compagnie bénéficie va bientôt lui être retirée.

Il allait donc repartir en mer.

— Et quand partirez-vous cette fois ?

— Ainsi, vous vous souciez de moi, finalement, dit-il avec un sourire narquois. Vais-je vous manquer ?

— Vous n'allez pas me manquer. Je serai bien trop occupée à repousser mes prétendants.

— Vous venez vraiment de me briser le cœur.

Elle frémit malgré elle. Cette fois, il allait vraiment lui manquer, peut-être parce qu'il était parti trop longtemps. Elle avait oublié à quel point elle appréciait sa compagnie, y compris ses affreuses taquineries. Et il le savait parfaitement.

— Quand repartez-vous de nouveau en mer ? s'entendit-elle demander.

Le meilleur moment pour partir en Chine était l'été, et ils étaient fin mars. Elle n'imaginait pas Alexi rester à la campagne sans rien faire pendant deux mois.

— Ainsi, je vous ai vraiment manqué, dit-il d'une voix douce en la fixant de ses yeux pénétrants.

Elle humecta ses lèvres, refusant de lui répondre. Il se pencha vers elle et murmura.

— J'ai tenu parole, Elysse… je vous ai apporté une zibeline de Russie.

Ainsi, il s'était souvenu de la promesse qu'il lui avait faite. Mais avant qu'elle n'ait pu répondre, Louisa Cochrane s'approcha d'eux.

— J'espère que je ne vous dérange pas, murmura-t-elle d'une voix suave. J'aimerais beaucoup que l'on me présente à l'homme qui commerce avec la Chine. Je dois admettre que j'ai un faible pour le Souchong.

L'espace d'un instant, Elysse fixa Alexi, stupéfaite qu'il lui ait apporté un cadeau d'une telle valeur. Il soutint un instant son regard, puis se tourna vers Louisa.

D'un geste galant, il s'inclina vers sa main.

— Alexi de Warenne, à votre service, madame, dit-il en se redressant. Et si vous appréciez le Souchong, vous aimerez aussi le Pekoe.

— Il me tarde de le goûter, répondit la jeune femme avec un sourire radieux.

Elysse avait toujours apprécié Louisa. Mais en entendant le timbre sensuel de sa voix, elle ne la supporta plus. Cherchait-elle à séduire Alexi ?

— Puis-je vous en apporter un échantillon chez vous, disons demain ? demanda-t-il en souriant. Ce serait une grande joie.

Les intentions d'Alexi étaient très claires.

— Je ne voudrais en aucun cas vous déranger, capitaine, minauda Louisa.

— Vous ne me dérangez jamais, miss Cochrane, vous êtes bien trop belle pour cela. Je tiens à vous apporter le thé moi-même.

Louisa rougit en lui assurant qu'il n'avait pas besoin de se donner tout ce mal, et Elysse se mit à imaginer toutes sortes de choses qui la laissèrent confuse et troublée. Jamais elle ne s'était souciée auparavant des flirts d'Alexi et des femmes qu'il séduisait. Pourquoi se soucierait-elle aujourd'hui de sa prochaine aventure ?

— Vous avez tant d'admirateurs, capitaine, dit Louisa en ignorant Elysse. Voudriez-vous m'accompagner dans le salon afin que nous puissions entendre vos merveilleuses histoires tous ensemble ?

Alexi hésita et lança un regard à Elysse.

— Voulez-vous vous joindre à nous ?

— Bien entendu, répondit-elle en souriant. Je meurs d'envie d'entendre le récit de vos aventures.

L'espace d'un instant, ils se dévisagèrent jusqu'à ce que Louisa tire sur le bras d'Alexi. Elysse les suivit alors dans le salon, en observant dans les moindres détails la robe et la silhouette de Louisa. N'avait-elle pas entendu dire que la jeune femme cherchait désespérément à mettre la main sur un riche mari ? Mais Alexi était un célibataire endurci. Et elle-même n'était pas du genre jalouse, n'est-ce pas ? Pourtant, étrangement, elle souhaitait retenir l'attention de son ami. Elle avait tellement de questions à lui poser. Elle voulait savoir ce qu'il avait fait pendant ces deux années. Et elle voulait sa zibeline.

Une fois à l'intérieur de la pièce, Alexi et Louisa furent aussitôt encerclés. Alexi fut bombardé d'autres questions sur son voyage. Finalement, Elysse commença à se détendre. Alexi était de retour et elle était certaine qu'il avait remarqué son charme, sa beauté et son élégance. Elle sourit en entendant sa réponse ironique à une question du père Mackenzie.

Ariella vint la rejoindre.

— Je suis si heureuse que mon frère soit de retour ! N'est-ce pas merveilleux ?

— Oui, c'est vraiment merveilleux, et j'espère que Louisa ne va pas accaparer tout son temps. Nous savons toutes les deux qu'il ne va pas s'attarder longtemps au pays.

Ariella lui lança un regard étonné.

— Hum, il a pourtant l'air de beaucoup s'intéresser à Louisa, remarqua Ariella.

— Mais Louisa n'est plus toute jeune, tu ne crois pas ?

— Ça ne l'empêche pas d'être une lady absolument charmante ! Dis-moi, Elysse, ne serais-tu pas *jalouse* d'elle ?

Elysse regarda son amie et s'esclaffa.

— Bien sûr que non, que vas-tu t'imaginer ?

— Pourquoi ne vas-tu pas parler à ce pauvre James

Ogilvy ? lui demanda Ariella à voix basse. Il est là, tout seul, à te regarder bêtement en souriant.

Elysse se tourna vers Ogilvy. Le jeune homme la courtisait depuis un mois maintenant et, si sa cour l'avait amusée au début, elle n'avait désormais plus aucun intérêt à ses yeux. Elle répondit toutefois à son sourire et, prenant cela pour une invitation, il s'avança aussitôt vers elle. Lorsqu'il s'inclina galamment vers sa main, Alexi se tourna vers eux pour leur jeter un bref regard. Ravie d'attirer son attention, Elysse reporta toute son attention sur James.

— Vous m'avez promis un pique-nique à Swan Lake, dit-elle.

Il écarquilla les yeux.

— Comme vous n'avez plus abordé le sujet, je croyais que vous n'étiez pas intéressée.

Elle lui sourit et effleura son bras d'un geste élégant.

— Au contraire, je suis très intéressée. En fait, il me tarde d'y être.

— Peut-être pourrions-nous prévoir cette sortie demain après-midi ? demanda-t-il avec enthousiasme.

Elle lança un regard en coin à Alexi, qui parlait maintenant au châtelain. Elle ne savait pas combien de temps il resterait en Irlande, et elle voulait rester disponible jusqu'à son départ pour Londres.

— Que diriez-vous de la semaine prochaine ? dit-elle avec un large sourire. J'ai déjà un rendez-vous demain.

C'était faux, mais il ne s'agissait que d'un minuscule mensonge.

Elle entretint la conversation avec James quelques minutes encore, tout en se démenant pour tenter de saisir les paroles d'Alexi.

Tandis qu'elle faisait des projets avec Ogilvy, elle s'aperçut qu'elle avait un autre admirateur. Montgomery, qui était en train de bavarder avec Ariella, ne cessait toutefois de regarder dans sa direction. Elysse ne lui avait pas prêté beaucoup d'attention jusqu'ici, mais elle s'avisa soudain qu'il avait plutôt belle allure. Même s'il était pilote de navire, il se comportait en gentleman. Il la regarda de nouveau et elle comprit qu'il désirait faire sa connaissance. L'idée qu'il venait de passer ces deux dernières années avec Alexi lui traversa l'esprit. Cela pouvait se révéler intéressant… Aussitôt, elle s'excusa auprès de James.

Montgomery lui adressa un large sourire comme elle s'approchait de lui.

— Je ne crois pas que nous ayons été présentés dans les règles, miss O'Neill. Bien sûr, le capitaine de Warenne m'a beaucoup parlé de vous, mais ce n'est pas pour cela que j'avais hâte de faire votre connaissance.

Elysse saisit l'insinuation et en fut flattée.

— Cliff vous a parlé de moi ? demanda-t-elle.

— Non, je parlais d'Alexi, mon capitaine, répondit Montgomery en souriant.

Il s'approcha d'elle.

— Je m'appelle William Montgomery. Je suis ravi de vous rencontrer, madame.

Manifestement, il n'était pas un gentleman — aucun homme bien né ne piloterait un navire — mais Elysse était impressionnée par son charme. Il avait un accent du Sud très prononcé et elle se souvint que la plupart des hommes du sud des Etats-Unis étaient terriblement galants.

— Et moi, je suis ravie de vous recevoir, monsieur, dit-elle en riant. Je n'ai pas tous les jours l'occasion de rencontrer un intrépide pilote qui a navigué dans les hautes mers de Chine !

Il lui sourit chaleureusement cette fois, parcourant rapidement des yeux le corsage de sa robe.

— Nos voyages sont longs, miss O'Neill, et les belles femmes sont rares. Je n'étais pas certain que vous accepteriez de me parler.

— Mais vous êtes notre invité ! s'écria-t-elle.

Elle toucha légèrement son bras, se voulant charmeuse.

— D'où venez-vous, monsieur Montgomery ? Ma famille possède une plantation de tabac en Virginie.

— Baltimore, miss O'Neill. Comme le capitaine, je descends d'une longue lignée de marins. Mon père était capitaine de vaisseau et mon grand-père pilote, comme mon arrière-grand-père avant lui, ici, en Angleterre. J'ai grandi avec les récits des voyages en mer de mon grand-père, qui a surtout commercé avec la Côte d'Ivoire et l'Afrique en général, au siècle dernier.

— Mon père était capitaine de vaisseau, monsieur Montgomery. Je suis donc fascinée par votre histoire.

Elysse était sincère mais s'intéressait d'autant plus à Montgomery qu'Alexi, qui avait remarqué leur conversation, semblait furieux.

— Evidemment, ici, dans l'Empire, nous ne participons plus au commerce d'esclaves, mais à l'époque de votre grand-père, c'était un domaine très florissant, n'est-ce pas ?

— Oui, acquiesça-t-il. En Amérique, l'esclavage a été déclaré illégal en 1808, bien avant ma naissance. Au temps de mon grand-père, ce commerce était très risqué. Je pense que l'Afrique est restée un continent dangereux pour ceux qui osent encore en tirer des bénéfices.

— Je suis contre ce type de commerce, dit Elysse d'une voix ferme.

Dieu soit loué, l'esclavage avait été aboli dans l'Empire britannique en 1807.

— Même si ma famille possède une plantation de tabac en Virginie, et que nous avons des esclaves à Sweet Briar, je suis également en faveur de leur émancipation dans l'Empire et dans le monde entier.

— Votre position est très audacieuse, miss O'Neill. Dans mon pays, l'abolition est une question qui nous divise. Si je peux à mon tour faire preuve d'audace, sachez que j'aimerais beaucoup visiter Sweet Briar si je devais retourner en Virginie.

Il sourit, révélant une dentition parfaite.

— Cette visite serait d'autant plus plaisante si vous vous en chargiez personnellement.

Elysse lui sourit malicieusement.

— J'aimerais beaucoup vous montrer Sweet Briar ! Mais comment serait-ce possible ? La prochaine fois que j'y serai, vous serez certainement en route pour la Chine !

— Oui, je pourrais être en train de passer le cap de Bonne-Espérance, en effet.

— Ou d'affronter la mer de Chine, dit-elle en riant. Et le temps que vous receviez ma lettre, je serai déjà revenue chez moi.

Ils échangèrent un sourire.

— J'ai entendu Alexi dire que vous vous étiez rencontrés au Bas-Canada, dit-elle.

— En effet, en pleine tempête de neige. Des braconniers essayaient de voler les fourrures qu'Alexi venait tout juste d'acheter avant de rentrer. Je lui ai sauvé la vie et, depuis ce jour-là, nous sommes devenus amis.

Elysse l'écoutait, fascinée.

— Comment vous y êtes-vous pris ?

Derrière elle, Alexi dit doucement :

— Les Français étaient accompagnés de quelques autochtones, et ils étaient considérablement plus nombreux que moi.

Elle était tellement absorbée par sa conversation avec Montgomery qu'il lui fallut quelques instants pour s'apercevoir qu'Alexi était venu les rejoindre. Elle se tourna vers lui et sentit son cœur exploser. Il se tenait à leur côté, les bras croisés sur la poitrine, le sourire aux lèvres. Mais elle le connaissait bien, et ce sourire n'avait rien de sincère.

Elle était déconcertée.

— Qu'y a-t-il ? demanda-t-elle.

Etait-il jaloux ?

— Quelle lettre allez-vous envoyer à William ?

— Une invitation pour Sweet Briar, dit-elle doucement. Puis elle lui tourna le dos pour faire face à Montgomery.

— J'aimerais tellement en savoir plus sur le Bas-Canada, les braconniers et les autochtones, dit-elle avec enthousiasme.

— C'est une longue histoire, répondit l'Américain en fixant Alexi.

— Une histoire qui ne convient pas aux oreilles d'une lady, dit Alexi sur un ton catégorique. Voulez-vous nous excuser, William ?

Montgomery eut un instant d'hésitation, puis il s'inclina.

— Ce fut un plaisir, miss O'Neill. J'espère que nous pourrons poursuivre cette conversation une autre fois.

— Bien entendu, dit Elysse en souriant.

Que prenait-il à Alexi ? La croyait-il vraiment trop fragile pour entendre la vérité sur ses voyages ? S'était-il passé quelque chose de terrible qu'il ne voulait pas qu'elle découvre ?

William Montgomery s'était éloigné pour rejoindre Devlin et Cliff, et Elysse prit soudain conscience qu'elle était seule avec Alexi. Il la fusilla du regard.

— Qu'y a-t-il ? demanda-t-elle.

Il ne pouvait pas lui en vouloir d'avoir parlé à Montgomery ?

— Votre pilote est un homme très intéressant. Et beau, avec ça.

Il la prit par le bras et l'entraîna vers un coin, près des fenêtres couvertes par de lourds rideaux.

— Ne flirtez pas avec Montgomery, Elysse, dit-il sur un ton menaçant.

— Et pourquoi pas ? cria-t-elle en se dégageant d'un geste brusque.

— C'est un pilote, Elysse, et une canaille.

— *Vous* êtes une canaille, et pourtant j'ai le droit de vous parler !

Il lui lança un regard furieux.

— Ce n'est pas un homme pour vous. Je vous suggère plutôt de flirter avec Ogilvy et ceux de son espèce.

Elle scruta son regard. Jamais il ne s'était montré jaloux à l'égard de ses prétendants auparavant. Et William

Montgomery n'était même pas un prétendant. Alexi avait peut-être raison : il avait beau être intéressant, c'était un pilote et non un gentleman.

Elle commença à sourire et posa sa main sur celle d'Alexi.

— Vous n'avez pas besoin d'être jaloux, Alexi, murmura-t-elle.

— N'essayez pas de flirter avec moi ! Je ne suis *pas* jaloux, répondit-il en haussant les épaules. J'essaie simplement de vous protéger d'un dangereux débauché, Elysse. Montgomery sait s'y prendre avec les femmes, et je ne veux pas vous voir tomber sous son charme.

— Je ne suis pas du tout sous son charme.

Elle lui lança un regard séducteur, flirtant volontairement avec lui.

— Je suis heureuse que vous ne soyez pas jaloux, Alexi. M. Montgomery est très intéressant, fascinant même, et très beau. Et il est là en qualité d'invité dans cette maison.

Il se contenta de la dévisager quelques instants. Elysse le connaissait bien. Pourtant, elle n'arrivait pas à deviner ce qu'il pensait vraiment. Puis il se pencha vers elle, la serrant contre les tentures.

— Essayez-vous de vous jouer de moi ? murmura-t-il d'une voix rauque.

Elle sentit un léger frisson et son souffle s'accéléra.

— Je ne vois pas du tout de quoi vous parlez. Vous ne pouvez pas m'empêcher d'avoir une conversation agréable avec votre pilote, ni même de le revoir.

Elle battit des cils, tandis que son cœur menaçait de s'arrêter.

— Montgomery a piloté l'*Ariel* vers le Bas-Canada et la Jamaïque, puis vers Canton. Il a assuré le chemin de retour. J'ai confiance en lui en ce qui concerne mon bateau et la vie de mes hommes, mais pas en ce qui vous concerne.

Son regard s'assombrit.

— Vous êtes impossible, Elysse. Je vous demande de l'éviter pour votre bien, pas pour le mien.

Son épaule était toujours appuyée contre elle et elle avait de plus en plus de mal à raisonner clairement.

— J'y réfléchirai, dit-elle dans un souffle.

Soudain, le regard d'Alexi passa de ses yeux à sa bouche. Elle se raidit. A cet instant précis, elle crut qu'il allait l'embrasser. Mais à la place, il se redressa et hocha lentement la tête avec un air dégoûté.

— Parfait. Pensez-y, mais ne venez pas me dire que je ne vous avais pas prévenue…

2

Alexi soupira. Il ne trouvait aucune explication à son agitation. Après être resté si longtemps loin de sa famille, son humeur aurait dû être différente. D'habitude, lorsqu'il revenait chez lui en Irlande, il flânait toute la journée sans but précis et en profitait pour se détendre. Il faisait de longues promenades à cheval, rendait visite à ses voisins, prenait le thé avec ses sœurs et participait à des dîners animés avec ses parents. Et pourtant, cette fois-ci, il ne rêvait que d'une chose : retrouver son bateau et hisser les voiles !

La nuit dernière, il n'avait pas réussi à fermer l'œil. Toute la soirée, il avait parlé de son retour de Chine, du prix auquel il avait vendu son thé aux agents londoniens, et du record de vitesse qu'il battrait encore lors de son prochain voyage. Mentalement, il avait dessiné les plans du bateau qu'il projetait de construire tout spécialement pour le commerce avec la Chine. Mais dans l'obscurité de sa chambre, ses pensées étaient sans cesse revenues à Elysse O'Neill. Comme en ce moment même, alors qu'il prenait le petit déjeuner avec sa famille.

Elysse avait toujours été très belle. Dès leur première rencontre, alors qu'ils n'étaient encore que des enfants, il avait été subjugué par son charme. Jamais il n'oublierait la première fois qu'il était entré dans le salon de Harmon House, alors qu'il arrivait de Londres avec son père après un long voyage depuis la Jamaïque où il avait grandi.

Lorsqu'il avait su qu'il allait quitter son île, il s'était

beaucoup documenté sur Londres, mais jamais il n'aurait pu imaginer une ville aussi grande et animée, avec autant de palaces et de riches demeures. Il s'était senti surexcité à l'idée de découvrir enfin l'Irlande, le pays de son père, mais ce qu'il avait découvert l'avait laissé totalement abasourdi, même s'il avait pris soin de le cacher. Pendant leur escale à Londres, son père lui avait montré, ainsi qu'à sa sœur Ariella, les principales curiosités de la ville.

Lorsqu'ils étaient arrivés en Irlande, la demeure familiale des O'Neill lui avait alors paru aussi majestueuse et imposante que Buckingham Palace. Pour masquer sa nervosité et son anxiété, il avait exagéré l'arrogance de sa démarche et redressé son petit torse. Les frères de son père, dont l'un d'eux n'était autre que le comte d'Adare, les avaient chaleureusement accueillis. De nombreux adultes et enfants étaient présents. Mais il n'avait eu d'yeux que pour la jolie petite fille blonde tout habillée de soie rose et de satin, assise dans un canapé de damas doré.

Il l'avait prise par erreur pour une véritable princesse. Jamais il n'avait croisé de fillette aussi belle en Jamaïque. Et lorsqu'elle avait levé vers lui ses superbes yeux violets, il avait eu le souffle coupé. Mais en le voyant, elle avait pris un air dégoûté et l'avait snobé. Aussitôt, il avait cherché à l'impressionner. Il s'était avancé vers elle d'un pas altier et, sans même y avoir été invité, il s'était vanté auprès d'elle de ses exploits en haute mer. Elle l'avait alors regardé avec de grands yeux étonnés, totalement subjuguée par ses récits…

A ce seul souvenir, Alexi esquissa un petit sourire qui s'évanouit très vite. Au fil du temps, Elysse et lui étaient devenus amis. La nuit dernière, il l'avait trouvée encore plus époustouflante que dans ses souvenirs. Comment avait-il pu oublier à quel point elle était belle ? Lorsqu'elle avait trébuché dans l'escalier et qu'il l'avait empêchée de tomber, il avait été frappé de la sentir si fragile, si féminine dans ses bras.

Bien entendu, il n'avait pas été le seul homme à se laisser

séduire par sa remarquable beauté. Ogilvy était sous le charme et, si ses souvenirs étaient bons, Montgomery s'était également laissé prendre au piège.

Son cœur se serra à cette pensée. Elle était sacrément belle, et elle le savait. Elle en jouait depuis qu'elle était enfant. A l'époque, elle flirtait déjà outrageusement avec les garçons, et aujourd'hui rien n'avait changé. Il l'avait regardée faire pendant des années, et son petit jeu l'avait toujours amusé. Il n'avait même jamais compris comment ses prétendants se laissaient aussi facilement berner. Ils gravitaient autour d'elle, irrésistiblement attirés comme des abeilles autour d'un pot de miel.

Mais comment avait-elle pu envisager de flirter avec *lui* ? Si jamais elle battait encore des cils en le regardant, il risquait de la prendre au mot et de l'embrasser avec fougue. Au risque de la choquer.

Il secoua la tête. Inutile de se bercer d'illusions : jamais il n'oserait la traiter de cette manière. Depuis qu'ils étaient enfants, il éprouvait pour elle un profond respect et il en serait toujours ainsi. Il y avait entre eux un lien très particulier. Certains trouvaient qu'Elysse se donnait de grands airs, mais il savait qu'en réalité, elle avait un cœur en or. Elle était d'une telle gentillesse, d'une telle loyauté, surtout à son égard ! Evidemment, ses parents l'avaient terriblement gâtée, mais on ne pouvait la blâmer de compter parmi les privilégiés et d'être dotée d'un physique si exceptionnel. Pourtant, tout cela n'avait pas de réelle importance aux yeux d'Alexi. Ce qui lui importait, c'était qu'Elysse le comprenait mieux que quiconque. Parfois, il avait même l'impression qu'elle lisait dans ses pensées. Et combien de fois avait-il lui-même deviné ce qu'elle ressentait sans qu'ils échangent un seul mot ?

Il avait d'ailleurs toujours eu du mal à gérer ce lien si fort entre eux. Dès leur première rencontre, il avait ressenti pour elle une attirance diffuse. Il était alors persuadé qu'un jour lointain, lorsqu'il serait devenu un homme, il la prendrait pour femme. Il en avait même eu la certitude.

Puis, à quinze ans, il avait découvert les femmes, ou plutôt le sexe, et toutes ses suppositions à propos d'Elysse avaient été profondément enfouies.

Aujourd'hui, il était de retour chez lui. Il n'était plus le petit garçon naïf de huit ans ou l'adolescent tout émoustillé de seize ans. Il était devenu un fringant capitaine de vingt et un ans.

Il était également célibataire, et cela ne le dérangeait pas le moins du monde. Le mariage ne l'intéressait pas, et ne l'intéresserait pas de sitôt. Toutefois, l'attirance qu'il ressentait pour Elysse n'avait plus rien de diffus. Elle s'était transformée en un désir brûlant qu'il sentait monter du plus profond de ses reins et qu'il ne pouvait plus ignorer, tant il était devenu puissant et troublant.

Plus vite il quitterait l'Irlande, mieux il se porterait ! Il aurait ainsi le temps de découvrir comment gérer ses sentiments envers Elysse avant son prochain retour.

— Votre pays est magnifique, madame de Warenne.

A ces mots, Alexi sortit de ses rêveries.

— Je suis heureuse qu'il vous plaise, répondit Amanda en souriant à William Montgomery depuis l'autre bout de la table du salon.

— Je croyais être incapable de rester plus d'un jour ou deux ici, mais j'avais tort, dit son ami avec l'accent traînant des gens du Sud en sirotant du thé de Chine. Je pense que je vais prendre du plaisir à chevaucher dans la lande.

Ils étaient assis autour de la table avec Amanda, sa belle-mère, et son père Cliff. Ses sœurs étaient restées à l'étage. Son père était absorbé dans la lecture du *London Times* et Alexi avait vainement essayé de se plonger dans la lecture des journaux de Dublin. Il appréciait tout particulièrement la rubrique mondaine qui lui permettait de se tenir informé des événements qui avaient marqué la société pendant son absence. Mais aujourd'hui, il ne parvenait pas à se concentrer sur un seul mot tant son attention était fixée sur son pilote. Montgomery l'avait sauvé au Bas-Canada au péril de sa propre vie. Aussi Alexi le considérait-il comme un ami très cher, même s'il savait qu'il était un insatiable coureur de jupons.

Depuis la veille, il tentait de se convaincre que Montgomery ne cherchait pas vraiment à séduire Elysse ! Après tout, il était son pilote et son invité. Leur flirt de la nuit dernière n'était que superficiel et sans importance. Mais dans ce cas, pourquoi Montgomery souhaitait-il s'attarder en Irlande ?

— Avant ce soir, tu t'ennuieras à mourir, lança-t-il à son pilote d'une voix neutre, espérant soudain avoir raison. En réalité, je songe moi-même à raccourcir mon séjour.

Son père posa aussitôt son journal pour le regarder fixement.

— Et pourquoi cela ?

— Je voudrais partir pour Londres afin de commencer à travailler sur les plans de mon nouveau bateau, répondit-il.

Une fois dans la capitale, Montgomery et lui pourraient faire la noce comme bon leur semblerait.

Amanda sourit au pilote.

— Je suis si heureuse que vous aimiez l'Irlande. Je me souviens de mon premier séjour ici. Tout m'impressionnait : les vieilles demeures, les collines verdoyantes, le brouillard, les gens ! C'est également la première fois que vous venez, n'est-ce pas ?

— En effet, et je ne vous remercierais jamais assez pour votre hospitalité. Votre maison est si charmante, madame de Warenne.

Il regarda alors Alexi et lui adressa un petit sourire.

— J'ai été tout aussi ravi de faire la connaissance de la famille O'Neill la nuit dernière, ajouta-t-il.

Alexi posa le *Dublin Times* et se redressa. Il n'avait pas menti à Elysse : l'Américain était un insatiable homme à femmes, comme il avait pu le découvrir lui-même lorsqu'ils avaient passé dix jours en Batavia, à boire et à jouer en compagnie de prostituées, tandis qu'ils attendaient que les vents leur soient favorables pour traverser la mer de Chine en direction de Canton.

Montgomery était un bel homme, doté de l'irrésistible charme des gens du Sud. Il attirait les femmes comme des mouches. Sa galanterie lui avait ouvert les portes des plus belles demeures de tous les ports où ils avaient accosté, où il avait séduit un grand nombre de femmes mariées. En revanche, il n'avait jamais tenté de ruiner la réputation d'une innocente jeune fille. Jusqu'à présent, Alexi avait considéré Montgomery comme son alter ego. Mais si c'était le cas, il était impossible que son pilote ne souhaite rester en Irlande que dans le but de séduire Elysse. A moins qu'elle ne l'ait déjà étroitement pris dans ses filets… Lorsqu'un homme désirait une femme, il avait rarement les idées claires.

Alexi sursauta en entendant son père prendre la parole.

— Elysse O'Neill est une jeune femme absolument charmante.

— Je crois bien que je n'en ai jamais rencontré d'aussi belle, répondit Montgomery, ou de si séduisante.

Alexi était stupéfait par la remarque de son ami. Se montrait-il simplement poli, ou était-il vraiment sous le charme ? Il paraissait tellement sérieux.

— Attention, mon ami, répondit-il, elle te mènera bientôt par le bout du nez, comme elle le fait déjà avec ses *véritables* prétendants.

— Alexi ! s'écria Amanda. Vos propos sont terriblement grossiers !

Il prit délicatement entre ses doigts la soucoupe de sa tasse de thé.

— Je m'inquiète juste pour Montgomery. Il n'a nullement besoin qu'on lui brise le cœur. Je sais bien qu'Elysse ne veut faire de mal à personne, mais elle a l'habitude de faire sa coquette. Je la vois s'entourer d'admirateurs depuis qu'elle a douze ou treize ans. C'est sa manière de faire et, très franchement, elle flirte encore plus outrageusement aujourd'hui que lorsque je l'ai quittée.

— Cette conversation est très déplacée, Alexi, gronda son père.

— Il n'y a d'ailleurs aucun mal à flirter, intervint Amanda sur le ton de la réprimande.

— Chez nous, ajouta Montgomery, une lady qui ne flirte pas serait regardée de travers. Dans le Maryland, le flirt est considéré comme un art.

Alexi croisa les bras sur sa poitrine et se fit violence pour ne pas montrer à quel point il était furieux. Il ne savait pas ce qui l'avait poussé à parler de façon si désobligeante d'Elysse, qu'il appréciait beaucoup.

— Je pense simplement que tu devrais garder tes distances, William, se contenta-t-il d'ajouter. Ses charmes peuvent s'avérer fatals.

— Tu parles en connaissance de cause ? s'enquit le pilote avec un léger sourire.

— Je n'ai jamais eu le cœur brisé, répliqua sèchement Alexi, et je n'ai pas l'intention de laisser cette mésaventure m'arriver.

— Alexi, tu sais bien que les ladies sont rares en mer. La nuit dernière a simplement été très plaisante, et il me tarde de profiter de nouveau de la compagnie de toutes celles que j'ai rencontrées ici.

Sur ces mots, le pilote saisit sa tasse d'un air indifférent et but une gorgée de thé.

Mais Alexi ne comptait pas se laisser duper par ces propos déguisés. Pour lui, les intentions de Montgomery étaient claires : il avait prévu de revoir Elysse.

Alexi regarda son ami tout en réfléchissant. Il ne se souciait pas vraiment que Montgomery et Elysse puissent flirter une fois ou deux, à condition que son pilote se montre respectueux… Bien sûr, il n'avait aucune raison de croire que Montgomery se comporterait autrement. Après tout, ils n'étaient pas à Lisbonne ou à Singapour.

Pourtant, son malaise ne le quittait pas. Il avait l'intuition que Montgomery s'intéressait à elle d'un peu trop près pour son bien. Ou pour le bien d'Elysse. Comme il l'avait dit à son amie la nuit dernière, en matière de femmes, il n'avait aucune confiance en son pilote.

— Tu sais, Dublin est une ville très animée, dit-il. Nous pourrions y passer quelques jours avant de retourner à Londres.

Montgomery resta silencieux.

— S'il te plaît, ne t'en va pas si vite, intervint Amanda en quittant son siège.

Elle s'approcha de lui et posa une main sur son épaule.

— Tu nous as tellement manqué, ajouta-t-elle.

Alexi sentit sa détermination vaciller. Comment aurait-il pu avoir le cœur de décevoir sa famille ?

— Je vous promets de ne pas précipiter mon départ, accepta-t-il en soupirant.

— Parfait.

Sa belle-mère déposa un baiser sur sa joue et s'excusa.

— Puis-je te poser une question ? demanda Montgomery lorsqu'elle eut quitté la pièce.

Alexi tourna la tête vers lui, tandis que son père s'absorbait de nouveau dans la lecture du *London Times.*

— Pourquoi Elysse n'est-elle pas mariée ?

Il faillit s'étrangler. Mais avant d'avoir pu lui répondre, son père plia son journal et se tourna vers son ami.

— Son père souhaite qu'elle fasse un mariage d'amour. Devlin l'a suffisamment répété.

— Il veut surtout qu'elle trouve un gentleman avec un titre et des poches bien garnies, rétorqua Montgomery en se raidissant.

— Je pense qu'il souhaite qu'Elysse bénéficie de tous les privilèges, mais aussi qu'elle trouve une véritable affection dans son mariage.

Sur ces mots, il posa son journal.

— Je dois rendre visite à mes métayers. Tu veux te joindre à moi, Alexi ?

Alexi lança un regard à Montgomery. Visiblement surpris par la réponse qu'il avait reçue, son pilote paraissait réfléchir. Il ne songeait tout de même pas à épouser Elysse ? songea Alexi, incrédule. Il repensa alors à l'enfant qu'il avait été et qui rêvait en secret de se marier avec Elysse O'Neill une fois arrivé à l'âge adulte.

— Pardonnez-moi, père, mais j'ai d'autres projets, répondit-il.

A cet instant précis, il voulait simplement échapper à son trouble et à son désir pour Elysse. Il brûlait de retourner en Chine, de recharger son bateau de Pekoe et de se lancer dans une folle course contre la montre et contre ses rivaux pour revenir en Grande-Bretagne le premier.

Pourtant, cette affaire ne pouvait pas en rester là.

— Une grande lady comme Elysse O'Neill mérite tout ce que la vie peut lui offrir, avança Montgomery d'un air sérieux dès que le maître de maison fut sorti.

Puis il s'empara brusquement de sa tasse de thé.

Alexi fut surpris par ses paroles. L'Américain venait-il soudain d'envisager la possibilité qu'Elysse puisse vraiment l'aimer ? Croyait-il qu'elle puisse tomber amoureuse de lui ? Certes, Elysse l'admirait. Il était viril et séduisant, et toutes les femmes l'appréciaient. Les hommes comme lui cherchaient constamment un beau parti, et un mariage avec Elysse représentait une trop belle occasion : son père, Devlin, pourrait même le prendre comme associé dans sa compagnie de navigation. Soudain, Alexi eut la certitude que Montgomery convoitait non seulement Elysse, mais aussi sa fortune.

D'un seul coup, les enjeux n'étaient plus du tout les mêmes.

Dépité, il repoussa son assiette. Elysse ne pouvait pas se rendre à un dîner ou à un bal sans attirer à elle tous les hommes de la pièce. Elle les envoûtait par son sourire, sa beauté et son charme. Elle avait une façon bien à elle de se suspendre à leurs lèvres et de boire chacune de leurs paroles. En sa compagnie, n'importe quel homme se sentait fort, puissant et incroyablement viril. Il l'avait vue faire des centaines de fois, peut-être même plus. Elle hypnotisait la gent masculine depuis qu'elle avait sept ans ! Mais s'attaquer à Montgomery était une très mauvaise idée. Il le lui avait dit. Et maintenant, les implications étaient encore plus graves.

— Tu m'as l'air perdu dans tes pensées, William, dit Alexi en croisant les bras.

— Je réfléchis à la manière dont je vais occuper ma matinée.

— Allons faire une promenade à cheval.

— D'accord, à condition d'être de retour à 13 heures.

Alexi lui lança un regard interrogateur.

— Et qu'y a-t-il de particulier à cette heure précise ?

— Je pars me promener en voiture avec la plus belle lady que j'aie rencontrée.

Ils avaient déjà prévus de se revoir, la nuit dernière ? songea Alexi, interloqué. Elysse avait donc choisi d'ignorer ses mises en garde…

— Cela ne t'ennuie pas, n'est-ce pas ? demanda Montgomery, le regard rivé sur lui.

— Il va pleuvoir aujourd'hui.

Comme tout bon marin, il sentait lorsque la pluie était imminente, et Montgomery également.

L'Américain se pencha pour jeter un coup d'œil par la fenêtre.

— Ce n'est pas une petite bruine qui va me priver de la compagnie si plaisante de miss O'Neill. Il faudrait être fou pour reporter notre rendez-vous. D'ailleurs, je t'ai demandé si cela ne t'ennuyait pas, Alexi.

Notre rendez-vous.

— Il se trouve en effet que cela m'ennuie.

Les yeux de Montgomery lancèrent des éclairs.

— C'est bien ce que je pensais. Tu as donc des vues sur miss O'Neill ?

— Non, mais je suis très proche d'elle et de sa famille. Nous sommes amis, et je serai donc direct : elle est une lady et je ne supporterai pas qu'on l'offense.

— Tu n'as pas à t'inquiéter pour elle, répondit son pilote en riant.

— Que cherches-tu, Montgomery ? Depuis quand joues-tu au gentleman et escortes-tu les ladies ? Nous avons suffisamment fait la noce ensemble pour que je sache ce que tu attends d'une femme. Elysse O'Neill est une lady. Elle est innocente. Elle n'est pas faite pour toi.

— Je sais pertinemment qu'elle n'est pas une prostituée rencontrée dans un port. Il se trouve que je me sens bien avec elle. Je n'ai pas l'intention de lui manquer de respect, et je sais qu'elle apprécie aussi ma compagnie.

Son regard était devenu dur tout à coup.

Alexi se raidit sur sa chaise, certain que Montgomery calculait ses chances de pousser sa séduction au-delà du simple flirt. Que pourrait-il faire si Elysse décidait de l'épouser ? Serait-elle assez idiote pour tomber amoureuse de lui ?

— Elle flirte avec tout le monde, riposta Alexi. Tu la prends trop au sérieux.

— Et moi, je crois que tu es jaloux.

La peur lui noua soudain l'estomac.

— Je la connais depuis que nous sommes enfants, Montgomery. Je la connais aussi bien que mes propres sœurs. Pourquoi serais-je jaloux de ses petits flirts sans importance ? Voilà des années que je vois ses prétendants aller et venir. Je ne me sens concerné qu'en tant qu'ami et protecteur.

— Tu es jaloux parce qu'il n'y a pas de mots pour décrire sa beauté, répondit Montgomery en se levant brusquement. N'importe quel homme normalement constitué rêverait de recevoir un sourire de sa part et de pouvoir la tenir dans ses bras. Moi aussi, je te connais. Et je sais que tu as rêvé d'elle, comme nous tous.

Alexi se leva à son tour, son cœur battant à tout rompre.

— J'essaie juste de te prévenir qu'elle joue avec tes sentiments. Toute ma vie, je l'ai vue jouer avec les hommes !

— Je m'en moque ! Je pense qu'elle éprouve un réel intérêt pour moi. Elle m'aime bien, Alexi. Elle est attirée par moi. Je connais suffisamment les femmes pour le savoir. Peut-être devrais-tu simplement l'accepter.

— Elle se joue de toi, dit Alexi durement. Et si tu crois qu'elle prendra au sérieux une demande en mariage de ta part, tu te trompes.

Un large sourire étira les lèvres de Montgomery.

— Nous partons pour une promenade en voiture, Alexi. Je ne me rappelle pas avoir évoqué une quelconque demande en mariage.

Alexi fut décontenancé par cette réponse. Se serait-il mépris sur les intentions de son ami ?

— Parfait. Dans ce cas, profitez bien de votre sortie. Mais souviens-toi qu'elle est une lady et aussi mon amie.

— Comment pourrais-je l'oublier ?

— Lorsqu'elle te sourira comme si tu étais le seul homme sur Terre, et que vous serez seuls, il se peut que tu oublies tout à l'exception de ce qui se passe sous ta ceinture.

Ils se foudroyaient du regard à présent.

— Jamais je ne la séduirais, répondit enfin Montgomery. Réalises-tu que nous sommes en train de nous disputer pour une femme ?

— Nous ne nous disputons pas, nous sommes amis, répondit Alexi d'une voix neutre.

Mais ses mots manquaient de sincérité. La vérité, c'était que Montgomery lui apparaissait comme un dangereux rival. Et son vrai problème était qu'il n'avait aucune confiance en l'Américain. Sans parler du fait qu'il était furieux de savoir qu'Elysse flirtait avec son pilote.

— En fait, nous sommes bien plus que des amis, ajouta-t-il. Je te dois la vie. Sans toi, mon scalp serait en train de pendre devant la tente d'un Huron au Canada.

Il tenta de se concentrer sur cette image, mais ce fut peine perdue. Il ne voyait qu'Elysse dans les bras de Montgomery, l'embrassant passionnément. Mon Dieu, avait-elle seulement déjà été embrassée par un homme ?

— Et toi, tu m'as sauvé la vie en Jamaïque, pendant les révoltes, répliqua Montgomery.

— Sans tes compétences, nous n'aurions pas pu traverser la mer de Chine en un seul morceau.

— Dans ce cas, pourquoi nous disputons-nous ? Jurons-nous de ne jamais nous battre pour une femme, même si elle est aussi belle que miss O'Neill.

Montgomery lui tendit la main, mais Alexi hésita à la prendre. Il était confus. L'image d'Elysse, éblouissante dans sa robe vert pâle, était gravée dans son esprit. Il la vit rire avec Montgomery et il songea de nouveau à son regard lorsqu'elle avait plongé ses yeux dans les siens. Enfin, il chassa vivement ces pensées de son esprit et serra la main de son pilote.

— Je ne me battrai pas avec toi, dit-il.

— Parfait, répondit son ami d'un air jovial avant de se diriger vers la porte pour sortir.

Songeur, Alexi l'observa s'éloigner. Pour la première fois en deux ans, lui et son pilote étaient en conflit. Pis encore ! Il n'avait plus confiance en l'homme qui lui avait sauvé la vie. Et Elysse O'Neill en était la seule responsable…

Elysse détourna un instant son attention de la fenêtre du hall d'entrée. Il était puéril de sa part de guetter l'allée ainsi, mais ce poste d'observation ne lui permettait pas seulement d'attendre l'arrivée de Montgomery. La nuit dernière, elle avait entendu Alexi demander à son père un entretien privé pour lui demander un conseil. Devlin lui avait alors proposé de venir après le déjeuner…

Depuis qu'Alexi l'avait mise en garde contre son pilote, elle n'avait plus eu l'occasion de lui parler tant la maison était remplie d'invités. Après leur brève discussion, elle avait failli refuser d'accompagner Montgomery pour une promenade en voiture le lendemain. Puis, sur un coup de tête, elle avait accepté. N'était-elle pas une grande fille, à présent ? De plus, elle se réjouissait d'avoir un autre admirateur à son bras, surtout si cela semblait ennuyer Alexi. Certes, elle avait confiance en son ami, mais elle n'avait pas besoin de sa permission pour autoriser un homme à lui faire la cour. D'ailleurs qu'y avait-il de dangereux à accepter une promenade en voiture à la campagne ?

Pourtant, en cet instant précis, elle rêvait de trouver un moment pour être de nouveau seule avec Alexi. Elle avait un millier de questions à lui poser sur son voyage, et elle voulait à tout prix savoir ce qui s'était passé au Bas-Canada. Plus elle y pensait, plus elle était reconnaissante que Montgomery se soit trouvé là pour lui sauver la vie. Si le récit de cette aventure ne convenait pas aux oreilles d'une lady, c'est qu'il devait être horrible. Seigneur ! Elle préférait ne pas imaginer sa réaction s'il était arrivé quelque chose à Alexi !

Soudain, elle perçut un mouvement derrière elle et sursauta. Lorsqu'elle se retourna, elle découvrit la silhouette gracile de sa mère qui entrait dans le hall.

— Pourquoi ne pas attendre assise dans la bibliothèque ? demanda Virginia avec un sourire. Ces chaussures ont l'air terriblement inconfortable.

Elysse observa ses bottines en cuir verni couleur crème. Les talons étaient hauts, comme la mode l'exigeait, et ses pieds la faisaient déjà souffrir. Mais ces chaussures s'harmonisaient à la perfection avec sa tenue.

— Oui, il est trop tôt pour attendre Montgomery, dit-elle. Vous avez raison, je vais patienter dans la bibliothèque.

Elle sentit le rouge lui monter aux joues.

Virginia lui toucha le bras et plongea son regard améthyste dans le sien.

— Elysse, je suis ta mère. Nous savons toi et moi que ce

pilote est un homme sympathique, mais dont tu te soucies finalement peu.

— Je le connais à peine, mère, mais j'ai très envie de mieux le découvrir. Il a tellement d'histoires à raconter !

— Vraiment ? Je dirais plutôt que c'est Alexi qui a beaucoup d'histoires à raconter sur ses aventures en mer. Il est devenu un homme très expérimenté. Il me rappelle Cliff, mais aussi ton père. Il est responsable, intelligent et travailleur. J'espérais que tu profiterais de cette occasion pour renouer votre amitié.

Elysse sentit son cœur s'emballer.

— Vous êtes la seule, mère, à parler si ouvertement de la dureté de son travail en mer.

La plupart des ladies et des gentlemen qu'elle connaissait méprisaient toute forme de travail rémunéré, même s'ils avaient besoin de revenus plus que confortables pour mener la vie qu'ils aimaient. Mais sa mère était américaine, et valorisait beaucoup la recherche du profit. Elysse, elle, n'en avait cure. Elle savait juste qu'il ne fallait pas en parler ouvertement.

— Son voyage a été couronné de succès, n'est-ce pas ? ajouta Virginia en souriant.

— C'est un jeune homme de qualité ! Et tu le sais très bien. As-tu jamais songé à lui dire qu'il t'avait manqué ? Je suis certaine qu'il serait ravi de l'apprendre.

Elysse prit une expression horrifiée. A quoi donc pensait sa mère ? Jamais elle ne dirait à Alexi une chose pareille !

— Il me prendrait pour une de ces dévergondées éperdument amoureuses de lui, comme cette Louisa Cochrane. Pis encore ! Il se moquerait de moi.

— Pourquoi ne pas lui avoir proposé cette promenade à la campagne ? répondit sa mère d'une voix douce. Personne ne pensera jamais de toi que tu es une dévergondée, ma chérie.

— Jamais je ne ferai une telle chose, mère ! Une lady ne se jette pas à la tête d'un gentleman.

— Louisa Cochrane ne semble pas s'en soucier, ma

chérie, et elle n'est pas une dévergondée. Elle est notre voisine et aussi une lady, conclut sa mère avant de s'éloigner.

Abasourdie, Elysse regarda sa mère quitter la pièce, son beau visage empreint de satisfaction. Comment avait-elle pu un jour apprécier Louisa ? songea-t-elle. La nuit dernière, son frère Jack n'avait eu de cesse de vanter ses charmes et de clamer à qui voulait l'entendre que, s'il avait été en âge de se marier, ce qui n'était pas le cas, il lui aurait fait sa demande le soir même.

Sa mère avait remarqué que Louisa avait des vues sur Alexi, suffisamment pour lui en parler aujourd'hui. Mais que voulait-elle qu'elle fasse ? Les aventures sordides d'Alexi ne la regardaient pas. Il était un célibataire endurci qui se lassait très vite de ses maîtresses. Son éventuelle liaison avec Louisa n'avait donc aucune raison de l'affecter.

Son cœur se mit à battre la chamade à cette évocation. A quel moment sa relation avec Alexi était-elle devenue si compliquée, si troublante ? Il était un vieil et cher ami, et rien d'autre. Et pourtant, la nuit dernière, il lui avait fallu des heures pour trouver le sommeil. Elle n'avait eu de cesse de penser à lui, à sa relation avec Louisa, et à la manière dont il l'avait regardée, elle, comme s'il avait voulu l'embrasser.

Son imagination lui avait certainement joué des tours.

Elle entendit alors des bruits de sabots martelant distinctement l'allée de graviers, ponctués du claquement sec de cravaches. Elle se précipita aussitôt à la fenêtre et aperçut Alexi et son pilote montés sur deux des magnifiques pursang de son père. Montgomery était en avance et elle en éprouva une pointe de déception.

Les deux hommes descendirent de leur monture. Alexi portait un grand paquet enveloppé de papier brun. Presque certaine qu'il s'agissait de son cadeau, Elysse retourna précipitamment dans la bibliothèque et prit place sur le canapé avant d'arranger méticuleusement ses jupes. Ses joues étaient en feu. Touchant ses cheveux coiffés et bouclés avec soin, elle s'assura que toutes les mèches étaient bien en place.

Alexi entra bientôt dans la bibliothèque d'un pas nonchalant, seul, comme s'il était chez lui. Il ne semblait pas avoir besoin qu'un domestique annonce sa venue. Il posa le paquet sur une chaise.

— Bonjour Elysse, dit-il d'une voix douce. Qu'y a-t-il ? Vous n'avez pas bien dormi cette nuit ?

Elle se leva, honteuse malgré elle. Il ne pouvait tout de même pas deviner les pensées qui l'avaient tenue éveillée toute la nuit ! Elle lorgna le paquet, mais s'abstint de tout commentaire.

— Bonjour, Alexi. La nuit a-t-elle été bonne ? demanda-t-elle gentiment.

— Très bonne, merci.

Ses yeux brillaient d'une lueur amusée.

Elle détourna les yeux du paquet pour regarder derrière l'épaule de son ami.

— Où est M. Montgomery ?

— Il s'entretient avec votre père, Elysse.

Il s'approcha plus près.

— Laissez-moi deviner, murmura-t-il. Vous n'avez pas dormi de la nuit, tant vous étiez occupée à rêver de votre promenade avec Montgomery.

Elle se mit à trembler. Pourquoi prenait-il ce ton séducteur avec elle ?

— Et si c'était le cas ? le provoqua-t-elle en humectant ses lèvres. Je vois mal en quoi cela vous concerne. De plus, vous aussi avez l'air épuisé. Il semblerait que vous n'ayez pas passé une bonne nuit non plus.

— Oh, mais je n'ai pas dit que vous aviez l'air épuisé. Vous êtes très belle, comme toujours, et vous le savez. Laissez-moi deviner encore. Vous n'avez pas dormi car vous pensiez… à moi ?

Il éclata de rire.

Si elle avait eu un objet à la main, elle le lui aurait certainement jeté au visage.

— Ma mère pense que vous êtes devenu un homme de caractère, beau et droit. Pour ma part, je vous trouve plus que jamais grossier et insupportable.

Il semblait de plus en plus satisfait.

— Comme il est facile de vous taquiner, ma chère.

Il se tourna et saisit le paquet d'un air détaché.

— Vous ne voulez pas savoir ce qu'il contient, Elysse ?

— C'est pour moi ? demanda-t-elle en essayant de masquer son impatience.

Il lui tendit le paquet en souriant.

Comme une enfant, Elysse sentit son cœur bondir dans sa poitrine. Elle aurait pu déchirer d'un seul coup l'emballage tant elle était excitée, mais elle réussit à se contrôler et tira lentement sur le ruban d'une main tremblante.

Voyant sa maladresse, Alexi se plaça derrière elle et tendit les mains vers le paquet, l'enveloppant de la chaleur de son corps.

— Laissez-moi vous aider, comme ceci, dit-il.

Elle s'immobilisa en sentant son souffle caresser sa nuque. Ne se rendait-il pas compte qu'il l'avait pratiquement prise dans ses bras ? Il passa ensuite devant elle pour commencer à défaire le paquet. Soulagée autant que déçue, elle l'observa en silence, tandis qu'il lui lançait un regard en coin en souriant.

— Vous jouez avec mes nerfs, dit-elle.

— Je l'avoue.

Il finit par ouvrir le paquet et Elysse aperçut la fourrure, brune et luisante. Lorsqu'il déplia le manteau, elle en eut le souffle coupé.

— Alexi ! s'écria-t-elle. Vous n'avez pas oublié, et vous m'avez même apporté un manteau !

— Voyons s'il vous va.

Il le posa sur ses épaules et elle glissa ses bras dans les

manches. Elle s'emmitoufla étroitement dans le vêtement incroyablement chaud et doux.

— Il me va à la perfection, dit-elle en levant vers lui des yeux chargés de reconnaissance. Vous n'avez pas oublié.

— Je vous ai promis une zibeline de Russie, répondit-il abruptement. Je ne prononce jamais de paroles en l'air, Elysse. Je n'oublie jamais une promesse.

Chaudement enveloppée dans le manteau de fourrure, elle sentit les larmes lui monter aux yeux. Soudain, elle prit conscience des mains d'Alexi posées sur ses épaules.

— Comment accepter un tel cadeau ? demanda-t-elle d'une voix tremblante.

Jamais elle n'avait reçu un présent d'une telle valeur… Mais ce n'était pas son prix qui lui donnait de l'importance à ses yeux.

— Comment pourriez-vous refuser ? répondit-il. Je ne vais pas le reprendre.

Il baissa enfin le regard et lui tourna le dos pour s'éloigner. Encore sous l'effet de la surprise, elle l'observa sans rien dire. Elle était si heureuse de le savoir de retour. Pourquoi finissait-il toujours par partir ?

Alexi lui fit soudain face.

— Je n'aime pas que vous jouiez avec mon pilote, Elysse.

Elle se raidit face à son air sérieux. Elle n'avait aucune envie de se disputer avec lui.

— Je ne joue pas avec lui. J'apprécie vraiment sa compagnie.

Elle était consciente de mentir : le pilote ne signifiait rien pour elle.

— Vous flirtez de manière éhontée avec lui et vous le savez.

Elle inspira profondément, blessée par ses paroles.

— C'est injuste. Toutes les femmes flirtent. Pourquoi vous en prenez-vous à moi ?

— Je cherche juste à vous protéger. Flirtez autant qu'il

vous plaira, et je sais que, sur la question, vous êtes insatiable. Mais pas avec mon pilote.

— Pourtant, *vous* flirtez encore bien plus impudemment avec Louisa.

Il lui adressa un sourire glacial.

— Je suis un homme, et un de Warenne qui plus est. Louisa est une femme, et elle est veuve.

Ses intentions étaient claires. Il courtiserait Louisa, mais pas pour la demander en mariage, ça non. Pourquoi cette aventure la blessait-elle encore plus que ses critiques à son égard ? Elle retira le manteau en inspirant profondément.

— Dans ce cas, amusez-vous bien ! riposta-t-elle.

— Vous avez l'air irrité. Non, vous semblez plutôt jalouse. Seriez-vous jalouse, Elysse ?

Elysse sentit ses yeux se remplir de larmes.

— Je suis une lady, dit-elle fièrement. Je ne peux en aucun cas être jalouse de l'une de vos maîtresses.

Pourtant, à cet instant précis, elle aurait été incapable d'expliquer la nature de ses propres sentiments.

Alexi la scruta d'un air grave.

— William est mon ami. Je lui dois la vie. Je vous le demande encore : cessez de flirter avec lui et laissez-le tranquille. Je ne vois rien de bon dans votre relation.

Elle lui faisait confiance et se sentait prête à lui donner raison. Mais aurait-il laissé Louisa tranquille si elle le lui avait demandé ? Elle connaissait d'avance la réponse.

— Il ne s'agit que d'une simple promenade en voiture, Alexi. Montgomery n'est en aucun cas un prétendant. Seriez-vous jaloux à votre tour ?

Il rougit.

— Jouer avec ses sentiments est une erreur, Elysse. Croyez-moi, je ne le sais que trop.

— J'essaie juste de me montrer amicale. Il est votre invité, et, hier soir, il était également le nôtre. Je ne comprends pas pourquoi vous faites autant d'histoires pour si peu.

Alexi revint vers elle d'un pas lent, mais décidé. Elle se

raidit comme il s'arrêtait devant elle, et réprima un frisson lorsqu'il effleura sa joue du bout du doigt.

— Et que ferez-vous s'il se met à vous courtiser sérieusement ?

— S'il souhaite me courtiser ?

Cette possibilité lui paraissait invraisemblable.

Il replaça une mèche de cheveux derrière son oreille. Son pouls battait si fort qu'il était prêt à exploser.

— Je l'ignore… Mais ce sera à moi de choisir ! s'écria-t-elle.

Il retira vivement sa main sans toutefois s'écarter d'elle.

— Je n'ai pas confiance en lui.

Elle rêvait qu'il touche de nouveau son visage, ou son épaule, ou son bras, ou n'importe quelle autre partie de son corps. Tous ses sens s'étaient enflammés. Troublée, elle recula d'un pas. Elle connaissait Alexi depuis toujours. Peu importe qu'il soit devenu un jeune homme fringant et magnifique, il était avant tout son ami !

— C'est absurde, répondit-elle. Que pourrait-il bien faire ? Montgomery est peut-être un pilote, mais il est aussi un gentleman, de cœur au moins.

— Il n'est pas un gentleman, Elysse. Je le connais mieux que vous. J'essaie juste de vous prévenir que lorsqu'il courtise une femme, il peut se montrer impitoyable.

— Pourquoi faites-vous cela ? demanda-t-elle vivement, sentant une inexplicable contrariété l'envahir.

— Je veux juste vous protéger.

A ces mots, elle sursauta. Pour la première fois depuis des années, elle se souvenait de la promesse qu'il lui avait faite il y avait bien longtemps, lorsqu'ils étaient enfants.

— Je suis à la fois flattée et reconnaissante, mais je n'ai pas besoin de votre protection, Alexi.

Ils se défièrent du regard pendant un moment qui lui parut interminable.

— Montgomery s'est laissé aveugler par votre beauté et il a perdu tout bon sens.

— Vous divaguez, affirma-t-elle.

— N'est-ce pas ce que vous espérez ? Que tous les hommes perdent la tête dès qu'ils sont confrontés à la possibilité d'être avec vous, ne serait-ce qu'un instant ?

— Non, murmura-t-elle, pas du tout.

— Menteuse…

Le regard d'Alexi était si intense qu'elle sentit un long frisson parcourir sa peau. Prise de vertige, elle s'agrippa à ses bras, devinant ses muscles puissants sous ses doigts. Il écarquilla les yeux de surprise comme elle tentait de reprendre ses esprits. Sa peau était brûlante sous le tissu de sa veste et ce simple contact lui procurait un réel plaisir, même si son cœur semblait prêt à bondir hors de sa poitrine.

A sa grande déception, il se détacha très vite de son étreinte. Ses joues étaient en feu et ses yeux bleus brillaient d'un éclat étrange. L'espace d'un instant, il la regarda d'un œil vraiment mauvais.

Elle recula, tandis qu'il se détournait d'elle. Elle croisa les bras autour de son corps, ébranlée par la douleur. Elle n'avait plus aucun doute sur ses sentiments à présent : elle désirait Alexi. Et elle n'avait jamais rien ressenti de tel auparavant.

— Pourriez-vous tomber amoureuse de lui ? demanda Alexi d'une voix dure. D'un homme sans titre, d'un maître des mers ? D'un marin simple et courageux, brave et déterminé ?

Il se retourna lentement vers elle.

— Nous savons tous les deux que Devlin fera tout ce que vous lui demanderez. Si vous désirez épouser le pilote, il approuvera votre choix, à condition que ce soit par amour.

Mais de quoi parlait-il ?

— Etes-vous en train de parler de M. Montgomery ? demanda-t-elle, incrédule.

Il acquiesça.

— De qui d'autre pourrais-je parler ? Qui d'autre est venu vous voir aujourd'hui ?

Le monde autour d'elle se mit à vaciller. Jamais elle ne s'était sentie dans une telle détresse.

— Je l'aime bien, dit-elle, mais je ne suis pas amoureuse de lui. Je doute qu'il en sera d'ailleurs jamais ainsi.

Mais pourquoi lui parlait-il du pilote au lieu de la prendre dans ses bras ? Ne ressentait-il pas pour elle le même désir brûlant qu'elle éprouvait pour lui ?

Le regard d'Alexi était dur et déterminé. Il laissa passer un grand silence avant de reprendre la parole.

— Dans ce cas, vous devriez lui dire franchement ce que vous venez de me dire, déclara-t-il en se retournant pour partir, au lieu de vous jouer de lui avec une telle insouciance.

Elle se précipita vers lui.

— Nous allons faire une simple promenade en voiture ! s'écria-t-elle. Je ne me joue de personne !

— Je pense qu'il est amoureux fou de vous et que vous en êtes tout à fait consciente ! Il est même en train de calculer ses chances de vous faire une cour officielle, Elysse. Vous le menez délibérément en bateau.

— Il n'en est rien. Alexi, que vous arrive-t-il ? Depuis que vous êtes revenu, on dirait que vous pensez les pires choses de moi !

— Vous vous comportez toujours comme la reine du bal entourée d'une douzaine d'admirateurs.

— J'ai vingt ans et je ne suis pas mariée ! protesta-t-elle. Devrais-je décourager mes éventuels prétendants ?

— Avez-vous jamais découragé quelqu'un ?

Elle eut un mouvement de recul.

— Vous parlez de moi comme si j'étais une catin !

— Vous flirtez de la même manière.

— C'est faux !

— Faites ce que vous voulez, Elysse, dit-il enfin d'une voix grave. Comme toujours.

— Parce que *vous* ne faites pas ce que vous voulez, peut-être ! riposta-t-elle, furieuse.

Il traversa la bibliothèque à grandes enjambées. Aussitôt,

elle s'élança derrière lui pour le suivre avant de s'arrêter net sur le seuil de la porte. Qu'était-elle en train de faire ? Depuis des années, elle voyait des ladies bien élevées courir après Alexi. Allait-elle faire la même chose ? Non, elle ne pouvait pas se comporter ainsi ! Horrifiée et déconcertée, elle se cramponna à la porte.

— Je suis heureux que le manteau vous plaise, dit-il en lui lançant un regard par-dessus son épaule. William vous attend dans la pièce d'à côté.

Elysse garda le silence, incapable de prononcer le moindre mot…

3

Lorsqu'elle franchit les lourdes grilles en fer forgé de la propriété des de Warenne, Elysse se cramponna à la portière de la belle voiture laquée noire qu'elle partageait avec ses parents et son frère. De hauts murs de pierre entouraient le domaine, s'étirant à perte de vue. Dès que l'attelage s'était engagé sur la longue allée de graviers blancs, elle avait aperçu au loin la demeure, pâle et grise. Windhaven se détachait distinctement dans la nuit et scintillait de mille lumières qui embrasaient ses fenêtres.

Incroyablement beau dans son smoking, Jack ricana en lui plantant son coude dans les côtes.

Elysse lui répondit par un froncement de sourcils.

— Il faut bien que quelqu'un te fasse revenir sur terre, dit-il, railleur.

Elle préféra l'ignorer. Leur mère se chargea de le gronder et lui demanda à voix basse de cesser de taquiner sa sœur.

Le regard perdu dans le vague, Elysse songea à son étonnante entrevue avec Alexi dans la bibliothèque de son père, quelques jours plus tôt. Certes, elle était heureuse qu'il ait tenu sa promesse de lui ramener une fourrure de Russie. Mais comment avait-il pu la comparer à une catin ! Elle n'en revenait toujours pas. Ce seul souvenir lui serra le cœur douloureusement. Non, il ne pouvait pas le penser vraiment, c'était tout simplement impossible !

Elle frissonna en se remémorant le contact de ses doigts sur sa peau. L'explosion de désir qui l'avait enflammée lorsqu'il l'avait touchée par inadvertance hantait ses jours et ses nuits. Elle se souvenait encore du regard ardent qu'Alexi lui avait lancé avant de lui tourner le dos. Mais tout cela n'était peut-être que le fruit de son imagination. Que se passerait-il lorsqu'ils seraient de nouveau face à face ?

Depuis qu'il lui avait apporté la fourrure, Alexi n'était plus revenu à Askeaton, et elle savait très bien pourquoi. Elle avait entendu une multitude de commérages sur ses allées et venues et ses promenades à la campagne en compagnie de Louisa Cochrane. Elle en avait d'ailleurs été bouleversée.

Certes, les liaisons d'Alexi n'auraient pas dû l'affecter, pourtant, chaque fois qu'elle l'imaginait avec une autre femme, elle avait l'impression qu'un couteau lui transperçait le cœur.

Elle avait bien essayé de se persuader que, pour un homme comme Alexi, habitué à être constamment entouré de maîtresses, ces flirts étaient banals et ne retiraient rien à leur amitié. Cependant, pour la première fois de sa vie, cette pensée ne l'avait pas consolée. Elle s'était sentie confuse et envahie par le doute. Elle avait même envisagé de se rendre à Windhaven en prétextant rendre visite à Ariella. Mais elle s'était abstenue. Alexi aurait immédiatement vu clair dans son jeu et se serait moqué d'elle, devinant qu'elle brûlait d'envie de le revoir.

Elle avait presque l'impression qu'il l'évitait délibérément. Mais dans quel but ?

La voiture venait de ralentir et s'immobilisa bientôt derrière une longue file d'attelages qui défilaient lentement devant l'entrée de la demeure. Cliff, le père d'Alexi, avait fait construire Windhaven en l'honneur de son épouse, Amanda, l'année où son fils était arrivé de la Jamaïque. Avec ses trois étages, ses quatre tours d'angle, et son toit en ardoise, la demeure répondait au plus pur style géorgien. Les jardins garnis de roses étaient splendides. Tout le monde connaissait la passion d'Amanda pour les roses anglaises. Les écuries, comme le quartier des domestiques, étaient bâtis en pierre claire. Bref, le domaine était immense et témoignait de la prospérité du commerce maritime de l'Empire britannique à travers le monde.

Deux douzaines de véhicules stationnaient devant eux, constata Elysse avec impatience. Elle reconnut l'attelage doré du comte d'Adare un peu plus haut dans la file. Tyrell de Warenne était le frère aîné de Cliff et l'oncle d'Alexi. Son rang lui donnait le droit de remonter toute la file, mais il attendait néanmoins son tour, comme tous les autres invités. Personne n'avait décliné l'invitation d'Amanda car, en ces temps où le blé était si cher, les refuges pour les pauvres si pleins et où les débats sur la dette nationale faisaient rage dans les dîners, les distractions se faisaient rares.

Jack tapota gentiment son genou.

— Ne t'inquiète donc pas. Je suis certain que Montgomery t'invitera pour une valse ou deux.

Elysse lança un regard furieux à son frère. Ce n'était pas Montgomery qui hantait ses nuits, même si le capitaine s'était montré prévenant et galant à son égard. En fait, elle appréciait surtout d'écouter les récits de ses aventures en mer. A présent, elle savait presque tout des événements qui avaient marqué la rencontre du capitaine avec Alexi sur le Saint-Laurent, au Bas-Canada. Bien entendu, Montgomery ne lui avait pas parlé du jour où il avait sauvé la vie de son ami. Il semblait penser lui aussi qu'elle était beaucoup trop délicate pour supporter de tels détails, bien qu'il ait remarqué à quel point elle était captivée par ses histoires. Si les aventures de Montgomery la fascinaient ainsi, ce n'était pas pour les raisons que l'Américain imaginait. Non, en réalité, grâce à lui, Elysse avait réussi à reconstituer une partie de la vie qu'Alexi avait menée ces deux dernières années. Et elle s'en réjouissait.

Leur promenade à la campagne avait été très agréable. Montgomery était beau, charmant et intelligent, et il la faisait souvent rire. Il était aussi très attentionné. Alexi avait-il eu raison de lui faire remarquer que l'Américain était profondément attaché à elle ? Malheureusement, elle ne partageait pas les mêmes sentiments et se sentait un peu coupable à son égard.

En y réfléchissant bien, leur dernière sortie avait été plutôt étrange. Ils avaient été surpris par une violente averse et ils avaient dû se réfugier dans une écurie. Lorsque Montgomery l'avait aidée à descendre de la voiture, il avait fait en sorte qu'elle se retrouve dans ses bras. Elysse avait suffisamment d'expérience pour comprendre qu'il l'avait fait exprès. Tandis qu'ils attendaient que la pluie cesse, Elysse avait surpris ses regards appuyés et insistants, et elle avait été certaine qu'il avait voulu l'embrasser.

Il l'avait rendue nerveuse et mise mal à l'aise, car elle ne souhaitait en aucun cas être embrassée par lui, ni par aucun de ses prétendants. Les baisers étaient très inconvenants. Jusqu'à présent, elle avait reçu tout au plus une bise sur la joue ou un baiser appuyé sur la main. Peut-être se jouait-elle de Montgomery, comme Alexi l'avait accusée de le faire... Mais toutes les débutantes qu'elle connaissait aimaient s'entourer de nombreux soupirants, y compris de ceux qu'elles ne prenaient pas au sérieux.

Pour se sortir de cette situation délicate, elle avait veillé à entretenir sans cesse la conversation et, à son grand soulagement, Montgomery ne lui avait pas fait la moindre avance. Lorsque la pluie s'était enfin arrêtée, ils étaient tranquillement rentrés à Askeaton.

Montgomery lui avait alors demandé l'autorisation de lui rendre de nouveau visite. L'idée de suivre les conseils d'Alexi et d'avouer franchement à l'Américain qu'il n'était pour elle qu'un ami avait alors effleuré l'esprit d'Elysse. Elle n'avait pas vraiment envie de jouer avec ses sentiments ou de lui donner de faux espoirs. Puis elle avait songé à la façon dont Alexi l'avait ignorée et à quel point il était occupé avec Louisa. Pourquoi n'aurait-elle pas le droit de flirter innocemment, alors que lui vivait de son côté une aventure passionnée avec sa maîtresse !

Plutôt que d'avouer la vérité à Montgomery, elle l'avait donc invité à Adare. Le comte n'était pas chez lui, mais elle l'avait présenté à la comtesse. Lizzie avait insisté pour leur servir des rafraîchissements, et sa fille Margery s'était jointe à eux. Ils avaient passé un après-midi très agréable. Ensuite, elle avait fait visiter à Montgomery la demeure ancestrale, et lui avait fait le récit de la longue histoire de la famille, qui remontait à l'époque des Normands. Montgomery s'était montré à l'aise avec tout le monde et en toute circonstance, mais une fois dans la voiture, il lui avait avoué qu'il n'avait jamais rencontré de comtesse auparavant, et que jamais il n'était entré dans un palais aussi somptueux qu'Adare.

— Qui aurait pu le deviner ? avait-elle répondu en lui souriant aimablement.

Elle avait pris soin de garder pour elle qu'Adare n'avait rien d'un palais.

— Je n'ai jamais rencontré de princesse comme vous non plus, avait-il dit, le regard brillant.

L'audace qu'elle avait lue dans ses yeux l'avait profondément troublée.

— Je ne suis pas une princesse, avait-elle protesté. Vous vous moquez de moi, monsieur.

— Pour un homme comme moi, vous êtes un rêve devenu réalité, avait-il dit, apparemment sincère. Lorsque je suis avec vous, je me demande si je vais me réveiller et découvrir que tous ces instants n'ont jamais existé. Pour moi, vous êtes une vraie princesse, dans tous les sens du terme.

Elle s'était sentie immensément flattée. Dire que, pour Alexi, elle flirtait comme une catin, alors que William Montgomery l'élevait au rang de princesse ! Il lui avait souri avec chaleur et elle lui avait rendu son sourire. Pendant le reste du trajet, ils avaient ensuite parlé de tout et de rien, et leur amitié s'en était trouvée renforcée.

Elle avait reçu l'invitation d'Amanda à son bal de printemps quelques jours plus tard. Le carton s'accompagnait d'une lettre indiquant que la soirée était donnée en l'honneur de son beau-fils Alexi, afin de célébrer en bonne et due forme son retour de Chine, ainsi que la vitesse étonnante avec laquelle il avait effectué le trajet de retour.

Son cœur avait manqué un battement en songeant à cette opportunité de revoir Alexi. Elle connaissait déjà ses projets. Montgomery lui avait révélé qu'il ne repartirait pas en Chine avant le début de l'été. Les premières récoltes de thé auraient lieu en juillet et il fallait un bon mois ou plus pour qu'elles atteignent les entrepôts de Canton. Il fallait encore un mois ou plus pour négocier la marchandise. A condition d'obtenir les premières récoltes, ce qui, d'après le pilote, n'avait rien de certain. Ils avaient tellement de concurrents ! Novembre était le mois le plus dangereux pour retraverser la mer de Chine car, si la mousson qui venait du nord-est était une formidable aubaine pour les marins, elle s'accompagnait aussi de terribles typhons. Rares étaient les capitaines qui débarquaient ce mois-là. Même Alexi préférait attendre le mois de décembre pour appareiller.

Ainsi, après son départ en juin, Alexi ne serait pas de retour avant le mois de mars, soit une année complète. Il n'avait pas manifesté son intention de partir à Dublin ou à Londres avant le mois de juin. Mais la semaine suivante, il prévoyait de se rendre à Liverpool pour acheminer de la marchandise en Méditerranée. Heureusement, elle était certaine d'être à Londres pour le voir à son retour de Chypre. Peut-être que d'ici là l'étrange impasse dans laquelle ils se trouvaient serait oubliée et qu'ils seraient de nouveau amis.

Désirait-elle vraiment revenir à leur ancienne amitié ? Elle s'imagina encore dans ses bras et sentit un long frisson parcourir son corps. A son grand désespoir, c'était Louisa Cochrane qui occupait cette place. Alexi l'avait complètement oubliée...

A ce sujet, Elysse était bien disposée à changer l'ordre des choses pendant le bal.

Leur tour était maintenant venu de descendre de voiture.

Elle se sentait terriblement excitée à l'idée de revoir Alexi. Jack l'aida consciencieusement à ne pas se prendre les pieds dans ses volumineux jupons en satin. Elle avait choisi la tenue la plus époustouflante qu'elle avait, à la fois sophistiquée et un brin provocante. Même son frère avait écarquillé les yeux en la voyant tout vêtue de soie bleu lavande. Son décolleté très échancré révélait une grande partie de sa gorge et de ses épaules. La robe était ornée de petites manches bouffantes tandis que la jupe entièrement rebrodée de perles luisait de mille feux. Un large ruban en velours plus foncé mettait en valeur sa taille fine. Enfin, une parure d'améthystes et de diamants complétait à merveille l'ensemble. Alexi ne pourrait que la remarquer !

— Je me demande pour qui tu portes cette robe, Elysse ? demanda Jack en l'accompagnant jusqu'à la porte d'entrée.

Elle rougit en lui lançant un regard furieux.

— Je ne sais pas du tout de quoi tu parles, répondit-elle à voix basse.

— Après toi, sœurette, se contenta-t-il de rétorquer avec un petit sourire en coin.

Elle aperçut aussitôt l'invité d'honneur de la soirée, débout à côté de Cliff et d'Amanda.

Alexi regarda directement dans sa direction, tandis qu'elle patientait, muette et immobile, derrière ses parents. Voilà des années qu'elle ne l'avait pas vu en tenue de gala. Il était d'une beauté ravageuse et incroyablement virile. Le désir qu'elle avait ressenti pour lui n'était pas le fruit de son imagination, comprit-elle soudain. Elle sentit son cœur s'emballer. Si elle n'était pas vigilante, il devinerait à quel point il l'attirait. Elle, qui avait l'habitude d'être la reine de la soirée et le centre de toutes les attentions, se sentit soudain désemparée. Elle souhaitait plus que tout qu'il la voie comme une femme, belle et séduisante. Mais comment s'y prendre ?

Elle prit le risque de l'observer du coin de l'œil. Il s'était approché de ses parents pour les saluer, mais son regard restait rivé sur elle. Savait-il qu'elle était sortie une deuxième fois avec Montgomery ?

Son tour était venu de saluer leurs hôtes. Elle déposa un baiser sur la joue d'Amanda, murmura quelques mots de remerciements et sourit à Cliff en lui tendant la main. Le regard d'Alexi devint pesant et elle sentit ses joues s'empourprer. Lentement, elle leva les yeux vers lui.

— Bonjour, Elysse, dit-il.

Sa voix douce, presque intime, la prit entièrement au dépourvu.

— Vous êtes éblouissante, ce soir. Il est clair que vous allez être la reine de ce bal.

Le ton sincère de sa voix fit naître un sourire ravi sur le visage d'Elysse.

— Vous êtes également très beau dans votre smoking, Alexi. Vous êtes certainement le plus fringant gentleman de la soirée.

Elle crut percevoir une lueur amusée dans ses yeux d'un bleu envoûtant.

— Jack est donc votre cavalier ? demanda-t-il, l'air surpris.

Elle sentit la tension monter et humecta ses lèvres.

— Je n'ai pas de cavalier, dit-elle précipitamment. J'espère en tout cas que nous ne sommes plus fâchés.

Il soutint son regard.

— Nous n'avons jamais été fâchés. Et je n'ai nullement l'intention de me disputer avec vous.

Heureuse de cette réponse, elle lui sourit. Pourtant, elle restait terriblement nerveuse.

— Vous aimez vraiment ma robe ?

Il baissa ses cils longs et épais vers elle et elle comprit au bout de quelques instants que son regard s'était attardé sur son décolleté avant de revenir vers son visage. Il semblait troublé.

— J'aime évidemment votre robe, Elysse. N'importe quel homme l'aimerait. Elle est indécente sur une jeune femme non mariée.

Sa voix était très dure.

— Mais je suis certain que lorsque vous l'avez choisie, ajouta-t-il sans lui laisser le temps de protester, vous saviez qu'elle attirerait les regards sur vous encore plus que d'habitude.

Elle se mit à trembler. Elle avait opté pour cette robe dans le seul but d'attirer *son* attention. Mais elle ne pouvait pas le lui avouer.

— Toutes les femmes s'habillent avec soin pour les bals, surtout lorsqu'ils sont si rares.

Il ne répondit pas et elle s'aperçut soudain que la file des invités s'allongeait derrière eux.

— J'ai entendu dire que vous partiez bientôt pour Chypre, dit-elle en baissant la voix.

Son regard se durcit. Sans se retourner, il s'adressa à Cliff.

— Pardonnez-moi un instant.

— Que faites-vous ? demanda-t-elle, tandis qu'il l'entraînait vers le vestibule.

Ils s'arrêtèrent près d'une longue console en ébène, surmontée d'un grand miroir doré de style baroque. Elle entrevit soudain leurs reflets, lui si sérieux et elle, presque apeurée. Un peu plus loin, Montgomery les observait. Mais pour l'heure, elle ne pouvait pas aller lui parler.

— Oui, j'embarque pour Chypre dans quelques jours, dit-il. Comment le savez-vous ?

Elle hésita quelques secondes, incapable d'admettre qu'elle le tenait de Montgomery.

— Vous croyez que je ne suis pas au courant ? demanda-t-il en riant.

— Allons-nous encore nous disputer ? s'écria-t-elle, consternée. Vous avez été si terriblement occupé depuis votre retour que nous n'avons pas pu échanger plus d'un mot. J'espérais pouvoir au moins partager une danse avec vous, ce soir.

Elle s'empourpra à l'idée d'avoir à lui demander une danse pour pouvoir être dans ses bras.

— Vous n'êtes même pas venu me voir, dit-elle sur un ton de reproche.

Il évita son regard.

— J'ai été très occupé.

Soudain, elle se surprit à détester Louisa Cochrane. Comment cette grosse jument avait-elle pu retenir l'attention d'un homme comme Alexi ?

— Aviez-vous l'intention de repartir en mer deux autres années sans même me dire au revoir ?

Il lui lança un regard étonné.

— Votre ton est si accusateur. Vous aurais-je manqué, Elysse ? Mais que dis-je, vous étiez beaucoup trop occupée avec vos cinq propositions de mariage pour penser à moi !

Elle balança nerveusement son sac brodé de perles au bout de son bras. Oui, il lui avait manqué, et ce sentiment ne ferait qu'empirer lorsqu'il serait parti.

— Je ne m'attendais pas à ce que vous vous absentiez si longtemps, dit-elle, perplexe. Deux ans et demi, c'est très long.

Sa voix n'était plus qu'un souffle.

Alexi la dévisagea un long moment.

— Oui, en effet, répondit-il.

Elle dut se retenir pour ne pas le supplier de renoncer à son voyage à Chypre.

— Pourquoi n'êtes-vous pas revenu, entre-temps ?

— C'était mon intention lorsque je suis rentré du Canada, mais j'ai reçu une proposition très intéressante et je suis reparti aussitôt livrer de la marchandise à la Jamaïque. Je ne pouvais pas refuser.

Il était parti pour affaires, songea-t-elle pour se consoler. Pourtant, cette raison ne lui faisait pas mieux accepter son absence.

— N'avez-vous jamais le mal du pays ?

En réalité, elle voulait surtout savoir si elle lui avait manqué.

— Bien entendu, répondit-il, les yeux agrandis de surprise.

J'ai tout le temps le mal du pays. On se sent très seul en haute mer, Elysse, surtout la nuit, lorsque l'on est de garde.

Elle l'imagina à la barre de son clipper, au beau milieu de l'océan Indien, par une nuit éclairée d'étoiles, toutes voiles dehors, bercé par le murmure du vent.

— Je sais à quel point vous aimez la mer et l'aventure.

— La solitude en est le prix à payer, reconnut-il. La mer sera toujours ma maîtresse.

En tant que fille de capitaine de marine, elle comprenait très bien son sentiment.

— Ne vous absentez plus si longtemps, dit-elle enfin en rougissant.

— Pourquoi vous en soucier. N'êtes-vous pas déjà très occupée par vos soirées, vos bals, et votre ribambelle de prétendants ?

— Je me fais du souci pour vous, dit-elle, mal à l'aise. Nous sommes amis, après tout.

— Je me demande combien de nouveaux prétendants se seront succédé à mon prochain retour ?

Il avait parlé d'une voix douce et elle ne savait pas quoi répondre.

— Je vous rappelle que je ne suis pas mariée. Il est évident que j'aurais de nouveaux prétendants.

— Mais tous n'ont pas le privilège de vous accompagner à Adare et de s'attarder dans les écuries de nos voisins.

Il était donc au courant de ses deux sorties avec Montgomery !

— Nous nous sommes mis à l'abri de la pluie, protesta-t-elle maladroitement.

Les yeux d'Alexi étincelèrent dangereusement.

— Il s'est bien comporté avec vous, j'espère.

Elle faillit lui avouer que Montgomery l'avait regardée comme s'il avait voulu l'embrasser.

— Il s'est comporté en parfait gentleman, murmura-t-elle à la place.

— Vous avez eu beaucoup de chance, alors, dit-il en

la dévisageant gravement. Je vous ai demandé de cesser votre petit jeu avec lui, Elysse.

— Je ne me joue pas des gentlemen. J'apprécie juste la compagnie de Montgomery. Nous sommes devenus amis.

— Je vous connais, Elysse. Je sais que vous les menez sans cesse par le bout du nez, et vous excellez à ce petit jeu. Je vous vois jouer avec les sentiments des hommes depuis que vous êtes enfant.

Il ignora son cri de protestation.

— Ainsi, vous êtes devenus amis ? demanda-t-il, incrédule. Au même titre que nous ?

Elle se sentit acculée dans une impasse.

— William est un ami, mais je ne le connais évidemment pas aussi bien que vous.

— Vous ne le connaissez pas du tout, dit-il en la regardant durement.

Elle savait que le terrain était glissant, mais elle ne put s'empêcher de s'y engager.

— Parce que vous connaissez bien Louisa Cochrane, peut-être ? riposta-t-elle en soutenant son regard. D'ailleurs, je suis certaine que vous l'appelez par son prénom à présent !

— Ne mêlez pas Mme Cochrane à tout ça !

— Et pourquoi pas ? Elle est apparemment à la recherche d'un riche mari, s'écria-t-elle, furieuse. Vous ne le voyez donc pas ? Pourquoi vous donnez-vous seulement la peine de la fréquenter ?

Il détourna les yeux.

— Il me semble vous avoir déjà dit clairement que je n'avais nullement l'intention de me marier avant longtemps.

Elle sentit ses joues s'enflammer. Il n'avait pas besoin de lui rappeler que sa relation avec Louisa était fondée sur le sexe. Ecœurée, elle lui tourna le dos. Pourquoi leur aventure l'affectait-elle autant ? Quand avait-elle commencé à être jalouse ? Elle ne pouvait chasser de son esprit l'image d'Alexi et de Louisa enlacés dans une étreinte passionnée. Aussitôt, elle sentit son cœur se serrer.

— Louisa prévoit sans aucun doute de vous pousser à l'épouser, même si ce n'est que dans un an.

Alexi lui prit durement le bras.

— Je n'ai pas l'intention de parler de Louisa avec vous.

— Je le savais ! s'écria-t-elle.

Sa façon désinvolte d'employer le prénom de sa maîtresse la blessa encore plus.

Il ne relâcha pas son étreinte.

— Montgomery est follement épris de vous, dit-il d'une voix blanche. Mais il y a pire. Il calcule ses chances de vous faire officiellement sa cour. C'est lui, le chasseur de fortune !

— C'est absurde ! s'exclama-t-elle, consternée.

— Vraiment ? Lui avez-vous dit que vous ne tomberiez jamais amoureuse de lui ? Il sait que votre père souhaite que vous fassiez un mariage d'amour. Les hommes comme lui cherchent toujours à faire un beau mariage !

Ses yeux bleus étincelaient de colère.

— Vous avez de la chance qu'il ne vous ait pas séduite dans les écuries. Vous auriez été contrainte de l'épouser.

— Vous êtes fou, dit-elle, haletante. William ne chercherait jamais à me séduire ! C'est un gentleman, Alexi. Il est gentil et sincère. De plus, il pense le plus grand bien de moi !

— Pourquoi ne m'écoutez-vous pas ?

— Parce que vos propos sont ridicules !

Pourquoi avait-elle soudain envie de pleurer ?

— Je ne comprends pas ce que vous cherchez, ajouta-t-elle. Vous m'avez délibérément ignorée depuis que vous êtes de retour. Vous étiez trop occupé avec cette dévergondée. Et maintenant, vous voudriez que je rejette un prétendant sérieux !

— Vous reconnaissez donc qu'il vous courtise sérieusement ?

Elle croisa les bras sur sa poitrine et il lorgna de nouveau sur son décolleté.

— Cessez de m'ennuyer, dit-elle en rougissant. Mon carnet de bal est plein ce soir.

— Je croyais que vous vouliez danser avec moi, répliqua-t-il avec un air de défi.

— C'était avant que vous ne vous comportiez comme un grossier personnage.

Sur ces mots, elle pivota pour partir.

Aussitôt, il l'attrapa par le bras et l'obligea à lui faire face.

— Je n'ai pas terminé, Elysse, dit-il d'une voix dure. Je veux que vous mettiez dès ce soir un terme à votre petit jeu avec Montgomery avant de vous attirer des ennuis. Vous risquez de vous trouver dans une situation où vos sourires, vos rires et vos flirts ne suffiront plus.

Elle essaya de se dégager, en vain.

— Vous n'avez pas le droit de me donner des ordres. Je ne suis ni un membre de votre équipage ni l'une de vos sœurs.

— Vous faites fausse route, Elysse. Parfois, j'ai envie de vous coucher sur mes genoux et de vous fesser comme une enfant. Vous êtes la femme la plus obstinée que j'aie rencontrée. En vous jouant de mon pilote, vous adoptez un comportement égoïste et dangereux.

— Vous jouez bien avec Louisa ! répliqua-t-elle. Je me demande pourquoi vous vous focalisez tellement sur William, et pas sur d'autres prétendants, comme James Ogilvy ? Seriez-vous jaloux ?

Ses yeux s'agrandirent de surprise.

— Comment pourrais-je être jaloux ? Je vous considère comme quelqu'un de ma famille, rien de plus. Voyons, Elysse, nous nous connaissons depuis treize ans !

Elle fit un pas en arrière et accusa le coup.

— Non, vous n'êtes pas de ma famille ! s'indigna-t-elle. Nous n'avons aucun lien de parenté !

— Attendez un peu. C'est *vous* qui êtes jalouse. Vous voudriez que je m'intéresse à vous ?

— Pas du tout ! se défendit-elle, prise de panique.

Il la fixa d'un œil sceptique.

— Je vous connais très bien, même mieux que mes propres sœurs. Je sais ce que vous avez dans la tête et ce que vous voulez. Je sais qui vous êtes. Parfois, j'ai même l'impression de vous connaître trop bien ! Lorsque j'entre dans une pièce et que je vous vois, je me dis : voilà Elysse, la jolie petite princesse gâtée que je connais depuis presque toujours !

Elle tremblait et, malgré elle, les larmes lui montèrent aux yeux. Mais il ne fallait surtout pas qu'il les vît.

— Dois-je comprendre que vous me voyez comme l'une de vos sœurs ? Vous n'avez donc pas remarqué que j'étais devenue une femme, adulte et séduisante ?

Sa bouche prit un pli dur.

— Vous êtes évidemment très belle, mais ce n'est pas ce que je regarde.

Elle le contempla longuement, terriblement blessée.

Les yeux d'Alexi glissèrent lentement vers sa robe de bal couleur lavande.

— Je déteste cette tenue, laissa-t-il tomber froidement avant de s'éloigner à grands pas.

Choquée par ses propos, elle resta immobile. Ainsi, lorsque Alexi la croisait dans une pièce, il ne voyait qu'une petite princesse gâtée, et non la belle jeune femme qu'elle était devenue. Il n'apercevait que la fillette qu'il connaissait depuis toujours, au même titre que ses sœurs…

— Eh bien, moi, j'aime beaucoup cette robe, dit soudain Montgomery d'une voix douce en s'approchant d'elle. Vous êtes plus belle que jamais, Elysse. Je vous en prie, ne pleurez pas.

Surprise, elle pivota et croisa son regard gris rempli de compassion. Elle comprit vaguement qu'il avait écouté leur conversation, mais elle s'en moquait. Elle avait surtout le cœur brisé.

Elle lui sourit timidement, et il lui prit la main.

Comment avait-elle pu être assez sotte pour désirer être dans les bras d'Alexi de Warenne ? Et comment avait-elle même pu le considérer comme un ami ? Il était odieux. Il croyait pouvoir contrôler sa vie, la traiter comme une sœur, tout en poursuivant de ses assiduités des dévergondées comme la veuve Cochrane ! Jamais personne ne l'avait rejetée auparavant, songea Elysse, ulcérée. Elle ne connaissait aucune autre débutante en Irlande qui ait reçu cinq propositions de mariage en deux ans. Qu'il aille au diable !

D'ailleurs, si William se montrait plus entreprenant avec elle, elle envisageait même de l'encourager. Il était gentil et sincère, ne la jugeait pas et ne l'accusait pas de se comporter comme une catin. Il ne trouvait pas qu'elle était gâtée et égoïste, lui. Dans sa bouche, le mot « princesse » était le plus beau des compliments. Dans celle d'Alexi, il se transformait en insulte.

Elysse dansait sa huitième valse de la soirée, un sourire radieux plaqué sur les lèvres. Sir Robert Haywood, son cavalier, était un séduisant châtelain de trente-cinq ans, veuf de fraîche date. Il était considéré comme un très beau parti. Il était venu à plusieurs reprises lui rendre visite chez elle, mais jusqu'à ce soir, elle ne s'était pas vraiment intéressée à lui. Tout en dansant, elle lui souriait sans accorder un seul regard aux invités qui peuplaient la salle de bal. Elle ne voulait plus jamais poser ses yeux sur Alexi.

Leur amitié était terminée. Elle ne le trouvait plus du tout fascinant, et encore moins séduisant. Le beau garçon qu'elle avait autrefois aimé quand elle était enfant était devenu un homme odieux et vil. Cette fois, il pouvait bien s'absenter cinq ans ! Cela lui était complètement égal. Elle espérait seulement que Louisa le prendrait dans ses filets et lui passerait malgré lui la corde au cou. Cela lui servirait de leçon…

Elle sentit de nouveau les larmes brûler ses paupières. Pourquoi était-elle si triste ? Pour qu'une personne vous blesse, il fallait qu'elle compte pour vous, et Alexi de Warenne était le cadet de ses soucis, non ? Elle battit rapidement des cils et sourit à son cavalier, tandis que leur valse prenait fin.

— Vous n'avez jamais été aussi belle, miss O'Neill, dit Haywood en s'inclinant vers elle. Je ne savais pas que vous dansiez si bien.

Voyant un serveur passer avec un plateau rempli de flûtes de champagne, elle s'empressa d'en saisir une au vol. L'alcool l'aiderait à chasser Alexi de Warenne de ses pensées et de sa vie, même si en secret, elle espérait qu'il remarque le nombre impressionnant de ses admirateurs. Non qu'elle souhaite le rendre jaloux. Elle-même ne l'était pas. Mais elle avait à cœur qu'il sache que les autres hommes la trouvaient belle et appréciaient son caractère !

Le champagne coula avec délice dans sa gorge.

— Merci, sir Robert, dit-elle. Et merci aussi pour cette merveilleuse danse. J'espère que vous ne me négligerez plus, comme ces derniers mois.

Elle but une nouvelle gorgée de champagne, consciente d'avoir dépassé la limite qu'elle se fixait habituellement. Quelle importance ! Sans l'aide de l'alcool, elle n'aurait pas pu retenir ces larmes ridicules qui menaçaient inexplicablement de couler.

— Je ne savais pas que vous souhaitiez que je vous rende visite, répondit Haywood en rougissant. Mais je serais heureux de le faire.

Elysse l'y encouragea et, dès qu'il se fut retiré, elle finit rapidement sa flûte. Puis elle se précipita de nouveau sur la piste de danse en compagnie de Jonathon Sinclair, qui l'avait déjà demandée en mariage. Il semblait tendu et intimidé, et elle comprit aussitôt qu'il la désirait toujours.

— Je ne croyais pas que vous me donneriez la moindre chance, miss O'Neill, dit-il en l'entraînant dans une valse allemande.

— Pourquoi cela ? demanda-t-elle en souriant. J'ai passé toute la soirée à attendre cet instant !

— Pourquoi êtes-vous si aimable avec moi tout à coup ?

— Vous croyez donc que je ne suis pas aimable, monsieur ? répondit-elle en prenant un air blessé.

— Bien sûr que non, bredouilla-t-il en manquant un pas. Vous êtes aussi belle qu'aimable !

— La prochaine fois que vous viendrez me voir, je vous le montrerai encore mieux.

Tandis qu'elle prononçait ces mots, une vague inquiétude s'immisça en elle. Elle allait trop loin et elle ne manquerait pas de le regretter.

— Je viendrai dès demain. Avec votre autorisation, bien entendu.

— Je vous attendrai avec impatience, dit-elle avec désinvolture.

Après deux autres danses, elle s'excusa auprès de ses cavaliers. Elle était à bout de souffle. Elle se mit à l'écart près d'une table garnie de mignardises. Elle croisa alors le regard de Montgomery à l'autre bout de la pièce. Il lui sourit et elle lui sourit en retour. Ils avaient déjà dansé deux fois et il lui avait montré à quel point il était un cavalier gracieux et accompli. Il s'était montré chaleureux et attentionné. Alexi avait sans doute raison. Montgomery était peut-être sérieusement épris d'elle.

Mais pourquoi aurait-elle dû le décourager ? Après tout, William était un navigateur et elle était la fille d'un capitaine de marine. De plus, son père semblait apprécier Montgomery, comme tous ceux qui l'avaient rencontré. Elle n'avait en outre pas besoin de faire un mariage d'argent, puisqu'elle était dotée d'une fortune personnelle.

Malgré ses efforts pour se changer les idées, la douleur oppressait toujours sa poitrine et son cœur, et menaçait d'exploser si elle ne faisait pas très attention.

Elle se dirigea de nouveau vers le plateau chargé de flûtes de champagne. Pour garder le cœur gai et joyeux, il lui fallait un autre verre. Elle pourrait ainsi continuer à profiter du bal et de ses prétendants. Le champagne l'aiderait sûrement à combattre son envie de pleurer. Par le passé, un verre ou deux suffisaient à égayer son humeur. Mais pas ce soir…

Elle approchait sa main d'une flûte lorsqu'elle sentit une main entourer fermement son poignet.

— Je pense que vous avez assez bu, dit Alexi d'une voix menaçante.

Il s'était approché d'elle par-derrière. Surprise, elle se retourna si brusquement que, l'espace d'un instant, elle se trouva dans ses bras, les seins écrasés contre son torse. Alexi écarquilla les yeux. Elle le défia du regard, mais il recula aussitôt et s'éloigna d'elle.

Elle l'avait troublé, elle en était certaine, et cette idée la remplissait de satisfaction. Jamais elle ne lui montrerait à quel point il l'avait blessée, songea-t-elle, le sourire aux lèvres. Elle était la reine du bal, la débutante que n'importe quel célibataire convoitait, une femme qui ne comptait plus ses admirateurs. Même Alexi ne pouvait pas le nier…

— Je ne suis pas d'accord avec vous, Alexi, dit-elle d'une voix douce. C'est peut-être le genre de conseil que vous pouvez prodiguer à Ariella, ou à Diana, mais pas à moi.

Elle lui adressa un sourire condescendant.

— Etes-vous en train de pleurer ? demanda-t-il en la scrutant attentivement.

Ses cils étaient-ils mouillés ?

— Bien sûr que non ! se défendit-elle en riant.

Chassant la douleur qui bouillonnait dans sa poitrine, elle sourit avec coquetterie.

— Venez-vous de réaliser que je suis devenue adulte ? Vous avez dû voir que j'étais entourée d'admirateurs, n'est-ce pas ? Vous voulez vous inscrire sur mon carnet de bal ?

Et, sans réfléchir, elle effleura lentement sa joue du bout des doigts.

Alexi s'écarta vivement.

— Je n'ai aucune envie de danser !

Il saisit sa main et l'immobilisa.

— Vous êtes complètement ivre, ajouta-t-il. Vous devriez rentrer chez vous.

— Je n'ai bu qu'un verre ou deux, et je m'amuse comme une folle. Pas vous ? Je ne vous ai pas vu danser une seule fois.

La douleur avait miraculeusement disparu. Alexi était en colère après elle, et elle en tirait une joie indicible.

— Non, Elysse, je n'ai pas dansé, et je n'en ai pas envie. Cessez immédiatement cette comédie ! Vous allez m'écouter et rentrer chez vous.

Son ton était sans appel.

— Je ne suis pas ivre et je ne vais pas rentrer, dit-elle en battant des cils. Sauf si vous me proposez de me raccompagner. Peut-être recherchez-vous ma compagnie, comme tous les autres hommes ?

Elle leva sa main libre et caressa de nouveau sa joue.

— Oh, mais attendez… j'oubliais, vous êtes déjà lié à Louise.

Les yeux d'Alexi s'agrandirent encore plus et ses joues s'empourprèrent.

— Elle s'appelle Louisa et je ne suis lié à personne. Essayez-vous de flirter avec moi ? Comment osez-vous ?

— Mais je flirte avec tout le monde. C'est vous-même qui l'avez dit, murmura-t-elle en s'approchant plus près.

Sa poitrine effleura le revers de sa chemise en satin et elle l'entendit retenir son souffle. Il ne pouvait plus prétendre qu'elle le laissait indifférent à présent, songea-t-elle, triomphante. Son pouls se mit à battre plus fort.

— Rappelez-vous. Je flirte de façon éhontée, non, attendez… vous m'avez même comparée à une catin. C'est bien ce que vous avez dit ? Je suppose que cela me place au même rang que votre maîtresse !

— J'ai dit que vous flirtiez comme une catin, rectifia-t-il en la saisissant aux épaules pour la maintenir à bonne distance. Jack vous ramènera chez vous.

— Je ne rentrerai pas, dit-elle d'une voix mielleuse en se balançant de nouveau vers lui.

Cette fois, il ne recula pas. Elle avait l'impression qu'un brasier se consumait entre eux.

— Vous vous ridiculisez, dit-il dans un souffle.

— Pourquoi cela ? Parce que tout homme digne de ce nom dans cette pièce me désire ? A part vous, bien sûr.

Elle émit un petit rire moqueur.

— Vous êtes immunisé contre mes charmes, n'est-ce pas ? continua-t-elle. C'est pourquoi vous respirez si bizarrement !

Alexi prit une profonde inspiration. Un terrible silence s'installa entre eux.

— Qu'est-ce qui ne va pas, Elysse ? demanda-t-il enfin en s'écartant d'elle.

— Absolument rien. Je ne fais que profiter de ce bal. Qui sait quand sera le prochain ? Et de votre côté, Alexi, qu'est-ce qui ne va pas ? Pourquoi vos yeux sont-ils si brillants ? Vous ne pouvez pas vous consumer de désir pour moi, n'est-ce pas ? Après tout, je ne suis qu'une princesse égoïste et gâtée. Mais peut-être que cela peut faire de vous mon prince ? Seriez-vous mon prince charmant, Alexi ? Si tel était le cas, j'imagine que vous me prendriez dans vos bras ! Non, c'est vrai… c'est impossible. J'oubliais que vous n'êtes pas un prince, mais tout au plus un grossier personnage !

— Vous êtes ivre comme un marin, Elysse. Vous allez rentrer chez vous.

— Jamais !

Soudain, elle aperçut Montgomery qui s'approchait d'eux, l'air inquiet. Le fait qu'Alexi la maltraite semblait profondément lui déplaire. C'était lui, son héros et son protecteur, désormais !

— Je ne peux pas rentrer, répondit-elle en lui lançant un regard de défi. J'ai promis à William de l'accompagner pour une promenade dans les jardins. Avez-vous vu comme la lune est belle, ce soir ? Une nuit parfaite pour les amoureux, Alexi…

Elle n'avait jamais rien promis de tel à Montgomery mais, à cet instant précis, cette promenade était exactement ce à quoi elle aspirait.

Alexi la dévisagea avec incrédulité.

— Agissez-vous ainsi pour me contrarier ? Ou juste pour le plaisir de jouer à la coquette ?

Elle lui rit au nez, passa devant lui et tendit la main à Montgomery.

— Je ne fais que profiter de ce merveilleux bal, et maintenant je vais me délecter d'une promenade au clair de lune avec mon prétendant préféré.

— Tout va bien ? s'enquit Montgomery en s'approchant d'eux.

Il les regarda tour à tour.

— Ce n'est qu'une petite querelle de famille, répondit Elysse en prenant son bras avec un large sourire. Alexi est presque un frère pour moi. Il vous l'a certainement dit.

Montgomery lança un regard furieux à son ami. Mais lorsque ses yeux se posèrent sur Elysse, il se radoucit.

— Auriez-vous besoin d'un peu d'air frais, Elysse ?

— Oui, cela me ferait le plus grand bien, dit-elle en enroulant étroitement son bras autour du sien.

Elle lança un regard en coin à Alexi.

Il semblait très en colère, aucun doute là-dessus.

— Elle ferait mieux de rentrer chez elle, dit Alexi à son ami d'une voix dure.

— J'y veillerai dès qu'elle y sera disposée, répliqua Montgomery sur un ton catégorique.

Les deux hommes s'affrontèrent un instant du regard avant qu'Alexi ne laisse échapper un long soupir contrarié. Elle était au centre de leur conflit et cette idée aurait dû la transporter de joie. Après tout, Alexi méritait tout ce qui lui arrivait ce soir. Mais au lieu de cela, une douleur sourde l'envahit de nouveau.

— Allons-nous en, murmura-t-elle à William.

Alexi lui lança alors un regard noir chargé d'avertissement. Puis il tourna les talons et s'éloigna d'un pas raide.

— Vous êtes certaine que tout va bien ? s'enquit Montgomery.

— Tout à fait, je passe un très bon moment, répondit-elle avec un sourire forcé. Pas vous ?

Il lui rendit son sourire tout en la guidant hors de la salle de bal.

— Maintenant, oui. Je dois vous avouer que je ne m'amusais pas beaucoup en vous voyant danser avec tous ces gentlemen.

Son regard était grave et pénétrant. Il l'appréciait vraiment, et peut-être même l'aimait-il, songea-t-elle. Elle avait été tellement absorbée par le retour d'Alexi qu'elle ne s'était même pas rendu compte à quel point William était beau et séduisant.

— Vous n'avez pas besoin d'être jaloux, répondit-elle d'une voix flatteuse.

Montgomery ouvrit la porte qui menait à la terrasse. En cette fin du mois de mars, les nuits étaient encore fraîches et personne ne s'était aventuré à l'extérieur, malgré la pleine lune qui inondait les jardins de sa clarté.

— Pas même d'Alexi ? demanda-t-il.

— Bien sûr que non ! se défendit-elle en bafouillant.

— J'en suis heureux. Elysse, lorsque je suis avec vous, je passe les meilleurs moments de ma vie.

Il paraissait sincère. Elle hésita quelques secondes sur le pas de la porte lorsque l'avertissement muet qu'elle avait lu dans le regard d'Alexi lui revint à l'esprit. Mais elle chassa vivement cette image et tendit la main à William avant de s'avancer plus loin. Aussitôt, il la saisit et la plaqua avec empressement contre son corps dur et ferme. Lorsque ses lèvres rencontrèrent les siennes, Elysse se raidit, soudain submergée par une vague d'inquiétude. Il se passa plusieurs longues secondes avant qu'il ne la libère de son étreinte.

Elle tourna alors la tête vers les portes de la terrasse. Il ne viendrait jamais à l'esprit d'Alexi de les suivre dehors, songea-t-elle, paniquée. Pas après l'humiliation qu'elle lui avait infligée.

— Avez-vous froid ? demanda William.

Comme elle acquiesçait, il retira sa veste pour la poser sur ses épaules, laissant ses mains s'attarder quelques secondes sur sa peau nue.

— Je ne veux pas abuser de votre gentillesse, Elysse. Mais sachez que je suis très épris de vous.

— Vous n'abusez jamais, murmura-t-elle.

S'apprêtait-il à lui faire sa déclaration ? A cet instant précis, des mots d'amour ne pouvaient que lui faire le plus grand bien. Elle plongea son regard dans celui de Montgomery. Alexi se trompait tellement sur le compte de son ami.

— Je suis si heureux de l'entendre. Lorsque vous souriez de cette façon, un homme pourrait très bien le prendre pour une invitation.

Elle jeta de nouveau un regard autour d'eux. Personne ne les observait. De plus, elle ne voulait plus penser à Alexi, ni maintenant ni jamais. Devait-elle encourager Montgomery à l'embrasser ? Et pourquoi pas ? Il était le prétendant idéal, même s'il lui avait fallu une très longue semaine pour le comprendre.

— Peut-être s'agit-il d'une invitation, susurra-t-elle enfin timidement.

Surpris, il l'étudia un long moment.

— Je voudrais pouvoir vous faire la cour, Elysse. Mes intentions sont vraiment honorables.

— Vous pouvez me courtiser, William, répondit-elle en frémissant.

Il caressa sa joue et leva délicatement son visage vers lui, l'obligeant à le regarder dans les yeux.

— Dans ce cas, je parlerai avec votre père dès demain pour lui demander officiellement votre main.

Elle se crispa à cette annonce. Les idées se bousculaient de manière incohérente dans sa tête, mêlées à l'image d'Alexi. Pourtant, la demande de Montgomery était exactement ce qu'elle voulait !

— Mon père a toujours dit qu'il voulait me voir faire un mariage d'amour.

— Seriez-vous en train de me dire que vous m'aimez ? demanda-t-il en la prenant aux épaules, visiblement étonné.

Elle hésita quelques instants. Non, elle n'aimait pas William, pas encore. Mais elle avait désespérément besoin de sa demande. Pourtant, elle savait qu'elle ne devait pas jouer avec ses sentiments…

— Je commence à vous apprécier beaucoup, répondit-elle.

— Eloignons-nous un peu de toutes ces lumières, dit-il dans un souffle.

Elle ne se sentait pas très rassurée. Il n'était pas convenable de s'avancer dans l'ombre, au bord de la terrasse… Mais Montgomery lui sourit tendrement et prit sa main.

— J'ai très envie de vous embrasser, Elysse, sans être interrompu. Comment pourriez-vous m'en vouloir ? Vous êtes la plus belle femme d'Irlande, et vous venez d'accepter ma demande.

Devait-elle accéder à sa requête ? Elysse s'immobilisa, le cœur battant. Alexi serait certainement furieux s'il l'apprenait. Mais qu'y avait-il de mal dans un baiser ? N'avait-elle pas pris du plaisir à danser dans les bras de Montgomery ? Il l'aimait, cela sautait aux yeux.

Comprenant qu'elle avait dû acquiescer sans même s'en apercevoir, elle se laissa guider vers un côté sombre de la terrasse. La main de Montgomery tenait fermement son bras et il la poussa vers les trois marches qui menaient aux jardins. Son esprit se troubla brusquement. Voulait-elle vraiment s'éloigner autant de la demeure ?

— Vous êtes si belle, dit-il avant de saisir son visage entre ses mains.

Il embrassa doucement ses lèvres, avec beaucoup de délicatesse et de lenteur.

Elle se sentit de plus en plus tendue. Jamais aucun homme ne l'avait vraiment embrassée. La bouche de Montgomery était ferme, mais douce. Son baiser était certes plaisant, mais pas renversant. Lorsque Alexi l'avait touchée dans la bibliothèque, la semaine précédente, elle avait bien cru que son cœur allait exploser sous l'intensité du désir. Mais elle ne vivait rien de tel en cet instant.

Des larmes brûlantes envahirent ses yeux et butèrent contre ses paupières serrées. Qu'était-elle en train de faire ? Tout lui paraissait si irréel !

— Je vous aime, dit Montgomery d'une voix grave. Avec vous, mes rêves deviennent réalité.

Elle croisa alors son regard ardent et son cœur se mit à battre la chamade. Il l'aimait. C'était un homme bon. Elle arriverait bien à l'aimer en retour, n'est-ce pas ?

Soudain, il l'enlaça, et elle crut qu'il voulait l'embrasser de nouveau. Mais en lieu et place, il l'entraîna avec lui en contrebas de la terrasse. Puis, debout sur la pelouse, il la prit dans ses bras et l'embrassa de nouveau.

Cette fois, sa bouche devint beaucoup plus insistante, glissant sans cesse sur ses lèvres. Elle comprit qu'il cherchait à les écarter, mais elle refusa de céder. Elle n'était pas prête pour un tel baiser. Elle l'attrapa alors par les épaules pour le repousser, et il lui répondit par un grognement mâle, et profondément sexuel.

Choquée, elle fut aussitôt en alerte. Il fallait mettre un terme à cette étreinte. Il avait obtenu le baiser qu'il demandait, que voulait-il de plus ?

L'étreinte de Montgomery s'intensifia encore. Sa bouche était maintenant plus dure, plus déterminée sur la sienne. Ses baisers devenaient effrayants. Elle voulait lui demander d'arrêter, lorsqu'elle se souvint que Montgomery l'aimait. Elle hésita une seconde de trop et, avant d'avoir pu prononcer un seul mot, elle sentit sa langue s'enfoncer profondément dans sa bouche.

Qu'était-elle en train de faire ? L'angoisse lui serra la gorge. Non, elle ne voulait pas être embrassée de cette façon, pas par un étranger ! De plus en plus apeurée, elle tenta de le repousser. Mais il ne s'en aperçut même pas.

La peur se transforma soudain en panique. Le baiser allait bientôt prendre fin, songea-t-elle pour se rassurer. Il l'aimait. Elle sentit soudain une main se poser fermement sur ses fesses pour l'étreindre plus fort, et le membre viril de Montgomery frotta contre sa hanche. Jamais elle n'avait senti cette partie de l'anatomie d'un homme. Bouleversée, elle voulut se révolter, mais la peur la paralysait complètement.

Sans relâcher son étreinte, Montgomery interrompit alors son baiser sauvage.

— Je vous aime, dit-il encore, haletant.

Avant qu'elle puisse protester et lui dire qu'ils feraient mieux de rentrer, il la reprit fermement dans ses bras et la coucha avec lui dans l'herbe humide.

Prise de panique, elle le saisit violemment aux épaules pour s'écarter de lui, tandis que son grand corps couvrait le sien. Elle poussa de toutes ses forces, mais le corps de Montgomery était trop lourd. D'un seul coup, il écarta ses lèvres et plongea de nouveau sa langue dans sa bouche. Son souffle court était ponctué de soupirs. Elle sentit sa main glisser sous sa robe, puis sous ses sous-vêtements avant de se poser sur sa gorge nue.

— William ! cria-t-elle enfin, indignée.

Il étouffa son cri de panique par un baiser. Ses bras la serraient comme un étau, son corps la clouait au sol. Elle ne savait même pas comment ses cuisses puissantes s'étaient glissées entre les siennes. Ses jupes étaient maintenant enchevêtrées autour de ses genoux. Que diable faisait-il ? Elle savait qu'elle ne pouvait pas se livrer à de telles choses !

Horrifiée, elle sentit une main remonter le long de ses cuisses, sous ses jupons. Seule une fine couche de tissu en coton le séparait de sa peau nue à présent. Dans un élan désespéré, elle se débattit et se contorsionna pour essayer de se dégager.

Et tout à coup, sans savoir pourquoi ni comment, elle ne sentit plus le poids du corps de Montgomery.

Du coin de l'œil, elle perçut alors un vague mouvement, et vit Alexi pousser Montgomery sur le côté. Son visage était blême de rage.

Elle poussa un cri de soulagement. Grâce à Dieu, il était venu à son secours !

Elle vacilla en essayant de se remettre sur pied, tandis que Montgomery se retournait. Alexi en profita pour se jeter sur lui, tête en avant. Les deux hommes roulèrent au sol et commencèrent à se battre. Alexi prit alors le dessus et se mit à califourchon sur Montgomery, le martelant de coups furieux. Ses intentions étaient claires : il voulait le tuer ! Mais Montgomery le prit soudain à la gorge.

— Arrêtez-vous ! hurla-t-elle.

Alexi lui lança un regard furieux, alors même que l'Américain l'étranglait. Profitant de cet instant, Montgomery balança son genou vers l'entrejambe d'Alexi, qui s'écarta vivement pour esquiver le coup. Le pilote en profita pour le repousser violemment et rampa sur le côté. Comme un seul homme, ils se remirent sur pied et se tinrent face à face, accroupis, comme deux animaux sauvages.

— Je vais te tuer, dit Alexi d'une voix blanche.

— Je vais me marier avec elle, répondit Montgomery.

A ces mots, Elysse faillit s'étrangler. Qu'avait-elle fait ?

Alexi se tourna soudain vers elle et lui lança un regard à la fois dur et furieux.

— Vous allez bien ? demanda-t-il.

Mais en la voyant, il écarquilla les yeux de surprise. Elle avait les cheveux en bataille et saignait de la lèvre. Le regard d'Alexi glissa brutalement le long de son corps et elle eut un mouvement de recul. Elle était presque certaine que sa robe était déchirée et couverte de traces d'herbe.

Elle fit un pas en arrière, haletante. Non, jamais plus elle n'irait bien. Comment avait-elle pu autoriser Montgomery à prendre de telles libertés ? Qu'avait-elle dans la tête ? Et pourquoi diable s'était-il donc transformé en monstre ?

— Elysse ! s'écria Alexi.

Elle croisa son regard et sentit les larmes commencer à couler. Elle voulait se jeter dans ses bras. Seigneur, c'était lui qui avait raison ! Montgomery n'était pas un gentleman.

Il ne s'était pas contenté de l'embrasser : il l'avait touchée, il avait profané scandaleusement son corps. Elle avait du mal à respirer. Elle tituba vers le mur et s'y cramponna.

— Jamais je ne lui aurais fait du mal, dit Montgomery d'une voix dure. Jamais je ne ferais du mal à la femme que j'aime.

— Vous vouliez donc la séduire pour vous assurer qu'elle vous épouse, alors ? dit Alexi sur un ton dangereusement suave. Ne vous doutiez-vous pas que je vous tuerais d'abord ?

Montgomery se tourna vers Elysse.

— Si je vous ai blessée, j'en suis navré.

Elle le regarda, insensible à ses excuses. Elle le haïssait. Les larmes continuaient de couler et inondaient son visage. Elle tremblait et sentit soudain une violente nausée l'envahir.

— Vous n'avez pas fait que m'embrasser, murmura-t-elle. Vous m'avez touchée aussi.

— Espèce de salaud ! gronda Alexi.

— Va te faire voir, de Warenne, répondit Montgomery avec un sourire froid. Je prendrai soin d'Elysse maintenant. Ce n'est qu'une vierge effarouchée, c'est tout.

— Non ! hurla Elysse, horrifiée à l'idée d'être de nouveau seule avec lui.

Il y eut alors un long et inquiétant instant de silence. Soudain, elle aperçut le couteau dans la main droite de Montgomery et se figea.

La lame scintillait dangereusement dans l'obscurité.

— Laissez-nous, dit Montgomery à Alexi. Je dois parler à Elysse seul à seule. Elle doit apprendre qu'un homme peut perdre tout contrôle sous l'effet de l'excitation.

La nausée la reprit de plus belle. Elle s'était laissé berner par le charme de Montgomery et par ses déclarations d'amour. Un vrai gentleman, comme Alexi, n'aurait jamais usé de sa force sur une femme.

— Vous laisser seuls tous les deux ? Jamais de la vie !

Alexi commença à tourner autour de l'Américain, un

sourire mauvais aux lèvres. Montgomery en fit de même. Les deux hommes étaient toujours face à face.

Ils avaient oublié sa présence ! comprit Elysse, désespérée. Il fallait absolument mettre fin à cette dispute avant que quelqu'un ne soit sérieusement blessé, ou pire !

— Alexi, je vais bien ! s'écria-t-elle. Personne ne va se marier. Vous pouvez me raccompagner chez moi sur-le-champ !

Sa voix était entrecoupée de sanglots.

Fou de rage, Alexi se jeta sur Montgomery et lui saisit le poignet droit. Elysse hurla, effrayée à l'idée que l'Américain puisse le poignarder. Mais lorsque le coup partit, il ricocha contre l'épaule d'Alexi, qui en profita pour saisir le poignet de Montgomery. Maintenant, les deux hommes se battaient au corps à corps, leurs yeux brillant d'une lueur meurtrière. Montgomery essayait de se libérer pour pouvoir brandir le couteau et Alexi tentait de l'en empêcher.

Soudain, Montgomery grogna et lâcha son arme. Aussitôt, Alexi plongea pour l'attraper. L'Américain l'imita et saisit Alexi par-derrière. Elysse cria en apercevant les deux hommes emmêlés dans une lutte sans merci. Ils roulèrent au sol et elle ne vit plus rien de ce qui se passait. Elle croyait qu'Alexi était en possession du couteau, mais elle n'en était pas certaine. Elle pria pour que l'arme soit perdue.

Avec un bruit sourd, le couteau atterrit alors brusquement sur la terrasse, comme sorti de nulle part. D'un bond, les deux hommes plongèrent pour l'attraper. Alexi tomba sur le pilote et grogna de satisfaction en se saisissant de l'arme. Mais soudain, un craquement sinistre retentit et Montgomery s'immobilisa sous le corps d'Alexi, la joue écrasée contre l'escalier en pierre.

Plus personne ne bougea.

Complètement paralysée, Elysse regarda Alexi se redresser lentement en s'appuyant sur ses mains et sur ses genoux, le regard braqué sur l'Américain. Elle remarqua alors les yeux de Montgomery, étrangement grands ouverts.

Elle étouffa un sanglot. Etait-il mort ?

Alexi leva peu à peu les yeux vers elle, et ce seul regard suffit à confirmer ses doutes.

Horrifiée, elle se mit à trembler.

Alexi baissa alors la tête vers le pilote.

— Il est mort, dit-il d'une voix blanche.

— Non, ce n'est pas possible !

Alexi inspira profondément.

— Il est mort, répéta-t-il. Sa tête a cogné l'arête en pierre de l'escalier.

William Montgomery était donc vraiment mort ?

— Bon sang ! ajouta-t-il entre ses dents.

Il tremblait et semblait déployer de gros efforts pour contrôler ses émotions.

Soudain, dans l'esprit d'Elysse, tout devint clair. Tout était de sa faute à elle…

Alexi la regarda de nouveau.

— Elysse, dit-il d'une voix grave.

Non, ce n'était pas possible ! songea-t-elle en secouant désespérément la tête de gauche à droite. Elle ramassa ses jupes et s'enfuit en courant vers la demeure.

4

Toujours en état de choc, Elysse se précipita vers le hall d'entrée en étouffant un sanglot. Elle n'en revenait toujours pas. William Montgomery était mort !

Chancelante, elle s'adossa contre le mur. Alexi et William s'étaient battus à cause d'elle ! Elle était responsable de cette catastrophe…

Elle sentit le monde se dérober sous ses pieds. Elle ne parvenait pas à arrêter les tremblements qui secouaient son corps. Comment tout cela était-il arrivé ? songea-t-elle, rongée par la culpabilité. Elle serra ses bras autour de ses épaules en pleurant. Montgomery lui avait demandé l'autorisation de la courtiser, puis il s'était transformé en monstre ! Il lui avait pourtant dit qu'il l'aimait. Pourquoi donc l'avait-il traitée avec un tel manque de respect ! Depuis le début, Alexi avait raison. A présent, Montgomery était mort…

Soudain, elle entendit des exclamations choquées et sursauta.

Essuyant son visage couvert de larmes, elle tourna la tête en direction du bruit. Deux femmes se tenaient à l'autre bout du hall, totalement immobiles, et la regardaient avec des yeux exorbités.

Elle comprit aussitôt que son aspect ne laissait planer aucun doute sur ce qui lui était arrivé. Ses cheveux pendaient lamentablement sur son visage, ses joues étaient baignées de larmes et sa robe était certainement sale. Toute personne rationnelle ne manquerait pas de deviner qu'elle venait de se faire agresser.

Le souvenir des mains et de la bouche de William sur son corps refirent soudain surface, et la nausée la secoua avec violence. Pourquoi n'avait-elle pas écouté Alexi, son plus vieil et son plus cher ami ? Que se serait-il passé s'il n'était pas sorti pour lui porter secours ?

— Miss O'Neill…, balbutia l'une des deux ladies.

Non ! Personne ne devait savoir ce qui s'était passé ! Personne ne devait savoir qu'elle avait autorisé Montgomery à l'embrasser, et qu'il avait profité de la situation pour abuser d'elle. Personne ne devait savoir qu'il était maintenant mort !

Etouffant un cri, elle pivota pour remonter le couloir et aperçut Alexi qui venait à sa rencontre en courant.

Jamais elle n'avait eu autant besoin de quelqu'un ! Elle n'aurait pas dû le laisser seul, dehors, avec le corps de Montgomery. Folle de joie, elle se rua vers lui. Aussitôt, il lui prit le bras puis il tourna brusquement la tête vers les deux femmes avant de l'entraîner de nouveau vers le hall avec lui. Derrière eux, les deux dames chuchotaient entre elles avec agitation.

Mon Dieu !

Sa réputation était ruinée…

Alexi ouvrit une porte et la poussa dans la pièce avant de fermer à clé derrière eux.

Son cœur battait à tout rompre dans sa poitrine.

— Elles savent, balbutia-t-elle en tremblant.

— Elles ne savent rien, répondit-il en la prenant dans ses bras.

Elle écrasa sa joue contre son torse et il la serra très fort contre lui.

Lorsqu'il reprit la parole, elle sentit sa bouche tout contre ses cheveux.

— Dites-moi que vous allez bien, Elysse, qu'il ne vous a pas fait de mal.

Sa voix était grave.

Le corps secoué de sanglots, elle était incapable de parler. Elle enroula ses bras autour de ses épaules et s'agrippa très fort à lui. Longtemps, il la berça contre son corps. Comment avait-elle pu autoriser Montgomery à l'embrasser ? Comment avait-elle pu prendre au sérieux sa demande en mariage ? Les événements de la soirée défilèrent dans sa tête : ses flirts incessants et outranciers, sa dispute avec Alexi, l'horrible baiser de William, chargé d'agressivité, et la confrontation fatale entre les deux hommes.

— Je m'en veux tellement, dit-elle entre deux sanglots. Je ne voulais pas que les choses se passent ainsi. Mon Dieu, Alexi !

Elle leva un regard trouble vers lui. Elle se sentait au bord de l'évanouissement. L'horreur qu'elle ressentait la consumait tout entière.

Il prit son visage en coupe entre ses mains et elle vit des larmes briller dans ses yeux.

— Je le sais, Elysse. Mais bon sang, pourquoi êtes-vous sortie dehors avec lui ?

Elle enfouit son visage dans le creux de son épaule. Jamais elle ne pourrait lui avouer qu'elle avait autorisé Montgomery à l'embrasser !

— Je ne laisserai personne vous faire du mal, ajouta-t-il d'un air grave.

Elle avait tellement de mal à réfléchir. L'image de William Montgomery transformé en bête sauvage puis mort hantait son esprit. Et c'était elle, la seule responsable…

— Tout est ma faute, n'est-ce pas ? Je me suis joué de lui, nous sommes sortis sur la terrasse. Je ne vous ai pas écouté…

Le visage d'Alexi s'assombrit.

— Arrêtez ! s'écria-t-il en l'étreignant contre lui.

Son corps tendu tremblait autant que le sien.

— Il n'avait absolument pas le droit de vous embrasser, il savait que vous vous débattiez pour lui échapper !

L'étreinte d'Alexi était si rassurante. Elle n'avait jamais

eu aussi peur de sa vie. Mais heureusement, tout était fini. Elle était en sécurité avec lui, désormais. Pourtant, elle ne pouvait oublier que Montgomery était mort parce qu'il s'était battu à cause d'elle. Alexi ne pouvait être tenu pour responsable. Le souffle coupé, incapable de parler, elle luttait pour retenir ses larmes, la joue posée contre son torse. Elle passa les bras autour de sa taille.

— C'était horrible ! Ne me laissez pas, je vous en prie ! le supplia-t-elle.

Elle aurait pu rester blottie entre ses bras pour toujours.

Les images se précipitaient dans son esprit. Jamais elle n'oublierait le bruit sinistre du crâne de Montgomery heurtant l'escalier en pierre !

Et les deux ladies qui l'avaient vue dans le hall d'entrée… Les larmes se remirent à couler en silence. Non seulement elle avait mis Alexi dans une situation très délicate, mais elle avait également ruiné sa propre réputation…

Alexi la serra un peu plus fort contre lui. Combien de temps restèrent-ils ainsi enlacés, à lutter contre leurs démons, elle l'ignorait. Au bout d'un moment qui lui parut une éternité, elle perçut la respiration saccadée d'Alexi, qui ressemblait étrangement à des sanglots étouffés, mêlés à ses propres plaintes chargées d'angoisse. Le bruit d'un volet qui claquait contre le mur de la demeure remplissait la nuit. Le tic-tac d'une horloge cachée dans un coin de la pièce résonnait fortement. Les tremblements d'Alexi s'étaient espacés, mais pas les siens.

Elle leva lentement la tête vers lui.

Doucement, il fit glisser sa main sur son visage, puis dans ses cheveux. Ses joues étaient couvertes de larmes.

— Vous devez rentrer chez vous, dit-il.

— Je vais bien, murmura-t-elle. C'était un accident, Alexi. Un accident !

Il inspira profondément. Ses yeux brillaient à travers ses larmes.

— Je lui avais pourtant demandé de ne prendre aucune liberté avec vous ! dit-il entre ses dents.

Un éclair de douleur traversa son regard azur. Elle comprit qu'il repensait au calvaire qu'elle avait subi.

— Je voulais vraiment le tuer, Elysse.

— Qu'allons-nous faire ?

De nouvelles larmes se mirent à couler à un rythme lent et régulier, comme un trop-lein de tourments et de culpabilité.

Il prit son visage entre ses mains.

— Je vais m'occuper de tout, dit-il.

Leurs regards se croisèrent. Soudain, la nausée se manifesta de nouveau, trop violente pour qu'elle puisse la contenir. Elle traversa en courant la pièce et vomit dans une petite poubelle, le corps plié en deux. Un homme était mort à cause d'un ridicule flirt ! C'était elle, la responsable, et non Alexi !

— Pouvez-vous vous redresser ? demanda-t-il en la rejoignant.

Elle acquiesça et il l'aida à se mettre sur pied. Elle s'aperçut qu'elle pleurait toujours lorsqu'il passa son pouce sur sa joue, comme pour interrompre ses torrents de larmes.

— Je veux que vous sortiez d'ici, dit-il brusquement.

Elle ne voulait rien d'autre que quitter cet endroit et se cacher, pour toujours si possible.

— Comment pourrais-je vous quitter maintenant ? Après ce qui vient de se passer ? Je n'arrête pas de penser à… lui.

— Avec le temps, vous oublierez, nous oublierons tous les deux, dit-il en évitant son regard.

Elle le connaissait suffisamment pour savoir qu'il n'oublierait jamais cette soirée tragique. Tout comme elle… Il ne faisait que lui mentir pour l'aider à se sentir mieux.

— Oui, répondit-elle, c'était un accident.

Il lui lança alors un regard acerbe et elle se rappela que les deux hommes étaient des camarades de bord et des amis. Le pilote avait sauvé la vie d'Alexi. Accablée par la culpabilité, elle détourna les yeux.

— Il faut que je réfléchisse, Elysse, dit-il d'une voix dure et grave. Montgomery est mort et son corps est resté à l'extérieur.

Et soudain, elle retrouva ses esprits. Etait-il possible qu'Alexi soit accusé de meurtre ? Qu'il finisse en prison ? L'avenir lui apparut alors dans toute son horreur, par bribes : le procès sensationnel d'un meurtrier, sa propre réputation ruinée à tout jamais. Alexi derrière les barreaux…

— Restez ici, dit-il. Et ne bougez surtout pas, c'est un ordre !

Il tourna les talons et se dirigea vers la porte.

Elle le suivit d'un pas nerveux.

— Où allez-vous ?

— Je vais chercher mon père, et le vôtre.

Elle saisit vivement son bras.

— Mon père ne doit pas être mis au courant !

— Devlin doit être informé, dit-il sur un ton sans appel.

Affolée, elle le regarda quitter la bibliothèque à grands pas. Puis elle referma la porte derrière lui et s'adossa contre le battant pour reprendre son souffle. Qu'allaient-ils faire ? On ne pouvait pas accuser Alexi de meurtre. C'était un accident !

Mais elle était le seul témoin de leur lutte. Et tout le monde savait à quel point Alexi et elle étaient proches. Personne ne la croirait. Comment ce cauchemar avait-il commencé ? Certes, au début, elle appréciait William Montgomery. Puis elle repensa à son baiser forcé, à ses attouchements dégoûtants. S'était-il aperçu qu'elle ne voulait pas aller plus loin ? Les larmes lui montèrent de nouveau aux yeux. Jamais elle n'aurait dû sortir seule avec lui !

— Elysse ! s'exclama son père lorsqu'il pénétra dans la pièce. Alexi m'a informé qu'il y avait eu un problème.

Il la détailla de pied en cap et blêmit.

Sa mère entra alors en compagnie de Cliff, et Alexi ferma la porte à clé derrière eux.

Prise d'angoisse, Elysse se raidit et posa une main sur son estomac noué. Elle était incapable de parler.

Aussitôt, sa mère se précipita vers elle et l'embrassa. Soulagée, elle tomba dans ses bras.

En découvrant ses cheveux en bataille, sa robe déchirée et son visage décomposé, son père avait étouffé un cri de stupeur.

— Qui a fait cela ? demanda-t-il en tournant son visage plein de rage vers Alexi. Ne me dites rien. Où est Montgomery ? gronda-t-il.

— Il est dehors, répondit Alexi d'une voix grave. Il est mort…

Virginia étouffa un cri. Cliff s'avança d'un pas décidé vers Alexi et le prit par l'épaule.

— Que diable s'est-il passé ?

— C'était un accident ! s'écria Elysse sans laisser à Alexi le temps de répondre. Tout est ma faute. Toute cette semaine, j'ai encouragé Montgomery à m'entourer de ses attentions. Alexi nous a trouvés dehors en train de nous… embrasser.

Elle rougit.

— Alexi et lui se sont battus, continua-t-elle.

Elle regarda son père d'un air suppliant.

— C'était un accident, père. Pendant la bagarre, Montgomery est tombé tête en avant sur l'escalier. S'il vous plaît, il faut protéger Alexi !

— Que t'a-t-il fait ? demanda son père, fou de rage.

— Rien de mal, se défendit-elle.

— Pas maintenant, intervint sa mère en s'interposant soudain entre son mari et elle.

Puis elle se tourna vers Elysse.

— Ma chérie, nous rentrons à la maison, dit-elle avec un sourire rassurant. Nous partirons par la porte de derrière. Et tu n'as pas à t'inquiéter pour Alexi.

— Je n'ai pas l'intention de rentrer tant que tout ne sera pas arrangé ! s'indigna-t-elle. Il est mort, mère, et…

Elle s'interrompit.

— C'est moi, la responsable, pas Alexi, conclut-elle gravement.

— Si Alexi s'est battu avec Montgomery, c'est qu'il te faisait du mal, rugit son père. Je veux savoir ce qui s'est passé !

— Ce n'était qu'un terrible et dégoûtant baiser ! cria-t-elle.

Il y eut un grand silence. Sa mère tira sur son bras et l'invita à se rapprocher d'elle. Elysse essuya ses pleurs incessants, regrettant déjà sa franchise.

— Mon pilote lui faisait des avances irrespectueuses, dit enfin Alexi d'une voix ferme. Elysse a été brutalement agressée, mais rien de plus. Il n'y a rien eu d'autre.

Son père leva le menton pour le dévisager, visiblement divisé.

— Où est le corps de Montgomery ? demanda-t-il abruptement.

Alexi le regarda fixement, tandis qu'Elysse tremblait dans les bras de sa mère.

— Le corps est dehors, sur la terrasse, répondit-il d'une voix lugubre et résignée. Nous nous sommes battus au corps à corps et sa tête a heurté les marches en pierre.

— Elysse et lui étaient donc sur la pelouse, et non sur la terrasse.

Alexi le regarda froidement. Devlin était rouge de colère.

— Où voulait-il t'emmener ? lui demanda-t-il.

— Je ne sais pas, je sais juste que je ne voulais pas quitter la terrasse ! s'exclama Elysse.

— Lorsque je les ai trouvés, j'ai voulu le tuer, avoua Alexi.

Cliff pâlit.

— Quelqu'un vous a vu ?

Elysse se mordit nerveusement les lèvres. Elle ne voulait pas encore parler des deux femmes dans le couloir.

Alexi semblait partager son avis, car il lui lança un regard lourd d'avertissement.

— Nous ne pouvons pas nous rendre aux autorités, dit le

père d'Elysse d'un ton résolu. Tôt ou tard, les événements seraient rendus publics, après une enquête et peut-être même un procès. Elysse ne s'en remettrait jamais.

Elle comprit que son père ferait tout pour la protéger.

Devlin se tourna vers Cliff.

— Nous devons nous débarrasser du corps.

Cliff acquiesça, une expression figée sur le visage.

— D'accord, approuva-t-il.

— Ils vont tout arranger, ma chérie, dit sa mère à voix basse. Tout va bien se passer pour Alexi, et pour toi aussi.

Pourvu que sa mère ait raison ! pria Elysse.

— Nous jetterons son corps à la mer, dit Devlin en regardant fixement Cliff. Personne n'en saura jamais rien.

Il était 4 h 30 du matin et tout était silencieux à Windhaven. Les femmes dormaient profondément au deuxième étage. Alexi suivit son père, Devlin et Jack jusqu'aux cuisines après s'être subrepticement introduit dans la demeure par la porte de derrière. Il avait retiré sa veste depuis longtemps, et sa chemise blanche à jabot était maculée de poussière et d'huile. Ses manches étaient roulées jusqu'aux coudes. Il avait encore du mal à raisonner de façon claire. Il venait de tuer un homme ! La seule chose dont il était conscient était la douleur sourde qui oppressait sa poitrine et martelait ses tempes. Même ses côtes lui faisaient mal, comme si elles étaient contusionnées ou cassées, à tel point que toute la nuit il avait eu du mal à respirer.

William Montgomery était mort... Mais Elysse allait bien.

Epuisé, il se mit à trembler. Elysse avait été agressée. Elle s'était battue pour se libérer de l'étreinte de Montgomery, les jupes emmêlées autour de ses cuisses. Dès qu'ils les avaient vus ensemble, il avait senti sa détresse, sa peur et son état de panique.

Il avait aussitôt voulu la mort de cet homme. Et ses vœux avaient été exaucés.

La mort ne lui était pas inconnue, mais les événements

de la soirée étaient différents de tout ce qu'il avait connu jusque-là et il avait encore du mal à y croire.

Montgomery était son camarade de bord, son pilote et son ami. Il lui avait sauvé la vie. Et lui l'avait tué…

Tout cela restait absolument incompréhensible.

Les hommes qui l'accompagnaient étaient aussi confus et sales que lui. Personne n'avait prononcé un seul mot depuis leur départ de Limerick Harbor. Ils suivaient maintenant Cliff en silence à travers l'immense cuisine plongée dans l'obscurité, à l'exception d'un petit feu qui crépitait dans un coin. Ils arrivèrent enfin dans le hall tout aussi faiblement éclairé et se dirigèrent vers la bibliothèque. Cliff n'eut pas besoin de fermer les lourdes portes en teck. Il se contenta d'allumer plusieurs lampes à gaz.

Devlin s'avança vers la desserte dorée qui servait de bar et servit quatre verres de brandy. Son visage était grave. Il semblait, lui aussi, perdu dans ses pensées. Alexi le regarda sans vraiment le voir. Sa tête le faisait souffrir atrocement.

Il s'était complètement trompé sur le compte de Montgomery. S'il avait su de quoi il était capable, jamais il ne l'aurait invité chez lui, et encore moins à Askeaton Hall. C'était lui qui avait présenté l'Américain à Elysse, et cette seule idée le rendait malade.

Jamais il n'oublierait le corps de Montgomery sur celui d'Elysse, si menue et fragile dans ses bras, ses caresses déplacées tandis qu'elle essayait de le repousser. Il n'oublierait jamais le bruit de ce baiser et la respiration épaisse et haletante de l'Américain, ponctuée de petits grognements. Pendant ce temps, Elysse gémissait de peur, et peut-être même de douleur.

Il chassa ces images terribles de son esprit. Aussitôt, elles furent remplacées par d'autres tout aussi effrayantes : le visage d'Elysse maculé de larmes. Il la revit dans ses bras, pleurant, blessée et apeurée. Jamais il n'avait ressenti un tel besoin de la protéger.

Son estomac se souleva. Il la connaissait si bien !

Il repensa à la conversation qu'ils avaient eue juste avant qu'elle ne sorte avec Montgomery.

« — Je ne suis pas ivre et je ne vais pas rentrer. Sauf si vous proposez de me raccompagner.

— Flirtez-vous avec moi ?

— Je flirte avec tout le monde, vous vous rappelez ? »

La tension qu'il ressentait avait pris des proportions insupportables. Elysse n'était qu'une coquette inconsciente et insatiable. Elle avait flirté avec tous les hommes possibles et imaginables lors de la soirée. Elle avait aguiché Montgomery. Et lui aussi. Mais indépendamment de son comportement, aucune femme ne méritait le traitement qu'elle avait reçu ce soir.

Il était responsable d'avoir fait venir Montgomery en Irlande…

Les images défilèrent à toute vitesse. Il revit Elysse et Montgomery enlacés dans une étreinte torride, Montgomery qui plongeait pour attraper le couteau au moment même où il s'en saisissait, le corps de son pilote jeté dans la mer couleur d'encre…

Devlin lui tendit alors un verre qu'il accepta. Mais il ne voyait que l'image d'Elysse, un sourire charmeur aux lèvres.

« — Vous êtes complètement ivre. Vous devriez rentrer chez vous.

— Je ne peux pas rentrer car j'ai promis à William de l'accompagner pour une promenade dans les jardins. Avez-vous vu comme la lune est belle, ce soir ? Une nuit parfaite pour les amoureux, Alexi… »

Au souvenir de ces paroles, son sang entra en ébullition. Il aurait pu prévenir ce drame… Frustré, une envie impérieuse de frapper sur quelqu'un ou quelque chose s'empara de lui. Bien sûr, il pouvait se dire qu'elle ne l'avait pas écouté. Elle n'en avait fait qu'à sa tête ! Elle avait accompagné Montgomery dehors, flirtant avec lui de manière aussi outrancière que dangereuse. Et maintenant, son pilote était mort…

Il l'avait tué à cause d'elle. Mais il agirait de même si c'était à refaire, même si ce satané Américain lui avait sauvé la vie.

— Voilà qui est fait, dit Devlin en le sortant de sa torpeur. Ce bâtard repose au fond de la mer d'Irlande, à présent.

D'une main tremblante, Alexi porta le verre à ses lèvres et but d'un trait son brandy. Mais l'alcool n'apaisa en rien la tension qui habitait son corps.

— Ça passera, dit son père d'une voix ferme et sincère.

Alexi n'en croyait rien. Il n'oublierait jamais cette soirée, ni ce qui était arrivé à Elysse. Pas plus que son propre rôle dans ce drame.

Cliff posa une main sur son épaule.

— Ce qui est fait est fait, Alexi. Rien ne sert de ruminer. Tu dois laisser les événements de ce soir derrière toi. Nous n'évoquerons plus jamais ni cette nuit ni le pilote.

Alexi ne trouva rien à répondre. Il était si épuisé qu'il était sûr de ne pas trouver le sommeil ce soir.

Soudain, une nouvelle vague de colère le prit par surprise.

Les souvenirs l'assaillirent et le paralysèrent. Il revoyait Montgomery à son côté dans la neige, tapi derrière des rondins de bois, combattant pour sauver leurs vies contre une bande de Hurons au milieu d'un blizzard aveuglant. Lui et Montgomery, accroupis dans la cabine de son navire, buvant du whiskey, encore sous le choc d'avoir survécu au combat, soudain pris d'un fou rire. Lui et Montgomery à Gibraltar, dans la petite chambre d'une auberge, se partageant les faveurs d'une prostituée, puis dans son bateau, lorsqu'ils étaient sur le point de passer le détroit de la Sonde, poursuivis par une tornade. Montgomery, regardant l'artimon et les huniers se dérouler, un sourire aux lèvres. Plus tard, lorsque le bateau avait poursuivi sa course au large de Java pour entrer dans l'océan Indien, ils avaient partagé un mug de rhum pour fêter leur voyage de retour à travers la mer de Chine…

— Alexi…, commença son père.

Il sursauta et revint à la réalité, dans la bibliothèque de Cliff de Warenne. Son visage était baigné de larmes. Car ce soir, Montgomery ne s'était pas comporté comme un ami, absolument pas.

Au même moment, il fut saisi d'une violente nausée.

— Tu es en état de choc, et tuer un homme n'est pas rien, dit Cliff. C'était un accident, mon fils. Tu protégeais Elysse.

Alexi traversa la pièce en courant et sortit sur la terrasse, à l'endroit même où il avait aperçu Montgomery avec Elysse. Il se pencha au-dessus de la balustrade et rendit son brandy. Il se cramponna un long moment en attendant que les spasmes s'apaisent.

Il avait tué son ami. Mais pouvait-il encore le considérer comme tel, après ce qu'il avait fait ? L'Américain s'était comporté en chasseur de fortune et en goujat, il avait essayé de prendre Elysse de force…

Sa culpabilité le rendait malade, mais sa fureur encore plus. Il jura et frappa du poing la balustrade. Aucun des événements de la soirée n'aurait dû arriver ! Les larmes lui montèrent de nouveau aux yeux. Fichu Montgomery ! Sacré Elysse O'Neill !

— Tu veux que nous en parlions ? demanda son père d'une voix douce en s'approchant de lui.

— Non, répondit-il d'une voix sourde.

La colère grondait en lui. Il préférait cela à la culpabilité. La colère avait au moins l'avantage d'être supportable. Il se tourna lentement vers son père.

— Tu avais parfaitement le droit de défendre Elysse, mon fils. Mais je sais aussi à quel point Montgomery et toi étiez proches. Vous étiez des amis, des camarades de bord.

Alexi frémit de la tête aux pieds et lutta pour refouler ses larmes. Dire qu'il avait mis la vie de son équipage entre les mains de Montgomery, que cet homme avait été le garant de leur sécurité. Maudit soit-il !

— Ça ne change rien. Il est mort, à présent.

Son père posa une main sur son épaule.

— Personne ne te jette la pierre, et certainement pas pour ce que Montgomery avait l'intention de faire. Il était de ton devoir de protéger Elysse. Tu prends soin d'elle depuis que vous êtes enfants. Je me souviens encore du jour où nous sommes arrivés à Harmon House et de l'expression de ton visage la première fois que tu l'as vue.

Alexi recula d'un pas. Il ne voulait pas en entendre parler !

— Mon expression n'avait rien de particulier, protesta-t-il. Et si tel était le cas, c'est qu'elle flirtait sans doute avec moi !

Cliff le regarda fixement, muet de stupéfaction.

— Montgomery est mort, s'écria Alexi d'une voix chargée de frustration. Elysse a été agressée ce soir, mais demain elle recommencera à flirter comme une écervelée comme si rien ne s'était passé. Vous verrez que ce que je vous dis est vrai !

La colère qu'il éprouvait à l'égard d'Elysse le laissa pantois.

— Ce que tu dis n'est pas juste et tu le sais, répondit son père calmement. Elle a traversé l'enfer ce soir. Je ne crois pas qu'elle soit disposée à flirter avant un grand moment.

Sa fureur l'empêchait maintenant de raisonner avec lucidité.

— Je l'avais prévenue de ne pas jouer avec lui. En tirera-t-elle un jour les leçons ?

— La vie donne à tout le monde des leçons, mon fils, répondit son père d'une voix douce.

Alexi croisa fermement ses bras sur sa poitrine.

— Elle n'en tirera jamais rien ! s'emporta-t-il. Elle ne grandira jamais !

— Tu as toutes les raisons du monde d'être en colère.

— Je suis furieux, cria-t-il.

A ce moment même, il eut envie de prendre Elysse par les épaules et de la secouer jusqu'à ce qu'elle devienne une femme normale, dotée de bon sens.

— Je lui ai dit de se tenir à l'écart de Montgomery ! Je ne lui faisais pas confiance. Je savais qu'elle irait trop loin ! Comme toujours, elle a fait exactement l'inverse de ce que j'attendais d'elle. La connaissant, elle l'a certainement encouragé à l'embrasser. Maudite soit-elle !

— Il est peut-être temps de reconnaître l'attirance qui existe entre vous depuis des années, dit son père en cherchant son regard.

Alexi sursauta.

— Je ne sais pas du tout de quoi vous parlez, grommela-t-il, terriblement mal à l'aise.

Il se retourna et se mit à faire les cent pas. Il fallait que Devlin lui fasse entendre raison, qu'il la punisse. Il fallait qu'elle cesse de flirter à tout-va ! Oui, son père devait la marier sans plus tarder. Elle avait déjà prouvé à quel point elle était écervelée. Maintenant, elle avait besoin d'un mari pour la surveiller.

Soudain, Alexi se figea, puis regarda son père qui sirotait calmement son brandy en le surveillant du coin de l'œil. Il devait parler à Devlin… immédiatement ! D'un pas décidé, il revint vers la bibliothèque, suivi plus lentement par son père.

Devlin était assis dans un fauteuil et regardait pensivement son verre vide. Il ressassait certainement les événements de la soirée. De son côté, Jack faisait les cent pas.

— C'est moi qui aurais dû le tuer, siffla Jack en tremblant de rage. Ces deux pestes ont déjà dû raconter à la moitié de la Terre que ma sœur était perdue. Et c'est bien le cas, bon sang ! Plus personne ne voudra d'elle à présent !

Alexi sentit la tension croître encore plus. Jack avait raison. Il aurait dû informer tout de suite Devlin que Mme Carrie et lady O'Dell avaient vu Elysse dans le hall. Toute la soirée, il avait occulté le fait que les deux femmes étaient des commères. Il était clair que la réputation d'Elysse était sérieusement compromise.

— Je sais qu'Elysse aime flirter, dit Jack d'une voix tendue. Mais elle est si belle. Lorsqu'elle entre dans une pièce, tous les hommes se retournent en la voyant. Elle n'y peut rien. Et le pilote n'est pas une exception.

Alexi ne souhaitait nullement débattre avec Jack de l'imprudente aventure d'Elysse avec Montgomery. Son frère ne manquerait pas de la défendre.

— Elle était le meilleur parti d'Irlande, continua Jack en regardant Devlin. Maintenant, qui voudra d'elle ? Nous aurons beau dire qu'il ne s'agit que d'un commérage, toutes les ladies n'auront que cette histoire aux lèvres.

Il croisa les bras et prit un air renfrogné.

Devlin leva alors la tête.

— Il existe un autre moyen de mettre un terme aux commérages, Jack. Elysse est une héritière : je peux lui offrir un mari tout à fait convenable.

Alexi se raidit encore plus. Il aurait dû se douter que les choses prendraient cette tournure. Il était lui-même arrivé à cette conclusion en suivant un tout autre raisonnement. Il fallait qu'elle se marie immédiatement. Seul un mari pourrait la protéger des commérages. Devlin savait très bien qu'il ferait taire ces deux vieilles dames en lui trouvant un bon parti.

— Tu as toujours voulu qu'elle fasse un mariage d'amour, avança Cliff.

Alexi resta très calme. Le terrain était miné et il devait progresser prudemment.

— En effet, mais ce n'est plus d'actualité, répondit Devlin en regardant Cliff droit dans les yeux.

Alexi sentit ses oreilles bourdonner. Il se souvint du petit garçon de neuf ans qui avait nourri l'espoir secret d'épouser Elysse O'Neill une fois qu'ils seraient adultes.

— Dès qu'elle sera mariée, ce tragique épisode ne fera plus les gorges chaudes de la bonne société, dit Devlin. Je connais ma fille. Elle ne supportera pas d'être méprisée et ostracisée. Je vais lui trouver un fiancé exceptionnel. Le plus tôt sera le mieux.

— Pourquoi ne l'envoyez-vous pas à l'étranger un an ou deux ? demanda Cliff en jetant un regard en coin à Alexi.

— Cela ne suffira pas pour mettre un terme aux commérages. Lorsqu'elle sera devenue une dame riche et puissante, plus personne ne pensera à ce qui s'est passé ce soir.

Sur ces mots, Devlin se leva, très raide. Sa décision était prise. Alexi prit alors une profonde inspiration. C'était le moment de révéler ses intentions.

— Attendez ! dit-il. Cela ne sera pas nécessaire.

Devlin le regarda fixement.

— Qu'as-tu à l'esprit ?

Il avait posé la question pour la forme, car tout dans son attitude indiquait qu'il avait compris.

— Je suis venu à son secours ce soir, je peux lui apporter de nouveau ma protection.

Devlin lui lança un regard surpris. Puis un petit sourire étira lentement ses lèvres.

— Puisque vous voulez la marier, laissez-moi l'épouser, déclara Alexi d'une voix blanche.

5

Montgomery pencha son visage vers le sien. Elle tremblait de frayeur. Elle savait ce qui allait suivre. Elle sentit ses lèvres, terriblement insistantes sur les siennes, puis sa langue qui s'enfonçait profondément dans sa bouche. La peur se mua en terreur. Elle se débattit, consciente d'être maintenant couchée sur le sol, Montgomery étendu sur elle. Puis il y eut un vide et Alexi apparut, la foudroyant d'un regard furieux et accusateur. Derrière lui, William gisait à terre, les yeux ouverts et vides de toute expression.

— C'est toi qui as fait ça ! cria Alexi.

Non, ce n'était pas sa faute ! Mais aucun mot ne sortait de sa bouche. Elle hurla…

Elysse se redressa en sursaut dans son lit, le cœur battant à tout rompre et le corps couvert de sueur. Encore sous le choc, elle resta immobile un moment, incapable de s'arracher à son terrible cauchemar. Dans son esprit, elle se trouvait toujours sur la terrasse, à Windhaven. Elle jeta un regard autour d'elle, s'attendant à trouver le pilote mort sur le sol. Mais elle n'aperçut que son couvre-lit rose à fleurs et sa chemise de nuit ivoire.

Tremblante, elle soupira de soulagement et scruta l'obscurité de la chambre en tentant d'apaiser son souffle et les battements désordonnés de son cœur. William Montgomery était mort, et tout était sa faute !

La culpabilité l'envahit brusquement.

Alexi ne lui avait-il pas demandé maintes fois de ne pas

flirter avec son ami ? N'avait-elle pas ignoré ses mises en garde, dans le seul but de l'énerver ? N'avait-elle pas espéré en secret le rendre jaloux ?

Bien sûr, elle avait apprécié la compagnie de Montgomery ! Elle avait même accepté qu'il la courtise. Elle s'était sentie flattée d'être l'objet de ses attentions, jusqu'à ce terrible baiser…

Les événements de la nuit passée lui revinrent avec une stupéfiante clarté. Les hommes de Windhaven étaient partis jeter le corps de William dans la mer pour effacer toute trace de sa mort, tandis qu'elle était rentrée chez elle avec sa mère en quittant discrètement Windhaven par la porte de la cuisine. Sur le chemin du retour, elles étaient restées silencieuses, mais sa mère l'avait prise dans ses bras pour lui offrir un vain réconfort. Ses larmes avaient fini par se tarir tandis qu'elle fixait la fenêtre de la voiture, grelottant sous l'effet du froid qui s'était emparé de son corps et de son cœur.

William Montgomery était mort par sa faute.

Comment était-ce possible ?

Une fois chez elle, elle n'avait pas voulu aller se coucher. Comment rester seule avec ce sentiment d'horreur et de culpabilité ? Eperdue de douleur, elle avait veillé avec sa mère en buvant en silence une tasse de chocolat chaud. Elle était glacée jusqu'aux os. Et cette sensation ne la quitterait jamais, songea-t-elle en frissonnant. Sa mère n'avait pas essayé de lui parler et Elysse lui en était reconnaissante. Dans son esprit, les événements de la soirée repassaient en boucle, inlassablement, cruellement. A 3 h 30 du matin, elle avait prétendu vouloir se coucher pour laisser à sa mère un peu de repos, mais elle n'avait pu trouver le sommeil. Les couvertures remontées jusqu'au menton, elle avait regardé fixement le plafond, revoyant Alexi et Montgomery se battre, Montgomery tomber. Elle entendait encore le craquement sinistre de son crâne lorsqu'il avait heurté l'escalier. Elle aurait tout donné pour effacer les événements de cette nuit…

Lorsqu'elle avait enfin fermé les yeux, les choses avaient empiré. Inexorablement, presque tous les moments de la semaine avaient défilé dans son esprit, ses flirts incessants conduisant irrémédiablement à la mort de Montgomery. Elle avait beau se convaincre qu'il s'agissait d'un accident, il était inutile qu'elle se berce d'illusions : tout était sa faute et rien que sa faute…

« Jamais je ne laisserai personne vous faire du mal… J'étais prêt à le tuer… »

Elysse s'agrippa aux couvertures et ferma très fort les yeux en songeant à Alexi. Etait-il en ce moment à Windhaven, dans son lit ? La tenait-il pour responsable de ces événements tragiques ? La protégerait-il encore si l'occasion se représentait ?

Elle rejeta soudain les couvertures et bondit hors du lit en frémissant. Toute sa vie, elle devrait vivre avec ces remords qui la tourmenteraient. Mais elle avait compris la leçon. Jamais plus elle ne se comporterait de manière si inconsciente et égoïste. De toute façon, la question ne se posait même plus : sa réputation était ruinée…

Elle se dirigea vers la fenêtre la plus proche et écarta les lourdes tentures mauves. Le soleil brillait déjà haut dans le ciel parsemé de petits nuages blancs. Il devait être près de midi. Quelle importance ? Que pouvait-elle faire, maintenant, sinon rester cachée dans sa chambre toute la journée ?

Elle eut soudain envie de rire, non de joie mais de désespoir. A l'heure qu'il était, la moitié du sud-ouest de l'Irlande savait que sa réputation avait été compromise la nuit dernière. Sous leurs faux airs, les ladies du pays viendraient certainement la voir dans l'espoir de lui soutirer quelques détails sordides. Hélas, ce n'était pas en restant terrée chez elle qu'elle mettrait fin aux commérages. Les visiteurs allaient être nombreux aujourd'hui ! Même ses amies chercheraient à savoir avec qui elle était la nuit dernière et ce qui s'était passé.

Si quelqu'un découvrait qu'Alexi l'avait trouvée dans les bras de Montgomery et qu'il s'était battu pour la protéger, provoquant ainsi la mort de l'Américain, elle serait mise au ban de la société et rejetée.

La vie qu'elle avait connue jusqu'à présent était bel et bien révolue. Elle n'était plus la débutante la plus en vue d'Irlande. Plus aucun homme ne voudrait d'elle à présent…

Elle porta les mains à ses tempes douloureuses. Sa réputation était en lambeaux et elle ne voyait pas comment elle pouvait être sauvée. Tous ses projets d'avenir s'effondraient, toutes ses perspectives de mariage étaient gâchées. Pis encore ! si quelqu'un découvrait ce qui s'était passé cette nuit, Alexi risquait même d'être emprisonné… On frappa alors à sa porte.

— Elysse ?

Sa mère se glissa doucement dans sa chambre, les bras chargés d'un plateau garni d'un petit déjeuner.

— Comment te sens-tu ce matin ? Tu as réussi à dormir un peu ?

— J'ai fait des cauchemars.

Elysse croisa son reflet pâle dans le miroir, près de la porte. Ses yeux étaient cerclés de cernes sombres.

— Comment va Alexi ? demanda-t-elle, inquiète. Les hommes sont-ils de retour ?

— Ton père est rentré à l'aube, répondit gravement sa mère. Alexi est chez lui. Ils se sont occupés de tout.

Elle posa le plateau sur une petite table ronde, près de la fenêtre qui donnait sur les jardins en contrebas.

— Tu devrais manger, ma chérie.

— Je ne peux pas. J'ai mal à la tête et à l'estomac. Montgomery est mort, mère. Vous entendez ? Mort.

— Ce n'est pas ta faute !

— Si ! Je voulais rendre Alexi jaloux ! s'écria-t-elle. Qu'est-ce qui m'a pris ?

— Tu ne pouvais pas prévoir ce qui allait arriver, répondit sa mère d'une voix ferme. Tu n'es pas la première jeune fille à vouloir rendre un homme jaloux ! Les attentions de Montgomery à ton égard étaient déplacées. S'il s'était comporté en gentleman, il serait encore en vie à l'heure qu'il est. N'oublie jamais cela !

— C'est donc sa faute s'il est mort aujourd'hui ? demanda-t-elle, incrédule.

Ses yeux s'étaient remplis de larmes.

— Il m'a dit qu'il voulait faire officiellement sa demande, mère. Il voulait se marier avec moi.

— Non, il avait surtout des vues sur ta fortune, répondit sa mère d'une voix acerbe. J'ai voulu t'en parler, mais j'ai finalement choisi de ne pas le faire. Je croyais qu'il quitterait l'Irlande sous peu.

Elysse la regarda fixement. Sa mère semblait dire la vérité, mais elle ne se sentit pas rassurée pour autant.

— Si je n'étais pas sortie sur la terrasse avec lui, avança-t-elle en détachant chaque mot, si je ne l'avais pas encouragé à me faire sa déclaration, il serait encore en vie.

— Ce n'est pas ta faute ! C'est fini, Elysse. Nous devons tous l'accepter et passer à autre chose.

Elysse ferma les yeux quelques secondes. Comment pourrait-elle oublier William Montgomery et son comportement odieux ? Le cauchemar ne prendrait jamais fin…

— Je dois parler à mon père, déclara-t-elle.

Elle voulait à tout prix savoir si Alexi la tenait pour responsable de la mort de son ami.

— Je dois aussi voir Alexi, ajouta-t-elle d'une voix hésitante.

Elle craignait qu'il refuse de la revoir à la lumière de ce jour nouveau, et terrible.

— Ton père souhaite également te voir. Il a des nouvelles à t'annoncer, dit sa mère avec un petit sourire. On peut même considérer qu'il s'agit de bonnes nouvelles. Enfile donc un peignoir. Je vais lui demander de monter.

Quelles bonnes nouvelles son père pouvait-il lui apporter ? songea Elysse avec une pointe d'inquiétude. Tout s'enchaînait si vite qu'elle avait l'impression d'avoir vécu plusieurs années en quelques heures.

Quelques instants plus tard, sa mère revint accompagnée de son père. Son visage était pâle et fatigué, mais déterminé. Elysse ne dit pas un mot. Quelles épreuves n'avait-il pas endurées cette nuit à cause d'elle ? Comme toutes les filles, elle occupait une place spéciale dans le cœur de son père. Il était donc normal qu'il soit affecté par toutes ces mésaventures, mais tout de même…

— Je suis navrée, père, dit-elle d'une voix tremblante. Je regrette de m'être comportée de manière si inconsciente et stupide ! Cela n'arrivera jamais plus.

Il s'avança vers elle et la prit dans ses bras.

— Inutile de t'excuser, ma fille. Montgomery n'était pas un gentleman et j'aurais dû l'éloigner de toi dès le début. Je prendrai toujours soin de ton bien-être, Elysse. Tu seras toujours ma petite fille et tu n'es ni inconsciente ni stupide.

Ces paroles la remplirent de joie.

— Tu n'as pas à te sentir responsable, ajouta-t-il.

— C'est de ma faute, père. Je suis suffisamment intelligente pour le comprendre. Je vous ai tellement déçu !

— Jamais tu ne me décevras.

— Alexi va-t-il bien ? s'enquit-elle, inquiète.

Dès qu'elle pensait à son ami, son sentiment de culpabilité s'intensifiait.

— Il est très en colère. Tu sais aussi bien que moi qu'il n'acceptera jamais que personne te fasse du mal. Il est toujours en état de choc. Mais il surmontera cette épreuve. C'est un homme fort, et qui plus est, un de Warenne.

— Est-il chez lui ?

— Je suppose. C'est là que Jack et moi l'avons laissé à l'aube.

— Me tient-il pour responsable de ce qui s'est passé ? ajouta-t-elle d'une voix hésitante.

— Je pense surtout qu'il s'en veut.

— Père, c'est moi la fautive.

— Non, répondit-il calmement. Ce qui est fait est fait, ma fille. Il ne sert à rien de chercher des coupables. Vous devez tous les deux passer à autre chose.

Elle ne répondit rien. Les remords et la culpabilité la poursuivraient jusqu'à la fin de ses jours, et rien de ce que son père lui dirait ne pourrait la convaincre du contraire. Mais elle ne supportait pas l'idée qu'Alexi porte ce fardeau.

— Nous devons régler un autre problème, dit son père prudemment. Celui de ton mariage.

— Mon mariage ? répéta-t-elle, interloquée.

— J'ai appris que Mme Carrie et lady O'Dell t'avaient vue dans un état lamentable hier soir. Je souhaite mettre un terme immédiat aux commérages. Le mariage me semble être la solution idéale.

— Je ne peux pas parler de mariage, pas aujourd'hui ! s'écria-t-elle, prise de panique.

Son père souhaitait-il lui acheter un mari ?

— Alexi a proposé de t'épouser, Elysse, si tu es d'accord.

La nouvelle la prit de court et lui coupa le souffle. Avait-elle bien entendu ?

— Alexi veut m'épouser ? !

— Mme Carrie et lady O'Dell t'ont bien vue dans le hall avec Alexi, n'est-ce pas ?

Elle écarquilla les yeux, tandis qu'elle commençait à comprendre le raisonnement de son père. Soudain, son cœur s'emballa.

— Elles ont dû croire qu'il était ton amant, continua-t-il. Si tu te maries avec lui, personne ne se souciera plus de savoir si tu étais dans ses bras hier soir. Tout le monde croira simplement que la situation vous a échappé.

Prise de vertige, elle s'effondra dans le fauteuil le plus proche.

— Alexi s'est proposé de m'épouser ? Vous en êtes certain ? Je croyais pourtant qu'il n'avait aucune envie de se marier.

— C'est faux. Il veut mettre un terme aux commérages

autant que moi. Il m'a clairement signifié son intention de t'épouser.

Le ton de son père était catégorique. Elle se cramponna aux accoudoirs écrus du fauteuil pour calmer ses émotions. Non seulement Alexi l'avait défendue de Montgomery, mais maintenant, il allait encore plus loin…

Elle se souvint alors de la promesse qu'il lui avait faite lorsqu'ils étaient enfants.

Jamais elle n'avait rencontré d'homme plus héroïque, songea-t-elle.

— Il veut vraiment m'épouser ? demanda-t-elle d'une voix hésitante.

— Depuis quand Alexi de Warenne fait-il quelque chose qu'il ne veut pas ? murmura sa mère.

— J'avoue que cette demande ne me surprend guère, intervint son père. Mais je ne m'attendais pas à ce qu'elle arrive avant au moins cinq ans. De ton côté, ma fille, tu es certainement prête pour le mariage, mais les hommes de vingt et un ans sont très immatures. De plus, Alexi est un marin.

La voix de son père lui parvenait de très loin. Elle dut se pincer pour vérifier qu'elle ne rêvait pas. Elle sentit alors un doux frisson l'emplir lentement, comme une voile gonflée par une douce brise.

Alexi voulait l'épouser…

Le cauchemar qu'elle vivait s'éloignait enfin, pas à pas.

Ensemble, ils pourraient oublier le passé. Ensemble, ils guériraient de ce traumatisme. C'était une certitude.

— Elysse ?

Sa mère la sortit de sa torpeur.

— Ton père et moi avons toujours voulu que tu fasses un mariage d'amour. Nous nous sommes souvent demandé si l'homme qu'il te fallait ne serait pas Alexi. Cela fait des années que vous flirtez ensemble. C'est un homme bon, et vous êtes amis. Non seulement vous vous appréciez mutuellement, mais tu l'aimes beaucoup. Maintenant, face à l'urgence de la situation, il te propose son aide. Si tu acceptes de bon cœur de l'épouser, sache que nous en serions ravis.

— Mais si tu as le moindre doute, ajouta son père, je trouverai un autre moyen de faire taire les commérages.

Au seuil de l'horreur se profilait enfin le bonheur, songea Elysse. Délicat et fragile, il était en train d'éclore comme un bourgeon au printemps. La pièce continuait de tournoyer autour d'elle, mais plus lentement, à la vitesse d'un manège. Elle parvint à se lever.

— J'accepte d'épouser Alexi, évidemment, répondit-elle, le sourire aux lèvres.

— Tu es sûre que tout va bien ? s'enquit Devlin en serrant le bras d'Elysse fermement.

Elle l'entendit à peine. Elle avait du mal à respirer. Les baleines de son corset s'enfonçaient dans ses côtes. Elle leva les yeux vers son père, beau et élégant dans son costume à queue-de-pie et serra un peu plus fort son bouquet de fleurs.

— Toutes les mariées sont nerveuses, la rassura son père en tapotant sa main gantée de blanc.

Elle inspira profondément et acquiesça. C'était le jour de son mariage, le jour qu'elle avait attendu toute sa vie. La tragédie qui l'avait conduite jusqu'à cet instant n'avait plus aucune importance. Pour la première fois depuis deux semaines, elle avait réussi à l'oublier. Elle scruta les bancs de l'église, où se pressaient les membres de sa famille et de celle d'Alexi. Son cœur battait à tout rompre.

Le marié se tenait tout au bout de l'allée, flanqué de son témoin, Stephen Mowbray, duc de Clarewood. Le pasteur du comte d'Adare se tenait près d'eux, ainsi que son frère Jack et Ned de Warenne, le fils aîné du comte. Un large sourire aux lèvres, sa mère et Ariella étaient face aux hommes, scrutant avec impatience l'allée. La musique commença, et toutes les têtes se tournèrent vers la porte d'entrée où Elysse patientait avec son père.

Alexi posa sur elle un regard sombre.

Il était désespérément beau dans son costume noir, et pourtant un détail détonnait. Son visage était dur et ses lèvres avaient un pli mauvais, comme s'il était pris de dégoût.

C'était le jour de leur mariage et il n'avait pas l'air heureux !

Depuis la nuit du bal, elle ne l'avait plus revu. Elle lui avait bien envoyé une lettre pour lui demander un entretien avant la cérémonie, mais sa réponse avait été brève. Il ne serait de retour en Irlande que la veille de leur mariage.

Il s'était rendu à Londres pour affaires deux jours après le bal. Elle avait pourtant cru qu'ils auraient beaucoup de choses à organiser, comme leur voyage de noces sur le continent. Mais jusqu'à présent, ils n'avaient fait aucun projet concret. Elle avait attendu une lettre de sa part, mais il n'avait pas donné signe de vie.

Soudain, l'organiste entama la marche nuptiale, la tirant de ses pensées.

— Prête ? demanda son père.

Elysse se sentait incapable de répondre. Elle soutint le regard d'Alexi tandis qu'elle laissait son père la guider le long de l'allée. Lorsqu'elle s'approcha de lui, elle sentit son cœur se serrer douloureusement. La colère d'Alexi ne faisait maintenant plus aucun doute.

Non, ce n'était pas juste, ce n'était pas ce qu'elle avait prévu ! songea-t-elle, prise de panique. Puis la vérité lui apparut dans toute sa cruauté : il ne l'épousait que pour la protéger… Voilà pourquoi il était en colère. Ne lui avait-il pas avoué qu'il ne souhaitait pas se marier ?

Peut-être même avait-il changé d'avis, mais qu'en sa qualité de gentleman, il n'avait pas eu le courage de la rejeter ?

De plus, leur mariage reposait uniquement sur la mort d'un homme innocent…

Elle eut un mouvement de recul, apeurée à tel point qu'elle refusa d'avancer.

Son père lui lança un regard inquiet.

— C'est une erreur, murmura-t-elle.

Les yeux rivés sur son futur mari, elle ouvrit la bouche pour dire à son père qu'elle ne pouvait pas se marier dans ces conditions, mais aucun mot ne franchit la barrière de ses lèvres.

— Elysse, dit Alexi sur un ton impérieux.

Elle vint se placer malgré elle au côté de son futur mari, sans quitter des yeux son regard d'un bleu glacial. Le révérend se mit à parler. Comme elle vacillait, Alexi la retint par le coude.

Elle se sentait hébétée, presque désincarnée. Elle avait l'impression d'être figurante de sa propre vie. Dans les prunelles d'Alexi brillait un éclat qui lui ordonnait de ne pas bouger. Le discours du révérend s'interrompit, mais elle avait dû mal saisir ce qu'il disait. Plus rien n'existait en dehors du regard inflexible d'Alexi. Puis elle l'entendit prononcer :

— Oui, je le veux.

Elle se crispa, incapable de regarder le révérend tandis qu'il déclarait :

— Et vous, Elysse O'Neill, souhaitez-vous prendre cet homme comme époux, dans la maladie comme dans la santé, pour le meilleur et pour le pire, jusqu'à ce que la mort vous sépare ?

Son cœur bondit dans sa poitrine tandis qu'elle contemplait Alexi. Il avait beau être en colère, elle l'aimait. Mon Dieu, elle venait tout juste de le comprendre ! Elle l'avait toujours aimé, et ce depuis leur première rencontre lorsqu'ils étaient enfants.

Lui pardonnerait-il un jour ce qu'elle avait fait ?

— Elysse, la pressa Alexi en resserrant l'étreinte autour de son coude.

— Oui, je le veux, murmura-t-elle.

Indifférente aux événements, elle baissa les yeux comme

Alexi passait un épais anneau en or blanc à son doigt. Sa vision se troubla.

Ne soyez pas en colère après moi, je vous en prie! avait-elle envie de hurler.

Elle sentit de nouveau les doigts d'Alexi sur son bras et leva brusquement les yeux. Il soutint quelques instants son regard avant de détourner son visage grave.

— Et maintenant, par les pouvoirs que me confère l'Eglise d'Angleterre, je vous déclare mari et femme. Vous pouvez embrasser la mariée.

La peur envahit aussitôt Elysse. L'espace d'un instant, elle crut qu'il allait lui refuser ce baiser, mais Alexi se pencha vers elle et effleura ses lèvres de sa bouche dure.

A ce contact, elle sentit son cœur bondir dans sa poitrine. L'étrange torpeur dans laquelle elle était plongée disparut aussitôt. Alexi hésita, ses lèvres contre les siennes tandis qu'il serrait plus fortement son bras pour la soutenir. Son souffle chaud lui caressait le visage et elle sentit sa bouche s'ouvrir lentement. Elle écarta alors ses lèvres et glissa sa langue contre la sienne, appelant une réponse de sa part. Pendant un moment qui lui parut interminable, elle crut qu'il lui rendrait son baiser. Mais il se contenta d'accentuer la pression de ses doigts sur son bras, au point qu'elle dut étouffer un cri de douleur. Puis il s'écarta brusquement.

— Je suis désolé, dit-il en la lâchant.

Les yeux toujours rivés dans les siens, elle sentit sa gorge se nouer douloureusement. Voilà qui était fait. Pour le meilleur ou pour le pire, ils étaient désormais mari et femme.

Mais alors même que les membres de leurs familles venaient à leur rencontre, Alexi lui tourna volontairement le dos pour recevoir les félicitations de ses proches. Ses cousins et ses oncles lui tapotèrent l'épaule et son père le prit dans ses bras. Elysse sentit très vite les larmes lui monter aux yeux. Alexi était si distant avec elle, sa colère était si visible, presque palpable. Non, il ne fallait pas qu'elle pleure, pas maintenant, jamais !

— Je suis si heureuse pour toi, s'écria Ariella dans son dos.

Elysse plaqua alors un large sourire sur son visage et s'apprêta à affronter ses tantes, ses oncles et ses cousins.

Radieuse, elle s'appliqua toute la soirée à répondre à ceux qui vinrent l'embrasser et la féliciter. Mais à chaque minute, elle regardait autour d'elle pour voir où se trouvait Alexi et ce qu'il faisait. Une flûte de champagne à la main, il conversait avec les hommes, souriant, et paraissait très à son aise. Pas une seule fois il ne regarda dans sa direction et sembla même veiller à toujours lui tourner le dos. Son attitude en disait long sur son état d'esprit.

Il n'était pas seulement en colère, il était furieux…

Plus tard dans la nuit, tandis qu'elle tentait en vain de trouver le sommeil, Elysse se remémora la dernière conversation qu'elle avait eue avec Alexi, le seul souvenir qu'elle gardait de sa soirée.

Quelques heures après la cérémonie, ils avaient dansé. Elle était enfin dans ses bras, au milieu de la piste de la salle de bal d'Askeaton, le cœur serré de douleur.

Alexi avait toujours été un danseur indifférent mais doté d'une grâce naturelle. Il la guidait avec légèreté et souplesse. C'était la première fois qu'il daignait poser les yeux sur elle depuis qu'ils avaient échangé leurs vœux.

— Alexi, avait-elle dit d'une voix rauque.

— Tout le monde nous regarde, avait-il répondu avec un sourire faux. Ce n'est pas le moment.

Les larmes avaient commencé à lui picoter les paupières.

— Je suis tellement navrée pour tout ce qui s'est passé, avait-elle dit, ignorant sa remarque.

— Je ne veux pas en parler.

— Vous me tenez donc pour responsable de la mort de William Montgomery ?

Il s'était arrêté en plein milieu de leur danse et l'avait longuement dévisagée.

— J'ai finalement compris votre petit jeu, Elysse. Vous vouliez que je vous suive et que je vous découvre ensemble. Vous vouliez me rendre fou de rage. Et vous avez eu ce que vous désiriez, comme toujours.

— C'est vrai, je voulais vous rendre jaloux, je le reconnais, mais je le regrette !

— Jusqu'à votre arrivée, William était mon ami. Il m'a même sauvé la vie. Et moi, je l'ai tué.

Il resserra son étreinte autour de sa taille.

— Je ne sais pas si je vous pardonnerai un jour ce que vous avez fait, Elysse. En revanche, je suis sûr que jamais je n'oublierai cette nuit et ce que *moi* j'ai fait.

Ses yeux lançaient des éclairs de colère, tandis qu'il l'entraînait de nouveau avec lui dans une valse.

— C'était un accident, se défendit-elle.

— Oui, c'est vrai. Mais rien ne serait arrivé si vous ne vous étiez pas entichée de lui.

Il avait raison ! songea-t-elle, les yeux brouillés par les larmes.

— Nous ne pouvons pas nous disputer maintenant, continua-t-elle. Tout le monde se rendra compte à quel point vous me détestez.

Elle attendait une protestation qui ne vint pas. Le silence d'Alexi en disait long sur ses sentiments à son égard. Elle lutta pour contenir ses larmes de douleur, de déception et de chagrin. Son cœur était en mille morceaux. Comment avait-elle pu croire qu'ils allaient commencer une nouvelle vie ensemble ? Comment avait-elle pu imaginer qu'ils surmonteraient ce tragique et sordide événement ?

— Vous aviez changé d'avis, n'est-ce pas ? demanda-t-elle en reculant d'un pas.

Elle ne pouvait plus danser avec lui à présent.

— Vous avez proposé de m'épouser pour me protéger,

continua-t-elle, et, en bon gentleman, vous ne pouviez plus revenir sur votre décision.

La bouche d'Alexi formait un pli dur.

— En effet, Elysse, répondit-il. En réalité, je ne voulais pas vous épouser.

Elle étouffa un cri. Que faire, à présent ?

— Mais dans les faits, nous sommes bel et bien mariés, balbutia-t-elle. Mon souhait le plus cher est d'être une bonne épouse pour vous, Alexi !

Il haussa les épaules avec indifférence.

— Faites ce que vous voulez. Que vous soyez une bonne ou une mauvaise épouse m'importe peu, Elysse.

Elle sentit le sol se dérober sous ses pieds.

— Que voulez-vous dire ?

— Vous pouvez faire ce que vous voulez, comme toujours. Laissez-moi juste à l'écart de vos futurs flirts.

— Vous êtes mon mari, s'indigna-t-elle. Il n'y aura pas d'autres flirts !

— Vraiment ? dit-il d'un air narquois. Laissez-moi en douter. Je suis sérieux, Elysse. Vous pouvez faire ce que bon vous semble. Je vous ai donné mon nom. Je vous entretiendrai, je vous offrirai un toit, vous pourrez vous payer de belles robes et de beaux bijoux. Mais ce mariage s'arrêtera là.

Il désigna la table d'un geste de la main.

— Allons nous assoir et feignons de nous entendre en attendant que cette farce soit terminée.

Non, il ne pouvait pas être sérieux ! Il parlait certainement sous l'effet de la colère. Il voulait la blesser, mais savait-il seulement à quel point sa remarque l'anéantissait ? Elle voulut lui avouer combien elle l'aimait, combien elle souhaitait que leur mariage soit beau et harmonieux, mais il la prit de court.

— Vous devez également savoir que mon bateau appareille dès ce soir. J'embarquerai dès que nos invités seront partis.

Cette nouvelle la laissa sans voix.

— Je ne sais pas combien de temps je serai absent, ajouta-t-il avec une pointe de satisfaction.

Il guetta sa réaction.

— Mais ne deviez-vous pas attendre le mois de juin avant de repartir pour la Chine ? demanda-t-elle, bouleversée.

— Je n'ai pas dit que je partais pour la Chine, dit-il sèchement.

Peu à peu, tous les espoirs d'Elysse s'évanouissaient.

— Et notre nuit de noces ?

Il lui lança un regard étonné.

Elle comprit alors qu'il ne resterait pas. Pas plus qu'il ne consommerait leur mariage. Soudain, elle fut prise de tremblements.

— Où allez-vous, Alexi ? articula-t-elle péniblement.

— A Singapour.

Son mariage n'était qu'une mascarade, comprit-elle alors avec effroi. Le fruit d'un plan froid et calculé dans lequel l'amour n'avait pas sa place…

PARTIE II

A la conquête de l'amour

6

Londres, Angleterre
Eté 1839

Le sourire aux lèvres, Elysse contempla la longue table dressée avec raffinement pour ses trente-trois invités. Les bougies scintillaient dans les chandeliers en argent, le cristal et les couverts dorés brillaient de mille feux, et des éclats de rire ponctuaient gaiement le murmure ininterrompu des conversations.

La salle de réception, ornée de papier peint à rayures rouge foncé et dorées, était éclairée de deux grands lustres en cristal. Un feu crépitait doucement dans la cheminée sous un manteau en marbre noir où trônait un magnifique bouquet de fleurs. D'autres arrangements floraux agrémentaient la longue table. La décoration du lieu était exquise, et ses invités semblaient beaucoup s'amuser tout en appréciant le repas. Ce dîner viendrait s'ajouter à ses nombreux autres succès.

Elysse était l'une des femmes les plus en vue de la société londonienne. Ses invitations étaient très convoitées et l'on se battait pour assister à ses soirées.

En tant qu'hôtesse, elle présidait la table, vêtue d'une superbe robe du soir bleu nuit rehaussée d'une parure en saphirs. Son cavalier pour la soirée, Thomas Blair, qui comptait parmi les banquiers les plus importants du pays, siégeait à l'autre bout. Ce très beau gentleman avait de l'ambition, chose dont personne ne parlait jamais ouvertement, et beaucoup de moyens. Il était également célibataire. Elysse avait veillé à inviter deux débutantes et une jeune veuve, comme il convenait à un parti de l'envergure de Blair. Le gentleman leva son verre de vin et lui sourit, le regard calme et déterminé. Elle savait qu'il n'était pas là que pour le dîner.

Elle lui retourna son sourire.

— Qui se soucie de savoir si les Chinois achètent de l'opium, en dehors de leurs propres dirigeants ? lui demanda alors lord Worth en riant avec condescendance. Laissons-les donc avoir leurs opiacés !

— C'est faux, déclara Felicia Carew, l'une des débutantes.

Elle était très jeune, assez jolie, mais pas particulièrement intelligente. Blair ne lui avait même pas accordé un regard.

— Tout le monde sait à quel point l'opium est une horrible drogue, poursuivit la jeune femme. J'imagine qu'il en va de même pour ces pauvres Chinois ! Nous ne devrions pas les encourager à en consommer !

— Ma chère, répliqua lord Worth d'un air arrogant, l'opium vaut une petite fortune. Pour nos négociants, bien entendu. Ce commerce est très juteux, et l'opium a le mérite de s'échanger librement.

Des murmures d'approbation fusèrent de tous les côtés. Le débat sur le libre-échange et l'ouverture des marchés faisait rage, peut-être même encore plus que celui sur la dette nationale et la faillite presque imminente du pays. Tout dépendait de quel côté on voyait les choses.

— Mais de là à partir en guerre pour de l'opium ! s'écria un gentleman plus âgé. J'ai entendu dire que nos canonnières étaient postées tout le long des côtes chinoises.

Blair regarda de nouveau dans sa direction.

— L'argent paye notre thé, monsieur Harrison, répondit Elysse sans quitter des yeux son ami. Et les entreprises de notre pays sont rémunérées en argent contre de l'opium. En revanche, s'il y avait plus de ports ouverts à notre commerce, nous aurions plus de débouchés pour nos produits, ce qui nous éviterait d'avoir recours à cette drogue.

— Sériez-vous partisane du libre-échange ? demanda M. Harrison. Pour ma part, il me fait peur, je dois l'avouer.

— Comment pourrait-elle ne pas défendre le libre-échange ? intervint alors Blair en la prenant de court.

— C'est évident, en effet, déclara lord Worth. Son mari fait du commerce dans le monde entier. D'ailleurs, comment va notre fringant capitaine, ma chère Elysse ? J'espère vivement qu'il évitera toute mauvaise rencontre avec les Chinois !

Elysse s'efforça de garder son sang-froid face à la question de lord Worth. Comment le saurait-elle ? Elle croisa le regard de Blair, qui ne la quittait pas des yeux, et parvint à lui sourire malgré son trouble. Elle n'avait plus revu Alexi depuis six longues années. Même s'il était pris au beau milieu d'une guerre de canonnières, elle n'en saurait rien. D'ailleurs, elle s'en souciait peu.

— Il va très bien, je vous remercie, murmura-t-elle. Et vous avez tout à fait raison, monsieur : je suis partisane du libre-échange.

Elle ne voulait pas penser à Alexi, pas maintenant… Cela lui gâcherait la soirée. Il ne lui avait écrit qu'une seule fois, quelques mois après leur mariage, pour lui faire l'insulte de lui demander s'il se pouvait qu'elle ait eu un enfant. La question l'avait plongée dans une telle colère qu'elle avait déchiré la lettre sans daigner y répondre.

En bon mari attentionné, il lui envoyait régulièrement de l'argent. Tous les mois, les agents d'Alexi approvisionnaient ses comptes à Londres et en Irlande. Au début, elle avait refusé d'y toucher. Mais à présent, il lui servait à payer le bel appartement qu'elle avait loué sur Grosvenor Square, son mobilier, sa garde-robe, ses bijoux, sa voiture, ses chevaux ainsi que son personnel de maison.

— Il y aura la guerre, dit Blair d'une voix nonchalante. La Chine doit nous ouvrir ses ports.

Elysse l'approuva en silence. Tout le monde croyait qu'il était son dernier amant en date. Mais il n'en était rien, même si Blair la poursuivait de ses assiduités.

Si seulement elle avait pu le laisser l'aimer. Elle était si lasse de tous ces mensonges.

— Dites-moi, ma chère, insista lord Worth, votre époux sera-t-il bientôt parmi nous ?

— J'attends son retour d'un jour à l'autre, répondit-elle au corpulent baron. Il a quitté Canton le 8 décembre.

Les services maritimes postaux avaient relayés cette information, que son père lui avait rapportée au détour d'une conversation. Comme d'habitude, elle l'avait remercié en soulignant à quel point elle était impatiente qu'Alexi soit de retour.

Devlin l'avait regardée tristement. Elle avait beau faire semblant, sa famille n'était pas dupe. Lorsque Alexi l'avait abandonnée après leur mariage, ses parents avaient compris à quel point elle était profondément blessée. Rien ne pouvait la consoler, pas même la vie insouciante qu'elle menait à Londres. Heureusement, son père était trop discret pour lui demander directement où en était son mariage. Il n'y avait qu'Ariella et sa mère qui s'immisçaient dans sa vie. Avec beaucoup d'insistance. Chaque fois qu'elles se rencontraient, elles lui demandaient d'emblée si elle avait eu des nouvelles d'Alexi. Invariablement, elle leur répondait en souriant qu'elle ne se souciait pas d'en avoir.

Elle n'avait reçu aucune autre lettre en six ans.

— Nous ne sommes que le 10 mars, dit Blair. S'il réussit encore à faire le voyage de retour en 103 jours, et les chances sont faibles, il sera de retour demain.

Elysse lui jeta un coup d'œil en coin en veillant à ne rien montrer de ses émotions. Pourtant, une tension nouvelle venait de l'envahir. Alexi allait bientôt revenir à Londres ! Et pour la première fois depuis leur mariage, elle serait en ville à son retour. Leurs chemins allaient de nouveau se croiser…

Depuis son départ, à son grand désespoir, il était devenu une sorte de héros national. Tout le pays le prenait pour le plus habile négociant de thé avec la Chine.

La Compagnie des Indes orientales avait perdu le monopole de ce commerce en 1834. Alexi s'y était aussitôt engouffré, bien décidé à écarter ses éventuels rivaux. L'année de leur mariage, il avait fait construire un clipper destiné uniquement au commerce, avec un tonnage réduit et une structure conçue pour la vitesse. En 1837, *La Coquette* avait battu un nouveau record en parcourant le trajet de retour en 103 jours. Jamais personne n'avait réussi un tel exploit. Pendant deux années d'affilée, *La Coquette* avait été le premier navire de la saison à rentrer au port avec son précieux chargement. Et le premier bateau qui arrivait était aussi celui qui vendait son thé au meilleur prix. Tout le monde le savait.

Alexi pouvait être de retour d'un jour à l'autre, songea-t-elle, encore sous le choc de la nouvelle.

Elle était la fille d'un capitaine de la marine et la femme d'Alexi de Warenne, pour le meilleur et pour le pire. Bien qu'elle ne le considère pas du tout comme un fringant capitaine, leurs intérêts ne faisaient plus qu'un. Son vœu le plus cher était donc qu'il soit le premier à rentrer au port avec le meilleur thé noir qui soit, et qu'il puisse le vendre au meilleur prix.

Voilà longtemps qu'elle essayait de fermer ses oreilles aux rumeurs et aux commérages concernant son mari, même si ce n'était pas facile. Régulièrement, des gentlemen occupant diverses fonctions la pressaient de répondre à leurs questions : était-il vrai que son mari s'était battu en duel avec un autre capitaine britannique à Batavia ? Etait-il vraiment allé au secours de naufragés au large du cap Vert ? Avait-il gagné une plantation de canne à sucre sur l'île de Gorée au cours d'une partie de poker à Gibraltar ?

Comme si elle pouvait le savoir !

Les bureaux londoniens de la compagnie Windsong

Shipping n'étaient pourtant pas très loin. Elle aurait pu s'y rendre pour recueillir des informations sur les affaires d'Alexi, et demander où il s'était rendu récemment et pourquoi. Mais elle refusait de le faire. Si son mariage avait été authentique, Alexi lui aurait écrit des lettres dans lesquelles il lui aurait parlé de ses affaires et de ses allées et venues. Elle n'était jamais allée dans les bureaux londoniens de la société de son mari. Elle préférait faire semblant de savoir ce qu'il faisait. Parfois, il lui arrivait même d'inventer des histoires. Elle s'efforçait alors de rester aussi près que possible de la vérité en s'appuyant sur les informations que lui livraient la belle-mère d'Alexi et Ariella lorsqu'elles venaient lui rendre visite.

Aujourd'hui cependant, elle en avait assez de prétendre que tout allait bien, qu'elle était fière de son capitaine, et qu'elle savait très bien en l'épousant qu'il passerait le plus clair de son temps en mer.

Mais elle n'avait pas le choix. Personne ne devait savoir que son mari la méprisait, qu'il n'avait jamais voulu d'elle, qu'il avait refusé de consommer leur mariage. Personne ne devait jamais savoir qu'elle avait été abandonnée…

L'année qui avait suivi leur mariage, elle ne s'était pas montrée en société. Dévastée par la trahison et l'abandon d'Alexi le soir de leurs noces, elle était restée terrée chez elle. Son père avait été fou de rage. Jack avait même menacé de se lancer à la poursuite d'Alexi pour le ramener près d'elle ! Elle s'était donc trouvée dans la position absurde de s'opposer à sa propre famille pour le défendre. Longtemps, elle avait cru qu'il reviendrait à elle. Comme elle avait eu tort !

Alexi n'était jamais revenu. L'automne qui avait suivi leur mariage, Ariella lui avait appris qu'il avait accosté à Liverpool avec une cargaison de thé. Aussitôt, elle avait coupé et bouclé ses cheveux, préparé ses plus belles robes et acheté de nouvelles chaussures dans la perspective de leurs retrouvailles. Elle était encore profondément meurtrie et fâchée après lui, mais également déterminée à se réconcilier. N'étaient-ils pas mariés, pour le meilleur et pour le pire ? Mais Alexi n'était venu ni à Askeaton ni à Windhaven. Il avait passé une semaine à Londres avant de repartir aussitôt pour la Jamaïque avec une cargaison de tissus et de pistons. L'affront était évident et volontaire. Aucun message ne pouvait être plus clair : il se souciait peu de savoir qu'elle était sa femme.

Devlin avait explosé de rage, et lui avait demandé si elle souhaitait faire annuler leur mariage.

Elle passa pensivement son doigt sur le bord de son verre de vin. Comme elle avait été naïve et stupide de croire qu'ils pourraient vivre ensemble après ce qui s'était passé ! Si elle avait su à l'époque qu'Alexi l'ignorerait pendant six longues années, faisant comme si elle n'existait pas, comme si elle n'était pas sa femme, elle aurait accepté la proposition de son père. Mais aujourd'hui, il était trop tard. Pendant toutes ces années, elle avait survécu aux commérages et elle n'avait nullement l'intention de faire quoi que ce soit pour les alimenter de nouveau.

Depuis qu'elle avait emménagé à Londres dans le courant de l'été 1835, la rumeur avait couru qu'elle avait été abandonnée par son mari. Certains ragots avaient été dangereusement proches de la réalité. N'avait-elle pas entendu maintes fois de jeunes ladies, qui auraient pu être ses rivales si elle avait été encore célibataire, dire qu'Alexi l'avait laissée au pied de l'autel, sans daigner passer sa nuit de noces avec elle ? Il y avait même eu des bruits selon lesquels Alexi l'aurait trouvée avec son amant juste avant de l'épouser ! Elle leur avait servi la version concoctée par ses parents, selon laquelle Alexi et elle s'étaient embrassés le soir du bal, découvrant ainsi leur amour l'un pour l'autre. Ils étaient ensuite partis passer leur lune de miel dans un ravissant petit cottage en Ecosse. Les rumeurs s'étaient apaisées, sans toutefois se tarir. De temps à autre, elle surprenait encore au hasard d'une conversation quelques commérages à son sujet.

Aussi, après six années de mariage supposément heureux, une annulation ne ferait qu'attiser de nouveau les mauvaises langues.

Elle croisa de nouveau le regard de Blair. Depuis le début de la soirée, il ne l'avait pas quittée des yeux. Cela faisait plusieurs mois qu'il la courtisait mais, même si elle appréciait vraiment sa compagnie, elle savait qu'elle ne finirait jamais dans son lit. Les gens de la bonne société croyaient qu'elle collectionnait les amants, et elle ne faisait rien pour les en dissuader. Lorsqu'elle se trouvait seule, au milieu de ses nuits sans sommeil, refusant de penser à son débauché de mari, elle rêvait même d'avoir un homme à ses côtés. Mais elle ne se résignait pas à franchir le pas. Car si quelqu'un découvrait qu'elle était encore vierge, son humiliation atteindrait alors des sommets.

Blair était un homme très avisé. Dans le cas contraire, il n'aurait jamais pu se hisser de la classe moyenne aux plus hauts niveaux de la finance et du gouvernement. Il lui avait souvent posé des questions sur Alexi et elle lui avait répondu toujours dans le même sens : elle respectait, admirait et aimait son mari, et sa longue absence était due à la nature même de son métier. Mais il ne faisait aucun doute pour lui qu'ils étaient brouillés.

— J'ai des nouvelles toutes fraîches, avança M. Carew, le père de Felicia. Deux navires ont été repérés à Plymouth un peu plus tôt dans la journée. Nos bureaux ont reçu l'information cet après-midi par courrier. Ce sont bien des clippers.

Tout le monde se redressa sur son siège.

Elysse sentit son cœur chavirer. L'un d'eux était certainement celui d'Alexi.

— Madame de Warenne, pensez-vous que l'un de ces clippers puisse être *La Coquette* ?

Une douzaine d'invités se mit à crier en même temps, cherchant à savoir si l'un des navires était celui d'Alexi et s'il arriverait le premier au port. Soudain, les mains d'Elysse se mirent à trembler. Elle les posa vivement sur ses genoux, sous la table.

— Le capitaine de Warenne est un homme très ambitieux, répondit-elle en maîtrisant le mieux possible les tremblements de sa voix. A moins d'une catastrophe naturelle, ce qui est fréquent pendant ces longues traversées, je pense qu'il sera parmi les premiers à rentrer au port.

Elle avait toujours su que ce jour-là viendrait. Mais même si elle s'y préparait depuis des années, elle sentait sa nervosité augmenter de seconde en seconde.

— Je me demande qui est le capitaine de l'autre bateau ? demanda l'un des invités.

— Oh, mère, dit Felicia tout excitée, j'ai toujours rêvé de voir arriver les navires qui font le commerce du thé.

Elle se tourna vers Blair en rougissant.

— Pourrions-nous nous rendre sur les quais pour les attendre ?

— Nous pourrions tous y aller, proposa Carew. La course s'annonce acharnée. D'après mes informations, les deux navires ne sont qu'à quelques milles l'un de l'autre.

— N'y aurait-il pas un troisième ou un quatrième bateau à l'horizon ? demanda péniblement Elysse.

— Je crains que non, madame, répondit Carew.

Elle s'humecta les lèvres, certaine d'une seule chose : Alexi se trouvait sur l'un de ces deux navires. *La Coquette* avait été vue pour la dernière fois au large de Cape Coast en Afrique de l'ouest, où se trouvaient les quartiers généraux maritimes des Anglais. Il était peu probable qu'une catastrophe l'ait ralentie. Une profonde intuition lui disait qu'Alexi livrait une course sans merci contre ses adversaires pour être le premier au port.

Dire qu'après toutes ces années, ils allaient enfin se revoir…

La colère qu'elle refoulait avec tant de soin refit soudain surface. Les blessures, qu'elle avait mis tant de temps à panser, se remirent à saigner. Comment avait-il pu lui faire endurer tout cela ? songea-t-elle sans se départir de son sourire.

Autour d'elle, indifférent au combat qu'elle se livrait, tout le monde autour de la table se demandait qui pouvait être le capitaine de l'autre bateau.

— Le message disait que le navire n'était pas identifiable, déclara Carew.

— Il pourrait très bien s'agir du *Jardine*. Cette compagnie maritime est toujours dans la course, souligna Blair d'un air énigmatique.

Elysse leva vers lui un regard timide, priant pour qu'il ne remarque pas sa nervosité.

— Il est certain qu'ils seront acclamés avec enthousiasme, dit-elle d'un air désinvolte. Grâce au *Jardine*, de la société Matheson & Co, nos canonnières remontent désormais la rivière Peikang, et menacent les autorités chinoises.

— Seriez-vous en train de changer de sujet ? demanda Blair, l'air songeur.

Elle s'empourpra. Il était temps que cette soirée se termine. Et elle avait besoin d'un autre brandy pour se calmer. Dire qu'Alexi serait là demain…

— Le *Jardine* est commandé par un très jeune capitaine très doué du nom de John Littleton, précisa Carew. Matheson & Co a construit plusieurs navires spécialement pour le commerce.

Impatiente de mettre fin à cette conversation, Elysse se leva brusquement.

— Les gentlemen sont-ils prêts pour leurs cigares et leurs brandys ? demanda-t-elle. Je sais que les dames sont impatientes de goûter au porto de la maison.

— Je parie sur de Warenne, annonça lord Worth en ignorant Elysse. Je connais cet homme : il est presque invincible.

— Je prends le pari, rétorqua Carew. Le capitaine ne peut pas être le premier à rentrer au port trois années d'affilée !

— Fred, lança sa femme, si vous allez demain sur les

quais pour voir arriver les bateaux, Felicia et moi serons heureuses de nous joindre à vous.

— Personnellement, j'aime prendre des risques, dit Blair en se levant à son tour. Je vous suis dans ce pari, un pari de gentleman, bien entendu. Je mise sur Alexi de Warenne. Et vous, sur qui pariez-vous, madame de Warenne ?

— Je ne parie jamais, répondit-elle en se contrôlant du mieux qu'elle pouvait. Mais si cela devait être le cas, je serais loyale envers mon mari.

— Bien entendu. Vous devez être très heureuse qu'il rentre demain.

— Evidemment, répondit-elle, un sourire figé sur les lèvres.

— Allons-nous aussi sur les quais pour voir arriver les bateaux ? demanda lady Worth à son mari.

Elle était aussi menue qu'il était corpulent, et aussi pâle qu'il était rouge.

Il lui prit la main et la tapota avec gentillesse.

— Je ne raterai ce spectacle pour rien au monde !

— Vous vous joindrez à nous demain, n'est-ce pas ? demanda-t-il à Elysse.

Elle réprima un mouvement de recul. Blair choisit ce moment pour contourner la table et venir se placer près d'elle.

— Je serais heureux de vous escorter moi-même à St Katherine, dit-il.

Son cœur battait si vite qu'elle fut prise de vertige. Non, elle ne pouvait pas y aller ! Une confrontation publique serait beaucoup trop dangereuse. La vérité risquait d'éclater au grand jour…

Blair caressa légèrement son coude.

— Vous semblez… bouleversée, dit-il doucement.

— Je ne suis pas du tout bouleversée.

L'assurance de sa propre voix la surprit. Cela faisait si longtemps qu'elle se dissimulait derrière un masque de perfection. Elle était bien décidée à ce que rien ne change.

— Je suis impatiente de voir mon mari gagner cette

course, dit-elle d'une voix ferme, et qu'il vende notre thé au meilleur prix.

— En fonction du vent, les bateaux devraient arriver au port vers midi, dit Blair. Je viendrai vous chercher à 10 h 30, si cela vous convient.

Elysse comprit qu'elle n'avait aucune excuse valable pour ne pas se rendre sur les quais assister au retour de son mari volage.

Le lendemain, dix-huit des vingt-trois invités de la veille étaient réunis sur les quais, au milieu d'une immense foule de londoniens. Quatre ou cinq cents personnes se bousculaient en attendant l'arrivée des clippers. La nouvelle semblait s'être répandue comme une traînée de poudre. Le spectacle des premiers grands bateaux de la saison relevait à la fois du plaisir et du commerce car au milieu de ce rassemblement se tenaient les courtiers qui inspecteraient le thé dès son arrivée, avant même que les cales des navires soient déchargées. Ils enverraient des échantillons à leurs agents avant de négocier les prix. Beaucoup d'hommes et de femmes de toutes origines appréciaient ce spectacle, mais Elysse n'avait jamais mesuré l'excitation que suscitait cet événement, ni à quel point il était festif. Beaucoup d'enfants des rues étaient également accourus et hurlaient en courant dans tous les sens.

Alexi était de retour…

Elle ne se faisait toujours pas à cette idée.

Malgré les deux grands verres de brandy qu'elle avait avalés d'un trait après le départ de ses invités, elle n'avait pas fermé l'œil de la nuit.

Le matin, elle n'avait même pas pu prétendre avoir la migraine pour échapper à cette confrontation, car Blair n'aurait pas manqué de découvrir la supercherie.

Résignée, elle avait donc choisi ses vêtements avec soin. Elle avait passé une robe bleu pâle assortie d'une parure d'aigues-marines, accompagnée d'une ombrelle à rayures ivoire pour protéger son teint des rayons du soleil. Puisqu'elle n'avait pas le choix, autant paraître à son avantage. Comme à son habitude, Blair avait été ponctuel, et il ne leur avait fallu que quarante-cinq minutes pour se rendre en voiture jusqu'aux quais. En chemin, ils avaient commenté leur soirée et parlé du temps. Pourtant, elle avait eu beaucoup de mal à paraître calme et détendue.

Indépendamment des événements et des circonstances qui avaient conditionné leur mariage, elle était persuadée qu'Alexi auraient dû revenir vers elle depuis des années pour accomplir ses devoirs d'époux.

Le souvenir de William Montgomery ne la hantait plus depuis longtemps, même si elle n'effacerait jamais de sa mémoire la semaine et la soirée qu'ils avaient passées ensemble. Bien sûr, il lui arrivait encore de faire des cauchemars, mais elle savait à présent qu'elle n'était pas responsable de ce qui était arrivé. Ils étaient tous les trois coupables de la mort accidentelle du pilote. Aujourd'hui, elle avait acquis suffisamment de maturité pour mesurer à quel point elle s'était comportée en jeune fille gâtée, égoïste et stupide. Néanmoins, pendant ces longues années, elle avait aussi appris à se pardonner pour son rôle dans cet événement tragique. Le jour de l'anniversaire de la mort de Montgomery, elle allumait une bougie en sa mémoire. Alexi en faisait-il de même de son côté, dans quelque port lointain et exotique ?

Certes, Alexi avait le droit d'être en colère après elle. Montgomery était son pilote, son compagnon d'aventure et son ami, et elle l'avait délibérément provoqué. Mais il n'avait pas le droit de l'abandonner comme il l'avait fait. Même s'il avait choisi de l'épouser dans des circonstances tragiques, il lui devait bien plus que l'argent qu'il lui envoyait de temps en temps. Elle voulait autre chose que son nom et sa fortune. Elle voulait un mari.

Autrefois, elle l'avait aimé, songea-t-elle le cœur serré, autrefois… Quoi qu'il en soit, ils étaient toujours mariés et ils ne pouvaient plus vivre ainsi…

Toute la nuit, elle s'était retournée dans son lit en songeant au retour d'Alexi. Elle avait bien réfléchi. Bien sûr, elle ne devait pas espérer prendre un nouveau départ avec son époux. De toute façon, Alexi ne lui en laisserait pas l'occasion. Dès qu'il apprendrait qu'elle se trouvait à Londres, il quitterait la ville. Pourtant, il faudrait bien qu'ils trouvent un arrangement satisfaisant. Il était grand temps qu'Alexi la reconnaisse comme son épouse. Il ne pouvait pas continuer à l'ignorer comme il l'avait fait jusque-là. Ils n'avaient pas besoin de partager grand-chose. Pour sauver les apparences, il suffisait qu'Alexi apparaisse de temps en temps en public à son côté. Elle ne lui demandait rien d'insurmontable !

Juste avant d'arriver sur les quais, Blair lui prit le bras.

— Devrons-nous arrêter de nous voir lorsque votre mari sera de retour ? lui demanda-t-il franchement.

Elle n'eut aucun mal à lui répondre. Elle était passée maître dans l'art d'encourager ses prétendants tout en fixant des limites qu'elle ne dépassait jamais. Mais pourquoi se priverait-elle d'un cavalier beau, attentionné et élégant ? De tous ses admirateurs, Blair était le plus intéressant et elle l'appréciait beaucoup.

— Mon mari est en mer le plus clair de son temps, répondit-elle. Nous avons nos propres arrangements.

Elle serait stupide de cesser toute relation avec Blair pour une brève entrevue avec Alexi.

— C'était la réponse que j'espérais. Mais vous semblez si… affligée aujourd'hui.

Elle détourna son visage pour masquer son appréhension. Que se passerait-il lorsqu'elle se trouverait face à Alexi ? Avant toute chose, elle devait conserver sa dignité et sa fierté. Pourvu qu'il ait mûri, lui aussi, et qu'il garde son calme ! songea-t-elle, pleine d'espoir. De son côté, elle n'avait pas l'intention de le provoquer, et encore moins de débattre publiquement des responsabilités de chacun.

— Je suis très enthousiaste à l'idée de gagner cette course, murmura-t-elle.

En réalité, cela lui était complètement égal.

— *La Coquette* transporte dans ses soutes une petite fortune, ajouta-t-elle.

— Votre mari a-t-il baptisé son bateau en votre honneur ?

Elysse lui adressa un sourire sibyllin. Non, il ne l'avait pas fait pour elle, mais certainement à la mémoire de l'une de ses maîtresses, songea-t-elle.

Ils avaient atteint le bout du quai d'où la vue sur les bateaux était la plus belle, suivis de près par ses invités.

De nombreux navires avaient déjà jeté l'ancre, mais aucun ne venait de Chine. Soudain, elle aperçut Cliff de Warenne sur un quai mitoyen, accompagné d'un groupe de gentlemen. Aussitôt, elle se raidit et chercha à se cacher.

Blair se retourna et suivit son regard.

— Voilà votre beau-père, dit-il.

Mal à l'aise, elle s'humecta les lèvres. Ses relations avec la famille de Warenne étaient plutôt tendues. Ariella savait qu'elle était restée fidèle à son mari, mais refusait de prendre part à ce conflit. De temps en temps, Elysse croisait le père d'Alexi et sa femme. Amanda se montrait toujours aimable avec elle, mais Cliff ne semblait jamais heureux de la voir, surtout lorsqu'elle était accompagnée de l'un de ses prétendus amants.

En parfait gentleman, son beau-père lui fit un petit signe de la main lorsqu'il l'aperçut. Elysse lui sourit en répondant à son salut.

— C'est un beau jour pour naviguer, observa Blair en sortant une petite paire de jumelles de sa poche.

Elysse tourna les yeux vers le ciel, parsemé de nuages qui passaient rapidement en petites vagues mousseuses.

— C'est une très bonne brise de dix-sept ou dix-huit nœuds, ajouta-t-il.

Il lui tendit les jumelles.

— Il y a deux navires à horizon.

Tremblante, elle les saisit. Elle n'avait jamais vu *La Coquette* de ses propres yeux, mais elle avait eu entre les mains les esquisses et les dessins au moment de sa conception. Dès qu'elle avait vu le premier clipper fendre la houle, elle avait retenu son souffle.

— Je parie qu'il s'agit de votre mari, dit Blair.

Elle aperçut à travers les lentilles les lignes fines et élégantes de *La Coquette*, toutes voiles dehors.

— Oui, dit-elle en baissant les jumelles. Je pense qu'il sera là dans moins d'une demi-heure. Les distances sont trompeuses, mais le bateau navigue à pleine puissance.

— Et le deuxième navire ?

Elle scruta de nouveau la mer. L'embarcation n'était encore qu'un petit point à l'horizon.

— Impossible de le voir.

Elle lui tendit de nouveau les jumelles.

— La lutte est toutefois acharnée. Si vous regardez attentivement, à 10 heures, vous verrez un point sur l'océan.

— Mon Dieu, dit-il après avoir vérifié, vous avez raison.

Il la dévisagea soudain avec une franche admiration.

— Vous êtes une femme extraordinaire, madame de Warenne. Vos adversaires vous trouvent froide et calculatrice. Pour ma part, je devine une femme ardente derrière ce masque de perfection.

— On me trouve froide et calculatrice ? s'étonna-t-elle, blessée.

Elle qui essayait toujours de se montrer aimable et polie !

— Ils sont jaloux de votre succès, de votre beauté et de votre pouvoir. Mais moi, je vous trouve terriblement séduisante.

Blair n'avait pas plus de trente ans. Il était très beau et très viril. Elle avait aussi entendu dire qu'il était un amant formidable. Elle n'en doutait pas une seconde, mais elle ne le saurait jamais. Soudain, elle eut peur qu'il ne découvre que son mariage n'était qu'une mascarade. Elle avait eu une demi-douzaine de prétendants ces quatre dernières années, mais aucun n'avait jamais pris place dans son lit, ou dans son cœur.

Elle regarda Blair attentivement. Non, il ne pouvait pas deviner la vérité. Personne ne pouvait être si avisé.

— Je suis pourtant une femme tout à fait ordinaire, répondit-elle.

— Laissez-moi partager un autre avis, dit-il en souriant.

Quelques minutes plus tard, la foule poussa des acclamations enthousiastes tandis que *La Coquette* remontait lentement la rivière. Il y eut un lâcher de ballons et une pluie de confettis s'abattit sur les quais. Les enfants poussèrent des hurlements de joie. Au milieu de la foule en liesse, Elysse se cramponna à Blair, mais elle n'avait d'yeux que pour Alexi.

Il se tenait sur le pont du navire, tout près de la barre, une main nonchalamment posée sur la hanche, criant des ordres à l'équipage. Bientôt, les voiles furent ramenées les unes après les autres. De petites embarcations pleines de marchands s'élancèrent alors vers le navire.

Aussitôt, Elysse oublia l'homme debout à son côté, la foule, les autres bateaux, et toutes ses bonnes résolutions. A cet instant précis, rien ne comptait plus en dehors d'Alexi de Warenne.

Même sa colère s'était évanouie. En le regardant crier les ordres qui mettaient un terme à sa longue traversée, elle sentit le chagrin accumulé pendant toutes ces années remonter à la surface. Pétrifiée, elle étouffa un sanglot. Il l'avait tellement blessée ! Comment avait-il pu rester si loin d'elle ?

Ne l'avait-il pas aimée, ne serait-ce qu'un peu ?

Et elle, était-il possible qu'elle l'aime encore, après tant d'années de souffrance et de trahison ?

Il était si beau ! songea-t-elle à regret.

— Tout va bien, Elysse ? s'inquiéta Blair.

Sortant brusquement de sa torpeur, elle sursauta et lâcha brusquement le bras de son ami, tâchant de refouler les larmes qui venaient d'embrumer ses yeux. Elle était complètement hébétée. Seigneur, où allait-elle trouver les ressources nécessaires pour surmonter les moments qui allaient suivre ?

— Je suis épuisée.

— C'est ce que je vois.

Il leva ses jumelles.

— L'autre bateau n'est pas un clipper, observa-t-il. C'est un navire danois, me semble-t-il.

Ses oreilles bourdonnaient tellement qu'elle l'entendit à peine. Les embarcations des marchands avaient maintenant atteint le clipper et une échelle de corde avait été lancée. Une douzaine de négociants demandèrent l'autorisation de monter à bord. Aux gestes et aux mouvements d'Alexi, elle devina toute l'excitation qui l'habitait. Les hommes remontèrent à grandes enjambées le pont, et Alexi les accueillit par de vigoureuses tapes sur l'épaule entremêlées de rires. Bientôt, les gentlemen l'entourèrent et l'acclamèrent en véritable héros. L'un d'eux lui tendit une bouteille de champagne et Alexi renversa la tête en arrière avant de partir d'un grand éclat de rire triomphant.

Alexi était de retour…

Elysse se rendit soudain compte qu'elle s'était lentement avancée sur le quai pour aller à sa rencontre. Les cheveux d'Alexi étaient terriblement longs, remarqua-t-elle. Il avait besoin d'une bonne coupe. Sa chemise ouverte mettait en valeur son torse puissant et hâlé. Se promenait-il torse nu lorsqu'il était en mer ? C'était ce qu'il faisait quand il était enfant. Sa chemise était négligemment rentrée dans une culotte qui moulait avantageusement ses cuisses musclées. De hautes bottes en cuir usées complétaient sa tenue. Il but une longue rasade de champagne directement au goulot, tandis que derrière elle la foule l'acclamait.

Plusieurs caisses à thé superbement sculptées avaient été remontées des soutes. Des négociants à genoux inspectaient déjà le précieux chargement. Alexi les toisait d'un air arrogant, presque à la manière d'un roi sur ses sujets. Il avait la peau tannée par le soleil et ses cheveux sombres brillaient de reflets roux, constata-t-elle en atteignant le bord du quai.

Soudain, il écarquilla les yeux d'un air incrédule et se figea. Il venait de l'apercevoir.

Elysse retint son souffle, parfaitement immobile, son cœur tambourinant follement dans sa poitrine.

A l'exception des négociants qui s'extasiaient sur les échantillons de thé, et de quelques marins qui s'interpellaient, les quais étaient devenus étrangement silencieux. Le regard d'Alexi était dur et peu avenant. Il ne souriait plus. Elysse comprit soudain qu'elle était seule face au bateau, à une cinquantaine de mètres d'Alexi. Au bout de quelques secondes, qui lui parurent une éternité, elle reprit ses esprits. Vite, il fallait qu'elle dise quelque chose ! Du coin de l'œil, elle vit que la foule les observait attentivement. Elle entendit murmurer « C'est sa femme. »

Mais que faire ? songea-t-elle, paniquée à l'idée qu'Alexi l'humilie de nouveau. Il était clair qu'il ne s'attendait pas à la trouver là, et qu'il n'était pas spécialement heureux de la voir. De plus en plus affolée, elle choisit de feindre l'indifférence. Lentement, elle fit tournoyer son ombrelle d'un geste désinvolte, un petit sourire aux lèvres. Il fallait à tout prix qu'elle donne l'impression que tout allait bien ! Quoi de plus légitime pour une épouse que venir attendre son mari après une si longue absence ?

Mais pour l'accueillir dans les formes, il fallait d'abord qu'elle retrouve son calme.

Elle prit une profonde inspiration.

— Bienvenue à la maison… Alexi, dit-elle d'une voix tremblante.

Comme il ne devait pas l'avoir entendue, elle leva la main en signe de salut.

Il se décida enfin à bouger. Tendant la bouteille à un matelot, il remonta le pont à grandes enjambées. Sa démarche était aussi féline et puissante que celle d'une panthère. Il s'avança nonchalamment de la rampe la plus proche, les yeux rivés aux siens.

Au bout du quai était amarrée une embarcation. Elle aurait très bien pu demander à homme de l'amener jusqu'au navire. Mais c'était à lui de venir à elle, et non le contraire.

Alexi lui sourit de manière indéchiffrable, puis il escalada avec agilité le bastingage avant d'emprunter l'échelle de corde pour embarquer dans une petite annexe. Aussitôt, il lança un ordre à l'homme qui tenait la barre. Elysse se sentit faiblir à mesure que le petit bateau réduisait la distance qui les séparait.

La proue de l'embarcation heurta très vite le bord du quai. Les yeux d'Alexi se posèrent alors sur sa bouche avant de glisser vers son corsage bleu très décolleté. Il s'attarda aussi sur son coûteux collier orné d'aigues-marines.

— Bonjour, Elysse, dit-il d'un air narquois.

Terriblement gênée, elle se mordit la lèvre. Il lui suffisait de lui souhaiter la bienvenue, mais les mots lui manquèrent.

Comme elle tardait à trouver la bonne formule, il effectua un saut aussi magistral qu'impressionnant entre la proue de l'embarcation et le quai. Puis, en deux enjambées, il réduisit la distance qui les séparait.

Il était resté l'homme le plus séduisant au monde, constata-t-elle, la bouche sèche. Avait-il encore grandi ces dernières années, ou était-ce cet habit de pouvoir qu'il portait avec tant d'aisance, tant d'insouciance, tant d'indifférence, qui lui donnait cette illusion ? Il lui apparut alors tel que la rumeur le présentait : un négociant héroïque et intrépide, habitué à relever des défis et à surmonter des crises, rompu au triomphe et au succès, un homme de grande expérience.

Il était si viril, si beau, songea-t-elle avec désespoir. Comment avait-il pu embellir à ce point avec l'âge ?

Le regard d'Alexi brilla dangereusement lorsqu'il glissa de son collier à son décolleté.

— Ainsi, ma ravissante épouse est venue m'accueillir…

Il porta la main à son pendentif en aigue-marine.

— Jolie et coûteuse babiole, dit-il. Est-ce moi qui vous l'ai offerte ?

En sentant ses doigts sur sa gorge, son esprit se troubla. Ses joues étaient brûlantes. Tout le monde l'avait certainement remarqué. Elle croisa de nouveau son regard.

— Bien entendu, dit-elle, en comprenant trop tard le sous-entendu.

— Que me vaut cet honneur ? demanda-t-il.

Alexi regarda par-dessus l'épaule d'Elysse et dut remarquer la présence de Blair car son visage se ferma aussitôt.

Même si elle avait le droit d'être convenablement escortée, elle n'aurait jamais dû venir sur les quais avec lui.

— Vous êtes encore le premier, avança-t-elle prudemment. Toutes mes félicitations pour cette nouvelle victoire !

— Avec moi à la barre, *La Coquette* est imbattable.

Elysse pivota légèrement tandis que Blair s'avançait vers eux. Il était heureusement accompagné de Cliff, qui se dirigea droit sur Alexi pour l'embrasser.

— Bienvenue chez toi, mon fils, dit-il avec un sourire radieux.

Il lui tapota l'épaule, puis lança un regard sombre à Elysse.

Soudain, sans raison, elle se sentit coupable.

— Puis-je vous présenter Thomas Blair, Alexi ? demanda-t-elle.

Les lèvres d'Alexi s'étirèrent en un sourire froid et menaçant.

— Bien sûr, c'est un autre honneur. Je suis flatté, monsieur.

Blair lui tendit la main. Il ne paraissait pas le moins du monde embarrassé.

— J'ai déjà l'honneur de connaître votre femme et votre père. Il me tardait de vous rencontrer, capitaine.

Elysse fut surprise de découvrir que Blair connaissait Cliff, même si elle savait qu'il était impliqué dans de nombreux aspects de l'économie du pays.

Alexi lui lança un regard inquisiteur.

— Votre nom me dit quelque chose. Nous sommes-nous déjà rencontrés ? J'oublie rarement un visage... ou un rival.

— Serions-nous rivaux ? dit Blair en prenant un air innocent.

— Blair est le directeur de la Northern Financial et l'un des principaux actionnaires de cette banque, intervint Cliff.

Blair se tourna vers Alexi.

— Ce fut un plaisir de financer vos opérations, capitaine, ainsi que ce voyage.

Elysse fixa Blair, interloquée. Ainsi, il avait financé les voyages d'Alexi ?

Alexi sourit avec nonchalance.

— Vous serez donc heureux des bénéfices que nous allons réaliser. Ainsi que de la durée de cette traversée.

— Je suis non seulement ravi, mais également impressionné. Vous avez battu votre précédent record de 103 jours pour revenir de Canton.

— En fait, nous sommes revenus en 101 jours en effet. J'ai quitté Canton le 10 décembre.

Il leur sourit d'un air triomphal et regarda Elysse droit dans les yeux.

Trop bouleversée par sa proximité, elle fut incapable de lui rendre son sourire. Les couleurs d'Alexi n'étaient pas seulement dues au soleil, constata-t-elle enfin, mais trahissaient aussi son immense fierté.

— Vous n'êtes donc pas parti le 8 ? demanda-t-elle.

— Vous pouvez consulter le journal de bord si vous mettez ma parole en doute, madame.

Il pointa l'horizon en direction du sud.

— Personne ne nous talonne, dit-il. Il y a bien derrière nous l'*Astrid* du Danemark, qui transporte de la canne à sucre des Antilles. Mais notre principal concurrent est encalminé au large de la Côte des Esclaves. Vous l'accueillerez dans une semaine environ, même s'il est parti de Canton trois jours avant nous. En revanche, il ne transporte pas les meilleurs thés !

Il s'esclaffa de nouveau.

Elle ne pouvait pas lui en vouloir d'afficher cet air victorieux. Elle se surprit même à éprouver de la fierté pour lui, et cette découverte la choqua. Alexi se tourna vers elle et elle sentit ses joues s'empourprer encore plus.

Il saisit de nouveau le pendentif entre ses doigts.

— A partir d'aujourd'hui, je vais pouvoir vous offrir d'autres babioles, madame, dit-il d'une voix douce.

Elle était incapable de bouger.

— Bien, dit-il en se penchant vers elle. Vous ne m'avez toujours pas répondu. Que me vaut cet honneur ? Vous aurais-je… manqué ?

Son visage était si proche du sien qu'elle sentit son haleine, qui lui rappela l'odeur du citron et de la menthe. Son parfum était puissant, une odeur d'eau de mer associée à la douceur du tek fraîchement coupé, une odeur musquée et virile…

Oui, il lui avait manqué, reconnut-elle à regret. C'était bien la vérité ! Elysse se noya dans son regard clair, effrayée à l'idée de lui répondre.

— Embrassez-la ! cria un homme dans la foule. Embrassez votre femme !

D'autres voix s'élevèrent en chœur tandis qu'un sourire prédateur étirait les lèvres d'Alexi.

7

Le regard d'Alexi brillait intensément et ne laissait planer aucun doute sur ses intentions. Le souffle coupé, Elysse comprit qu'il s'apprêtait à l'embrasser. Jamais elle n'avait autant désiré un baiser.

Mais Cliff prit soudain son fils par l'épaule.

— Alexi, dit-il, j'aimerais vous présenter Georges Lafayette et James Tilden.

Alexi se redressa lentement sans la quitter des yeux et Elysse soupira en frémissant.

Puis il se retourna. Les deux gentlemen qui approchaient avaient investi de grosses sommes d'argent dans ce voyage, ainsi que dans ces deux dernières traversées. Elysse les avait déjà rencontrés en plusieurs occasions. Ils échangèrent des poignées de main et le félicitèrent.

— 101 jours ! s'exclama le Français, radieux. Je ne m'attendais pas à ce que vous battiez votre propre record, monsieur !

Alexi accepta le flacon d'alcool qu'il lui tendait en riant.

— Je suis moi-même étonné, répondit-il.

Il jeta un coup d'œil furtif à Elysse et porta la bouteille à ses lèvres en rejetant la tête en arrière. Elle posa alors son regard vers la profonde échancrure en V de sa chemise. Comme elle aurait aimé qu'il l'embrasse sur les quais, devant tout le monde ! soupira-t-elle. Mais comment pouvait-elle s'autoriser de telles pensées ? Ne l'avait-il pas abandonnée, six ans plus tôt ?

— J'ai fait porter les trois caisses de thé dans nos bureaux, dit Cliff. Je suis certain que vous êtes tous impatients de voir votre investissement par vous-même. Voulez-vous vous joindre à nous, Thomas ? Cet exploit mérite bien une petite fête.

— J'en serais heureux, sauf si Mme de Warenne est pressée de rentrer chez elle, dit Blair d'une voix traînante.

Surpris, Alexi pencha la tête de côté pour l'observer. Puis il la regarda d'un air méfiant.

Mais avant qu'elle ait pu répondre, Blair reprit la parole.

— Nous dînions chez Mme de Warenne hier soir lorsque nous avons appris que deux clippers étaient en vue au large de Plymouth. La plupart d'entre nous avons parié que vous seriez le premier à rentrer au port, capitaine. Comme j'ai proposé à Mme de Warenne de l'escorter aujourd'hui, il est de mon devoir de la raccompagner chez elle, sauf si vous souhaitez le faire vous-même, bien entendu.

Elysse se crispa. Blair venait-il de lancer un défi à Alexi ?

Elle eut soudain peur de sa réponse, peur d'être de nouveau rejetée.

— J'ai hâte de goûter ce thé, monsieur Blair, dit-elle dans un souffle, mais je suis certaine que mon mari ou vous-même avez déjà un après-midi rempli d'obligations. Je peux très bien rentrer seule chez moi.

Elle fut elle-même surprise par son calme apparent.

— Je pense, intervint Cliff, qu'Alexi ne nous quittera pas avant de nous avoir raconté son voyage dans les moindres détails.

Elysse dévisagea son mari. Devant lui, c'était comme si elle avait de nouveau dix-huit ans. Il fallait qu'elle se ressaisisse, et vite.

Sauf qu'elle n'espérait plus le rendre jaloux. Elle avait retenu la leçon. D'autant plus que, de toute évidence, Alexi n'était pas jaloux de Blair, ni de qui que ce soit. Les maris jaloux ne restaient pas séparés de leur femme pendant six ans…

Heureusement, elle n'eut pas besoin de répondre. Lafayette et Tilden avaient hâte de quitter les quais et de goûter au thé. Les locaux de la société Windsong Shipping n'étaient qu'à quelques pâtés de maison, à proximité de ceux des autres marchands et négociants.

— Il y a une caisse du meilleur champagne français qui vous attend, capitaine, dit le Français en donnant une tape amicale dans le dos d'Alexi. Nous avons gagné une petite fortune, n'est-ce pas ?

— C'est le meilleur thé que j'aie jamais ramené, se vanta Alexi. Nous avons indéniablement fait de beaux profits pendant ce voyage.

Prenant son fils par l'épaule, Cliff remonta les quais, suivi de tous les gentlemen. Elysse marchait loin derrière. Elle se sentait volontairement mise de côté et elle savait que ce n'était pas son imagination qui lui jouait des tours. Pour détourner l'attention de Blair, qui ne la quittait pas des yeux, elle invita M. et Mme Carew et leur fille à les suivre, ainsi que lord et lady Worth.

— Venez avec nous dans les bureaux de Windsong pour fêter cet événement, dit-elle gaiement. Il y aura du champagne pour tout le monde !

Blair lui prit le bras. En suivant Alexi, Cliff et les deux gentlemen vers les voitures qui les attendaient, il la regarda du coin de l'œil.

— Si j'étais le capitaine de Warenne, je ne choisirais pas ce moment pour me rendre à mon bureau.

Elle chercha très vite une réponse convenable.

— Je suis toujours partante pour une coupe de champagne, dit-elle d'un air enjoué, et j'ai hâte de goûter ce thé.

— Vraiment ? Vous ne préférez pas passer du temps seule avec le capitaine ?

Ils passèrent devant plusieurs entrepôts, suivis des Carew et des Worth.

— Vous paraissiez tellement éprise de votre beau mari, il y a seulement un instant.

Elle le dévisagea, inquiète qu'il puisse découvrir la vérité.

— Je connais Alexi depuis que j'ai sept ans. On peut dire que notre histoire ne date pas d'hier.

— Insinuez-vous que vous vous en êtes lassée ?

Même si elle vivait jusqu'à l'âge de cent ans, elle ne se lasserait jamais d'Alexi, songea-t-elle.

— Nous nous connaissons juste trop bien.

Elle était impatiente de changer de sujet.

— N'avez-vous pas hâte de goûter le thé ? ajouta-t-elle.

— Je ne sais même pas faire la différence entre du thé noir et du thé vert, répondit-il en riant. Je m'intéresse uniquement aux bilans. Hier soir, j'ai entendu dire que le capitaine de Warenne et vous étiez brouillés.

Elle trébucha sous l'effet de la surprise.

Même s'il ne faisait que dire la vérité, elle retira son bras du sien, très contrariée.

— Vous ne devriez pas écouter les rumeurs, monsieur. Je ne peux que vous répéter la même chose : Alexi et moi nous connaissons depuis près de vingt ans.

— Je vois. Mais même après vingt ans, ce n'est pas le moment que je choisirais pour me rendre à mes bureaux.

— C'est très aimable de votre part, répondit poliment Elysse.

Elle était beaucoup trop distraite par les événements pour se sentir flattée. Ils venaient d'atteindre une longue file de cabriolets et d'attelages et il était évident qu'Alexi avait l'intention de monter avec son père. La snobait-il délibérément ? La politesse voulait qu'elle reste avec Blair, qui avait eu la gentillesse de l'accompagner. Elle hésita, indécise.

Lorsqu'elle vit Alexi monter avec les autres hommes dans la voiture, elle se raidit, terriblement déçue. Il referma la porte derrière lui sans lui adresser le moindre regard.

De toute évidence, il ne comptait pas feindre une bonne entente. Son comportement la blessait terriblement. D'un geste tendre, Blair effleura son bras et elle sursauta.

Sans un mot, et au prix d'un effort surhumain, elle plaqua sur ses lèvres un sourire et monta avec lui dans sa petite voiture.

Les locaux de la société Windsong Shipping occupaient un grand bâtiment à deux étages. A leur arrivée, la fête battait déjà son plein. Cliff, Alexi, les investisseurs, et même les deux employés assis derrière le comptoir à l'entrée, tenaient une coupe de champagne à la main. Tous étaient rassemblés dans le hall. Les portes d'entrée s'ouvraient et se fermaient à mesure que les invités arrivaient.

La vaste salle de réception était couverte de parquet de bois sombre ciré, et des piliers en ébène soutenaient un plafond haut décoré de moulures. Deux immenses lustres en cristal éclairaient la pièce. Des tapis perses et orientaux ornaient richement les sols. Enfin, les murs étaient couverts de peintures à l'huile représentant des paysages de mer et des bateaux. Une console dorée adossée au mur à l'opposé de la porte d'entrée accueillait des maquettes de navires, en commençant par le premier vaisseau construit par Windsong Shipping sur lequel Cliff avait navigué pour se rendre en Extrême-Orient plusieurs dizaines d'années plus tôt. Elysse aperçut également une réplique de *La Coquette*.

Elle plongea ses lèvres dans une coupe, serrée au milieu de la foule qui ne cessait de grandir. Apparemment, tous ceux qui faisaient commerce avec la Chine étaient au courant du retour d'Alexi et étaient venus le féliciter. Certains invités n'étaient que de simples passants, mais personne ne semblait se soucier de savoir si tout le monde avait sa place dans les locaux.

Alexi se tenait debout près de la cheminée, entouré de sa cour composée de ladies et de gentlemen, de marins, de dockers, d'une femme qui ressemblait à une serveuse, ainsi que de son père et de ses investisseurs. Tout en sirotant son champagne, il leur parlait de la Chine, de ses affaires et de son voyage. Blair naviguait avec aisance dans la pièce et semblait connaître presque tout le monde. Elysse ne lui en voulait pas. Jamais elle n'avait eu l'occasion d'être seule à une fête, se contentant d'observer les gens comme elle le faisait maintenant.

Sauf qu'elle n'avait d'yeux que pour Alexi. Elle ne pouvait pas détourner son regard de lui, ne fût-ce qu'une seconde.

Alexi était enfin chez lui, et elle avait l'impression d'être de nouveau la jeune débutante qui brûlait d'impatience de le revoir, comme lors de son premier retour à Askeaton après deux ans et demi d'absence. De temps en temps, il lui lançait à travers la foule un regard lourd et indolent. La situation lui rappelait cruellement de vieux souvenirs.

Elle refusa pourtant de penser à ce jour funeste où Alexi était revenu de son premier voyage en Chine accompagné de William Montgomery. En lieu et place, elle se contenta de le dévisager avec insistance, consciente de le troubler, jusqu'à ce qu'il détourne le premier les yeux.

Il ne semblait pas en colère après elle, ni spécialement bien disposé à son égard. Pourtant, elle était certaine que, sans la présence des investisseurs sur les quais, il l'aurait embrassée.

Alexi lui apparaissait à la fois comme quelqu'un de familier et d'étranger. Il avait changé. Il avait l'air encore plus avisé que la dernière fois qu'elle l'avait vu, comme s'il avait expérimenté tout ce que la vie avait à offrir. Il était si sûr de lui. Il semblait capable d'affronter n'importe quelle crise, de relever n'importe quel défi. Son assurance n'avait d'égal que son pouvoir. Il était un fringant capitaine qui jouissait de la gloire que lui conférait son nouveau record.

En revanche, il n'avait rien d'un mari impatient de retrouver son épouse après une longue séparation…

Allait-il la raccompagner une fois la fête terminée ? songea-t-elle en se tordant les mains. Ils avaient tellement de choses à se dire.

Soudain, elle se figea en voyant une femme se jeter dans les bras d'Alexi pour l'embrasser. Mais son inquiétude fut de courte durée lorsqu'elle reconnut Ariella. Frère et sœur s'enlacèrent en riant de bon cœur, tout à leur plaisir de se revoir.

— S'agit-il de sa femme ? demanda un homme avec un fort accent étranger.

Elle leva les yeux vers un individu à l'allure imposante. Ses cheveux avaient des reflets roux et blonds et sa peau était burinée par le soleil. Aussitôt, elle reconnut en lui un marin. Il sentait la cire des ponts, l'humidité des voiles et la mer.

— Baard Janssen, à votre service, madame, dit-il en souriant.

Elle n'arrivait pas à identifier son accent : était-ce du suédois, du norvégien ou du danois ?

— Avez-vous l'habitude de parler aux étrangers sans avoir été présenté ? demanda-t-elle froidement.

— Je suis rarement les règles de la société, répliqua-t-il avec un regard beaucoup trop direct à son goût. Je parle aux étrangers lorsque je le décide, surtout lorsqu'il s'agit de jolies femmes.

— Etes-vous un ami du capitaine de Warenne ? demanda-t-elle prudemment.

Il lança un regard peu avenant en direction d'Alexi.

— Nous avons déjà pris un verre ou deux quand nous étions à la Jamaïque, en attendant la fin d'une tempête.

Ainsi, il connaissait Alexi…

— Il s'agit de la sœur du capitaine de Warenne, monsieur, dit-elle pour répondre à sa question.

— Et vous, madame, vous êtes la plus belle femme de cette assemblée.

— Vous exagérez certainement, mais je vous remercie pour le compliment. Je suppose que vous faites le commerce de la canne à sucre ?

— En effet. Je reviens tout juste des îles, avec des cales bien pleines. Je suis le capitaine de l'*Astrid*, madame, dit-il fièrement. Vous ne trouverez pas de meilleur navire de commerce dans tout l'Atlantique Nord.

Quel capitaine ne vantait pas les mérites de son bateau ! songea-t-elle en souriant faiblement.

Janssen se tourna en direction d'Alexi.

— J'ai entendu dire que sa femme était très belle. Est-ce que la moitié de Londres accoure toujours à chacun de ses retours ?

Elle l'étudia attentivement. Etait-ce un rival ? Alexi ne faisait plus le commerce de la canne à sucre car les prix étaient beaucoup trop bas, mais d'autres navires de sa société s'en chargeaient. Elle s'aperçut qu'Alexi les regardait d'un air mauvais.

— Ce voyage est un vrai succès, dit-elle. Le capitaine mérite d'être flatté, félicité, et de vendre son thé au meilleur prix.

Le visage de Janssen se ferma.

— Je suis certain qu'il apprécie tout ce beau monde. Ce voyage était en effet exceptionnel, si les rumeurs que j'ai entendues sont vraies. Vous semblez bien connaître le commerce maritime. J'aimerais beaucoup vous faire visiter mon bateau, madame… ?

La bague de fiançailles et l'alliance à son doigt ne laissaient planer aucun doute sur son état.

— Madame de Warenne, répondit-elle sèchement.

Il sursauta, visiblement surpris.

— Vous êtes donc sa femme ?

— En effet, capitaine Janssen.

Un petit sourire étira soudain les lèvres du danois. Mais avant de comprendre ce qui l'amusait tant, elle sentit une main se poser sur son épaule. Elle pivota, et croisa le regard surpris d'Ariella.

— Toi, ici ! s'écria son amie.

Elysse lança un bref coup d'œil à Janssen.

— Je vous souhaite un agréable séjour à Londres, dit-elle poliment.

Puis elle prit Ariella par la main et l'entraîna loin du Danois vers un coin du hall.

— Je voulais à tout prix goûter le thé, mentit-elle.

Ariella la saisit par les épaules et la secoua gentiment avant de la bombarder de questions.

— As-tu salué mon frère ? T'a-t-il saluée en retour ? Sait-il que tu es ici ? Vous êtes-vous réconciliés ?

D'une certaine façon, Alexi s'était interposé entre son amie et elle. Jusqu'à la mort de Montgomery, elles n'avaient jamais eu de secrets l'une pour l'autre. Mais depuis son mariage, Elysse ne s'était jamais vraiment confiée à Ariella, même si l'envie ne lui avait pas manqué. Elle avait continué à prétendre qu'elle avait une vie très agréable et qu'elle ne souffrait pas du tout de l'absence de son mari.

— Nous nous sommes évidemment salués, Ariella, dit-elle en souriant.

— Et que s'est-il passé ?

— Rien.

Sauf qu'il avait failli l'embrasser, songea-t-elle. Elle fut surprise de remarquer qu'Alexi l'observait. Mais dès qu'il croisa son regard, il se détourna et porta sa coupe de champagne à ses lèvres. Il la vida d'un trait, et rit aux propos des ladies rassemblées dans son groupe. Alexi flirtait de toute évidence avec une brune très séduisante. Aussitôt, un aiguillon de jalousie la transperça.

Il avait pourtant eu une multitude d'aventures tout au long de ces années. Elle avait entendu toutes sortes de commérages à propos d'une maîtresse à Singapour et d'une amante à la Jamaïque. Mais cela lui était bien égal. Elle s'apprêtait à reporter son attention sur Ariella lorsqu'elle sentit de nouveau le regard insistant d'Alexi peser sur elle. Son cœur s'emballa aussitôt. Lorsque leurs regards se croisèrent, il prit au vol sur un plateau une autre coupe de champagne, y plongea ses lèvres, et lui lança un regard encore plus audacieux que celui de Janssen.

— Alexi a battu son propre record, dit-elle, troublée.

— Je le sais, il me l'a dit, répondit Ariella. Tout le

monde le sait. Il a acquis beaucoup d'expérience. Vous êtes-vous parlé ?

— Bien sûr, riposta Elysse, incapable de soutenir plus longtemps les yeux de braise d'Alexi.

Il souriait maintenant à une très belle rousse. Quoi faire ? songea-t-elle, de plus en plus désemparée. Devait-elle aller le rejoindre et se présenter elle-même afin d'anéantir les projets de la jeune femme ? Soudain, Alexi planta de nouveau ses yeux dans les siens, puis il leva sa coupe pour la saluer.

— Il flirte avec toi ? demanda Ariella en lui prenant les mains. Je t'en prie, réconciliez-vous ! Je ne sais pas pourquoi vous ne vous parlez plus depuis six ans, mais tu devrais aller le voir. Il semble de si bonne humeur. Tu peux tout obtenir de lui lorsqu'il est dans de telles dispositions. J'en suis sûre !

Ariella connaissait son frère mieux que quiconque. Etait-il possible qu'Alexi soit d'humeur à lui pardonner ? Tout ce qu'Elysse voulait à cet instant précis se résumait en trois mots : pardon, réconciliation, et mariage authentique.

Après tout ce qu'Alexi lui avait fait subir, après ces années de souffrance et d'humiliation, elle aspirait à le retrouver, comme époux et comme ami.

Ariella tira brusquement sur sa main.

— Cette rousse a été sa maîtresse, il y a plusieurs années. Elle s'appelle Jane Beverly Goodman. Va vite le rejoindre avant qu'elle ne l'entraîne dans un bureau et tente de réamorcer leur liaison !

Elysse hésita. Si Ariella disait vrai, s'il était possible qu'ils aient une vraie discussion, qu'ils se réconcilient, l'enfer qu'était sa vie pourrait enfin prendre fin. Elle pourrait alors oublier toutes ses déceptions et recommencer à vivre normalement.

Elle souhaitait tellement pouvoir lui parler, sans hargne et sans rancœur. La rousse devenait de plus en plus entreprenante et murmurait à présent à son oreille. Si Elysse allait rejoindre Alexi maintenant, que se passerait-il ?

Pourraient-ils oublier les trahisons ? Pourraient-ils oublier les circonstances qui les avaient conduits à se marier ? De son côté, serait-elle capable d'oublier toutes ces années de souffrances ?

Elle était indécise. Qu'avait-elle à perdre ? Elle ne faisait que porter son nom et profiter de sa richesse, mais rien d'autre. Non, en dehors d'une vie faite de mensonges, elle n'avait rien à perdre !

Elysse sourit nerveusement à Ariella et se fraya un chemin à travers la foule. Elle tomba bientôt nez à nez avec Blair.

— Souhaitez-vous que je vous raccompagne ? demanda-t-il en la prenant par les épaules. Je ne peux pas rester. Je dois assister à plusieurs réunions avant le dîner.

Effrayée à l'idée qu'Alexi puisse les voir, elle recula, l'obligeant à la lâcher.

— Non, merci, je vais rester.

— Je vois. Je suis un peu déçu, mais sachez que je suis un homme patient.

Elle eut un léger pincement au cœur. Elle ne savait pas ce que donnerait sa discussion avec Alexi. Il était donc idiot de rejeter la proposition de Blair. Pourtant, il le fallait.

— Nous avons prévu d'aller à l'opéra, dit-elle d'une voix douce.

— Oui, samedi.

Il prit sa main et la porta longuement à ses lèvres. Lorsqu'il se redressa, elle lut dans ses yeux toute sa déception de la quitter.

Elle le suivit tristement du regard tandis qu'il quittait la pièce. Ce n'était pas le moment de flirter avec Blair. Soudain, comme prise d'une singulière intuition, elle pivota pour chercher Alexi du regard. Il se tenait juste en face d'elle, le visage grave.

— Vous m'avez fait peur ! s'écria-t-elle en sursautant.

Il l'examina d'un air méfiant.

— Vous n'êtes pas partie avec lui.

Elle reprit son souffle.

— J'espérais pouvoir vous parler.

Ses yeux étincelèrent dangereusement. Puis la main d'Alexi se ferma autour de son bras. Elle serra les dents pour ne pas crier.

— Vous n'avez jamais goûté mon thé, dit-il à voix basse.

Un long frisson parcourut son corps.

— Je n'ai jamais eu cette chance.

— Parfait, dit-il en passant son bras autour de sa taille.

Il la serra contre son corps musclé.

— Que faites-vous ? demanda-t-elle, interloquée.

— Le thé, murmura-t-il.

— Bien sûr…

Tandis qu'il l'entraînait à travers la foule, elle résista à l'envie de s'appuyer contre son corps viril. Elle se sentait si bien dans ses bras. Elle avait même du mal à garder les idées claires.

— Etes-vous ivre ? demanda-t-il sur un ton railleur.

— Non.

De son côté, Alexi semblait avoir un peu trop bu.

— Vous réagissez comme si vous ne vous étiez jamais trouvée dans les bras d'un homme. Or nous savons tous les deux que c'est faux.

Elle n'osa pas le contredire. Sans un mot, il l'entraîna dans une petite pièce sombre de l'autre côté du hall et ne prit même pas la peine de fermer la porte. Puis il la lâcha avant de se diriger vers le bureau où il alluma une lampe. Derrière lui, trois caisses à thé noir et orange superbement travaillées étaient posées sur une étagère. Alexi se crispa en la dévisageant, visiblement troublé.

Elle-même avait du mal à calmer les battements désordonnés de son cœur.

— Je suis très heureuse de votre succès, dit-elle, sincère.

— Vraiment ?

Ses yeux glissèrent sur sa gorge et, plus bas, vers son décolleté.

— Etes-vous également heureuse pour Thomas Blair ? Ses taux d'intérêt sont très élevés.

— Je n'ai nullement envie de parler de lui, dit-elle sur la défensive. Je ne veux pas me disputer avec vous.

— Evidemment.

Il émit un petit rire sans joie.

— Je n'ai pas non plus l'intention de me disputer avec vous ce soir, dit-il d'une voix douce.

On aurait dit qu'il tentait de la séduire…

— Vous semblez en forme, Elysse, malgré votre petit air d'animal apeuré. De quoi avez-vous peur ? De moi ?

Il semblait se réjouir de la voir souffrir.

Jamais elle ne s'était sentie aussi nerveuse. Pourtant, il n'y avait aucun obstacle entre elle et la porte, qui était restée ouverte. Elle pouvait s'enfuir à tout moment. Mais elle n'en avait pas envie.

— Vous êtes différente, dit-il en souriant. Je me demande combien d'hommes ont essayé d'attirer votre attention cet après-midi. J'ai vu que vous aviez fait la connaissance de Janssen.

— Cela fait six ans que l'on ne s'est pas vus, Alexi, au cas où vous l'auriez oublié.

— Il n'y a qu'une seule chose que je n'ai pas oubliée.

Il appuya son corps mince et musclé contre la table.

Elle avait l'impression qu'il jouait avec elle, à la manière d'un lion avec une pauvre petite souris. Son comportement n'était pas celui d'un mari bienveillant. Pourtant, il n'était ni grossier ni dédaigneux à son égard. Rien n'indiquait qu'il était encore en colère après elle.

— Six ans, c'est très long, dit-elle d'une voix hésitante.

Il poussa un long soupir.

— Moi non plus, je n'ai pas oublié, ajouta-t-elle.

Il se dressa d'un bond.

— Je n'ai pas envie de parler du passé.

Il s'approcha d'elle dangereusement.

— Je veux… autre chose.

— Mais il le faut ! s'écria-t-elle, tandis qu'il refermait ses mains sur ses épaules.

Elle avait du mal à respirer.

— Dommage, dit-il d'une voix rauque.

En un battement de cils, elle se sentit attirée contre son corps incroyablement ferme.

— Que faites-vous ? balbutia-t-elle. Etes-vous ivre ?

— Comme un marin, répondit-il en s'esclaffant. Ne faites pas l'innocente, vous savez exactement ce que je fais.

D'un geste brusque, il saisit son menton entre le pouce et l'index et l'obligea à redresser la tête.

— Bon sang, j'avais oublié à quel point vous étiez belle.

Ses mots auraient dû la transporter de joie. Pendant toutes ces années, n'avait-elle pas souhaité au plus profond de son être qu'il la voie comme une femme séduisante ? Jamais elle n'avait vu un désir s'exprimer de manière si primitive et violente. Mais il paraissait aussi terriblement en colère…

Que voulait-il ? L'embrasser avec passion, ou aller plus loin ? Sans une discussion sérieuse sur ces six dernières années, elle-même ne savait pas ce qu'elle désirait. Inquiète, elle tenta de reculer, mais il la retint fermement dans ses bras en une étreinte sans issue.

— Alexi ! s'écria-t-elle, affolée.

Soudain, il lui traversa l'esprit qu'il allait la séduire. Avant qu'elle ait pu protester, il posa ses lèvres sur les siennes.

Elle resta immobile, tandis que sa bouche se faisait possessive et sauvage, à la fois chaude et dure. Il l'étreignit encore plus fort, l'empêchant de se dégager.

Elle suffoquait. Serrant les poings, elle tenta de le repousser, mais il continua de l'embrasser. Malgré son état de panique, lentement, elle commença à se sentir terriblement bien entre ses bras puissants. Car c'était le corps d'Alexi qu'elle sentait, celui qu'elle avait toujours aimé… Peu à peu, sa bouche s'entrouvrit et elle céda à la pression de son baiser.

— Embrassez-moi, demanda-t-il d'une voix dure. Vous savez que vous en avez envie.

Sa respiration était haletante lorsqu'il posa de nouveau ses lèvres sur les siennes, mais elles étaient à présent plus tendres, plus sensuelles.

— Embrassez-moi, Elysse, murmura-t-il.

Oui, il avait raison ! Elle voulait lui rendre son baiser. Et pendant ces six longues années, elle était devenue une femme. Elle sentait son corps trembler de manière incontrôlable, se fondre contre le sien. Certes, Alexi était en colère, et elle aussi, mais elle était incapable de lui résister. Gémissant sous l'effet du désir, elle s'agrippa à ses épaules.

Elle vibrait de la tête aux pieds. Lorsqu'elle sentit son sexe dur pressé contre sa hanche, elle emboîta instinctivement son corps contre le sien.

— Elysse, dit-il encore d'une voix voilée par le désir.

Ses blessures s'étaient estompées, toute sa colère était oubliée. Plus rien ne comptait en dehors de l'homme qui la tenait étroitement dans ses bras, son corps musclé et son désir impatient. Elle avait tellement envie de lui ! S'agrippant à ses larges épaules, elle lui donna ce qu'il attendait d'elle.

Elle commença par goûter délicatement ses lèvres, tandis qu'il attendait, immobile. Elles avaient un délicieux petit goût d'eau de mer mélangé aux arômes acidulés du champagne. Elle se fraya timidement un passage du bout de la langue et il gémit en la serrant encore plus fort contre son corps viril, savourant lentement leur baiser. Soudain, Elysse sentit sa gorge se nouer sous l'effet de l'émotion. Seigneur, elle l'aimait toujours, tellement fort !

L'espace d'un instant, il l'embrassa avec tendresse, comme s'il se délectait d'un mets délicat. Puis il s'embrasa. Sa bouche ravagea la sienne. Leurs langues s'enchevêtrèrent furieusement. Il aurait pu lui faire l'amour ici, maintenant, sans même lui avoir parlé du passé. Elle lui rendit son baiser avec encore plus de fougue.

— Vite ! s'écria-t-elle.

Il leva vers elle de grands yeux bleus étonnés. Puis, sans un mot, il la souleva et la coucha sur la table. Eperdue de désir, elle ne protesta même pas. D'un geste maladroit, elle renversa même la petite lampe qui tomba au sol avec fracas. Alexi n'y prêta pas la moindre attention, et écrasa son corps contre le sien. Lorsqu'elle croisa son regard, elle n'y lut qu'un désir brûlant.

— J'ai envie de vous, grogna-t-il en caressant ses cheveux.

Mais lorsqu'il pesa de tout son poids sur elle, elle se sentit glisser de la table. Elle tenta de le prévenir, mais il était trop tard. Une seconde de plus et ils tombaient ensemble contre le sol dur, toujours enlacés.

Même légèrement ivre, Alexi avait les réflexes d'un chat. Il avait eu le temps de pivoter et d'amortir sa chute à l'aide de son corps. Désorienté, il la coucha doucement près de lui.

De son côté, Elysse était totalement hébétée.

— Tout va bien ici ?

Toujours couchée au sol, elle regarda vers la porte où se tenait l'un des employés de la société d'Alexi. Le jeune homme vira au rouge.

— Je… je vous demande pardon, capitaine, madame de Warenne !

Visiblement gêné, Alexi se redressa brusquement, tandis que l'employé quittait confusément la pièce. D'une main, il l'aida à se relever. Dire qu'ils avaient failli faire l'amour à même la table ! comprit-elle, encore sous le choc.

Alexi paraissait tout aussi confus.

— Vous allez bien ? demanda-t-il.

Elle massa sa cheville douloureuse, qui s'était tordue au moment de la chute. Mais ce n'était rien, comparé au désir violent et inédit qui l'habitait encore.

Qu'était-il arrivé ? songea-t-elle, perplexe. Malgré ces six dernières années de souffrances, elle avait toujours envie de se jeter dans les bras d'Alexi, de toucher son beau visage et de lui dire qu'elle l'aimait. Effrayée à cette idée, elle ne répondit rien.

— Elysse, vous allez bien ? répéta-t-il un peu plus fort.

— Oui, je crois, dit-elle en reprenant son souffle.

Que ferait-il si elle lui avouait ses sentiments ? Si elle lui disait qu'elle l'aimait ? Comptait-elle pour lui, l'aimait-il aussi ? Et comment interpréter ce baiser ? Signifiait-il que tout était rentré dans l'ordre ? Elle leva lentement vers lui ses yeux chargés de questions.

— Si je vous ai fait mal, dites-le-moi, dit-il en reculant d'un pas.

— J'aurai un vilain bleu, rien de plus. Vous avez surtout évité que je me cogne la tête.

— Je suis navré, dit-il en détournant les yeux.

— Alexi ! s'écria-t-elle en étendant la main vers lui.

Il se dégagea brusquement.

— Laissez-moi, je suis terriblement ivre. Je suis en mer depuis soixante-dix-sept jours, mais cela n'excuse pas mon comportement.

— Je ne comprends pas.

— C'était un voyage horriblement long, Elysse.

— Où voulez-vous en venir ?

— Je suis un débauché, vous vous souvenez ? Et vous, une femme extrêmement désirable.

S'il avait voulu la blesser, il ne s'y serait pas mieux pris. Ainsi, s'il l'avait embrassée, c'était uniquement parce qu'il était resté des mois sans croiser une femme ?

Il passa une main nerveuse dans ses cheveux en soupirant bruyamment. Ses yeux azur étincelaient de colère et ses mains tremblaient.

— Je suis sincère, vous comprenez, dit-il d'une voix que la frustration rendait rauque. Rien n'a changé entre nous. Où est Blair ?

— Blair, répéta-t-elle, abasourdie.

Un aiguillon de douleur transperça son cœur. Pourquoi lui parlait-il de Blair maintenant ? Pourquoi ne la prenait-il pas dans ses bras ? Comment pouvait-il se montrer si cruel avec elle et la traiter comme une prostituée ?

— Alexi ? murmura-t-elle d'une voix inquiète.

Il se contenta de la regarder froidement.

— Allons-y. S'il ne peut pas vous raccompagner chez vous, je demanderai à l'un de mes employés de le faire.

Rendre visite à quelqu'un avant midi était considéré comme très impoli. Pourtant, à 10 h 30, Elysse descendait de sa belle voiture noire devant chez Ariella. Elle se sentait beaucoup trop blessée et en colère pour se soucier de l'heure !

Elle savait qu'Ariella et son mari se levaient tôt. Son amie avait épousé le bel et énigmatique vicomte roumain St-Xavier une année plus tôt, au grand désespoir de la bonne société. Mais il s'agissait d'un mariage d'amour, et Ariella était profondément éprise de son mari.

Si quelqu'un savait où se trouvait Alexi, c'était bien elle, songea Elysse. Sans compter qu'il y avait aussi de bonnes chances pour qu'il séjourne chez sa sœur.

Le souffle court, elle se retint pour ne pas remonter l'allée en courant. La veille, Alexi l'avait embrassée comme si elle était la femme la plus désirable au monde. Puis il lui avait dit qu'elle n'était pour lui qu'un beau visage et un joli corps parmi tant d'autres. Il l'avait traitée comme n'importe quelle prostituée rencontrée dans un port ! Depuis six ans, il l'avait exposée à toutes sortes d'injures et d'humiliations, mais visiblement cette punition n'avait pas suffi à effacer le passé.

Elle refusait de penser au désir qu'elle avait ressenti pour lui la veille. Elle ignorait toujours pourquoi son baiser l'avait transportée à ce point, et pourquoi ses attentes vis-à-vis d'Alexi étaient si ridiculement romantiques.

Mais cela n'arriverait plus jamais. Peut-être que toutes les vierges de vingt-six ans auraient perdu la tête en compagnie d'un débauché comme Alexi, mais aujourd'hui, ses idées étaient redevenues claires. Non seulement elle ne le désirait pas, mais elle ne l'aimait pas non plus. Il y avait six ans qu'elle avait cessé de l'aimer.

Comment avait-elle pu perdre la tête en si peu de temps ? C'était inconcevable.

D'ailleurs, il n'avait pas le droit d'être encore en colère après elle, alors qu'elle avait de bonnes raisons d'être furieuse après lui !

Elle ne pouvait plus supporter ce mariage une seconde de plus, pas en l'état actuel des choses. Néanmoins, une annulation était hors de question. Sa fierté passait avant tout. Il fallait donc qu'Alexi quitte la ville sur le champ. Londres n'était pas assez grand pour eux deux.

En atteignant la porte d'entrée, elle lissa les plis de sa robe de soie turquoise, mise en valeur par un collier de diamants. Si Alexi se trouvait à l'intérieur, mieux valait pour lui qu'il se prépare pour la bataille. Cette fois, elle était bien décidée à avoir le dernier mot. Sa vie et son équilibre mental en dépendaient. Mais avant même qu'elle ait saisi le heurtoir, la porte s'ouvrit sur le vicomte en personne. St-Xavier la dévisagea, l'air étonné.

— Bonjour, Emilian, dit-elle, gênée.

Elle fut incapable de sourire.

— Ariella ne devrait pas être surprise de me voir arriver à une heure si indue, ajouta-t-elle.

Emilian St-Xavier était très beau. Sa redingote et son pantalon qu'il portait avec désinvolture mettaient en valeur son corps solide et ses cheveux fauves faisaient ressortir ses yeux. Il vivait un peu en reclus, mais beaucoup moins depuis son mariage avec Ariella. Sa mère était tzigane, et la bonne société ne savait pas si elle devait le vénérer ou le dénigrer.

— Ariella vous attend, Elysse. Je prie le ciel pour que vous ne concoctiez pas un invraisemblable plan visant ce pauvre Alexi.

— Je suis sa femme. Je ne saurais concocter de plan à l'égard de mon pauvre époux.

— Vraiment ? Seriez-vous intéressée de savoir que je l'ai vu, hier soir.

Elysse se crispa malgré elle, à ces paroles.

— Je ne vous ai pourtant pas aperçu lors de la fête donnée dans ses bureaux.

— En effet, je n'y étais pas. Mais Clarewood s'y est rendu pour sauver Alexi de lui-même. Ils sont ensuite venus me chercher. Alexi était complètement désorienté. N'ayez crainte, nous ne sommes pas allés dans un club. Nous sommes simplement allés dîner. Mais cela ne l'a pas empêché de noyer son chagrin dans le whiskey et le brandy.

— Il faisait la fête, hier soir, dit-elle, très raide.

— Pas quand je suis arrivé.

Elle ignorait ce qui avait bien pu mettre Alexi dans un tel état.

— Il est adulte, avança-t-elle prudemment. S'il veut se soûler jusqu'à en perdre la raison, libre à lui. Pourtant, il semblait jubiler dans ses bureaux.

St-Xavier lui sourit.

— Nous avons tous un double visage.

Puis il porta une main à son chapeau et continua son chemin sur l'allée pavée de briques avant d'atteindre la superbe voiture à six chevaux qui l'attendait dans la rue.

Elysse pénétra dans la demeure et retira ses gants avec colère. Elle se sentait misérable, et espérait qu'Alexi aussi. Hélas, il était certainement trop occupé à célébrer le succès de son dernier voyage. Elle était sur le point de poser ses gants lorsqu'elle aperçut Ariella entrer précipitamment dans le hall d'entrée décoré avec goût.

— Où est-il ? demanda Elysse.

— Il n'est pas là, répondit son amie. Tu as une mine épouvantable, Elysse. As-tu souffert d'insomnies, cette nuit ?

— Je souffre surtout de ce mariage.

Elle n'avait jamais été aussi sincère.

Son amie blêmit.

— Je le sais. J'en veux tellement à mon frère ! Sache qu'après ton départ hier, je lui ai dit ma façon de penser.

Elysse se raidit. Alexi l'avait pratiquement traînée hors de ses bureaux, et avait chargé un employé de la raccompagner chez elle. Elle avait eu l'impression d'être renvoyée comme une malpropre. Tout le monde s'en était évidemment aperçu. Sa coiffure était défaite, ses joues étaient rouges et elle était certaine que sa mine déconfite exprimait toute sa colère. Alexi était tout aussi furieux. Tout le monde s'était tu lorsqu'il l'avait accompagnée jusqu'à la voiture. Elle avait alors remarqué que Janssen la regardait bizarrement. Alexi l'avait ensuite aidée à s'installer et il avait eu le toupet de lui souhaiter une bonne soirée. Son ultime humiliation avait été d'apercevoir Jane Beverly Goodman debout près de la fenêtre.

Les commérages iraient bon train, songea-t-elle.

Mais que faire ? S'arracher les cheveux, tordre le cou d'Alexi ? Les larmes lui montèrent aux yeux. Comment pouvait-il encore lui faire autant de mal ? Elle inspira profondément pour se calmer.

— Est-il parti avec cette traînée de Jane Goodman, hier soir ?

Ariella lui prit le bras et l'entraîna dans la salle du petit déjeuner, où les restes du repas reposaient sous des cloches en argent sur un buffet.

— Je l'ignore. As-tu déjeuné ?

— Je n'ai pas faim. S'il te plaît, n'essaye pas de me ménager. Je me fiche de ce qu'il fait, ou avec qui.

— Mowbray est arrivé peu après ton départ, répondit Ariella.

Le duc de Clarewood avait aidé Alexi au moment de leur mariage. Il était son meilleur ami.

— Je doute qu'il ait eu le temps de se rendre à un rendez-vous, ajouta-t-elle.

— Il est certainement allé la rejoindre après son dîner avec Clarewood et Emilian.

Elysse entendait parler de ses maîtresses depuis des années. Outre celles qu'il avait à Singapour et à la Jamaïque, elle avait entendu dire l'été dernier qu'il sortait avec une superbe roumaine.

— Que vas-tu faire ? demanda son amie gentiment.

— Je veux m'assurer qu'il ne s'attardera pas en ville, répondit-elle avec détermination. S'il s'en va sans faire d'histoires, je pourrai le supporter, à condition de ne plus jamais le revoir.

Ariella se rembrunit.

— Que me caches-tu ? demanda-t-elle en dévisageant son amie.

— Je crois bien qu'il a l'intention de rester à Londres quelque temps, répondit Ariella, gênée.

— Je ne pourrai pas le supporter !

— Elysse…

— Non !

Elle se leva et se mit à faire nerveusement les cent pas, oubliant ses bonnes résolutions.

— Ne m'a-t-il pas suffisamment causé de torts ? Pourquoi resterait-il en ville, sinon pour fréquenter des prostituées et m'humilier encore plus !

Non, elle ne le laisserait pas lui faire plus de mal…

— Je crois bien que j'ai fini par détester ton frère !

— S'il te plaît, ne dis pas cela, tu ne le penses même pas ! J'aimerais tellement que vous puissiez parler calmement des événements qui vous ont plongés tous les deux dans une telle colère.

Elysse suffoqua en repensant à la façon dont il l'avait embrassée avant de la renvoyer chez elle. Jamais plus elle ne le laisserait la toucher !

— Je ne lui permettrai pas de rester en ville. Il faut que l'un de nous deux s'en aille, et ce ne sera pas moi.

Elle était certaine qu'Ariella lui cachait quelque chose.

— Non, ne me dis rien. Il est avec elle, n'est-ce pas ? Il est chez cette traînée de Goodman ?

— Non, Elysse, il n'est pas avec lady Goodman. Il a acheté une maison dans Oxford.

Elle s'immobilisa, interdite.

— Comment ? !

— C'est une très belle demeure, avec de grands jardins, une serre et une magnifique écurie. Il est là-bas, Elysse, dans sa nouvelle maison.

Elle fut soudain prise de vertige. Non, c'était impossible, absurde !

— Alexi a acheté une maison ici, à Londres ?

Ariella acquiesça.

— Et la vente a été conclue ?

Elle acquiesça de nouveau.

— Depuis quand ? s'écria-t-elle, encore sous le choc. Pourquoi a-t-il fait une chose pareille ?

— Ses agents ont procédé à l'achat il y a deux mois environ. Alexi avait déjà visité la maison et la convoitait depuis des années. Dès qu'il a su qu'elle était à vendre, il a fait une offre. Clarewood l'a déposé là-bas la nuit dernière.

Son amie se tordit les mains, visiblement ennuyée.

Elysse se laissa lourdement tomber dans le fauteuil le plus proche. Ainsi, Alexi allait rester à Londres…

— Que vas-tu faire maintenant ? demanda Ariella dans un souffle. Nous savons toi et moi que tu ne pourras jamais le convaincre de quitter la ville contre sa volonté.

Elysse la regarda, complètement abasourdie. Elle savait pourtant exactement ce qu'elle allait faire.

— Je rentre chez moi faire mes cartons, dit-elle en se levant d'un bond. Je pars m'installer avec mon mari.

8

— Tu emménages avec lui ? s'écria Ariella.

— Je préférerais qu'il quitte la ville, ou le pays. En vérité, j'aimerais qu'il ne revienne jamais. Mais je suis sa femme et je mérite autre chose que son nom et sa fortune.

— Oh, Elysse, je vois qu'il t'a encore fait souffrir. Ma chère amie, je suis entièrement de ton côté.

— Tu n'imagines pas toutes les humiliations que j'ai endurées ces six dernières années. Je fais semblant de ne prêter aucune attention aux commérages, mais je les connais tous, même celui selon lequel ton frère m'a quittée au pied même de l'autel juste après notre mariage.

— Alexi est si en colère après toi, murmura Ariella.

— Mais je suis tout aussi furieuse ! Tu sais ce que l'on dira s'il part vivre à Oxford, dans un palace, tandis que je reste dans un appartement de location à Grosvenor Square ?

Cette idée la fit frémir. Elle eut un haut-le-cœur en imaginant ses amis et ses connaissances murmurer dans son dos.

— Tout le monde se gausse déjà de notre dispute d'hier, j'en suis sûre ! ajouta-t-elle.

Ariella lui prit la main et la serra doucement. Elysse réprima un sanglot. Elle se sentait si misérable. Mais il était inutile de se lamenter, songea-t-elle en essuyant rapidement les larmes qui lui étaient montées aux yeux. Elle allait enfin négocier avec Alexi comme elle aurait dû le faire depuis des années.

— Ainsi, tu voudrais partager cette maison avec lui ?

demanda Ariella, l'air incrédule. Comme si vous viviez un véritable mariage ?

Elysse leva les yeux vers son amie. La situation lui paraissait si absurde qu'elle sentit son estomac se nouer. Alexi et elle ne se supportaient pas plus de cinq minutes. Comment pourraient-ils cohabiter ?

— Je sais qu'Alexi est ton frère, mais il est aussi l'homme le plus grossier, le plus cruel que j'aie rencontré, dit-elle d'une voix dure.

Ariella ne dit rien pour le défendre.

— Beaucoup de couples vivent un mariage de convenance, continua-t-elle.

Mais elle commençait à avoir des doutes. Les images d'Alexi tentant de la séduire lui revinrent à l'esprit et son pouls s'accéléra.

— Je ne peux pas vivre dans mon appartement pendant que lui se trouve à Oxford, ajouta-t-elle d'une voix ferme. Néanmoins, je suis d'accord avec toi, je ne peux pas le forcer à quitter la ville.

— Je comprends, répondit son amie. C'est peut-être la meilleure décision à prendre. Qui sait, peut-être réussirez-vous à renouer votre relation et à réanimer vos sentiments l'un pour l'autre ?

— Les sentiments d'Alexi m'importent peu.

Mais elle n'était pas tout à fait sincère. Soudain, son sang se glaça. Et s'il la détestait ? songea-t-elle avec effroi.

— Pourquoi ne m'as-tu rien dit à propos de la maison d'Oxford, Ariella ? Nous sommes amies !

— Mon frère m'avait demandé de garder le secret. Je suis sincèrement désolée.

Elysse était indécise. L'énormité de ce qu'elle s'apprêtait à faire lui apparut brusquement, aussi claire que de l'eau de roche. Mais comment pourrait-elle continuer à vivre séparée d'Alexi s'il restait en ville ? Elle serait beaucoup trop exposée aux commérages. Pourtant, vivre avec lui en qualité d'épouse lui paraissait tout autant impossible.

Elle se remémora alors leur baiser.

Jamais plus elle ne le laisserait la toucher ! Elle méprisait les prostituées qu'il fréquentait, mais mieux valait que ce soit elles qu'il couvre d'attentions. Il pouvait garder toutes ses maîtresses, elle s'en fichait. Et s'il la détestait, qu'il en soit ainsi.

— Comment vas-tu t'y prendre pour l'approcher ? demanda Ariella d'une voix hésitante. Tu ne peux pas te présenter sur le pas de la porte avec tes cartons !

Alexi serait furieux. Elle savait qu'elle ne serait pas la bienvenue dans sa nouvelle maison.

Pourtant, sa qualité d'épouse lui donnait des droits, et elle pouvait exiger qu'il les respecte.

— Je ne crois pas qu'il verra d'un bon œil ton arrivée, continua Ariella.

— J'ai besoin d'aide, dit-elle dans un souffle.

— Tu m'inquiètes de plus en plus ! A quoi penses-tu ?

— Je ne sais pas encore, dit-elle en réfléchissant à toute vitesse. Mais je ne perdrai pas cette bataille, Ariella. Il en va de ma fierté.

— Je le sais.

— J'ai besoin de son adresse. Je vais m'y rendre sur-le-champ. Alexi et moi parlerons de la situation et nous la réglerons.

Soudain, elle eut très peur. Mais elle n'avait pas le choix : elle allait devoir affronter son époux. Même si elle savait que cette rencontre n'aurait rien de plaisant.

Ariella lui prit le bras.

— Ils sont sortis toute la nuit. Emilian est rentré à 3 heures du matin. Je ne crois pas que ce soit le bon jour pour l'approcher.

— Avant la fin de la journée, dit-elle la gorge nouée, la moitié de la ville jubilera à l'idée qu'Alexi est à Oxford, au lit avec Jane Goodman, pendant que je me morfonds dans un appartement de location, surtout après la scène d'hier ! Je ne serai pas la risée de cette ville !

— Mais ton appartement est charmant ! Et puis, tout le monde croit que tu as une liaison avec Thomas Blair ! Alexi aussi…

Elysse n'avait jamais avoué à son amie qu'elle n'avait pas d'amant, mais elle garda le silence.

— Il peut croire ce qu'il veut. Je ne peux pas contrôler ses pensées.

— Elysse ! s'écria son amie.

Un pli soucieux barrait son front.

— Je perds du temps. Puis-je avoir son adresse, s'il te plaît ?

— Tu ne veux pas reporter cette entrevue à demain ? gémit Ariella. Une fois qu'il aura dessoûlé ?

— Absolument pas, répondit-elle d'une voix sans appel.

Une lumière vive envahit soudain la chambre. Contrarié, Alexi grogna tandis qu'une douleur lancinante martelait ses tempes. Il se redressa, pris de vertige et totalement sonné.

— Bon sang, que se passe-t-il ? marmonna-t-il, aveuglé par le soleil.

L'espace d'un instant, ce qu'il vit le laissa complètement désorienté. Il se trouvait dans un très beau canapé finement rayé de vert et d'or dans une bibliothèque tout aussi magnifique. Une femme vêtue d'un uniforme de domestique avec un petit tablier blanc époussetait les lourds rideaux vert émeraude qu'elle venait de tirer. Il aperçut par la fenêtre un parc ainsi qu'un dédale de fleurs.

— Nom d'un chien, maugréa-t-il.

Sa tête lui faisait si mal qu'il avait l'impression que quelqu'un lui avait percé le crâne pendant son sommeil.

Surprise, la femme de chambre pivota en poussant un cri de frayeur.

— Qui diable êtes-vous ? demanda-t-il en réprimant un haut-le-cœur.

Il parvint au prix d'un gros effort à se mettre sur pieds.

Des odeurs d'océan, de brandy et de whiskey le prirent à la gorge. Il distingua aussi les effluves d'un parfum bon marché. Sa bouche était emplie d'un goût horrible. Il comprit qu'il avait bu plus que de raison.

— Où suis-je ? demanda-t-il en se grattant la tête.

La bonne n'avait pas plus de vingt ans, et était très belle. Son visage devint blême.

— Mon Dieu ! Je suis désolée ! J'ignorais que vous dormiez sur le canapé. Vous êtes dans la bibliothèque, monsieur.

Il cligna des yeux et distingua sa silhouette aux courbes généreuses.

— Et vous, qui êtes-vous, beauté ?

— Je m'appelle Jane, monsieur, répondit-elle en rougissant.

Peu à peu, l'esprit d'Alexi se remit à fonctionner et les souvenirs de la nuit affluèrent. Il se rappela son ancienne maîtresse, Jane Goodman, lui glissant sa carte dans la main dans ses bureaux de Windsong. Le sourire de son père à travers la foule, les tapes et les étreintes amicales de tous ceux venus le féliciter. Stephen et Emilian, trinquant avec lui dans un restaurant raffiné. Son bateau, qui mouillait en sécurité, toutes voiles baissées, ses hommes faisant la fête en buvant du rhum. Seigneur, il avait réussi ! Grâce à l'expérience de son équipage et à la supériorité technique de son navire, il était revenu de Chine en 101 jours !

Une bouffée de joie l'envahit tandis qu'il inspectait la pièce alentour. Il comprit soudain que la bibliothèque lui appartenait. Il était à Oxford dans sa nouvelle maison. Mowbray l'avait déposé chez lui tard dans la nuit, ou plutôt tôt ce matin.

Il observa la domestique tout en se demandant s'il était allé retrouver Jane Goodman la nuit dernière. Il était tellement ivre… Dès qu'il arrivait à terre, il passait toujours la nuit avec une femme, ou plus. Mais Jane n'aurait jamais porté ce parfum bon marché dont le revers de sa chemise était imprégné.

— Appelez-moi capitaine, ou M. de Warenne, dit-il, la bouche pâteuse.

La jeune fille fit la révérence. Ses joues avaient viré au rouge dès qu'elle avait posé les yeux sur son torse nu. Il s'aperçut que sa chemise était ouverte et que les pans étaient sortis de sa culotte. Il se mettait souvent torsenu lorsqu'il était en mer, et il était aussi bronzé qu'un Indien.

— Je vais chercher votre majordome, monsieur, dit-elle dans un souffle.

Il s'apprêtait à lui lancer un petit mot gentil lorsque l'image d'Elysse lui revint soudain à l'esprit. Elle était debout dans le bureau sombre des locaux de Windsong Shipping, dans sa robe de soie bleu pâle rehaussée d'aigues-marines, les cheveux défaits et les joues rouges, après leur fougueuse étreinte sur le bureau.

Il grogna en se massant les tempes. Qu'avait-il fait la nuit dernière ?

Il s'avança en titubant vers des étagères remplies de livres. Juste à côté, une petite desserte accueillait un plateau doré garni de carafes et de verres. La carafe d'eau était vide. Il ignora les flacons de brandy et de scotch.

Dire qu'Elysse avait osé venir l'attendre sur les quais St Katherine hier ! Il n'en revenait toujours pas. Il n'oublierait jamais le moment où, juste derrière les marchands qui se précipitaient pour monter à bord, il l'avait aperçue debout et seule au bord du quai, elle, la plus belle femme au monde.

A cette seule évocation, son cœur manqua un battement avant de s'emballer follement.

Une partie de lui était presque férocement ravie qu'elle ait pu être le témoin du plus grand triomphe de sa vie. Mais une autre partie était furieuse qu'elle ait seulement osé se présenter devant lui.

A cause d'elle, il avait tué un homme…

Il étouffa un juron. Il agissait toujours avec beaucoup de passion, et mettait toute son énergie et toute son âme dans chacune de ses actions. Une fois le choc de la mort de Montgomery passé, l'horreur et la culpabilité l'avaient assailli sans relâche.

William et lui avaient été amis jusqu'à ce qu'Elysse O'Neill s'interpose entre eux !

Au cours des semaines qui avaient suivi l'accident, il avait été incapable de raisonner clairement. Lorsqu'il avait vu Elysse remonter l'allée de l'église, il n'avait pas pu décolérer. Il lui en voulait aussi terriblement qu'à lui-même…

Pendant les années qui avaient suivi, il avait appris à étouffer sa culpabilité et à enfouir tous les événements qui avaient marqué cette semaine fatidique. Les souvenirs étaient trop douloureux.

Mais la nuit, lorsqu'il se trouvait seul à la barre de *La Coquette* sous la voûte étoilée du ciel, il arrivait que les souvenirs le tenaillent de nouveau. Il revoyait l'instant où son cœur avait bondi de joie en apercevant Elysse à son arrivée à Askeaton Hall. Puis il songeait à la soirée du bal, au flirt d'Elysse, et au combat à mort avec son ami. Il n'oublierait jamais le moment où il avait trouvé Elysse, le visage maculé de larmes. Lorsque le flot de ses souvenirs l'assaillait, il devait déployer de gros efforts pour ne pas sombrer.

Dès qu'il avait reconnu Elysse sur les quais, tout ce qu'il avait eu tant de mal à enfouir avait refait surface. Bon sang, si seulement il avait pu ne plus jamais poser ses yeux sur elle ! Jusqu'à présent, il avait tout fait pour l'éviter.

Sauf qu'elle était sa femme…

Il l'avait épousée pour sauver sa réputation. A l'époque, il devait la protéger, il n'avait pas le choix. Il avait été piégé dans un mariage pour lequel il n'était pas prêt, un mariage qu'il ne désirait pas, et dont il ne voulait toujours pas !

Il soupira bruyamment. Quelle dérision ! Aujourd'hui, la réputation de sa femme était aussi notoire que la sienne. Elle était devenue l'une des séductrices les plus tristement célèbres de Londres…

Cette pensée lui arracha malgré lui un sourire. Jamais il

n'aurait imaginé qu'Elysse O'Neill deviendrait la courtisane la plus scandaleuse de Londres !

Mais n'avait-elle pas toujours flirté scandaleusement ? songea-t-il tandis qu'un nouvel aiguillon de douleur venait de transpercer ses tempes.

Elysse de Warenne, la mondaine la plus en vue de Londres, ne sortait jamais sans un de ses amants…

Il avait entendu toutes sortes de rumeurs sur ses conquêtes et avait toujours pris soin de savoir avec qui elle couchait. Dès qu'il était en ville, ses amis comme ses ennemis se faisaient une joie de lui donner des noms. Il n'y avait que ses cousins qui semblaient réticents à se prêter à ce petit jeu.

Dire qu'elle avait une aventure avec son propre banquier ! songea-t-il en arpentant nerveusement la pièce. Il avait encore du mal à le croire. Elle voulait certainement le déstabiliser, comme elle l'avait fait autrefois avec Montgomery. Sinon, pourquoi se serait-elle affichée au bras de Thomas Blair sur les quais ?

Il connaissait Elysse mieux que quiconque. Elle était vaniteuse, égoïste, une enfant gâtée qui flirtait sans relâche, tellement habituée à retenir l'attention des hommes qu'elle ne pouvait pas s'en passer. Rien n'avait changé. Elle avait pris Thomas Blair dans ses filets et partageait maintenant les joies de son lit. Bientôt, elle s'amuserait avec Baard Janssen et coucherait aussi avec lui. Il avait bien songé à la mettre en garde contre le Danois, qui était indigne de confiance et avait des mœurs suspectes. Mais à quoi bon, elle ne l'écouterait pas.

Il ne comprenait toujours pas ce qui s'était passé entre eux la veille…

Il se remémora par bribes l'épisode dans le petit bureau de Windsong Shipping et secoua tristement la tête. Il méprisait sa femme. Il voulait oublier le passé, absolument tout. Elysse et lui n'étaient plus des amis. Il écarta aussitôt la douleur qui lui nouait le ventre à cette pensée. Non, il ne désirait pas être marié, ni maintenant ni jamais ! Son vieux rêve d'enfant n'était qu'une illusion, né dans l'esprit naïf d'un être innocent.

Pourtant, hier, le désir s'était emparé de lui. Et il y avait succombé. Il avait tenu Elysse dans ses bras, il l'avait touchée, embrassée. Il avait eu envie d'elle, comme jamais il n'avait voulu une femme…

Il aurait tant aimé ne pas avoir à faire ce constat douloureux !

Il voulait chasser de son esprit la souplesse de son corps, la sensualité de ses seins pressés contre son torse, la manière dont ses lèvres s'étaient finalement offertes aux siennes après quelques secondes d'hésitation. Sa timidité l'avait tout d'abord surpris, puis l'excitation avait pris le dessus. Et elle avait fini par répondre avec fougue à son baiser…

— Bon sang ! s'écria-t-il en tapant du poing sur la desserte.

Après chacune de ses traversées, il perdait toujours la tête. Il y avait toujours des femmes et du vin en abondance, et souvent un peu trop des deux. Hier, il avait battu un nouveau record ! Après un tel succès, il ne pouvait décrire le sentiment de triomphe qu'il avait ressenti, l'adrénaline qui s'était répandue dans ses veines comme un incendie.

Il aurait embrassé n'importe quelle belle femme la nuit dernière, songea-t-il. Elysse n'était qu'une victime des circonstances, l'exutoire le plus approprié de son désir et de son euphorie.

— Que puis-je vous apporter, capitaine ?

Alexi sursauta et dévisagea l'homme blond et guindé debout sur le pas de la porte. Il se souvenait vaguement avoir rencontré la veille le personnel que ses agents avaient recruté pour lui.

— Je suis désolé, je ne me souviens plus de votre nom, répondit-il en soupirant. J'étais très ivre la nuit dernière.

— Ce n'est pas grave. Je m'appelle Reginald, capitaine, dit le domestique avec un large sourire.

Il avait à peine la trentaine, mais commençait déjà à se dégarnir.

— Félicitations, monsieur, pour votre nouveau record.

Le personnel est ravi de travailler pour un homme si célèbre. Inutile de vous excuser !

— Dans ce cas, apportez-moi un petit déjeuner léger pour apaiser mon estomac, Reginald.

— Vous ne vous sentez pas bien, n'est-ce pas, mon ami ?

Stephen Mowbray, le duc de Clarewood, apparut soudain sur le pas de la porte.

— Votre Grâce ! s'écria Reginald en blêmissant. Personne ne vous a annoncé ?

— Je m'annonce seul, répondit le duc, et le capitaine n'y voit certainement pas d'inconvénients.

Il était grand, avec des cheveux sombres. Sa tenue était impeccable.

Alexi se laissa tomber dans un fauteuil en haussant les épaules.

— Il peut aller et venir à sa guise, dit-il d'un air indifférent. Malgré son insupportable arrogance, il reste mon ami.

Reginald lui lança un regard horrifié. Mowbray était l'homme le plus riche et le plus puissant du royaume. Tout le monde le savait.

— Je ne partagerais pas son petit déjeuner, déclara Clarewood, je ne peux pas rester très longtemps.

— Votre Grâce, dit Reginald en hochant la tête.

Puis il quitta précipitamment la pièce.

— Je suppose que je vous dois d'être rentré chez moi sain et sauf hier soir, dit Alexi en boutonnant sa chemise.

— Vous vous souvenez de quelque chose ? demanda Clarewood d'une voix amusée. Vous vouliez que St-Xavier et moi nous vous laissions dans un bordel avec deux courtisanes hors de prix.

— Et en quoi est-ce un problème ? rétorqua-t-il en lui lançant un regard noir.

Clarewood esquissa un sourire, chose rare chez lui. D'ordinaire, il était plutôt d'humeur sombre et maussade, résultat selon lui du poids de ses responsabilités.

— Alexi, vous êtes tombé ivre mort dans la voiture. Nous avons préféré protéger votre réputation d'amant insurpassable.

Etrangement, Alexi songea à Elysse et à la brève éruption de passion qui l'avait consumé dans ses bureaux. Comment l'idée de la pousser sur la table pour lui faire l'amour, comme une vulgaire prostituée, avait-elle pu l'effleurer ? Il se renfrogna, tandis qu'un nouvel aiguillon de douleur explosait dans sa tête. Sans l'arrivée de son employé, il n'aurait pas pu s'arrêter…

— La maison vous plaît-elle ? demanda-t-il au duc.

— Je l'avais déjà vue. Lorsque Ariella m'a informé que vous aviez l'intention de l'acheter, je suis venu l'examiner pour m'assurer que tout était en ordre.

Jusqu'à cet instant, il n'avait jamais su que son ami s'était impliqué dans l'achat de la demeure. Mais le duc et lui se connaissaient depuis leur plus tendre enfance. Stephen était apparenté à son oncle, sir Rex de Warenne, ce qui faisait de lui son cousin. Mais ce secret de famille était très bien gardé.

— Je vois que vous avez la gueule de bois, dit Clarewood. Mais je me demande pourquoi vous ne vous réjouissez pas de votre nouveau record et de tous les bénéfices que vous en avez tirés ?

— Je suis d'excellente humeur, mentit Alexi.

— Vraiment ? Je présume donc que votre entrevue avec Elysse vous a ravi ?

Alexi lui lança un regard froid. Seul Mowbray connaissait la vérité à propos de la nuit du bal à Windhaven.

Clarewood prit une chaise et s'assit en croisant ses longues jambes.

— Je connais Elysse depuis aussi longtemps que vous. Elle est terriblement vaniteuse et flirte outrageusement, mais elle est votre épouse, pour le meilleur et pour le pire. N'est-il pas temps de lui pardonner et d'oublier ?

Alexi commençait à regretter de s'être confié à lui.

— Je n'ai pas l'intention de parler de mon mariage avec

un homme qui a passé plus de dix ans à faire semblant de chercher une fiancée.

— Et pourquoi pas ? Vous n'aviez que ce sujet-là à la bouche hier soir. Même si je suis célibataire, je peux me permettre de vous donner un conseil.

Alexi se souvint soudain s'être plaint à plusieurs reprises d'Elysse, qui avait eu l'audace d'être venue l'attendre sur les quais et même de le suivre dans ses bureaux. Avait-il également évoqué son amant ?

— Elysse a beaucoup de culot, dit-il sur un ton morne. Connaissez-vous Thomas Blair ?

— Bien sûr, et j'ai beaucoup de respect pour lui. Je lui ai emprunté de belles sommes pour les projets de la Fondation.

Clarewood était l'un des principaux philanthropes du pays. Il finançait sans cesse des refuges, des hôpitaux et des écoles pour les pauvres, tout en repoussant les filles que les matriarches de la bonne société essayaient de lui présenter.

— Ses taux d'intérêt sont usuriers.

— Pouvez-vous le blâmer de poursuivre de ses assiduités votre épouse ? Et pouvez-vous en vouloir à Elysse d'aller chercher du réconfort ailleurs, tout comme vous d'ailleurs ?

— Je me fiche de ce qu'elle fait et avec qui, répondit-il en s'extirpant péniblement de son siège.

— Je suis heureux de vous l'entendre dire, dit Clarewood en se levant à son tour. Maintenant que vous avez pris la décision de rester à terre quelque temps, je suis certain que cette saison sera très divertissante.

— Vous m'ennuyez, grogna Alexi. Je pourrais vous jeter dehors pour moins que ça.

— Parfait. Mais sachez que vous m'ennuyez tout le temps. Nous sommes donc quittes.

Soudain, il entendit le cliquetis rapide et régulier de chaussures à talons dans le couloir. Les deux hommes pivotèrent de concert. Lorsque Alexi aperçut Elysse debout sur le pas de la porte, incroyablement belle dans sa robe turquoise et sa parure de diamants, il sentit son cœur s'emballer follement.

Elle aussi paraissait sous l'emprise des émotions. Elle était en colère, et cette idée lui procura une joie indicible.

Derrière elle, Reginald le regardait d'un air consterné.

— Capitaine, vous avez de la visite. Je lui ai demandé d'attendre mais…

— Je refuse d'attendre dans le hall que vous décidiez de me recevoir ou non, répliqua Elysse d'une voix tendue.

— Je suppose que vous avez le droit de faire irruption sans y avoir été invitée, dit-il. Bonjour, Elysse. Saluez Clarewood. Reginald, il se trouve que Mme de Warenne est mon épouse.

Le majordome pâlit.

Elysse regarda brièvement Clarewood.

— Bonjour, Stephen, dit-elle. Etes-vous en train de le convaincre de vendre cette horrible maison et de reprendre la mer, qu'il n'aurait jamais dû quitter ?

Clarewood s'inclina, apparemment ravi derrière ses airs austères.

— Je trouve en réalité cette demeure charmante, répondit-il. J'ai même encouragé Alexi à rester en ville quelque temps.

— Je vous en remercie, dit-elle d'une voix glaciale.

— Je dois vous quitter sur-le-champ, dit le duc avec un sourire en coin. Vous pourrez ainsi en débattre tous les deux en privé, même si j'aimerais être une petite souris pour assister à votre entretien.

Puis il s'inclina de nouveau légèrement, tourna les talons et quitta la pièce à grands pas.

Elysse s'adressa alors à Reginald tout en fusillant Alexi du regard.

— Laissez-nous, s'il vous plaît, dit-elle.

Reginald commença à lui obéir.

— Non, restez, ordonna Alexi.

Reginald hésita, les regardant tour à tour, l'air consterné. Elysse reprit la parole.

— Nous devons parler d'affaires privées, dit-elle d'un air de défi.

— Pas que je sache, la provoqua-t-il en croisant les bras sur son torse.

Il planta son regard dans celui de son épouse. Que diable lui voulait-elle ?

Elysse finit par se tourner vers Reginald et le dévisagea froidement, mais sans arrogance.

— Je suis la lady de cette demeure, dit-elle, très digne. Pourriez-vous s'il vous plaît nous apporter du thé et des rafraîchissements ? Ainsi que des vêtements propres pour M. de Warenne ? Cette pièce est une infection.

Reginald hocha la tête et s'exécuta sur-le-champ.

Alexi applaudit lentement, impressionné par son cran. Il la suivit des yeux tandis qu'elle se dirigeait vers la porte pour la fermer, tout en laissant glisser son regard sur sa silhouette délicate et sensuelle.

— Bravo, dit-il. Mais vous n'êtes pas la lady de cette maison.

— Je suis votre épouse, répondit-elle froidement.

— Je préférerais que vous ne me le rappeliez pas.

— Pourquoi avez-vous acheté cette demeure ?

Surpris par la question, il l'examina attentivement. Non, il ne pouvait pas s'en vouloir d'avoir failli la prendre de force la veille. Durant ces six années passées en mer, il avait oublié à quel point elle était belle et séduisante. Jamais aucune femme n'avait éveillé en lui un tel désir. Et pourtant, il en avait connu beaucoup…

— J'aime cet endroit, répondit-il. Que faites-vous ici ? M'espionnez-vous ?

Répondant à l'appel de son sang qui bouillonnait dans ses veines, il s'avança d'un pas.

Elle se raidit et croisa les bras.

— Ne soyez pas ridicule. En tant qu'épouse, j'ai tout à fait le droit d'être ici.

— Vous n'en avez que le nom, dit-il en s'arrêtant à quelques centimètres d'elle.

Elle resta muette un instant, tandis qu'il savourait sa victoire. Elle n'avait rien à redire à cela.

— Vous semblez déçu qu'il n'en soit pas autrement.

— Allons Elysse, rétorqua-t-il en s'esclaffant. Vous me connaissez, non ? Que voulez-vous ? Un peu plus que ce que je vous ai donné hier ?

— Non, je ne crois pas, répondit-elle en sursautant.

Il pencha la tête de côté pour examiner sa tenue. La parure de diamants qu'elle portait ne semblait pas aussi coûteuse que les aigues-marines. Il détailla la chaîne en or, fine et très simple.

— Vous ai-je acheté aussi ces bijoux ?

— Soyez maudit, siffla-t-elle. Evidemment !

Il leva les yeux vers son visage. Elle fulminait et un frisson de plaisir parcourut son corps.

— Vous n'avez donc pas choisi la bonne compagnie, déclara-t-il. Lorsqu'un homme apprécie vraiment les faveurs d'une femme, il récompense son affection par de belles babioles. Je suis choqué que Blair soit si radin.

A sa grande surprise, elle le gifla de toutes ses forces.

La douleur se diffusa dans sa tête déjà mise à mal par l'alcool. Il prit alors sa main et la serra très fort. Mais dès qu'il l'entendit crier, il relâcha son étreinte.

— Je n'ai pas la moindre idée de ce que vous faites ici, dit-il froidement.

— Lâchez-moi, dit-elle entre ses dents.

Il hésita. Avec toutes les femmes, il se comportait en parfait gentleman et il savait que son comportement était intolérable. Il obtempéra sans broncher.

— Cette situation est inacceptable, Alexi, dit-elle.

La dureté de sa voix était atténuée par un léger tremblement. Il l'étudia d'un peu plus près. Derrière sa colère se profilait une souffrance. Mais il n'allait pas se laisser attendrir ! songea-t-il sur la défensive.

— Je suis tout à fait d'accord avec vous. Ce mariage dégénère. Etes-vous ici pour me demander une annulation ?

Il s'apprêtait à lui dire qu'il serait ravi de la lui accorder, mais il se ravisa, la dévisageant comme si elle était son pire ennemi.

— Ces six dernières années, dit-elle en se raidissant encore plus, j'ai enduré les pires humiliations. Je ne donnerai jamais à mes ennemis de quoi alimenter leurs commérages en vous demandant une annulation.

Il se sentit presque soulagé. Il chercha son regard et crut y voir briller quelques larmes.

— Dans ce cas, pourquoi êtes-vous ici ?

— Si vous avez réellement l'intention de rester en ville, nous devons nous organiser.

Il lui fallut plusieurs secondes pour comprendre ce qu'elle entendait par là.

— Je n'ai rien à organiser avec vous, dit-il prudemment. Vous avez vos appartements, que je paie généreusement, et j'ai cette maison.

— Je ne supporterai pas en plus l'humiliation de vivre séparée de vous ! s'écria-t-elle. Cela fait maintenant six ans que je fais semblant de vivre un mariage heureux !

— Etes-vous en train de me dire que vous comptez emménager ici ? Avec moi ? demanda-t-il, stupéfait.

— Il va de soi que je n'ai aucune envie de vivre avec vous ! s'emporta-t-elle. Mais nous n'avons pas le choix. Je n'attiserai pas les commérages en acceptant que vous viviez ici pendant que je reste dans mon appartement !

Il la regarda droit dans les yeux.

— Pas question, dit-il en croisant les bras.

— Nous sommes mariés. J'ai des droits.

Alexi plongea ses yeux dans ceux de son épouse. L'image de son corps couché sur la table lui revint à l'esprit. Il la revit serrée contre lui, et songea à sa bouche offerte et à sa langue si douce. Il réprima un frisson.

— J'ai aussi des droits, Elysse.

Elle s'immobilisa, très pâle. Visiblement, elle avait compris l'allusion.

— Je vous ai épousée il y a des années pour vous protéger des commérages, ajouta-t-il, c'est tout. Je n'ai nullement l'intention de vivre un mariage de convenance en partageant avec vous cette demeure. Si vous ne voulez pas d'une annulation, dans ce cas, il ne nous reste plus qu'à vivre comme nous l'avons toujours fait, séparément.

— L'idée de partager avec vous cette maison ne me plaît pas plus qu'à vous, dit-elle d'une voix rauque, mais nous n'avons pas le choix. Notre mariage restera une façade. Nous dormirons dans des chambres séparées. Sachez qu'avec ou sans votre consentement, j'emménage ici.

Ainsi, elle le mettait au défi… Il resta immobile, prêt à parer à une nouvelle attaque.

— Vous êtes très courageuse, dit-il en souriant. Voulez-vous vraiment vous opposer à moi ?

— J'emménage ici. Dès ce soir.

Elle soutint son regard.

Elle était apeurée et indécise. Il pouvait le lire dans ses yeux améthyste. La voir au supplice le comblait de joie, mais une partie de lui éprouvait le besoin impérieux de mettre un terme à ses souffrances.

— Vous ne voulez pas vraiment m'affronter, Elysse. Je gagne toujours.

— Nous avons passé toute notre vie à nous opposer, dit-elle en battant rapidement des cils. Je n'ai pas peur de vous !

Elle était certes inconsciente, mais courageuse. Soudain, il se rappela avec nostalgie la petite fille tremblante dans les ruines d'un château en Irlande. Il chassa vivement ce souvenir. Il refusait de respecter son courage. Il tenta de l'imaginer vivant avec lui dans cette maison, et cette idée le plongea dans une rage sans nom. Lorsqu'il lui avait dit qu'il ne voulait pas se marier, il le pensait vraiment.

— Il existe une solution simple, dit-il. Retournez en Irlande jusqu'à ce que je reprenne la mer cet été.

— Non, je ne vous laisserai pas me chasser de la ville !

Il se rappela de nouveau son corps couché sur la table.

— Dans ce cas, vous emménagez ici à vos risques et périls, dit-il en détachant chaque mot.

— Qu'entendez-vous par là ? Est-ce une menace ?

Il s'imagina avec elle au milieu d'un grand lit à baldaquin, entouré d'un mobilier élégant et luxueux.

— Je veux dire qu'il n'y aura pas de chambres séparées.

Elle étouffa un cri de stupeur.

— Cela veut dire que ce mariage de convenance sera terminé, continua-t-il, et que je revendiquerai mes droits. Tous mes droits.

Il la regarda fixement, conscient de l'angoisse qui l'oppressait.

C'était du bluff. Il ne pensait pas une seule de ses paroles. Jamais il ne s'approcherait d'elle sans son consentement. Mais il était certain qu'elle n'irait pas au bout de son projet après une telle menace.

— Vous ne me toucherez jamais contre ma volonté, répondit-elle en le fusillant du regard. J'emménage dès ce soir !

Elle tourna les talons et se dirigea vers la porte d'un pas incertain. Surpris, il comprit qu'elle était au bord des larmes. Il l'avait plongée dans une grande détresse. Il faillit s'avancer pour l'aider à ouvrir la porte, puis il se ravisa. Non, il n'avait pas à se sentir coupable et encore moins honteux. Il refusait de prendre en considération sa fierté et sa dignité, ou même le fait qu'elle ait pu changer. Elle tourna enfin maladroitement la poignée et trébucha. Puis elle pivota en essuyant ses larmes.

— Ma porte sera fermée, dit-elle en tremblant.

Il ne répondit rien. Il n'y avait rien à dire. Avait-elle seulement compris qu'il bluffait ?

9

Il était presque 17 heures lorsque Elysse se présenta devant la maison d'Alexi, à Oxford. Elle était venue accompagnée de sa gouvernante et de sa bonne personnelle pour l'aider à emménager le plus rapidement possible. Trois grandes malles contenaient l'essentiel de sa garde-robe. Son personnel de Grosvenor Square se chargerait d'emballer le reste de ses affaires. Son appartement était encore loué pour dix-huit mois et elle espérait pouvoir le sous-louer rapidement. Elle avait d'ailleurs envoyé une lettre à son notaire dans ce sens. Elle ne laisserait aux nouveaux locataires que le strict nécessaire : du linge de maison, des ustensiles de cuisine et quelques tableaux. Toutes ses affaires les plus précieuses, tous ses draps les plus fins et sa porcelaine de Chine, la suivraient dans sa nouvelle demeure. Elle était certaine de leur trouver une place tant la maison d'Oxford était spacieuse. Il lui faudrait au moins quatre à cinq jours pour tout déménager. La tâche lui paraissait monumentale.

Elle avait mis ses menaces à exécution sans tarder, mais elle savait que cette décision revenait à provoquer le loup dans sa tanière.

Debout sur le pas de la porte, elle se sentait incroyablement épuisée et indécise. Alexi était de retour et il avait décidé de rester en ville. Malgré ses profondes réticences, elle avait fait le choix d'emménager avec lui. Mais c'était sa fierté qui était en jeu…

*
* *

Matilda, la gouvernante entre deux âges qui était à son service depuis quatre ans, et Lorraine, sa bonne française, déballaient et suspendaient ses robes dans sa chambre. Elle en avait pris six, pour chaque moment de la journée. Ses sous-vêtements étaient déjà pliés et rangés dans la superbe armoire style Louis XIV. Quant à ses affaires de toilette, elles avaient immédiatement trouvé leur place sur la commode située dans le dressing attenant à sa chambre.

Profitant de l'absence d'Alexi, Elysse avait passé une heure à visiter les deux ailes de la demeure avant de choisir la pièce où s'installer. La plus grande suite se trouvait dans l'aile ouest, au deuxième étage, et était occupée par Alexi. Elle était immense, entièrement décorée dans des tons bleu et or, avec une majestueuse cheminée en marbre noir qui donnait sur un salon tout aussi imposant et peint dans les mêmes tons masculins. Cette suite convenait à merveille à Alexi.

Le bon sens aurait voulu qu'elle s'installe dans la plus grande chambre réservée aux invités, dans l'aile est, aussi loin que possible d'Alexi. Toutefois, elle l'avait détestée dès le premier regard. Elle était trop masculine, trop formelle, trop froide. Après de nombreuses tergiversations, elle avait opté pour la chambre la plus petite de l'aile ouest, même si celle-ci était située tout près de la grande suite. Dès qu'elle avait aperçu la pièce aux teintes turquoise, rehaussée de quelques notes crème et or, elle était aussitôt tombée sous le charme. Le manteau de la cheminée était ivoire avec des veinures abricot, et le couvre-lit possédait des rayures dans les mêmes teintes. Les taies d'oreiller étaient finement rayées d'or, tandis que les coussins étaient harmonieusement bordés de franges bleues. Le drapé de son lit à baldaquin était bleu au-dessus, et crème à l'intérieur avec de fines rayures corail. Un somptueux fauteuil orné de fleurs trônait en face de la cheminée et un tapis persan faisait office de descente de lit. Plus loin, une minuscule table couverte d'une nappe en lin bleue jouxtait la fenêtre, qui donnait sur le superbe parc de la demeure. En ce début de printemps, les arbres bourgeonnaient et la nature était verte et luxuriante.

Elle avait plus l'impression d'être à la campagne qu'à Londres.

Matilda avait déjà disposé sur la table un bouquet de fleurs fraîches composé des lys de serre, et Reginald lui en avait promis d'autres pour son petit guéridon doré. La pièce était ravissante, féminine et accueillante. Sauf qu'Elysse n'était pas du tout la bienvenue.

Les réticences d'Alexi quant à son installation étaient très claires.

A son arrivée dans la demeure, elle s'était sentie soulagée d'apprendre qu'il s'était absenté. Elle avait également trouvé rassurant qu'il ne donne aucune instruction à Reginald concernant le dîner. Personne ne savait quand il serait de retour, mais elle était bien décidée à ce que cela change.

Il était sorti pour toute la soirée, songea-t-elle en frémissant. Ses amis, sa famille, ses connaissances, et même ses partenaires commerciaux sollicitaient sûrement sa compagnie, à l'instar de Jane Beverly Goodman.

Serait-il surpris de constater qu'elle avait tenu sa parole et qu'elle s'était déjà installée chez lui lorsqu'il reviendrait ?

Pensive, elle contempla son lit majestueux, le tapis persan, le somptueux fauteuil et la cheminée. Cette chambre ravissante présentait toutefois un inconvénient de taille. La porte adjacente à la cheminée donnait sur le salon mitoyen à la grande suite qu'occupait Alexi, qu'ils auraient pu de toute évidence partager.

Autrefois, Alexi lisait dans ses pensées, mais ce temps-là était révolu. Il ne savait pas à quel point elle était résolue et déterminée. Un sursaut de terreur l'envahit soudain. Elle n'avait pas oublié ses dernières paroles, lorsqu'il l'avait menacée de revendiquer tous ses droits si jamais elle lui désobéissait.

Ces six dernières années, elle avait trouvé suffisamment de force en elle pour faire bonne figure. Elle serait certainement assez forte pour survivre à son retour. Et puisqu'ils allaient devoir partager le même toit, elle était bien décidée à éviter les disputes.

Jamais il ne lui ferait de mal, songea-t-elle avec une pointe d'inquiétude. Pourtant, sa colère ne semblait pas apaisée. Etait-ce à cause de son mariage forcé ou de la mort de William Montgomery ? Il lui avait clairement signifié qu'il n'avait pas oublié le passé, mais elle non plus…

La porte qui conduisait dans le salon situé entre les deux chambres était grande ouverte. Elle étudia l'immense pièce, avec ses plafonds hauts, ses murs calfeutrés et ses tapis bleu et or. Elle était meublée d'un canapé en damas bleu qui faisait face à une grande cheminée et d'une petite table avec un fauteuil doré de style Régence. Les murs étaient percés de nombreuses fenêtres et une table ronde pouvant accueillir quatre personnes complétait l'ensemble. La vue était encore plus belle que de sa propre chambre.

Tout au bout de la pièce se trouvait une immense armoire et une bibliothèque tout aussi impressionnante. Entre les deux meubles, deux grandes portes en acajou massif étaient ouvertes.

Juste en face se dressait le grand lit à baldaquin d'Alexi, couvert de parures de lit et de coussins bleu marine et or.

Ce mariage de convenance est terminé, et je ferai valoir mes droits, tous mes droits.

Elle rebroussa vivement chemin et ferma à double tour la porte qui conduisait au petit salon, bien déterminée à chasser de son esprit les images de leur étreinte dans le bureau sombre des locaux de Windsong Shipping. A cette simple évocation, ses joues s'embrasèrent. Alexi allait peut-être essayer de frapper à sa porte, mais jamais il n'y entrerait de force, pas plus qu'il ne tenterait de la violenter.

Elle ne doutait pas un seul instant de lui. D'où venait alors sa nervosité ?

Tout s'était passé si rapidement ! Elle songea au retour triomphal d'Alexi, à l'achat de la demeure, à sa propre décision d'emménager avec lui pour sauver les apparences. Elle méprisait Alexi pour son comportement, comme il la méprisait, elle. Il le lui avait même dit. Non, elle ne devait pas se sentir blessée ! Jamais plus elle ne lui ferait ce plaisir.

Si seulement il pouvait quitter la ville, tout serait tellement plus simple...

— Cette porte doit restée fermée, déclara-t-elle en prenant une profonde inspiration.

Matilda et Lorraine la regardèrent d'un air surpris.

Elysse réalisa avec quelle violence elle avait prononcé ces mots. Elle déverrouilla la porte qui menait dans le salon mitoyen.

— Je suis à bout de nerfs. Déménager si soudainement est éreintant ! s'écria-t-elle avant de s'effondrer dans le fauteuil face à la cheminée.

Mais le plus épuisant était de savoir qu'Alexi dormirait dans ce lit, à quelques mètres d'elle.

— Voulez-vous vous reposer un peu ? demanda gentiment Matilda. Tout est arrivé si vite, et vous avez l'air si fatigué.

Elysse esquissa un sourire. Matilda était son pilier. Elle ne posait jamais de questions, mais elle savait toujours quand lui apporter une tasse de chocolat chaud ou un verre de brandy. Dès leur arrivée dans la demeure, Matilda lui avait demandé si elle souhaitait honorer les rendez-vous pris pour la soirée. Elysse savait qu'elle ne trouverait pas la force de s'habiller pour se rendre au dîner que donnaient les Gaffney à 19 heures. Elle avait donc rédigé une lettre d'excuses polie : en raison du retour de son époux de son dernier voyage, elle ne pourrait pas être présente ce soir, mais elle espérait vivement les revoir bientôt.

Sa migraine s'intensifia. Dès le lendemain, tout le monde en ville saurait qu'elle avait passé la soirée à emménager dans la maison, et sa fierté serait partiellement préservée. Mais tous ceux qui croiseraient Alexi seul ce soir en déduiraient que son époux se souciait d'elle comme d'une guigne, qu'ils étaient irrémédiablement en froid. Et ce n'était que la stricte vérité…

Elle imaginait bien la colère d'Alexi lorsqu'il apprendrait qu'elle avait emménagé dans sa maison contre son gré. Mais elle était tout aussi furieuse après lui pour les six années qu'il lui avait fait endurer.

Comment interpréter alors la passion qu'elle avait vécue la veille dans ses bras ? Elle ne pouvait s'empêcher de songer à ses propos insultants lorsqu'il avait déclaré que son désir pour elle n'était dû qu'à sa longue abstinence imposée par son voyage en mer.

Peut-être prenait-il un malin plaisir à la faire souffrir…

— Tout va bien, madame ? s'enquit Matilda.

— Je suis fatiguée, c'est tout, répondit-elle en se forçant à sourire.

— Laissons Mme de Warenne se reposer, déclara la femme de chambre.

Puis elle se retira, accompagnée de la bonne française, non sans lui avoir rappelé que du thé glacé et des sandwichs au jambon l'attendaient sur la table.

Elysse se leva et se mit à faire les cent pas. Il fallait qu'elle mange, elle ne cessait de perdre du poids. Pourtant, l'appétit n'était pas au rendez-vous. Qu'allait-il se passer lorsque Alexi serait de retour ? songea-t-elle en se tordant les mains. Où était-il et avec qui ? Etait-il avec Jane Goodman ?

Elle avait refusé plusieurs visites cet après-midi et avait demandé à Matilda d'expliquer qu'elle était en plein déménagement pour rejoindre son époux dans sa nouvelle maison. Elle espérait que cette annonce ferait taire les mauvaises langues qui commentaient sûrement son départ forcé des bureaux de Windsong Shipping. En revanche, si Alexi sortait avec une autre femme, cela ne ferait qu'apporter de l'eau à leur moulin.

Cette bataille pour sauver sa fierté était sans fin. Et Alexi était le responsable de tous ses malheurs…

Elle était tellement fatiguée de lutter contre les commérages ! S'il tenait à voir d'autres femmes, il allait devoir être discret et cesser d'étaler au grand jour ses liaisons, décida-t-elle.

D'un bond, elle se dirigea vers la porte qui menait dans le salon, l'ouvrit et traversa la pièce. Sur le seuil de la chambre à coucher d'Alexi, elle fit une pause, le regard braqué sur son lit.

Il allait devoir jouer le rôle du parfait mari, songea-t-elle en tremblant. Elle venait de passer six années à clamer haut et fort combien il était un époux formidable et à quel point elle était heureuse en mariage. Elle l'obligerait à en faire de même de son côté. Si pendant quelques semaines, il sortait avec elle en feignant d'apprécier sa compagnie, plus personne ne s'étonnerait qu'ils vivent leur vie chacun de leur côté.

Derrière les portes closes de sa chambre, il pouvait faire tout ce qu'il voulait, mais sans elle.

Certaine d'avoir pris la bonne décision, elle tourna les talons. Mais comment allait-elle réussir à le convaincre de jouer en public le rôle de l'époux attentionné ? Il avait déjà fallu qu'elle se batte bec et ongles pour emménager dans sa maison ! Comme elle l'avait dit à Ariella, elle avait besoin de soutien.

Une fois dans sa chambre, elle ferma les deux portes et se versa un verre de thé glacé. Confortablement assise dans le fauteuil, elle réfléchit alors à la meilleure façon de le convaincre de se comporter correctement vis-à-vis d'elle.

Puis elle songea à Blair.

Le sourire aux lèvres, elle comprit alors qu'elle avait tous les atouts en main pour mettre Alexi de Warenne au pas.

*
* *

Elysse n'arrivait pas à dormir. Comme à son habitude, elle avait allumé une petite lampe et s'était confortablement blottie au chaud dans le fauteuil près de la cheminée, plongée dans la lecture des journaux. Le record de vitesse battu par Alexi avait fait la une du *London Times*. Mais cet article ne l'avait pas aidée à trouver le sommeil. Elle avait alors tenté de décrypter un texte juridique, si ennuyeux que les mots se brouillaient sur les pages. Elle était pourtant restée éveillée, songeant sans cesse à la notoriété et à la célébrité dont jouissait Alexi.

Minuit venait de sonner. Elle s'étira et se leva pour choisir une biographie complète de la reine Elizabeth. Cette fois, le livre était si captivant qu'elle en oublia son envie de dormir. C'était sous son règne que l'ouverture des routes vers l'Extrême-Orient s'était concrétisée, alors que la rivalité entre l'Angleterre, le Portugal et l'Espagne était exacerbée. D'ordinaire, l'histoire ne la passionnait guère, hormis celle de l'Irlande et des récits en mer de son père à l'époque des guerres napoléoniennes et de la guerre de 1812. Mais aujourd'hui, elle s'intéressait de près à la manière dont des hommes comme Alexi avaient osé forcer leur chemin sur l'océan vers l'Inde et la Chine en quête de gloire, de fortune et des faveurs de la reine.

Elle s'apprêtait à tourner une page lorsqu'elle crut percevoir un petit bruit en provenance du couloir, de l'autre côté de sa porte fermée à clé. Elle s'immobilisa et tendit l'oreille.

Au début, elle n'entendit que les battements de son propre cœur, puis un bruit étouffé de pas dans l'escalier. Elle en oublia presque de respirer. Alexi était enfin de retour…

Elle jeta un rapide coup d'œil sur l'horloge posée sur le manteau de la cheminée. Il était 2 h 30.

Alexi avançait d'un pas lent et régulier. Le regard braqué sur sa porte, elle sentit sa bouche s'assécher à mesure qu'il approchait.

Elle crut l'entendre hésiter. Elle s'attendait à ce qu'il tente d'ouvrir sa porte, mais il passa son chemin sans ralentir.

Confuse, elle se laissa tomber lourdement dans son fauteuil. Il n'avait même pas essayé de venir la rejoindre. Elle aurait dû se sentir soulagée, et pourtant elle se sentait envahie par le désespoir.

Curieuse, elle bondit hors de son siège et courut vers la porte qui conduisait dans le salon situé entre leurs deux chambres. Le cœur battant, elle colla son oreille sur le panneau de bois et entendit Alexi se déplacer.

Elle perçut alors d'autres bruits de pas précipités.

— Capitaine ! s'écria Reginald. Vous devez me sonner lorsque vous rentrez.

— Vous n'êtes pas soumis à mes moindres faits et gestes, Reginald.

Il avait l'air sobre, songea-t-elle.

— Mais c'est mon devoir, monsieur. Attendez, laissez-moi vous aider à retirer vos vêtements !

— Je m'en sortirai très bien tout seul, Reginald, merci beaucoup.

Il y eut un étrange silence. Elysse eut alors l'intuition qu'il regardait la porte derrière laquelle elle se trouvait.

— Dois-je comprendre que mon épouse a emménagé dans la chambre adjacente à la mienne ? demanda-t-il sur un ton narquois.

— Oui, monsieur. Mme de Warenne est arrivée cet après-midi.

Il y eut un autre court instant de silence.

— Je suppose que vous lui avez apporté toute l'aide nécessaire ? Que vous avez satisfait ses moindres besoins ?

— Absolument, monsieur.

— A quelle heure était-elle de retour ? Je présume qu'elle est sortie, ce soir.

— Elle n'est pas sortie, monsieur. Elle semblait fatiguée, si je puis me permettre. Elle n'a rien voulu manger, alors que le chef lui avait préparé un succulent repas.

Il y eut une autre pause, comme si Alexi analysait les réponses de son majordome.

— Merci, Reginald. Vous pouvez vous retirer. Non seulement je peux, mais je compte bien me déshabiller seul. A l'avenir, ne m'attendez plus. C'est un ordre.

Elysse entendit les deux hommes se souhaiter bonne nuit, puis Reginald se retira. Elle retint sa respiration, inquiète à l'idée qu'Alexi puisse la soupçonner d'écouter aux portes si jamais il percevait du bruit en provenance de sa chambre. Puis elle l'entendit approcher.

Soudain, elle sentit tous ses muscles se contracter tandis qu'il s'immobilisait de l'autre côté de la porte. Le bouton de la porte cliqueta en tournant.

— Elysse.

Alexi toqua une fois, brièvement.

— Je sais que vous êtes réveillée. Je vois de la lumière sous la porte.

Elle se redressa très lentement.

— Je vois aussi l'ombre de votre pied, ajouta-t-il d'une voix amusée.

Bon sang, il se moquait d'elle ! Elle inspira, sans doute un peu trop fort.

— Je vous entends même respirer. Je n'ai pas l'intention de vous poursuivre de mes avances, continua-t-il. Pas encore, du moins.

L'ironie de sa voix était indéniable. D'un geste nerveux, elle déverrouilla la porte et l'ouvrit.

Alexi la regarda d'un air inquisiteur et narquois.

— Que vous attendiez-vous à trouver dans ma chambre ? demanda-t-il. Une maîtresse ?

— Je ne sais jamais à quoi m'attendre avec vous, répondit-elle d'une voix cinglante.

Il détailla son peignoir de soie, étroitement ceinturé sur une chemise de nuit dans la même matière. Les deux articles étaient coûteux, délicats et élégants. Sous son regard insistant, elle eut soudain l'impression d'être nue.

— Vous avez choisi la pièce adjacente à la mienne, dit-il d'une voix dangereusement basse. Est-ce un jeu ?

— Ma porte est fermée, dit-elle. Et, contrairement à ce que vous pourriez croire, je ne joue à aucun jeu. Avez-vous passé une agréable soirée ?

— Je n'ai pas envie de me disputer ce soir, dit-il platement. Si vous avez réellement l'intention de vivre ici, vous le faites à vos risques et périls.

— Vous ne m'appréciez même pas, rétorqua-t-elle en tremblant. Je sais reconnaître une fausse menace.

S'avançant vers elle, il enroula entre ses doigts une longue mèche de ses cheveux.

— Cela fait au moins dix ans que je ne vous ai pas vue avec vos cheveux dénoués.

Elle repoussa vivement sa main.

— Etes-vous ivre ?

— Un homme sage ne s'enivre jamais deux nuits de suite. En réalité, je vous apprécie beaucoup, Elysse, dit-il d'une voix douce.

Elle voyait très clair dans son jeu. Il la désirait. Elle s'apprêtait à lui claquer la porte au nez lorsqu'il glissa son pied dans l'entrebâillement pour l'en empêcher.

— Qu'espérez-vous, habillée de la sorte ? Je me demande même si vous n'essayez pas de me provoquer. Ces vêtements laissent absolument tout voir.

Elle lâcha la porte.

— Je voulais parler de certains détails avec vous, mais demain matin.

Il l'examina plus attentivement.

— Le bleu vous va très bien, mais ce rose pâle vous sied encore mieux.

Elle sentit ses joues s'empourprer et le feu se répandre dans tout son corps.

— Je comprends mieux votre petit jeu, dit-elle. Vous n'avez pas l'intention de forcer ma porte. Vous vous contentez de frapper poliment avant d'essayer de me séduire.

Il partit d'un grand éclat de rire.

— Mais vous êtes ma femme, n'est-ce pas ? Je peux donc faire ce que je veux.

Inquiète, elle tenta de nouveau de fermer la porte, mais il la maintint grande ouverte.

— A quelle heure pouvons-nous nous entretenir demain matin ? demanda-t-elle, frustrée.

— Nous pouvons parler dès maintenant. Je suis là, devant vous, et franchement, il me tarde de découvrir ce qu'il y a de si important.

Elle soupira bruyamment, déjà furieuse après lui.

— Emménager avec vous ne me suffit pas, lâcha-t-elle.

Il prit un air réellement surpris.

— J'en suis navré.

— J'essaie de faire taire les commérages, Alexi. Mais si sortez partout sans moi, les mauvaises langues se déchaîneront sur l'état de notre mariage dans notre dos. Vous vous en fichez peut-être, mais pas moi.

Il croisa nonchalamment les bras sur sa poitrine.

— Etiez-vous avec Goodman ce soir ? demanda-t-elle.

— Ce ne sont pas vos affaires, répondit-il, l'air étonné. Voulez-vous vraiment le savoir ?

— Vous pouvez faire ce que bon vous semble ! s'écria-t-elle, étrangement blessée. Mais vous devez rester discret. De surcroît, il serait bon que vous sortiez de temps en temps avec moi pendant les semaines à venir, et que vous fassiez semblant d'être un mari gentil et attentionné.

— Allez au diable, Elysse, dit-il en riant.

Elle eut soudain envie de le frapper.

— Je suis sérieuse. Voilà six ans que je prétends être heureuse en mariage. Le moins que vous puissiez faire est de simuler que nous nous entendons bien. Et pour cela, il faut que l'on nous voie ensemble.

— Non.

Son ton était catégorique et son visage ne portait plus aucune trace de sourire.

— Je ne vous demande pas de faire une croix sur vos

maîtresses, tempêta-t-elle. Une fois la nuit venue, vous pouvez faire ce que vous voulez, avec la personne de votre choix, mais en privé. Maintenant que vous êtes rentré, nous devons faire semblant d'être heureux ensemble, Alexi !

— Avez-vous perdu l'esprit ? Pourquoi accepterais-je de me plier à vos petits jeux ? Votre compagnie ne m'intéresse pas, Elysse. Sauf à ces heures tardives, et dans ces conditions si… intimes.

Il ponctua ses mots d'un regard ouvertement impudique.

Sans réfléchir, elle leva la main pour le gifler mais il saisit son poignet et l'attira contre lui, les yeux brillants de colère.

— Vous m'avez déjà giflé hier, dit-il d'une voix blanche. Cela commence à devenir une habitude.

— Ainsi, vous voulez m'humilier ? Le jeune homme que j'aimais était un gentleman ! s'écria-t-elle sans plus lutter pour se dégager de son étreinte.

— Non, je ne cherche pas à vous humilier, répondit-il, surpris.

— Parfait ! Dans ce cas, pendant deux ou trois semaines, nous pouvons faire semblant d'être des époux aimants en public ! Et nous pouvons commencer dès demain, à l'opéra.

Elle avait prévu de s'y rendre avec Blair, mais aujourd'hui elle était déterminée à se laisser accompagner par Alexi. Il tenait toujours fermement son poignet. Elle sentait ses genoux effleurer ses cuisses. Sa poitrine frôlait son torse. Aussitôt, ses seins pointèrent sous le mince tissu de sa chemise de nuit. Impossible d'ignorer à quel point cet homme était sensuel et viril.

Comme saisi lui aussi d'un violent désir, il la relâcha.

— Je ne vais pas vous amener à l'opéra, ni nulle part ailleurs. J'ai fait mon devoir en vous épousant et en sauvant votre réputation. Beaucoup de couples vivent séparés, et ce n'est pas moi qui vous ai demandé de jouer la comédie pendant six ans.

Ses yeux bleus glissèrent vers la pointe tendue de ses seins.

Soudain, son instinct lui dit de ne pas s'approcher de lui.

— Quelle est la date de votre prochain voyage ? demanda-t-elle d'une voix légèrement rauque.

Sa question parut le prendre de court.

— Je retourne à Canton en juin ou en juillet.

— C'est bien ce que je pensais. Les récoltes de thé commencent en juillet. Le temps de le conditionner et de l'acheminer, vous serez déjà à Canton.

Il la regarda avec méfiance.

— Avec un peu de chance, je peux remplir mes cales en octobre, et prendre le chemin de retour avant la mousson de novembre.

Elle ne contrôlait plus sa respiration.

— Et c'est bien la Northern Financial qui finance ce voyage ?

Il s'immobilisa.

— Elysse, je vous conseille de ne pas vous engager sur cette voie.

— Quelle voie ? Oh, je comprends mieux. Se pourrait-il que Thomas finance votre prochain voyage ?

Le visage d'Alexi vira au rouge.

— Qu'insinuez-vous ? demanda-t-il en se penchant dangereusement vers elle.

Elle sentit son souffle chaud sur sa joue.

— J'ai besoin d'un mari convenable, juste pour quelques semaines, dit-elle en réprimant un mouvement de recul.

— Sinon quoi ? Vous allez susurrer à l'oreille de votre amant d'augmenter ses taux d'intérêts ?

Ses yeux lançaient des éclairs.

— Thomas m'apprécie beaucoup, répondit-elle, hors d'haleine.

Il claqua violemment la porte derrière eux en jurant. Elle sursauta de frayeur, tandis qu'il prenait de nouveau sa main.

— Vous me faites du chantage ? cria-t-il. Savez-vous combien de banquiers rêvent de me financer ?

— Mais il y a le capitaine Littleton, balbutia-t-elle. Il a certainement besoin d'un financement, lui aussi !

Les yeux d'Alexi n'étaient plus que deux fentes noires.

— Peut-être que Thomas choisira de financer le *Jardine*.

— Mon Dieu ! Vous me faites réellement du chantage !

— Je veux juste pouvoir vivre sans être humiliée ! Pour cela, il vous suffit de faire semblant d'être un bon mari !

Mais derrière son immense colère, son cœur brisé s'était mis à saigner. Elle aspirait à tellement plus que ces faux-semblants !

— Personne ne me fera du chantage, Elysse, pas même vous.

Il était si fort qu'elle trébucha lorsqu'il la poussa violemment sur le côté. Aussitôt, elle se rattrapa au montant du lit et se rétablit. Le visage d'Alexi n'était qu'un masque de fureur lorsqu'il s'avança vers elle.

— Que faites-vous ? s'écria-t-elle, paniquée.

— Vous voulez que je sois un vrai mari, n'est-ce pas ? hurla-t-il.

Comme elle ne répondait rien, il ajouta :

— Invitez-moi dans votre lit, Elysse. Je deviendrai ainsi vraiment votre mari.

Elle s'agrippa au lit, terrifiée. Elle était allée trop loin et elle le savait.

Alexi tremblait de rage. Lorsqu'il reprit la parole, sa voix était grave.

— Si Blair finance Littleton, ou n'importe quel autre de mes concurrents, je connaîtrai clairement votre position à mon égard. Et vous ne voulez pas être mon ennemie, Elysse.

Terrorisée à cette idée, elle poussa un cri d'angoisse.

Il contempla longuement son lit, comme s'il envisageait sérieusement de mettre ses menaces à exécution. Puis il lui lança un regard méprisant et quitta sa chambre en claquant la porte.

Aussitôt, elle se précipita derrière lui, tourna la clé dans la serrure et glissa lentement au sol. Les bras enroulés autour de ses genoux, elle pleura un très long moment.

10

Elysse adressa un sourire radieux à Blair, consciente de n'avoir pas été de très bonne compagnie depuis qu'il était venu la chercher chez elle pour l'emmener à l'opéra. Ils se tenaient à présent dans le grand hall en marbre du Piccadilly Opera House, entourés d'autres habitués. Les femmes arboraient fièrement leurs bijoux et leurs robes de soirée, tandis que les gentlemen paradaient dans leurs costumes à queue-de-pie. Ce soir, elle avait choisi de porter une robe rouge agrémentée d'une parure de diamants. Elle espérait que cette teinte atténuerait son teint extrêmement pâle.

Blair répondit à son sourire en la scrutant du regard.

Comment lui cacher son incroyable nervosité ? Jamais elle ne s'était sentie si bouleversée. Elle était si anxieuse qu'elle en avait mal à la tête.

Soucieuse de ne pas répondre aux questions qu'elle devinait dans les yeux de Blair, elle se lança dans un long monologue enthousiaste sur l'opéra italien qu'ils allaient voir. Bien sûr, il ne tarderait pas à la démasquer. Ils étaient amis depuis un certain temps maintenant, et Blair commençait à la connaître. Comment lui cacher à quel point elle était déprimée ? Car c'était un fait : depuis le retour d'Alexi, elle avait sombré dans une profonde tristesse.

Jamais son cœur n'avait été aussi dévasté.

La nuit précédente, après qu'Alexi eut claqué la porte de sa chambre, elle n'avait pas réussi à trouver le sommeil. Le souvenir de leur échange houleux l'avait poursuivie jusqu'à l'aube. Comment avaient-ils pu aboutir dans une impasse aussi terrible ! Comment était-il possible qu'Alexi soit devenu si froid et indifférent, au point de ne pas accéder à sa requête ?

Bien sûr, il n'était pas tout à fait indifférent… Elle en avait pour preuve le désir palpable qui avait plané sur eux tout au long de leur dernier échange.

Elle revoyait les yeux de braise d'Alexi lorsqu'il lui avait demandé de l'inviter à partager son lit. Son corps avait frémi de façon incontrôlable. Pourtant, si elle désirait son mari, elle était bien décidée à le nier !

Elle avait presque failli envoyer une note à Blair pour annuler leur sortie à l'opéra. Une petite voix ne cessait de lui dire qu'il n'était pas sage de le voir en ce moment. Mais la pensée qu'Alexi se réjouirait sûrement d'apprendre qu'elle était restée terrée dans sa chambre avait suffi à la convaincre d'honorer son rendez-vous. Si son époux refusait de faire preuve de discrétion avec ses maîtresses, elle en ferait de même de son côté. En outre, elle aimait l'opéra, elle appréciait Blair, et elle n'était pas certaine de pouvoir survivre à une autre nuit seule dans cette grande demeure avec ses pensées noires, tandis qu'Alexi allait et venait avec ses nombreuses amantes tout en recevant les hommages de la bonne société.

— Vous vous sentez bien ? demanda Blair en posant une main sur son coude.

Il paraissait inquiet.

C'était la deuxième fois qu'il lui posait la question. Il était devenu plus qu'un cavalier, plus qu'un amant de façade. Elle le considérait comme un véritable ami.

— Je suis navrée, Blair, répondit-elle en souriant faiblement, j'ai un peu la migraine. Je sais que je dois avoir une mine défaite.

— Vous êtes toujours et indubitablement la femme la plus époustouflante dans cette pièce, dit-il d'une voix ferme.

Quand accepterez-vous que ce soudain déménagement vous a causé beaucoup de tort ?

— Un déménagement n'est jamais une chose simple, répondit-elle en se crispant.

— Non, en effet. Il est rare que l'on me prenne au dépourvu, mais vous ne m'aviez jamais laissé entendre que votre époux avait une maison à Oxford. J'en ai même conclu que vous-même ne le saviez pas et que vous aviez décidé de déménager sur un coup de tête.

— J'ai sans doute oublié de vous en parler, mentit-elle malgré elle.

Cherchant à faire diversion, elle se tourna pour étudier la foule et aperçut à sa grande surprise Ariella et son époux.

— J'aperçois Ariella et St-Xavier ! s'écria-t-elle.

Elle était ravie de voir son amie. Jamais elle n'avait autant eu besoin d'elle.

— En effet, j'aperçois moi aussi votre belle-sœur, dit Blair en grimaçant.

Puis il ajouta à voix basse :

— Votre époux est avec eux.

Elysse se raidit. Alexi se tenait à côté de St-Xavier, absolument superbe dans son costume à queue-de-pie. Il bavardait joyeusement avec une femme très brune. Que faisait-il là ? songea-t-elle, interloquée. Etait-il venu pour l'ennuyer ? Elle lui avait pourtant demandé de l'accompagner lors de ses sorties, mais non d'apparaître séparément aux réceptions où elle se rendait ! Ce n'était pas du tout le moment de le voir… D'autant qu'il allait se mettre en rage lorsqu'il verrait Blair. A son visage, il ne semblait pas avoir passé une mauvaise nuit. Son sourire était franc et il avait l'air de bonne humeur. Apparemment, leur dispute n'avait eu aucun effet sur lui…

Soudain, les raisons de sa présence à l'opéra lui sautèrent aux yeux. Elle-même était avec Blair et non avec son époux. Alexi était-il venu accompagné d'une autre lady ? Pourvu que ce ne soit pas le cas ! songea-t-elle en se tordant les mains. Quoi qu'il en soit, tout le monde ne manquerait pas de faire la même observation qu'elle.

— Vous semblez bouleversée, Elysse, murmura Blair.

— Pourquoi donc serais-je bouleversée ? demanda-t-elle sans quitter des yeux Alexi.

— Seriez-vous jalouse de le voir accompagné d'une autre femme ?

Elle se tourna brusquement vers lui.

— Je ne suis pas jalouse, Thomas, dit-elle d'une voix si forte que leurs voisins immédiats se retournèrent.

Elle rougit. On venait de surprendre ses propos, et cela ne ferait que mettre de l'huile sur le feu.

— Alexi fait ce qui lui plaît, comme toujours. Je suis habituée.

Elle prit le bras de Blair de manière possessive et lui fit un large sourire, affichant de nouveau un calme apparent.

— Il est rarement en ville, répondit Blair, dubitatif. Comment donc pourriez-vous être habituée à son comportement ? Je croyais que votre mariage était solide, mais l'échange auquel j'ai assisté hier était l'un des plus inquiétants qu'il m'ait été donné de voir.

Elle resta muette quelques secondes.

— Notre mariage n'a rien d'ordinaire, dit-elle enfin. Mais il est solide, Thomas, très solide, mentit-elle dans l'espoir désespéré de le convaincre.

Le regard qu'il lui lança en disait long sur ses doutes.

— J'espérais, murmura-t-il, que vous commenciez à éprouver une véritable affection pour moi, indépendamment des sentiments que vous nourrissez pour le capitaine de Warenne.

Ce n'était pas le moment de parler de ses sentiments à Blair, songea-t-elle, paniquée, pas quand Alexi ne se trouvait qu'à quelques mètres d'eux, pas quand tous ceux qui les entouraient ne manqueraient pas de relever qu'elle était avec Blair, loin de son époux. Elle aimait beaucoup le banquier, mais son regard se tourna vers Alexi malgré elle. Il avait déjà remarqué leur présence. La femme avec laquelle il s'entretenait tourna légèrement la tête et elle aperçut son visage. C'était Louisa Cochrane ! Entre-temps, la jeune veuve s'était remariée quelques années plus tôt pour devenir Mme Weldon. Mais M. Weldon ne semblait pas être présent. Visiblement ravie d'être là, Louisa souriait à Alexi.

Il était évident qu'elle souhaitait renouer leur liaison, songea Elysse tristement, si ce n'était pas déjà fait.

La soirée ne pouvait pas se présenter plus mal.

— Quand me direz-vous la vérité ? insista Blair, ignorant le trouble qui l'habitait. Je saurai garder votre secret, Elysse. Vous et votre mari vivez chacun de votre côté et vous êtes profondément en conflit. Mais ce n'est pas de votre fait.

Elle le dévisagea en frémissant.

Elle voulait le contredire, lui dire qu'ils étaient très épris l'un de l'autre, mais les mots ne franchirent pas la barrière de ses lèvres.

— Je veux vous aider, Elysse, dit Blair en effleurant sa joue. Je n'aime pas vous voir si déprimée. Je sais à quel point vous êtes fière. Voir le capitaine de Warenne s'afficher avec une autre femme est très douloureux pour vous, même si tout le monde ici croit que nous sommes amants.

Comment pouvait-il être si perspicace ?

— D'autres couples dans cette pièce mènent leurs vies chacun de leur côté, sans pour autant être séparés. Et comme vous l'avez si bien dit, Alexi est rarement à terre. Nous avons juste nos propres arrangements.

Serrant fortement sa pochette contre elle, elle repensa à la façon dont Alexi l'avait quittée après leur mariage, refusant de passer avec elle leur nuit de noces. Aucun couple de sa connaissance n'était en froid à ce point…

— Mais de votre côté, vous ne voulez pas de cette vie, ou de cet arrangement, poursuivit Blair en l'étudiant attentivement. Contrairement à ce que vous criez sur tous les toits, votre mariage n'est pas des plus heureux.

Seigneur, comme elle aurait aimé tout nier en bloc ! Des

images de son dernier échange avec Alexi traversèrent soudain son esprit. Leur mariage était insupportable. Mais elle ne pouvait se confier à personne, pas même à Blair qui avait si bien percé la vérité.

Soudain, le banquier saisit son bras en lui lançant un bref regard d'avertissement. Puis il leva les yeux.

— Bonsoir, capitaine de Warenne, dit-il. J'espère que vous ne m'en voulez pas d'escorter votre superbe épouse à votre place.

Terrifiée, Elysse se tourna lentement. Son regard se heurta aux yeux froids d'Alexi.

Il semblait faire de gros efforts pour dominer sa colère.

— Pourquoi vous en voudrais-je ? répondit Alexi avec un sourire glacial. Je suis tout le temps en mer. Mon épouse est une femme adulte, elle a sa vie. Je serais sincèrement choqué de la savoir sans escorte. Quel heureux hasard qu'elle vous ait choisi vous, mon banquier, pour faire partie de son cercle d'amis loyaux et dévoués.

Elysse eut un mouvement de recul. Elle comprenait parfaitement l'allusion à sa stupide tentative de le faire chanter en se servant de Blair.

— Bonjour, Alexi, prononça-t-elle péniblement. J'avais oublié que vous seriez ici ce soir.

— Vraiment ? Je ne pense pas que vous ayez su que je serais ici ce soir, ma chère. Je ne le savais pas moi-même il y a une heure.

Il les toisa tour à tour avant de poser son regard sur son corsage carmin au décolleté profond.

— Comment allez-vous ce soir, Blair ? demanda Alexi. Ne me dites pas que vous aimez l'opéra ? Je dirais plutôt que c'est la compagnie de mon épouse que vous appréciez.

Très flegmatique, Blair eut un petit sourire moqueur. Alexi ne le ferait pas sortir de ses gonds, songea-t-elle, rassurée.

— En effet, je ne suis pas un grand amateur d'opéra. Mais en revanche, je suis un fervent admirateur de Mme de Warenne. Je me plais beaucoup en sa compagnie, et peu importe qu'elle aime l'opéra ou le cirque, je ferai tout mon possible pour la satisfaire, de toutes les manières possibles.

— Evidemment, rétorqua Alexi abruptement. Quel gentleman ne voudrait pas satisfaire tous les désirs de ma superbe épouse ?

Elysse ne se sentait pas seulement bouleversée, elle était mortifiée. Comment pouvaient-ils débattre de cette façon à son sujet ? Alexi était toujours furieux après elle. Mais elle aussi, voire même plus. Le fait qu'il s'affiche en public au bras de Louisa était un affront insupportable.

— Thomas et moi avions prévu de voir cet opéra depuis au moins un mois, Alexi, répondit-elle, surprise du calme de sa propre voix.

Elle lui toucha le bras, comme une véritable épouse l'aurait fait. Alexi fit un pas en arrière.

— Si nous avions su que vous souhaitiez voir cette représentation, ajouta-t-elle, nous serions venus ensemble. Je n'ai pas vu Louisa Weldon depuis au moins un an, et j'ai hâte de prendre de ses nouvelles.

— Je suis certain que vous aviez dressé vos plans pendant que j'étais encore en mer, dit-il. Tout comme je suis sûr que vous n'avez pas eu besoin d'argumenter longtemps pour convaincre Blair de vous accompagner à l'opéra, même s'il n'est pas un grand amateur de ce genre. Au fait, le rouge vous va très bien… ma chérie.

Il se pencha vers elle et déposa un baiser sur sa joue.

— Vous devriez porter cette couleur pour moi de temps en temps.

Choquée par ce geste, elle sursauta. Son cœur battait à tout rompre. Son baiser, comme ses insinuations outrageusement suggestives, était une provocation. Visiblement, Alexi tenait à lui prouver qu'elle était aussi sensible à son toucher qu'il l'était au sien. Qu'il aille au diable ! Elle lui lança un regard noir, espérant qu'il comprendrait que ce n'était ni le lieu ni le moment de se disputer. Inutile d'attirer l'attention sur eux ! Déjà, les gens qui les entouraient tendaient l'oreille pour tenter de capter des bribes de leur conversation. Ne pouvait-il comprendre qu'elle était à bout ? Elle ne supporterait pas d'autres humiliations.

— Il suffit que Mme de Warenne me le demande pour que je me plie à ses moindres désirs avec plaisir, répondit Blair sèchement. Tout comme je suis certain que vous êtes heureux de la satisfaire. Le bonheur de me trouver en sa compagnie compense de loin l'ennui dont je vais souffrir pendant la représentation. Mais vous le savez aussi bien que moi. Aucun homme, et encore moins un époux, ne manquerait d'apprécier l'étendue de ses charmes.

Ils se livraient une bataille sans merci. Et elle en était la cause… En parfait gentleman, Blair reprochait implicitement à Alexi son indifférence à l'égard de sa femme. Que penserait-il s'il découvrait qu'elle avait été abandonnée au pied de l'autel par son mari ? Toutefois, si Elysse était touchée par l'attitude protectrice de Blair, elle ne tenait pas à ce qu'il prenne sa défense en public. Elle lui prit donc le bras et le pria en silence d'arrêter. Peut-être même feraient-ils mieux de partir, songea-t-elle, anxieuse.

Alexi remarqua aussitôt son geste.

— Oui, ma femme est pourvue de bien des charmes. Je suis moi-même en mesure de l'apprécier.

A présent, c'était elle qu'il regardait de ses yeux azur étincelants.

— Elle en a d'ailleurs fait un très bon usage la nuit dernière. N'est-ce pas… ma chérie ?

Elysse soutint le regard d'Alexi, tout en priant pour qu'il ne parle pas à Blair de ses tentatives de chantage. Elle sentit alors que Blair la dévisageait et elle s'empourpra. Le banquier ne pouvait déduire qu'une chose des paroles d'Alexi : elle avait tenté de séduire son époux et ils avaient eu des relations sexuelles.

— Les gentlemen se doivent d'être galants et les ladies charmantes. Une épouse encore plus, dit-elle en souriant au banquier.

Comme il ne lui rendait pas son sourire, elle reprit très vite.

— C'est merveilleux de se retrouver tous ici, n'est-ce pas ? bafouilla-t-elle. Nous allons pouvoir rattraper le temps perdu.

Elle rêvait surtout de prendre ses jambes à son cou !

— Ariella a insisté pour que je vienne ce soir, dit Alexi d'une voix douce, son regard rivé sur elle.

Puis il se tourna vers Blair.

— Je savais que Thomas serait là, et comme il est mon banquier, je pense que je dois apprendre à mieux le connaître.

— Nous pourrions déjeuner ensemble, proposa Blair. Je suis certain que nous trouverons de nombreux sujets de conversation.

Elysse réfléchit à toute vitesse. Jamais elle ne devait permettre aux deux hommes de s'entretenir seul à seul. Comment savoir sur quoi pouvait déboucher un déjeuner d'affaires ? Quant à Ariella, qui avait supposément insisté pour qu'Alexi vienne à l'opéra alors qu'il détestait ce spectacle, ne savait-elle pas qu'elle y serait avec Blair ce soir ? De plus, elle se souvenait avoir proposé à Alexi de l'accompagner la veille. Il était donc certain de l'y trouver. Elle dévisagea son époux, consciente qu'Ariella avait œuvré pour que leurs chemins se croisent. Pourquoi donc avait-il pris la peine de venir ? Après son précédent refus de l'accompagner, elle ne pouvait qu'en conclure qu'il cherchait à la blesser.

A cet instant, Ariella s'approcha d'eux, accompagnée de St-Xavier et de Louisa. Elysse parvint à contrôler sa colère pendant qu'ils se saluaient. Elle dirait un peu plus tard à son amie sa façon de penser.

— Je ne savais pas que vous seriez là ce soir, Ariella, siffla-t-elle. Tu ne m'avais rien dit.

Son ton était accusateur, et à juste titre. Pourquoi donc sa meilleure amie avait-elle manigancé cette rencontre ? Ne savait-elle pas que les commères s'en donneraient à cœur joie de répandre la rumeur selon laquelle Alexi et elle étaient sortis avec leurs amants respectifs ? Et que son mariage heureux n'était qu'une imposture ?

— Nous avons une loge à l'opéra, répondit Ariella. Nous nous sommes décidés au dernier moment.

La jeune femme se tourna vers Blair, qui lui fit le baisemain.

— C'est un plaisir de vous voir, Thomas. Elysse, tu te souviens de Louisa, n'est-ce pas ? C'est Mme Weldon, à présent.

Elysse adressa un sourire contraint à Louisa, qui portait très bien ses trente-cinq ans, décida-t-elle. Elle était toujours séduisante, mais certainement pas assez pour obtenir de nouveau les faveurs d'Alexi.

— Souhaitez-vous vous joindre à nous dans notre loge ? demanda Ariella. Il n'y a pas de raison de nous séparer, n'est-ce pas ? Nous sommes tous amis ! Ou de la même famille, ajouta-t-elle d'une voix ferme.

Elysse se crispa aussitôt. Quelle torture plus grande pouvait-elle endurer qu'être assise pendant tout le spectacle à quelques sièges seulement d'Alexi ! Pourtant, rien ne pouvait justifier qu'elle refuse l'invitation de son amie. Blair la prit par la taille et se tourna vers Ariella.

— Ce sera un plaisir de nous joindre à vous, lady St-Xavier.

Elysse contempla son époux, en priant pour que sa migraine disparaisse. Comment allait-elle supporter de le voir murmurer à l'oreille de Louisa toute la soirée, tandis que sa rivale serait pendue à son bras ?

Alexi fixa longuement le bras que Blair avait passé autour de sa taille avant de lui sourire froidement.

— C'est parfait ! s'écria-t-il. Blair et moi pourrons ainsi prendre un brandy ensemble pendant l'entracte, et régler quelques affaires.

— Excellente idée ! renchérit Blair très posément.

*
* *

Elysse souffrait d'un atroce mal de tête. Toute la soirée, elle avait été forcée de sourire alors qu'elle n'avait qu'une envie : hurler de frustration ! La voiture de Blair venait enfin de s'arrêter au bout de l'allée parsemée de graviers, juste devant l'escalier en pierre qui menait à la porte de la maison d'Oxford. La soirée lui avait paru interminable. Elle n'avait presque rien vu ou entendu du spectacle, absorbée par l'image de Louisa penchée vers Alexi, une main sur son bras, tandis qu'ils murmuraient entre eux. Elle avait beau éprouver un profond mépris pour son mari, il avait toujours le pouvoir de la blesser.

Tenant leur promesse, Blair et Alexi s'étaient absentés pendant l'entracte. Ariella avait aussitôt invité St-Xavier à se joindre à eux pour arbitrer leurs échanges le cas échéant. Elysse avait dû ronger son frein pendant tout ce temps. Mais à leur retour, aucun des deux hommes ne paraissait particulièrement contrarié. D'après Blair, Alexi et lui s'étaient contentés de commenter l'actualité économique de la Grande-Bretagne, la récession et les éventuelles solutions à la dette nationale.

En présence de Louisa, Elysse n'avait pas pu demander à Ariella pourquoi elle avait invité Alexi à l'opéra, et encore moins avec sa dernière conquête. Elle avait donc fait de son mieux pour se montrer aimable avec la jeune femme, qui s'était comportée de façon courtoise et agréable avec elle. Louisa avait même osé lui prendre la main pour lui dire à quel point elle avait de la chance d'être mariée à un homme aussi héroïque et beau qu'Alexi. Elysse avait acquiescé tout en bouillonnant intérieurement de rage.

Une fois l'opéra terminé, Ariella avait paru désappointée, mais Elysse était bien trop furieuse pour s'en inquiéter.

Elysse jeta un coup œil furtif vers la maison. Alexi n'était pas encore rentré. Dès qu'elle arriverait dans sa chambre, elle fermerait les portes à clé, prendrait un verre de brandy et tirerait les rideaux. Peut-être même mettrait-elle des bouchons dans ses oreilles. Elle était épuisée et n'aspirait qu'à une seule chose : aller se coucher.

Blair descendit le premier de la voiture et lui ouvrit galamment la portière. Puis il la suivit jusqu'à la porte de la demeure et prit sa main gantée dans la sienne.

Elle trembla en le regardant. Cette soirée avait été un désastre. Elle avait bien failli ne pas survivre aux regards lourds de sous-entendus de ses connaissances, qui avaient toutes réussi à placer le nom d'Alexi dans la conversation lorsqu'elles étaient venues la saluer. Tous s'étaient réjouis de la voir mal à l'aise et peut-être même de mettre à nue six années de faux-semblants et de mensonges.

Pendant toute la soirée, elle avait focalisé son attention sur Alexi, et non sur Blair, qui méritait pourtant beaucoup plus d'égards de sa part.

Sur le chemin du retour, le gentleman n'avait même pas essayé de lui faire la conversation. Jusqu'à leur arrivée, il avait semblé perdu dans ses pensées.

— Vous avez l'air fatigué, dit Blair en montant les marches en pierre qui conduisaient à sa porte d'entrée. Même si votre mari est sorti, vous ne m'inviterez pas à entrer, n'est-ce pas ?

Pourquoi ne pouvait-elle donc pas l'aimer ? songea-t-elle, désespérée. C'était un homme puissant, fort, et surtout gentil, contrairement à son maudit mari. Elle eut soudain envie de pleurer.

— Je suis fatiguée, Thomas, et je suis navrée pour cette soirée si déplaisante.

— Nous savons vous et moi que votre fatigue n'est pas la raison pour laquelle vous ne me laisserez pas entrer.

En effet, si elle ne pouvait pas accéder à sa requête, c'était parce que son mari était de retour en ville. Pourtant, Alexi se trouvait avec une autre femme, lui… Son raisonnement ne tenait pas debout.

— Ce n'est pas votre faute, ajouta-t-il comme elle gardait le silence, et je suis désolé de vous voir si malheureuse.

Elle avait tellement besoin d'un ami et d'un confident. Elle ne pouvait pas tout lui dire, mais elle n'était plus disposée à lui mentir.

— Alexi et moi ne nous entendons plus, lâcha-t-elle.

— Merci de me faire cet aveu, répondit-il avec chaleur. Je sais toutefois que je n'ai aucune chance avec vous.

Elle sentit une larme se former et ne chercha pas à la retenir.

— Il ne restera pas longtemps à terre, comme d'habitude. Bientôt, ma vie redeviendra normale.

Mais donner l'image d'un faux bonheur, était-ce réellement une vie normale ?

— Pourtant, vous l'aimez, dit-il.

Elle leva les yeux vers Blair. Pouvait-il avoir raison ? Si pendant ces six années, son amour pour Alexi n'était pas mort, ce qu'il en restait avait fini par disparaître depuis qu'il l'avait traitée si durement et si grossièrement. Alexi ne lui avait pas porté plus de considération qu'à une vulgaire prostituée.

— Je l'aimais lorsque nous étions enfants, dit-elle tristement. Nous étions très proches, mais cet Alexi-là a disparu, Thomas.

— Les gens changent, Elysse, répondit-il en scrutant son visage. La vie les fait changer. Peut-être devriez-vous admettre que vous aimez aussi cet autre homme.

Aimer Alexi maintenant était une chose impossible, qui ne pouvait que lui apporter encore plus de chagrin.

— Nous nous sommes horriblement disputés, la nuit dernière. Croyez-moi, il n'y a pas d'amour entre nous.

Elle se sentait habitée d'une tension insupportable.

— Nous avons mené nos vies séparément pendant des années, continua-t-elle. Je n'ai aucune envie que cela change mais, dans la mesure où nous sommes tous les deux en ville, il doit faire semblant d'être heureux avec moi.

— Sa façon de se comporter avec vous est intolérable, répondit-il en lui caressant la joue. Il est fou de vous blesser ainsi. Est-ce bien raisonnable de m'accrocher à vous, Elysse ? Je me sens terriblement attiré par vous. Mais je n'aime pas être là où l'on ne veut pas de moi.

— Je ne sais pas quoi vous répondre, dit-elle en lui serrant la main. Je vous apprécie tellement, Thomas. J'ai très peur de vous perdre… en tant qu'ami.

Elle se rappela soudain qu'Alexi avait été autrefois son ami. Il avait été l'homme sur lequel elle pouvait compter. Il avait été son héros.

— Je veux autre chose qu'une amitié, dit-il d'une voix très douce.

— Je le sais.

— Savez-vous ce qui rend les choses pire encore ? Il se trouve que j'apprécie votre mari.

— Oh, mon Dieu ! s'écria-t-elle, horrifiée à cette idée.

— Je le trouve audacieux, intrépide et intelligent, dit-il avec un petit sourire. Et ses comptes de résultat me plaisent tout autant.

Elysse ne se sentait pas d'humeur à la plaisanterie.

— Je serais tenté d'insister, ajouta-t-il, mais je vois à quel point vous êtes contrariée. Je crains que même si j'arrive à mes fins, et même si vous appréciez mes qualités d'amant, l'issue sera la même. Vous resterez à jamais malheureuse et amoureuse de votre mari absent.

— Alexi et moi suivons deux chemins différents, se défendit-elle. Vous l'avez si bien deviné.

Elle avait très peur de perdre Blair.

— Je ne l'aime pas ! s'écria-t-elle. Je ne peux pas l'aimer.

— Non Elysse, la vérité crève les yeux. Vous n'avez nullement envie de vivre séparée de lui. Vous êtes terriblement blessée, et terriblement amoureuse.

Sur ces mots, il se pencha rapidement vers elle et effleura brièvement ses lèvres. Elle le prit aux épaules et leva son visage vers le sien. Mais son expression était exempte de désir et ne reflétait que de la tristesse.

— Je vais partir, Elysse. Si jamais vous avez besoin de moi, je serai toujours là. Je serai toujours votre ami.

Puis il tourna les talons et descendit l'escalier avant de monter dans la voiture qui l'attendait.

Elle hésita à le rappeler. Elle méritait sa gentillesse, elle méritait d'être heureuse ! Elle méritait le respect d'un homme comme Thomas Blair, et même d'être aimée avec passion.

Au dernier moment, elle se ravisa. Elle pourrait le contacter à tout moment, le lendemain, ou le surlendemain. Elle comptait pour lui. C'était un homme droit. Il ne trouverait pas quelqu'un d'autre en si peu de temps.

Elle soupira bruyamment en ouvrant la porte. Le hall d'entrée était éclairé mais vide. Une fois à l'intérieur, elle pivota pour tourner la clé dans la serrure. En voyant la voiture de Blair s'éloigner, elle eut soudain l'impression que quelque chose s'était brisé entre eux.

Soudain, une main puissante immobilisa la sienne tandis qu'elle s'apprêtait à défaire les boutons de sa cape pour la retirer. Dans l'obscurité, elle sentit un torse dur pressé contre son dos. Elle étouffa un cri lorsqu'elle comprit que c'était Alexi qui l'attendait.

D'un bond, elle pivota, toujours encerclée par ses bras.

Il lui adressa un sourire froid, ses doigts défaisant rapidement les boutons de son vêtement qu'il finit par jeter au sol.

Ses yeux lançaient des éclairs, de désir mais aussi de colère.

— Que faites-vous ici ? demanda-t-elle d'une voix blanche.

— Je vis ici, ma chère. Mais vous le savez déjà.

Il n'avait pas reculé d'un pouce. Ils restèrent ainsi à quelques centimètres l'un de l'autre, son torse touchant presque sa poitrine.

— Vous n'avez pas invité votre bel amant à entrer ? susurra-t-il.

Avait-il vu Blair l'embrasser ?

— Je ne pense pas que cela soit convenable, répondit-elle en essayant de s'écarter de lui.

Par réflexe, il lui prit le poignet.

— Depuis quand vous souciez-vous de ce qui est convenable ? En ce qui me concerne, vous auriez très bien pu le laisser entrer.

Elysse essaya de se dégager. Elle n'avait nullement l'intention de parler de Blair avec Alexi. Mais soudain, une horrible idée lui traversa l'esprit.

— Seigneur… Vous n'êtes pas seul ?

Il partit d'un rire moqueur.

— Même un homme comme moi ne se comporterait pas de façon aussi grossière, Elysse.

Elle se sentit aussitôt soulagée, mais ce sentiment fut bientôt remplacé par une colère qui s'intensifiait de seconde en seconde.

— Je vous ai demandé de vous comporter en bon mari, hier soir ! Comment osez-vous vous montrer à l'opéra avec une autre femme ?

— Mais vous y étiez pourtant avec Blair, pendue à son bras, un petit sourire aux lèvres. Et vous buviez chacune de ses paroles, comme tout le monde a pu le voir.

— Vous vous en fichez ! cria-t-elle, soudain prise de l'envie de le frapper. Vous vouliez donc m'humilier, ce soir ?

Alexi se rembrunit.

— Vous avez raison, je me fiche que vous offriez votre superbe corps à Thomas Blair, James Harding ou Tony Pierce !

Il s'agissait des trois hommes que la bonne société lui avait prêtés comme amants. Comment était-il au courant pour Harding et Pierce ? Avait-il mis des enquêteurs à ses trousses ? Que savait-il d'autre ?

Elle ferma les yeux un bref instant. Même ainsi, jamais il ne saurait à quel point sa fierté avait été mise à mal ces six dernières années.

— Vous avez l'air apeuré, ma chère.

Il s'esclaffa de nouveau, comme si ce constat l'amusait.

— Ne savez-vous pas que lorsque je reviens à Londres,

mes amis sont impatients de me dire ce que ma délicieuse petite femme fait, et avec qui ?

Ariella s'était pourtant bien gardée de dire à Alexi combien il l'avait blessée. Puis elle prit la mesure de ses paroles. Comment pouvait-il se montrer si grossier !

— Hier soir, répondit-elle, haletante, je vous ai demandé de faire semblant de vivre avec moi un mariage heureux et de m'accompagner à l'opéra ! A la place, vous arrivez au bras de Louisa. J'ai du mal à croire qu'il s'agisse d'une coïncidence ! Vouliez-vous m'humilier ? Cherchez-vous à alimenter les commérages ?

— Je n'ai pas besoin de vous humilier, rétorqua-t-il, vous vous débrouillez très bien toute seule.

— Lâchez-moi !

Il obéit sans broncher.

— Et vous ne m'avez pas demandé d'être un mari convenable, Elysse. Vous avez essayé de me faire du chantage, en femme droite et loyale que vous êtes.

Elysse se précipita dans le salon, presque aveuglée par la rage. Puis elle s'immobilisa tout près du bar en tremblant. Comment pouvait-il l'accuser de déloyauté ?

Elle sentit le torse d'Alexi s'appuyer légèrement contre son dos tandis qu'il tendait le bras pour remplir deux verres de whiskey.

Peut-être prenait-il un malin plaisir à se frotter contre elle ? Elle était troublée par le contact de son corps musclé contre le sien et elle dut lutter de toutes ses forces pour rester calme.

— Vous auriez dû savoir qu'en vous montrant à l'opéra avec une autre femme, dit-elle en lui faisant face, alors que j'y étais moi-même avec un autre homme, vous alliez déchaîner les commérages.

— Je ne me suis jamais soucié des rumeurs, Elysse. La plupart des hommes n'écoutent pas les commères.

— Je viens pourtant de passer six années à essayer d'apaiser les mauvaises langues à mon sujet... à notre sujet !

Elle avait de plus en plus de mal à respirer normalement.

— J'ai fait de mon mieux pour que personne ne connaisse la vérité à propos de notre mariage, ajouta-t-elle, écœurée.

Il se servit d'un geste calme une autre rasade de whiskey.

— Comme votre vie a dû être difficile, Elysse ! Etre ma femme est sans nul doute une terrible épreuve.

Elle rêvait de le frapper. Mais elle se contenta de le fixer d'un regard vide. Il ne fallait pas qu'il sache à quel point ces six dernières années avaient été dures, qu'il comprenne ce qu'elle avait enduré. Pourtant, vivre en prétendant être heureuse était une épreuve insupportable.

Il se tenait maintenant beaucoup trop près d'elle à son goût, et l'étudiait comme s'il cherchait à lire dans ses pensées. Non, elle ne pouvait pas lui avouer toutes ses douleurs ! Elle ne lui ferait pas ce plaisir.

— J'ai passé six années à faire semblant d'être l'épouse parfaite, dit-elle péniblement. Six années à prétendre que je vivais le mariage rêvé, à vous encenser, à vanter vos succès un millier de fois à tous ceux qui voulaient bien l'entendre !

— Et vous poussez la perfection jusque dans vos infidélités ?

Il leva son verre vers elle avant de le vider d'un trait.

— Oui, ajouta-t-il, il est évident que tout le monde nous prend pour le couple parfait, alors que vous vous affichez avec tous ces gentlemen.

— Vous entretenez bien cette prostituée à Singapour !

Le regard d'Alexi se durcit.

— Soo Lin n'est pas une prostituée, Elysse. C'est ma maîtresse. Elle est raffinée et très éduquée. C'est la fille d'un grand marchand et je l'apprécie beaucoup.

Elle lui lança le contenu de son verre au visage.

— Dans ce cas, retournez à Singapour !

Il saisit son poignet et elle se figea. Mais l'instant d'après, il la lâcha et s'essuya avec le revers de sa manche en s'écartant d'elle.

Seigneur, que lui arrivait-il ? songea-t-elle en tremblant. Comment avait-elle été capable d'un tel geste ?

Alexi avait des sentiments pour cette femme. Jamais elle n'aurait cru qu'il l'admettrait… Portant une main à son cœur, elle sentit l'angoisse qui menaçait de l'envahir.

Soudain, Alexi se tourna vers elle et la regarda durement.

Elle soutint du mieux qu'elle put son regard inquisiteur.

— Aucun de nous n'a été fidèle, dit-il. Mais j'ai été loyal.

— Je suis navrée. Je n'aurais jamais dû tenir de tels propos sur Soo Lin. De mon côté, j'apprécie beaucoup Blair. Nous sommes donc quittes.

— Cela saute aux yeux. Et vous n'êtes pas seulement des amants, Elysse, vous êtes aussi des amis, comme nous, autrefois.

Non, songea-t-elle. Blair n'était pas le genre d'ami qu'Alexi avait été pour elle il y avait très longtemps. Il n'était pas celui qui était toujours là pour la protéger. Alexi avait été le point d'ancrage de sa jeunesse. Mais Blair pouvait aussi le devenir si elle le voulait. Pourquoi donc cette idée la faisait-elle autant souffrir ?

— A vous entendre, on pourrait croire que c'est encore pire, dit-elle.

Il revint vers le bar et se servit un troisième verre. Il la regarda ensuite longuement, immobile.

Elle profita de cette pause pour réfléchir. Elle était anéantie qu'il lui ait avoué entretenir une maîtresse. De même qu'il l'avait détruite en l'abandonnant au pied de l'autel. Et elle avait survécu. Elle avait surmonté six années de commérages et de trahison. Elle surmonterait aussi son affection pour une autre femme. Ils ne pouvaient plus continuer ainsi. Si elle se montrait suffisamment vigilante et intelligente, elle était certaine de sauver la réputation de leur mariage. Voilà quelle était son unique et dévorante ambition.

— Vous ne devriez pas habiter ici, Elysse. C'est insensé. Il ne peut en sortir rien de bon. Nous allons finir par vraiment nous faire du mal.

Qu'importe, elle était déjà blessée.

— Tant que vous serez propriétaire de cette maison, je resterai ici, Alexi, ne serait-ce que pour sauver ma fierté.

Il lui lança un regard en coin, l'air contrarié.

— En Chine, on appelle cela sauver la face.

Un aiguillon de douleur la transperça.

— C'est Soo Lin qui vous l'a appris ?

Il ne répondit pas. Ses yeux la scrutèrent étrangement, et l'espace d'un instant ils s'attardèrent sur sa bouche, comme s'il se rappelait leur baiser.

Toute colère avait disparu.

Pour se donner du courage, Elysse prit son verre et le vida d'un trait à son tour. Elle n'avait jamais bu de whiskey de cette façon, et elle faillit s'étrangler. Elle attendit que l'alcool ait fini de brûler sa gorge et son estomac avant de répondre.

— Je conviens qu'il n'est pas très pratique de vivre ici. Mon appartement n'est qu'à vingt minutes du théâtre et des boutiques. Mais cela ne m'empêchera pas de continuer à prétendre que notre mariage est une réussite.

Alexi ne l'avait pas interrompue. Etait-il enfin disposé à l'écouter ?

— Je suis d'accord, Elysse. Vivre en nous disputant sans cesse est terriblement désagréable, voire blessant. Il y a bien longtemps, lorsque nous étions enfants, nous étions pourtant amis.

Leurs regards se croisèrent et elle fut la première à détourner les yeux.

— C'est une autre vie, alors.

— Que voulez-vous dire ? demanda-t-il platement.

— Vous pouvez quitter la ville, Alexi. Je sais que vous ne retournerez pas en Chine avant l'été, mais vous pouvez aller à Dublin ou à Windhaven, voire même en France.

— Non.

Elle frissonna. Mais le whiskey avait un effet étrangement calmant sur elle. Elle pouvait enfin penser de manière claire et rationnelle.

— Dans ce cas, nous devons continuer comme cela.

Comme tout serait simple s'il acceptait sa proposition !

— Pourquoi ne pouvez-vous pas envisager de faire comme si vous étiez mon tendre époux pour quelques semaines ? insista-t-elle. Si vous restez discret, vous pouvez garder vos maîtresses. Nous sortirions ensemble, vous me prendriez la main, nous nous souririons, puis, plus tard dans la soirée, vous iriez rejoindre Louisa Weldon ou toute autre femme de votre choix.

— Pendant que vous vous amuseriez avec Thomas Blair ? demanda-t-il d'une voix dangereusement douce.

Elle préféra l'ignorer, tout en rougissant.

— Je suis navrée d'avoir été assez stupide pour vous faire du chantage. Je vous demande pardon.

Il prit une petite gorgée de whiskey. Lorsqu'il leva les yeux vers elle, il avait l'air d'un prédateur prêt à bondir sur sa proie.

— Personne ne vous a jamais dit qu'il valait mieux prendre un homme par les sentiments plutôt que de lui envoyer un verre de whiskey à la figure ?

— Je vous demande aussi pardon pour cela, dit-elle, sincère.

Elle était consciente d'avoir dépassé les bornes.

— Comme je vous l'ai dit hier soir, je serai plus qu'heureux de jouer au parfait mari, Elysse.

Un sourire narquois flottait sur ses lèvres.

Il lui fallut plusieurs secondes pour comprendre ce qu'il voulait dire. Si elle l'acceptait dans son lit, il jouerait son rôle, songea-t-elle, le cœur battant à tout rompre.

Pourquoi diable réagissait-elle si vite à ses paroles suggestives et à ses yeux brûlants de désir ? Tous ses sens s'affolaient à présent sous l'effet d'un besoin aussi urgent que déroutant.

— Après tout, quitte à être marié et à vivre avec ma

femme, pourquoi ne pourrais-je pas jouir de mes droits conjugaux ?

Une partie d'elle voulait désespérément dire oui à cette proposition intolérable ! Il ferait un amant formidable, elle le savait. Mais inutile de se leurrer : le désir qu'elle ressentait n'était que le fruit de son inexpérience, et rien d'autre…

— Ce mariage n'est qu'une supercherie, murmura-t-elle. Et vous ne vouliez pas vous marier, vous l'avez dit vous-même.

— Peut-être penserais-je différemment si je pouvais bénéficier de vos faveurs. Après tout, je ne tire aucun avantage de ce mariage.

Il finit son verre et le posa avec un petit bruit sec sur la desserte. Il reprit la parole après plusieurs secondes qui lui parurent une éternité.

— Aucun homme n'aime être piégé dans un mariage, Elysse.

Consternée par sa réponse, elle recula d'un pas. Il lui fallut quelques instants pour comprendre qu'il avait changé de sujet. Pourtant, elle craignait de se lancer dans une discussion aussi dangereuse. Mais un jour ou l'autre, il faudrait bien qu'ils parlent du passé.

— Vous m'avez épousée pour me protéger, avança-t-elle prudemment. Je ne suis même pas sûre de vous avoir remercié.

L'expression d'Alexi était indéchiffrable.

Elle tenta de ne pas céder aux souvenirs qui refaisaient surface.

— Ce n'était pas un piège, Alexi, ajouta-t-elle.

— Non, mais il n'y avait pas d'autre solution. On peut considérer que cela revient au même.

Elle prit une profonde inspiration.

— Est-ce la raison pour laquelle vous êtes resté absent si longtemps et pour laquelle vous êtes si furieux après moi ?

— Il était de mon devoir de vous protéger, dit-il entre ses dents. Je vous ai fait une promesse, vous vous rappelez ?

Elle se souvint alors de ce jour très lointain, à Errol Castle en Irlande.

— Un homme est mort à cause de nous, ajouta-t-il durement. Il se trouve que c'était aussi mon ami.

Bouleversée par les paroles d'Alexi, elle croisa les bras sur sa poitrine. Des images envahirent son esprit : Alexi écartant violemment le corps de William Montgomery couché sur elle, le pilote gisant mort sur l'escalier, le regard d'effroi qu'Alexi lui avait lancé. Puis elle se revit dans la bibliothèque, blottie tout contre lui, tandis qu'il s'inquiétait de savoir si elle était blessée, si elle allait bien…

Elle comptait tellement pour lui à l'époque !

A présent, elle avait peur de continuer cette discussion. Voilà des années qu'elle ne pensait plus à l'agression de Montgomery. Depuis, la trahison d'Alexi lui avait causé beaucoup plus de chagrin et de douleur que cet événement tragique. Elle commençait pourtant à comprendre ce qui l'avait poussé à l'abandonner au pied de l'autel. Il n'avait que vingt et un ans à l'époque et il avait accepté de l'épouser car il pensait que c'était la seule solution.

Entre-temps, elle avait réussi à se pardonner pour le rôle involontaire qui avait été le sien dans cette terrible tragédie. Mais contrairement à Alexi, elle connaissait à peine Montgomery.

— C'était un accident, dit-elle d'une voix blanche.

— Peut-être, mais même involontairement, j'ai tué Montgomery.

Ses yeux lançaient des éclairs à présent.

Elle comprit qu'il s'en voulait encore terriblement.

— Ce n'était pas votre faute, Alexi.

— Non, mais la vôtre, oui. Vous l'avez conduit à la mort.

— Vous me tenez donc pour responsable ? dit-elle, la gorge nouée. Je suis sortie pour une promenade au clair de lune. J'espérais que Montgomery se conduirait en parfait gentleman !

— Je vous avais prévenue à plusieurs reprises et vous l'avez aguiché délibérément pour me rendre jaloux.

Prise de vertige, elle prit appui contre une étagère. L'atmosphère était électrique. Le regard d'Alexi était aussi accusateur que son ton.

— Je regrette ce que j'ai fait, Alexi. Vous avez raison, je me suis jouée de William. J'ai sincèrement voulu tomber amoureuse de lui et je savais à quel point vous étiez proches. Le soir du bal, stupidement, j'ai voulu vous rendre jaloux. Je suis désolée.

— Jamais je n'oublierai cette nuit, Elysse, ni les événements qui ont suivi.

Ainsi, il honnissait leur mariage car il reposait sur la mort de son ami. A cet instant, elle comprit qu'ils ne trouveraient pas de terrain d'entente, qu'il n'y aurait pas de trêve. Jamais plus leur relation ne serait comme avant…

Leur amitié était réellement morte. Il ne la prendrait plus dans ses bras pour la rassurer en lui demandant si elle allait bien. Il ne lui sourirait plus avec chaleur et tendresse. Tant qu'Alexi serait hanté par la mort de Montgomery, il n'y avait aucun espoir que leurs relations s'améliorent.

Le passé avait creusé entre eux un immense gouffre.

Secouée par les regrets, elle tremblait à présent de manière incontrôlable. La douleur déferla de nouveau sur son cœur brisé.

— J'ai appris à vivre avec la culpabilité, Alexi, dit-elle lorsqu'elle se fut reprise. A l'époque, j'étais jeune et stupide. Je regrette amèrement tout ce qui s'est passé mais je préfère ne pas me noyer dans les souvenirs. Je sais à quel point ce malheureux accident fut terrible. Mais on ne peut condamner personne.

Alexi la regarda d'un air méfiant, comme s'il doutait de sa sincérité.

— Si c'est ce que vous pensez, vous avez beaucoup de chance.

— Non, j'ai surtout appris de mes erreurs. Et je crois vraiment que les responsabilités sont partagées.

Il la regardait avec une telle intensité que ses nerfs étaient à vif.

— Si je ne vous connaissais pas mieux, je pourrais presque croire que vous avez changé. Vous parlez même comme quelqu'un de sage.

Il se montrait volontairement grossier et insultant.

— J'ai effectivement changé. Je ne suis plus du tout la jeune fille stupide et égoïste d'autrefois, Alexi.

— Vraiment ? Alors que vous vous jouez ouvertement de Blair ?

— Je ne me joue de personne, répondit-elle sèchement.

Comment lui expliquer que Blair comptait vraiment pour elle ?

Elle vit son regard se durcir, comme s'il cherchait à lire dans ses pensées. Lorsqu'ils étaient amis, il lisait en elle comme dans un livre ouvert. Mais aujourd'hui, il ne savait plus qui elle était.

— Il est terriblement amoureux de vous, et vous le savez. Pourtant, vous ne partagez pas ses sentiments. J'ai comme une impression de déjà-vu.

Elle laissa passer plusieurs secondes avant de lui répondre.

— Il est évident que le passé est un obstacle infranchissable entre nous, dit-elle d'une voix cinglante. Qu'allons-nous faire maintenant ?

Il lui lança un regard lourd de sous-entendus.

— J'ai bien ma petite idée… L'impasse dans laquelle nous nous trouvons n'a pas changé.

Elle comprit qu'il allait de nouveau la prendre dans ses bras, mais pas dans un élan de tendresse, ni pour la rassurer ou pour panser les plaies du passé. Son regard azur brillait à présent d'une lueur dangereuse.

— Nous ne pouvons pas changer le passé, ni le fait que nous sommes mariés, dit-elle. En effet, nous sommes dans une impasse.

— Votre dilemme est stupide et vain, répondit-il, un sourire moqueur aux lèvres.

Il fit une pause.

— Venez plus près, Elysse. Je sais que vous en avez envie.

Son cœur s'emballa brusquement.

— Il y a bien longtemps, nous étions amis. Mais ce n'est plus le cas aujourd'hui. Vous semblez prendre un malin plaisir à vous moquer de moi, Alexi. Je me demande même si vous ne cherchez pas à me blesser.

— En effet, nous ne sommes plus amis. Nous sommes mari et femme, Elysse, et cette situation me fatigue.

Elle se sentait effrayée, mais aussi terriblement excitée. Car si elle acceptait de passer la nuit avec lui, elle le regretterait aussitôt.

— Je ne peux pas partager votre lit, Alexi, pas dans ces conditions.

— Et pourquoi pas ? Je sais que vous êtes habituée aux étreintes passionnées. Et je saurai vous en donner, Elysse, vous le savez.

Elle se rappela le moment où il l'avait prise dans ses bras, dans les bureaux de Windsong Shipping. Elle croisa son regard, tout en sachant que leur passion était un brasier qu'il valait mieux ne pas activer. Car au plus profond de son cœur, elle l'aimait encore. Et cette idée la terrorisait.

Elle se ressaisit vivement. Surtout, il ne devait pas deviner qu'elle n'était qu'une vierge sans expérience.

— Je vous demande de réfléchir à ma proposition initiale, dit-elle d'une voix calme et posée. Je peux même l'assouplir. Vous n'aurez pas à m'accompagner tous les soirs, juste une ou deux fois par semaine. Je vais organiser un dîner, et vous inviterez qui bon vous semble. A vous de vous montrer suffisamment disponible pour sauver les apparences.

Ses yeux étaient aussi tranchants que des lames de rasoir.

— Et pourquoi devrais-je accéder à votre requête, si vous ne me donnez rien en retour ?

Elle redressa fièrement le menton.

— Nous sommes mariés, pour le meilleur et pour le pire. Je ne vous ai jamais demandé de partir il y a six ans, ni de revenir aujourd'hui. Vous devez prendre votre part de responsabilité. Sachez que je n'ai pas l'intention de déménager. Et vous venez vous-même de reconnaître que notre relation était insupportable. Je vous propose une solution assez juste, mais qui demande un peu de savoir-vivre de part et d'autre.

— Du savoir-vivre, que c'est ennuyeux ! Je vais y réfléchir.

Elle sourit doucement.

— Ne vous réjouissez pas trop vite, ajouta-t-il d'une voix douce. Car vous allez aussi devoir réfléchir à ce que je vous demande en retour, Elysse. C'est donnant-donnant.

Son sang se glaça tandis qu'elle le regardait, impuissante, quitter la pièce dans un grand éclat de rire.

11

— Es-tu très en colère après moi ? demanda Ariella.

Elysse leva les yeux vers elle depuis le bureau où elle était assise. Elle avait découvert dans la maison d'Oxford un petit salon très accueillant au rez-de-chaussée, décoré de papier peint fleuri et d'un mobilier gai et lumineux. Les fenêtres donnaient sur les jardins à l'arrière de la maison. Elle en avait fait son salon personnel. C'était là qu'elle tenait sa correspondance, dressait la liste de ses invités, s'occupait de son agenda et gouvernait la maison.

Ariella se tenait sur le seuil de la porte, l'air gêné. Elle était accompagnée de Reginald. L'après-midi venait tout juste de commencer. Elysse avait passé tout son dimanche à s'installer et à défaire des malles. Elle n'avait plus revu Alexi depuis leur conversation après l'opéra. Il s'était évanoui le dimanche matin et, lorsqu'il était revenu, elle s'était déjà retirée pour la nuit. Elle avait fermé ses portes à clé, mais était restée éveillée jusqu'à ce qu'elle l'entende rentrer. Il avait passé son chemin sans même s'arrêter devant sa porte.

Elle ne savait pas où il avait passé sa journée ou sa soirée.

Elysse adressa un sourire sans joie à Ariella. Son esprit était entièrement accaparé par ses problèmes de couple et elle avait presque oublié qu'elle était en colère contre son amie. Dire qu'Alexi avait eu le toupet d'accepter de jouer son rôle d'époux à condition qu'elle lui offre son corps ! Il lui en voulait encore. A son grand désespoir, il la tenait toujours pour responsable de la mort de William Montgomery. Il avait l'impression d'être emprisonné dans un mariage dont il ne voulait pas. Malgré tout, Elysse ne pourrait jamais partager son lit dans ces conditions. Comment aurait-elle pu s'autoriser une telle intimité avec lui sachant qu'il la détestait ? L'idée lui était insupportable.

Tout ce qu'il lui avait dit la plongeait dans un profond désespoir. Il continuait de la juger pour toutes ses actions, passées et présentes. Il refusait de voir qu'elle avait changé. Il semblait déterminé à la considérer encore comme une coquette stupide et égoïste.

Elle comprenait sa position, sauf qu'elle n'avait jamais voulu le piéger dans ce mariage. Peut-être un jour le comprendrait-il. Elle connaissait à présent les raisons de sa colère. Son ami était mort à cause d'elle, et aujourd'hui il se retrouvait marié à la femme qui était la cause de tous ses tourments.

Lorsqu'elle repensait à leur amitié de jadis, elle était profondément attristée par la tournure qu'avaient prise les événements. Plus rien ne serait comme avant…

Si seulement elle pouvait revenir en arrière, bien avant la mort de Montgomery, lorsque Alexi était encore le garçon le plus fascinant de la Terre, un garçon qui l'admirait et qui aurait tout fait pour elle !

Etait-il possible qu'elle l'aime toujours, en dépit de son comportement ?

Elysse secoua la tête. Ce n'était pas le moment de se laisser submerger par de sombres pensées. Heureuse d'avoir de la compagnie, elle se leva pour accueillir son amie. Reginald se retira au moment où Ariella entrait dans la pièce.

— Pourquoi diable as-tu invité Alexi à venir à l'opéra ? demanda-t-elle. Cette soirée a été un désastre, Ariella, ne put-elle s'empêcher de dire.

Elle ne restait jamais longtemps fâchée après son amie, et toutes les deux le savaient.

— J'espérais qu'une rencontre permettrait d'arranger un peu les choses, répondit Ariella en grimaçant.

— Nous vivons déjà ensemble, au cas où tu ne l'aurais pas remarqué.

— J'ai surtout remarqué qu'Alexi et Stephen sont venus hier après-midi pour emmener mon mari faire la fête, comme si Emilian était toujours célibataire.

Ariella enlaça Elysse.

— J'ai également remarqué qu'Alexi était très jaloux de Blair, Elysse. Peut-être que sa présence à l'opéra n'était pas si inutile, après tout. Et peut-être devrais-tu réfléchir à la pertinence de ton amitié avec Thomas.

— Je t'assure qu'Alexi n'est pas jaloux. Il se fiche complètement de ce que je fais.

Ne le lui avait-il pas répété à plusieurs reprises ?

— Tu ne peux pas vraiment le croire, répliqua son amie.

— Ainsi, tu penses qu'il a des sentiments pour moi ? demanda Elysse, incrédule.

Elysse réfléchit un instant à cette possibilité. De son côté, elle avait bien prétendu qu'il pouvait garder ses nombreuses maîtresses, comme si elle se souciait peu de lui. Pourtant, la vérité était tout autre : ses nombreuses liaisons la plongeaient dans un profond chagrin. Alexi était-il dans la même situation ?

Ariella s'écarta en soupirant. Elle s'arrêta devant les portes-fenêtres pour admirer les fleurs et les pelouses impeccablement entretenues.

— Je ne connais pas la nature de ses sentiments pour toi aujourd'hui, répondit son amie. Je sais juste qu'il a été très amoureux de toi. En revanche, je peux te dire avec certitude que tes aventures ne le laissent pas du tout indifférent.

— Il n'a jamais été amoureux de moi, Ariella, dit Elysse d'une voix blanche.

— Lorsque nous étions enfants, il était follement épris de toi. Tu étais bien la seule à ne pas t'en être rendu compte.

Etait-ce possible ? Elle aurait tellement aimé que ce soit vrai.

— Peu m'importe ce qu'il ressentait pour moi lorsqu'il

avait huit ans, dit-elle en chassant ces idées stupides de son esprit.

— Alexi est très fier, tout comme toi. Tu n'aimes pas le voir avec une autre femme, cela saute aux yeux, tout comme il n'apprécie pas de te voir avec Blair. Il ne restera à Londres que jusqu'au mois de juin ou juillet, Elysse. Ne peux-tu pas rompre avec Blair, même temporairement, afin de te donner une chance de recoller les morceaux avec mon frère ?

Si Ariella pensait que mettre un terme à son amitié avec le banquier pouvait aider son mariage, l'idée méritait peut-être réflexion. Mais de son côté, Alexi était un coureur. Mettrait-il un terme à ses liaisons ? Accepterait-il de l'accompagner en ville comme un mari le ferait normalement avec sa femme ? Non, il refuserait. Quoi qu'elle envisage, Elysse avait l'impression qu'ils ne sortiraient jamais de l'impasse dans laquelle ils étaient.

— Blair est un très bon ami, Ariella, et je risque de le regretter.

— Malgré ce que tout le monde croit, je sais que tu es restée fidèle à mon frère. Mais Alexi, lui, ne le sait pas.

Elysse hésita. Elle ne pouvait pas confier à Ariella la véritable raison de sa fidélité. Elle était la sœur d'Alexi, et elle était capable de se mêler de ce qui ne la regardait pas si elle considérait que cela pouvait servir les intérêts de son frère.

— Je n'ai pas envie de parler de ma vie privée, Ariella.

— Je sais que tu veux renvoyer l'image d'une femme libérée et indépendante, qui change d'amant comme de chemise !

Ariella se dirigea vers son bureau et s'absorba quelques instants dans la contemplation de sa correspondance avant de poursuivre.

— J'ignore si j'ai bien fait de convaincre Alexi de venir à l'opéra, continua-t-elle. Et j'ignore également s'il poursuit Louisa Weldon de ses assiduités. Comment vous entendez-vous, tous les deux ?

Elysse hésita à lui répondre, surprise de l'entendre parler de Louisa.

— Pas très bien. J'essaie de le convaincre de faire semblant d'être heureux de notre mariage, ne serait-ce que par fierté, afin que nous puissions offrir un front uni face à la société. Mais la tâche est loin d'être facile.

— Dans ce cas, séduis-le.

— Je te demande pardon ? dit Elysse en s'étranglant.

— Tu as très bien entendu, confirma Ariella avec un petit sourire entendu. Face à une belle femme, les hommes sont des pantins. Alexi n'est pas une exception.

Elysse suffoqua.

— Tu es complètement folle ! Il a des maîtresses dans le monde entier ! Crois-moi, Ariella, je le laisse complètement indifférent.

Mais en prononçant ces mots, Elysse se rappela les regards chargés de désir qu'Alexi lui avait lancés. Son époux était un homme séduisant et sensuel. Elle se troubla de nouveau en songeant au marché qu'il lui avait proposé.

Ariella avait peut-être raison…

La désirait-elle vraiment, ou cherchait-il simplement à la blesser encore plus ?

— Lorsque je me dispute avec Emilian et que je veux me réconcilier avec lui, je l'emmène dans mon lit, dit Ariella gaiement. Le lendemain, il me mange dans la main.

Elysse se leva pour arpenter le salon. Elle ne pouvait tout de même pas révéler à son amie le marché qu'Alexi lui avait proposé ! Troublée, elle se dirigea vers le bureau et son regard tomba sur la liste de ses invités.

— Je donne un dîner vendredi soir. Serez-vous des nôtres, Emilian et toi ?

— Bien entendu, dit son amie en posant une main sur son bras. Tu es triste, Elysse, inutile de le nier. Et je sais que mon frère en est la cause.

— Alexi m'a avoué qu'il regrettait de m'avoir épousée. Chaque fois que nous nous trouvons dans la même pièce, il me jette ce genre d'horreurs au visage. Si bien que j'appréhende notre prochaine rencontre à présent.

— Il faut reconnaître qu'il n'était pas prêt pour le mariage, déclara Ariella d'une voix douce. D'ailleurs, je donnerai cher pour comprendre pourquoi il t'a épousée si vite. Tu ne m'as jamais dit ce qui était arrivé ce soir-là.

— On nous a surpris après une étreinte passionnée, tu ne te souviens pas ?

Ariella pouffa de rire et Elysse se dépêcha d'ajouter :

— Nous devons juste trouver un terrain d'entente, c'est tout.

Elle venait tout juste de terminer sa phrase lorsqu'elle reconnut les pas d'Alexi dans le hall d'entrée.

Un mélange de peur et d'excitation l'envahit aussitôt.

Il apparut bientôt sur le pas de la porte et planta ses yeux dans les siens.

Son cœur s'emballa de façon incontrôlable. Il était aussi beau et séduisant que d'habitude dans son habit d'équitation. Conscient de l'effet qu'il lui faisait, il lui sourit.

Elle se souvint soudain qu'elle ne devait pas s'autoriser de telles pensées. Elle ne l'avait plus revu depuis leur dernière dispute, après la soirée à l'opéra, et elle était anxieuse. Elle avait aussi beaucoup de mal à se sentir bien dans sa maison.

Il la détailla délibérément de la tête aux pieds. Elle portait une robe ivoire très simple, avec un col montant et de longues manches. Mais sous son regard, elle se sentit comme nue et rougit. Il semblait se moquer d'elle, comme s'il savait qu'elle ne pouvait lutter contre leur attirance mutuelle. Puis il se tourna vers sa sœur.

Ariella le serra très fort dans ses bras.

— Arrête de te comporter en mari grossier, Alexi, s'il te plaît !

Il lâcha sa sœur et lança un regard suspicieux à Elysse. Son sourire s'était évanoui.

— Je ne suis jamais grossier, répondit-il sèchement, et mes manières sont impeccables.

— Vos manières sont impeccables, sauf avec moi, dit-elle.

— Mais vous aimez me provoquer, Elysse, comme vous le faites en cet instant. Et j'avoue que je prends plaisir à vous taquiner.

— Les petits garçons s'amusent à provoquer les petites filles, Alexi. Mais vous n'avez plus huit ans, même si vous vous comportez comme si tel était le cas.

— Et que dites-vous de vos bonnes manières, ma chère ?

— C'est donnant-donnant, dit-elle en reprenant ses mots avec un regard moqueur.

Il lui sourit, l'air amusé.

— Vous me mettez au défi à présent ?

L'idée lui sembla beaucoup trop dangereuse. Elle préféra battre en retraite.

— Jamais je ne le ferai. Je suis une trop bonne épouse.

— Les bonnes épouses ne se disputent pas avec leur mari, et ne leur refusent rien.

— Nous nous disputons depuis que nous sommes enfants, répondit-elle, consciente de son allusion.

Ariella les regardaient tour à tour, les yeux agrandis de surprise.

— Je suis une bonne épouse, intervint-elle, et je me dispute tout le temps avec Emilian.

— Oui mais toi, ma très chère sœur, tu es une mégère.

— Ce n'est pas ce que pense mon mari ! s'écria-t-elle en levant les yeux au ciel.

Elysse s'aperçut qu'elle n'avait pas quitté des yeux Alexi depuis qu'il était apparu sur le seuil de la porte. Si seulement il ne la déstabilisait pas si facilement !

— Je suis en train de planifier notre premier dîner, dit-elle en retrouvant une contenance, la liste des invités à la main. Nous serons peu nombreux, une douzaine de couples environ. J'espère que cela vous convient.

Elle avait parlé avec précipitation, et elle se sentit encore plus nerveuse en le regardant.

— Je n'avais pas compris que nous allions donner un dîner, Elysse. Dois-je comprendre que vous acceptez les termes de notre contrat ?

Elle s'empourpra.

— Non, cela veut simplement dire que nous allons avoir vingt-quatre invités, et que vous présiderez la table.

Il croisa les bras sur sa poitrine en faisant la moue.

— Vraiment ? Dois-je comprendre que je dois vous obéir ?

Ariella posa une main sur le bras de son frère.

— Si ton épouse souhaite donner un dîner, tu dois la contenter, Alexi. Tous les maris assistent aux soirées organisées par leur femme.

Il ne l'avait pas quittée du regard.

— Je croyais, dit-elle en déglutissant péniblement, que vous étiez d'accord pour accomplir votre devoir d'époux en sortant avec moi une à deux fois par semaine.

Certes, ils n'étaient jamais arrivés à un accord, et elle avait encore du mal à croire en son audace. Mais elle espérait que la présence d'Ariella pousserait Alexi à accepter son marché.

— Je ne vous ai jamais donné mon accord, Elysse, dit-il en baissant la voix. Comme vous l'avez dit vous-même, c'est donnant-donnant.

Elysse baissa les yeux, gênée par l'insinuation d'Alexi. Il lui suffisait de déverrouiller sa porte et de l'accepter dans son lit. Il ne jouerait la comédie du parfait mari qu'à cette seule condition…

Ariella enfonça son coude dans les côtes de son frère.

— Arrêtez de vous chamailler et fais ce qu'elle te dit ! ordonna-t-elle.

Il se renfrogna.

— Parfait, je tolère que l'on donne ce dîner, mais le sujet est loin d'être clos.

Elysse adressa un sourire triomphant à Alexi. Elle venait

de remporter cette manche ! Ravie, elle s'approcha de lui et lui tendit la liste des invités.

— Souhaitez-vous convier d'autres personnes ?

Il parcourut rapidement le document, puis leva les yeux, surpris.

— Je ne vois pas Thomas Blair sur cette liste.

Elle se raidit.

— En effet, il n'est pas invité.

— Invitez-le, dans ce cas.

Elle se mit à trembler.

— Pourquoi faites-vous cela ?

— Faire quoi ? Je ne l'invite pas en sa qualité d'amant, mais en sa qualité de banquier.

Il l'attaquait de front, songea-t-elle, complètement désorientée.

— De plus, vous êtes la mieux placée pour découvrir ses plans, ajouta-t-il.

— Je vous demande pardon ?

— Il finance d'autres compagnies, voire certains de mes concurrents. J'ai besoin d'obtenir plus d'informations,… ma chérie.

— Vous me demandez d'espionner Blair pour vous ? demanda-t-elle, interloquée.

— Espionner est un grand mot, mais c'est à peu près ça.

Puis il lui adressa à son tour un sourire triomphal avant de quitter la pièce, non sans les avoir saluées d'un signe de tête.

Elysse s'aperçut qu'elle avait involontairement froissé la liste dans sa main pendant qu'elle le regardait.

— Oh, ma chère Elysse, dit Ariella en lui touchant le bras, si cela peut te consoler, sache que de temps en temps, quand Emilian veut obtenir des informations sur ses associés et ses adversaires, il m'envoie discrètement en mission pour découvrir leurs plans.

— Je n'ai pas l'intention d'espionner Blair, dit Elysse d'une voix blanche.

Ariella avait l'air inquiet.

— Inutile de me mentir, dit son amie d'une voix calme en enroulant son bras autour du sien. Alexi et toi êtes à couteaux tirés. Mon frère veut visiblement te blesser. Si seulement je savais pourquoi !

Elysse aurait tant aimé tout lui avouer. Elle ferma les yeux pour mieux se ressaisir.

— Je vais bien, mentit-elle en arborant un grand sourire. Veux-tu déjeuner avec moi ? J'ai fait venir mon chef de Grosvenor Square, et comme tu le sais, c'est un excellent cuisinier.

Debout sous le porche, Elysse sourit à un couple en les remerciant d'être venus. Tout le monde était arrivé, sauf Blair.

Son estomac se noua tandis qu'elle disait à lady Godfrey à quel point elle était heureuse de la voir. Tout en bavardant, elle tourna les yeux vers la porte d'entrée grande ouverte où se tenait son mari. Alexi était chargé de recevoir leurs invités avant de les diriger vers le salon où était servi le sherry avant le repas. Il était incroyablement beau dans sa veste blanche et son pantalon noir. Il souriait, et elle savait qu'il cherchait à charmer leurs invités. Son comportement était irréprochable. Mais pour combien de temps ?

Son cœur bondit dans sa poitrine en apercevant soudain les lumières d'une voiture dans l'allée. Elle resta immobile près de la porte d'entrée, masquant du mieux qu'elle pouvait son inquiétude.

Certaine que les intentions de son mari étaient dangereuses, elle aurait aimé parler de Thomas Blair avec Alexi. Mais elle l'avait à peine vu ces deux dernières semaines. Il sortait tous les jours pour se rendre à son bureau ou chez d'éventuels investisseurs, et s'absentait tous les soirs. Personne ne l'avait vu avec d'autres femmes, même s'il ne rentrait jamais avant 2 ou 3 heures du matin. Mais ce qu'il faisait était évident. Et terriblement blessant. De son côté, elle avait tout fait pour l'éviter, restant dans sa chambre durant les rares heures où il était à la maison.

Dans la journée, elle vaquait à ses occupations. Elle avait assisté à un gala au London Museum et à plusieurs dîners. Mais pour la première fois en six ans, elle était sortie sans cavalier. Souvent, on lui avait demandé où était son mari, et elle avait pris soin de lui trouver des excuses. Dans ces moments-là, elle n'oubliait jamais de sourire et de garder son masque lisse et impénétrable. Mais une fois dans sa chambre, elle laissait libre cours à son désespoir.

Quelle que soit la femme avec qui Alexi passait ses soirées, et quoi qu'il fasse, elle lui devait au moins d'être discret, se disait-elle pour se consoler. Mais elle avait beaucoup de mal à se sentir reconnaissante.

Elle avait l'impression que presque rien n'avait changé entre eux. Il avait passé six ans à l'éviter, et maintenant il faisait en sorte de n'être jamais là lorsqu'elle était rentrée et de ne jamais la croiser à l'extérieur.

Au bout du compte, elle n'avait jamais eu l'occasion de parler avec lui de la présence de Blair à leur dîner. Elle savait uniquement qu'Alexi avait croisé le banquier en ville et qu'il s'était chargé lui-même de l'inviter. C'était ce que lui avait écrit Blair dans la lettre où il lui confirmait sa présence.

Quoi qu'il en soit, elle était bien décidée à ce que ce dîner soit un succès.

Elle éviterait toute anicroche, au moins jusqu'à ce que leurs derniers invités soient partis. Après tout, l'objectif de ce dîner était de convaincre la société qu'Alexi et elle formaient un couple heureux. Et la présence de Blair ne devait rien y changer.

L'attelage du banquier vint bientôt se garer devant l'escalier de la maison. Le sourire d'Elysse ne faiblit pas. Elle aurait préféré qu'il décline son invitation, mais au fond d'elle, elle était heureuse de le voir. Il serait toujours un ami cher à son cœur.

Elle aperçut d'abord une femme descendre de la voiture,

suivie de Blair, magnifique dans son costume à queue-de-pie noir. La femme était blonde et séduisante, du même âge qu'elle. L'intéressait-elle vraiment ? songea-t-elle, consternée à cette idée. Elle savait pourtant qu'il viendrait accompagné.

— Vous êtes toujours aussi belle, dit Blair à voix basse en prenant ses deux mains entre les siennes lorsque Alexi l'eut guidé jusqu'au salon.

Elle comprit qu'elle lui avait manqué et se sentit soulagée.

Il déposa un baiser sur le dos de sa main et lui présenta Debora Weir. Il lui expliqua qu'elle était veuve depuis peu et qu'elle venait tout juste de déménager en ville.

— Son mari a fait partie de mes clients pendant des années, ajouta-t-il. Mme Weir a hérité de plusieurs mines de charbon extrêmement lucratives.

— Depuis que mon mari est parti, je ne peux plus vivre seule à la campagne, expliqua-t-elle avec empressement. Je suis heureuse de faire enfin votre connaissance, madame de Warenne. J'ai tellement entendu parler de vous et de vos soirées, ainsi que de votre mari.

Elle tourna les yeux vers le hall d'entrée.

— Serait-ce le capitaine ? demanda la jeune femme.

Elysse aperçut alors Alexi, qui les observait du coin de l'œil. Elle se tourna ensuite vers Blair et soutint son regard quelques secondes.

— Venez, madame Weir, dit-elle soudain, tendue, je vais vous présenter à mon mari. Notre compagnie transporte souvent du charbon dans le monde entier. Je ne sais pas qui sont vos agents, mais vous devriez vous renseigner sur nos conditions et nos tarifs.

Blair lui emboîta le pas en lui prenant le coude.

— Je pense que Windsong Shipping assure déjà le transport d'une partie de la marchandise de sa compagnie, dit-il, mais je peux me tromper.

Alexi les regardait maintenant ouvertement. Avait-il invité Blair pour la mettre à l'épreuve ? Si tel était le cas, elle réussirait ce test. En revanche, elle refusait d'espionner son ami pour le compte de son mari.

— J'espère que nous ferons affaire, répondit Mme Weir d'un air sincère.

Elysse se tourna vers Alexi.

— Mon chéri, vous connaissez déjà Thomas. Et voici Mme Debora Weir. Je viens de lui proposer les services de notre compagnie de transport.

Alexi sourit à la jolie blonde et se pencha avec galanterie vers elle. Puis il serra la main de Blair. Son regard était froid, mais le banquier semblait imperturbable.

— J'apprécie tellement votre invitation, capitaine, dit Blair très posément. Votre nouvelle maison est vraiment magnifique.

Soudain, elle sentit Alexi glisser son bras autour de sa taille.

— Mon épouse et moi-même pensons exactement la même chose.

Elysse n'en revenait pas.

— Nous sommes si heureux que vous ayez pu venir, Thomas, dit-elle calmement.

Blair posa ses yeux sur la main d'Alexi, posée nonchalamment sur sa hanche.

Elle se sentait de plus en plus mal à l'aise. Alexi se tenait à sa droite et Blair à sa gauche. Ils se toisèrent, l'air grave.

Le dîner s'annonçait mouvementé…

La soirée touchait presque à sa fin et rien de terrible n'était arrivé. Du moins pas encore.

Assise au bout de la longue table, Elysse souriait. Une myriade de desserts avait été servie et presque toutes les assiettes étaient vides. Ses vingt-deux invités semblaient repus et discutaient à bâtons rompus. Ils avaient vidé sept bouteilles de vin, blanc et rouge. Elle savait par expérience que plus l'on buvait de vin, plus la soirée était réussie.

Elle ferait donc tout pour qu'il en soit ainsi.

Alexi était assis à l'autre bout de la table. Captant son sourire, il lui sourit nonchalamment en retour. Toute la soirée, il l'avait regardée d'un air indolent, comme s'il jouait avec elle au chat et à la souris. Ses œillades l'avaient profondément dérangée et troublée. Il semblait conscient des efforts qu'elle devait fournir pour jouer cette comédie. Il avait également compris que sa priorité était d'éviter tout scandale. Elle avait ignoré ses tentatives de l'appâter avec ses regards langoureux en se tournant vers ses invités les plus proches pour leur faire la conversation.

Mais là, le regard d'Alexi était par trop explicite pour qu'elle puisse l'ignorer. Son pouls s'accéléra tandis qu'un étrange pressentiment l'envahissait : Alexi viendrait réclamer son dû en échange du rôle qu'il avait accepté de tenir ce soir. Pourtant, jamais il n'obtiendrait d'elle ce genre de paiement.

Jusqu'à présent, tout le monde semblait ravi et personne n'avait remarqué la moindre tension entre elle et son mari, à l'exception de Blair. Toujours aussi avisé, le banquier n'avait cessé de les observer. Il était assis à proximité d'Alexi et non loin de sa cavalière, à l'autre bout de la table. Pourtant, il avait regardé Elysse bien plus souvent que Debora Weir. Dans ce jeu de regards, il avait remarqué le manège d'Alexi et paraissait inquiet. Dire qu'elle avait failli oublier à quel point il était bon et protecteur à son égard !

Elysse lui adressa un sourire rassurant. Même s'il était un allié, elle était capable de gérer le reste de la soirée seule, quelles que soient les intentions d'Alexi.

A son grand désespoir, les deux hommes avaient discuté un peu pendant la soirée. Blair lui avait certes avoué qu'il appréciait son mari, mais Alexi le considérait de son côté comme un rival. Elle ne pouvait pas s'empêcher de se faire du souci pour Blair. Toutefois, le banquier avait de l'expérience. Il saurait éviter les pièges qu'Alexi risquait de lui tendre. D'ailleurs, elle était certaine que leur conversation tournait autour du commerce et de leurs nouveaux débouchés.

Rien de fâcheux n'arriverait ce soir, songea-t-elle. Il leur suffisait maintenant de se retirer une petite heure, les hommes avec leur cigare et leur brandy, les femmes avec leur sherry et leur porto. Elle pourrait ensuite monter dans sa chambre et verrouiller ses portes. Elle n'envisageait absolument pas de parler de la soirée autour d'un dernier verre avec Alexi. C'était beaucoup trop dangereux.

Alexi la regardait de nouveau avec un sourire lourd de sous-entendus. Elle se leva en rougissant, tandis que ses invités l'imitaient tour à tour dans un fracas de bruits de chaises.

Elle croisa alors son regard et lui fit signe de conduire les hommes dans le salon. Mais en lieu et place, il prit son verre et le leva.

— Un instant, s'il vous plaît, déclara-t-il.

Elle se figea.

— J'aimerais porter un toast à ma jolie femme, sans qui cette soirée n'aurait pas été possible, dit-il d'une voix mielleuse.

Lorsque tout le monde leva son verre vers elle, elle sourit, bouleversée. Elle sentit l'anxiété la gagner, certaine qu'il s'apprêtait à l'humilier.

— A cette soirée si réussie, dit Alexi d'une voix beaucoup trop monocorde, signe d'un mariage réussi. N'êtes-vous pas tous d'accord ?

Il y eut un court silence.

Si Alexi l'humiliait maintenant, elle ne le lui pardonnerait jamais, songea-t-elle, terrorisée.

— J'ai eu la chance d'épouser la plus belle femme au monde, continua Alexi en souriant. Elle est charmante, intelligente, spirituelle, et une hôtesse sans pareille.

Comme paralysée, Elysse attendait la suite.

Le regard perçant d'Alexi la glaça. Il n'y avait aucune chaleur dans ses yeux et son ton était moqueur.

— A ma très loyale, très belle et très désirable épouse.

Puis il but d'un trait son verre.

— Une femme que tous les hommes convoitent, mais que je suis le seul à avoir. J'ai beaucoup de chance d'être marié à un tel modèle de perfection. N'êtes-vous pas d'accord ?

Elysse continua de sourire malgré tout, consciente du trouble qui s'était emparé de ses invités. Les propos d'Alexi n'étaient pas vraiment insultants, mais son ton moqueur n'avait échappé à personne.

Maudit soit-il ! Son intention était de ruiner sa soirée et de s'assurer que tout le monde sache que leur mariage n'était qu'une farce !

— A mon tour, dit-elle en prenant son verre. Au capitaine le plus courageux et le plus expérimenté de tous les temps. Puisse son nouveau record rester longtemps dans les annales ! A mon très cher mari, ce héros et ce gentleman.

Il y eut un moment de silence, pendant lequel les invités se regardèrent entre eux.

— Nous sommes donc tous les deux très chanceux, dit Alexi d'une voix douce.

— Aucune femme à Londres n'a plus de chance que moi, répondit-elle fermement.

Blair rompit le silence qui suivit en levant son verre.

— Je voudrais porter un toast à la plus formidable hôtesse que je connaisse et que Londres ait connu. Pour reprendre les propos du capitaine, je trinque en l'honneur d'une femme qui n'a pas son pareil.

Lorsqu'elle se tourna vers lui, elle eut soudain envie de pleurer.

Les verres s'entrechoquèrent dans un tintement de cristal. Les larmes aux yeux, elle plongea son regard dans celui de Blair, avant de se tourner vers Alexi. Il était furieux.

Ses invités commencèrent alors à défiler devant elle dans un brouhaha de voix. Blair eut un geste d'hésitation en passant devant elle, mais elle secoua vivement la tête. S'il l'approchait maintenant, son masque d'apparente quiétude risquait de voler en éclats. Alexi avait flirté dangereusement avec les limites de l'acceptable. Le ton sarcastique de sa voix avait démenti outrageusement ses propos si flatteurs.

Son mari fut le dernier à passer devant elle.

— Etes-vous satisfaite, Elysse ? demanda-t-il d'un air moqueur. Vous avez certainement apprécié mon toast.

Elle était si scandalisée par son attitude qu'elle refusa de lui répondre.

— Blair a mordu à l'hameçon, dit-il, il vous suffit de le ferrer.

Elle le fusilla du regard et le regarda s'éloigner d'un pas nonchalant, le sourire aux lèvres. Tremblante, elle resta seule dans le couloir. Il avait au moins eu la décence de ne rien dire de fâcheux sur elle. Mais avait-il gâché sa soirée ? Elle le saurait le lendemain, en écoutant les commérages.

— Elysse…

Blair était resté dans la pièce, dans l'intention de lui parler certainement. Certes, il n'était pas convenable, voire même dangereux, qu'Elysse reste seule avec lui, mais en cet instant, elle avait désespérément besoin du soutien d'un ami.

Il s'avança vers elle et lui prit la main.

— Je suis très inquiet pour vous.

— Tout va bien se passer.

— Vraiment ? Est-ce ainsi que vous avez envie de vivre ? En vous disputant en permanence avec votre époux ? En le laissant vous insulter à mots couverts ?

Elle trouva du réconfort dans la chaleur de sa grande main.

— Je n'ai pas le choix, Thomas.

— On a toujours le choix.

Elle retira sa main.

— Je suis sa femme… pour le meilleur, et pour le pire.

— Et je suppose que c'est pour le pire, n'est-ce pas ?

Elle avait l'impression que quelqu'un les observait.

Elle leva les yeux, et aperçut Alexi au bout du couloir. Son regard était dur et froid.

— Oui, dit-elle à voix basse. C'est bien pire que ce que vous imaginez.

12

Elysse observa Alexi fermer la porte derrière leurs derniers invités. Ils étaient seuls à présent. Lorsqu'il se tourna vers elle, son estomac se noua sous l'effet de l'appréhension. Mais elle ressentait surtout une vive colère contre lui.

— Une autre soirée réussie, dit-il d'un air satisfait. Elysse de Warenne, vous êtes incontestablement la reine de Londres !

Elle se raidit, aussitôt sur la défensive.

— Vous devriez être heureuse, continua-t-il. Vos amis ne manqueront pas de commenter ce dîner dès demain. Ils vous couvriront d'éloges en vantant la perfection du repas et de la décoration, de votre robe et de vos bijoux. Ils diront que la compagnie était des plus agréables. Et à l'exception de ceux qui n'ont pas été invités, ils parleront sournoisement dans votre dos.

— C'est ainsi que fonctionne la société, dit-elle en croisant les bras. Il y a toujours des commérages, et parfois très vicieux. Mais cela vous plaît beaucoup, n'est-ce pas ?

— Qu'est-ce qui vous fait croire cela ?

— Vous savez très bien pourquoi je vous dis cela ! explosa-t-elle. Tout le monde a compris que vous vous moquiez de moi lorsque vous avez porté un toast à votre femme si vertueuse !

— Vous pensez donc que je me moquais, dit-il en clignant innocemment des yeux.

— Vous le savez très bien ! Vous avez tout fait pour ruiner la soirée, et l'image que je voulais donner de nous.

Il vint se placer derrière elle, et elle ne bougea pas lorsqu'il enroula ses bras autour de sa taille.

— Je doute que les commérages portent sur mon toast… ma chérie. Je pense plutôt qu'ils viseront le fait que vous passez indifféremment du lit de Blair au mien.

Elle se retourna vivement.

— Comment osez-vous ! Vous ai-je demandé une seule fois des comptes sur vos soirées et celles avec qui vous les avez passées ? Je suis épuisée, je monte me coucher. Bonne nuit, Alexi.

— Allons, il est encore tôt, dit-il en lui barrant le chemin. Prenez plutôt un dernier verre avec moi, Elysse.

— Je pense que vous avez assez bu pour ce soir.

Son sourire s'élargit.

— Voici la Elysse O'Neill que je connais depuis vingt ans : prétentieuse et condescendante. Je ne suis pas ivre, ma chère. Ce soir, tout le monde a pu voir comment Blair vous couvait du regard. Il ne vous quittait pas des yeux ! Tout le monde a compris que votre dernier amant en date était aussi votre chevalier servant. Vous devez jubiler d'avoir mis un autre homme à genoux devant vos charmes incontestables.

— Tout le monde a surtout pu voir comment *vous* m'avez regardée toute la soirée. Allez-vous me laisser passer ?

Il n'esquissa aucun geste.

— Et comment vous ai-je donc regardée ?

Ils se défièrent du regard.

— Vous me regardiez comme la dernière des catins à retenir votre attention.

— Mais vous avez effectivement retenu mon attention, dit-il en riant, visiblement ravi.

Puis il lui prit le bras.

— J'ai très envie de prendre un dernier brandy avec vous, Elysse. Nous avons tant de choses à nous dire.

Non, elle ne voulait pas boire un verre avec lui. Non seulement elle était fatiguée, mais elle lui en voulait d'avoir gâché la soirée. Et elle ne lui faisait pas confiance, encore moins à cette heure avancée de la nuit. Surtout, elle n'avait aucune confiance en elle-même, ni en son corps qui frémissait de sentir Alexi si proche. Elle rêvait de se réfugier dans ses appartements pour remettre de l'ordre dans ses idées. Mais elle était trop bouleversée, trop faible pour s'éloigner de lui à présent. Elle n'essaya même pas. A contrecœur, elle le laissa l'entraîner vers la bibliothèque.

— Nous pourrons parler demain du sujet de votre choix, proposa-t-elle.

— Allons, j'ai joué à la perfection mon rôle de parfait mari toute la soirée. Vous ne pouvez pas me refuser cette faveur.

— Vous avez tenu votre rôle jusqu'à ce que vous vous moquiez de moi avec ce toast.

Elle s'arrêta sur le seuil de la pièce et chercha à lire dans ses yeux azur. Une lueur dangereuse brillait dans son regard, mais elle ne parvenait pas à deviner ce qu'il ressentait vraiment.

Il lui saisit le bras et la fit entrer dans la bibliothèque.

— Comment pouvez-vous être aussi sûre que je me moquais de vous ? demanda-t-il en souriant.

D'un œil chargé de désir, il parcourut son visage avant de baisser les yeux vers son corsage très décolleté.

— Vous ai-je dit à quel point j'aimais cette robe ? ajouta-t-il.

Il jubilait de la voir désemparée, comme il se complaisait à se montrer aussi suggestif que possible. Elle aurait aimé lui dire franchement qu'elle n'allait pas l'accepter ce soir dans sa chambre, et encore moins dans son lit. Rien ne pourrait la faire changer d'avis. Le sourire d'Alexi s'élargit soudain, comme s'il venait de lire dans ses pensées. Sauf qu'il ne semblait pas croire en son refus. Il la lâcha et servit deux verres de cognac.

Si seulement il ne lui faisait pas un tel effet, si seulement son pouls ne battait pas si fort ! songea-t-elle en retenant son souffle. Elle aurait aimé que Blair soit réellement son amant, et ne plus être une vierge inexpérimentée et timide.

— Si jamais j'entends des commérages sur ce toast, dit-elle en chassant ces idées gênantes de son esprit, je compte sur vous pour les faire taire rapidement avant qu'ils ne se répandent comme une traînée de poudre.

— Je croyais au contraire que mon toast était celui d'un mari aimant, répondit-il en lui tendant un verre. Avez-vous réfléchi à ce que je vais vous demander en échange de ma petite prestation ?

Son sang se glaça.

— Je ne veux pas sortir demain et entendre les gens murmurer dans mon dos sur le caractère houleux de notre mariage.

— Vous ne m'avez pas répondu.

— Je ne savais pas que vous étiez si proche, Blair et vous, dévia-t-elle, déterminée à changer de sujet. De quoi avez-vous parlé ?

— Nous ne sommes pas proches, nous sommes associés, rectifia Alexi en plongeant ses lèvres dans le verre.

Son visage était devenu sévère.

— Très bien, continua-t-il, remettons à plus tard l'inévitable. Blair et moi avons parlé de politique de la canonnière du ministère des Affaires étrangères. Nous avons tous les deux intérêt à ce que le commerce avec la Chine s'intensifie. Puis nous avons parlé du prix du maïs et du sucre. Nous en sommes arrivés à discuter de la traite des esclaves, ou de ce qu'il en reste. De quoi avez-vous parlé, Blair et vous, hier soir ? Il était certainement très occupé à se traîner à vos pieds.

Ainsi, ils avaient parlé de commerce et d'économie. Surtout, elle ne devait pas se laisser entraîner sur des sujets glissants.

— Blair ne se traîne pas à mes pieds. Est-ce tout ce que vous avez abordé ?

— Nous avons difficilement pu parler de l'intérêt qu'il vous porte, ma chère, si tel est l'objet de votre question. Il semblerait que Janssen l'ait approché pour solliciter un financement. L'avez-vous interrogé sur ses autres clients ?

— Je vous ai déjà dit que je ne l'espionnerai pas pour vous, Alexi. Ne comptez pas sur moi.

— Vous savez, dit-il en hochant tristement la tête, j'ai hésité à utiliser le mot « loyal » dans mon discours. La prochaine fois, j'éviterai de le faire.

Il avait fait allusion à son infidélité au cours de son toast. S'il savait ! Aucune femme ne pouvait être plus fidèle qu'elle ! Apparemment, son refus catégorique d'espionner Blair déplaisait autant à Alexi que ses prétendues aventures.

— Comment, vous ne dites rien ? ajouta-t-il. Vous devez insister, Elysse. Après tout, ma fortune est aussi votre fortune. Je ne vous demande pas grand-chose. Blair est déjà sous votre charme. Au fait, quand devez-vous le revoir ?

— Si vous cherchez à savoir quand sera notre prochain rendez-vous galant, dit-elle, de plus en plus tendue, sachez que je ne le sais pas moi-même.

— Nous parlons maintenant affaires. Je veux savoir quel concurrent il a choisi de financer. Vous croyiez pouvoir l'utiliser contre moi, mais cela s'est retourné contre vous, Elysse. C'est moi qui vais vous utiliser contre lui.

Il vida d'un trait son verre.

— Je suis sûr qu'il vous dira tout ce que vous voulez si vous attendez le bon moment.

Elle posa son verre si brutalement que le bruit résonna dans toute la pièce.

— Vous avez vos maîtresses, Alexi, et cela fait de vous un débauché. Mais suis-je pour autant une catin ? Est-ce ce que vous sous-entendez ? Me demandez-vous de me prostituer pour obtenir des informations ?

— Je suis un homme, dit-il calmement. Et je n'ai pas dit que vous étiez une prostituée, ces mots sont sortis de votre propre bouche.

— J'aime beaucoup Blair ! s'écria-t-elle.

Il vira au rouge.

— Il est mon ami, et un ami très cher, ajouta-t-elle d'une voix monocorde. Il est évident que nous ne pouvons pas boire un simple verre sans nous disputer, Alexi. La journée a été longue. Je monte dans ma chambre.

— Hors de question, dit-il sur un ton menaçant en s'avançant vers elle.

Elle aurait pu se diriger vers la porte, mais elle se contenta de l'attendre, comme vidée de toute volonté.

— Je vous l'ai déjà dit, siffla-t-il, je me fiche que Blair et vous ayez une aventure juste sous mon nez. Après tout, nous nous sommes mariés pour des raisons sordides, uniquement pour couvrir votre petite promenade au clair de lune avec Montgomery, et protéger votre nom, qui demeure malgré tout intact en dépit de vos nombreuses liaisons.

— Je sais exactement pourquoi vous m'avez épousée ! s'écria-t-elle. Cessez donc de me le jeter à la figure à la moindre occasion. Je ne vous ai d'ailleurs jamais demandé de jouer au prince charmant ! Vous avez endossé ce rôle tout seul !

— Et Blair serait-il devenu votre nouveau chevalier servant ?

— Il est très protecteur à mon égard, dit-elle d'une voix hésitante.

— Il vous épouserait s'il le pouvait.

— Mais c'est impossible, répondit-elle, de plus en plus nerveuse.

— Dommage pour vous deux, dit-il d'un air narquois. Vous resterez des amants maudits jusqu'à la fin de vos jours.

— Vous savez, Alexi, j'ai aussi mes regrets. Je suis navrée d'avoir été assez stupide pour accepter ce mariage.

— Nous voilà enfin d'accord sur un point.

Il l'obligea à lever le menton.

— J'ai très envie de partager votre lit, dit-il à voix basse. J'aurais aimé qu'il en soit autrement, mais c'est ainsi. Et visiblement, je ne vous laisse pas non plus indifférente. Invitez-moi à monter dans votre chambre, Elysse.

En croisant son regard ardent, elle s'imagina un instant dans ses bras, leurs corps enlacés dans un baiser fougueux.

Elle posa une main sur son torse pour le repousser, mais il ne bougea pas.

— Vous devez me mépriser beaucoup pour me traiter ainsi, dit-elle d'une voix rauque.

Le désir violent qui venait de l'envahir l'empêchait presque de parler.

— Certainement, répondit-il durement. Mais si nous montons dans votre chambre, je ne vous détesterai pas, du moins pas cette nuit.

N'avait-il aucun respect pour elle ? Pourquoi lui tenait-il des propos aussi blessants ? Elle tenta de nouveau de le repousser, mais il prit ses mains entre les siennes. Le corps d'Alexi était tendu comme un arc. Ainsi serrée contre lui, elle ne pouvait pas ignorer la puissance de son désir viril. Elle aurait aimé ne pas en être consciente, mais c'était impossible. Ses sens exacerbés vibraient avec la même intensité.

— A quel jeu jouez-vous, mon ange ? murmura-t-il. Si vous cherchez à enflammer mes sens en vous refusant à moi, vous y arrivez très bien.

Elle sentit des larmes brûler ses paupières, malgré le désir qui battait sourdement au creux de son ventre.

— Je ne joue plus, Alexi. Nous ne nous entendrons jamais si vous persistez à me mépriser.

— Qui a dit que j'avais l'intention de bien m'entendre avec vous ? répondit-il en l'obligeant à croiser son regard brûlant. Notre mariage m'importe peu. Je veux juste monter dans votre chambre, tout de suite. Avez-vous réfléchi à mes conditions ? J'ai parfaitement bien joué mon rôle ce soir. A vous maintenant de vous comporter en épouse dévouée.

— Soyez maudit ! s'écria-t-elle, paniquée. Je n'ai jamais accepté vos conditions.

— Petite menteuse, s'esclaffa-t-il. Vous avez rêvé toute la soirée de partager mon lit.

Le pire était qu'il avait raison… Depuis qu'il avait posé ses conditions, elles n'avaient jamais cessé d'occuper son esprit. Tout au long du dîner, les regards langoureux d'Alexi l'avaient profondément troublée et excitée.

— Je ne comprends pas pourquoi vous insistez pour que nous ayons des relations conjugales, dit-elle d'un air désinvolte. Nous ne nous apprécions même pas, c'est vous-même qui l'avez dit. Allez donc rejoindre vos maîtresses.

— Mon Dieu, vous me faites penser à une jeune vierge effarouchée. Mais lorsque vous flirtez avec d'autres hommes, vous êtes aussi sûre de vous qu'une courtisane de haut vol.

Son regard se posa avec insistance sur ses lèvres et elle sentit son cœur exploser.

— S'il vous plaît, dit-elle d'une voix suppliante, laissez-moi partir. Je ne suis pas une courtisane.

Il ne la lâcha pas.

— Je vous ai dit à plusieurs reprises qu'il m'était égal de savoir avec qui vous couchiez. Même Clarewood est d'accord pour reconnaître que vous avez le droit d'aller chercher du réconfort ailleurs.

— Seigneur, Clarewood accepterait ça ! s'écria-t-elle en écarquillant les yeux. Qu'a-t-il dit d'autre sur moi ?

— Rien de plus, ma chère. Vous n'êtes pas dans toutes les bouches, Elysse.

Elle se crispa, tandis que la fièvre gagnait tout son corps. Elle avait beau être inexpérimentée, elle avait compris son allusion douteuse.

— Qu'y a-t-il ? Aimeriez-vous que je vous donne le réconfort que Blair n'a pu vous donner ce soir ?

Ses propos auraient dû la choquer. Aucun gentleman ne s'exprimerait ainsi devant une lady. Et certes, elle était choquée, mais uniquement à cause du feu qui s'était répandu dans ses veines. Elle s'écarta vivement de lui.

Il ne chercha pas à la retenir mais passa devant elle juste à temps pour verrouiller la porte. Elle s'arrêta net, paralysée et affaiblie par l'intensité du désir qui bouillonnait en elle. Mais que lui arrivait-il ?

Elle ferma les yeux. Elle connaissait la réponse à cette

question. Elle avait vingt-six ans et elle n'avait reçu que quelques chastes baisers. Malgré tout ce qu'elle avait enduré, à ses yeux, Alexi demeurait l'homme le plus séduisant au monde.

Il se plaça derrière elle et pressa son corps dur contre le sien, si fort qu'elle en eut le souffle coupé. Il ne fallait pas qu'il sache à quel point il l'attirait. Elle tenta de contrôler ses nerfs durement mis à mal pour recouvrer un semblant de calme, mais sans succès. Elle ne trouva pas non plus la force de se retourner.

— Je veux juste que nous donnions l'image d'un mariage réussi, dit-elle d'une voix entrecoupée. C'est tout ce que je veux.

Il accentua encore la pression de son corps contre le sien, et Elysse se retrouva plaquée contre la porte en chêne.

— Je ne vous crois pas, murmura-t-il en effleurant sa nuque du bout des lèvres.

Son souffle se fit court.

— Je pense que vous êtes prête à être séduite, dit-il d'une voix teintée de satisfaction.

Il ne fallait pas qu'il devine ses sentiments ! Jamais il ne devait savoir à quel point elle avait été humiliée et blessée, et à quel point elle était attirée par lui malgré elle.

Elle pivota pour lui faire face.

— Je suis un bien meilleur amant que Blair, croyez-moi, dit-il d'un air suffisant.

Comment réagirait-il s'il découvrait que jamais elle n'avait eu d'amants ?

Elle était terriblement tentée de tout lui avouer.

Le garçon qu'elle connaissait autrefois l'aurait comprise. Il l'aurait prise dans ses bras pour la consoler et lui aurait fait l'amour.

Mais Alexi avait changé, et aujourd'hui elle n'avait plus que sa fierté. Il fallait qu'elle soit forte.

Sans un mot, il lui sourit et l'enlaça. Elle voulut protester, mais sa bouche virile couvrit aussitôt la sienne en étouffant sa plainte.

Elysse se figea en sentant ses lèvres douces effleurer fermement les siennes avec habileté. Tout en la serrant dans ses bras, Alexi approfondit son baiser et dessina les contours de sa bouche du bout de la langue. Prise de vertige, elle hésita une seconde, puis entrouvrit ses lèvres pour s'offrir à son baiser. L'urgence de leur désir faisait vibrer leurs corps.

Il gémit de satisfaction et prit entièrement possession de sa bouche. La douleur s'intensifia dangereusement au creux de son ventre tandis que leurs langues s'emmêlaient. Désarçonnée, elle le prit par les épaules pour le repousser. Sa fierté était tout ce qui lui restait, songea-t-elle dans un sursaut de raison.

— Alexi, arrêtez, je ne peux pas, dit-elle, haletante.

Il sursauta et interrompit leur baiser avant de la dévisager, surpris. Tremblante, elle baissa les yeux face à son regard moqueur et plongea sous son bras pour lui échapper. Pendant qu'elle se dirigeait à grands pas vers le bar, il pivota lentement, l'air hébété, et elle comprit que lui-même s'était laissé surprendre par l'intensité de son désir.

Que faire maintenant ? songea-t-elle, alors que le baiser brûlant d'Alexi occupait entièrement son esprit. Elle se servit maladroitement un autre verre de cognac, tentant tant bien que mal de contrôler sa main qui tremblait. Peut-être qu'elle avait commis une grave erreur en emménageant avec lui. Il y avait trop de douleur entre eux, trop d'humiliation. Et maintenant, il y avait aussi ce désir insupportable, qui ne cessait de croître chaque fois qu'ils entraient en contact. S'il la poussait ne serait-ce qu'un peu, elle ne pourrait pas lui résister.

— Soit vous essayez de me punir, dit-il enfin sèchement, soit vous vous êtes donnée pour but de jouer avec moi jusqu'au bout. Et dans ce cas, Elysse, je vous trouve magnifique.

Elle plongea ses lèvres dans le verre, effrayée à l'idée d'être incapable de parler.

— Pensez ce que bon vous semble, dit-elle précipitamment. Comme toujours.

Elle avait peur de le regarder. Elle se concentra sur le cognac qu'elle fit tournoyer dans son récipient, encore ivre du désir qu'ils avaient partagé.

— Vous tremblez comme une feuille, dit-il d'une voix rauque et dure.

Elle prit une profonde inspiration pour calmer les battements de son cœur.

— Vraiment ? Je croyais vous avoir dit que j'étais épuisée. Je pense que je dormirai tard demain matin.

Elle se décida enfin à croiser son regard, toujours brillant de désir.

— Et je vous en pris, ajouta-t-elle, n'essayez plus de me séduire.

— Et pourquoi pas ? demanda-t-il avec un petit sourire en coin. Craignez-vous de succomber aux plaisirs de la chair ?

— Pas du tout, mentit-elle. Contrairement à vous, je sais me contrôler en toute circonstance.

Il éclata de rire.

— Vraiment ? Vous me mettez donc au défi d'être celui qui viendra à bout de votre sang-froid, Elysse.

Il avait raison, songea-t-elle avec effroi. Leur désir était si intense qu'elle ne serait pas capable d'y résister. Inutile d'être expérimentée pour le savoir…

— Pourquoi me résistez-vous ? demanda-t-il. Une fois que nous serons couchés dans un lit, peu importe que nous ne nous aimions pas.

— Cela est important pour moi.

Soudain, le sourire d'Alexi s'évanouit et il la regarda avec méfiance.

— Dieu du ciel ! Seriez-vous amoureuse de Blair ?

Elle eut un sursaut de surprise.

— Pourquoi ne m'en suis-je pas aperçu plus tôt, continua-t-il, rouge de colère. Il est si protecteur à votre égard, et vous si tendre avec lui !

Elle aurait aimé que les choses soient claires entre eux. Mais si elle arrivait à le tenir à l'écart en le laissant croire qu'elle était amoureuse d'un autre homme, mieux valait ne rien dire. Sur la défensive, elle croisa les bras sur sa poitrine et le toisa sans mot dire.

— Etes-vous amoureuse de lui ? demanda-t-il.

— Je ne m'abaisserai pas à répondre à cette question, dit-elle au bout de quelques secondes. Je monte me coucher.

Elle passa rapidement devant lui, la tête haute. Il lui emboîta le pas jusque dans le hall. Lorsqu'elle atteignit l'escalier, elle jeta un coup d'œil par-dessus son épaule et aperçut Alexi.

Il était furieux.

Elle commença à monter les marches, mais elle s'interrompit au son de sa voix.

— Si vous êtes amoureuse de lui, vous pouvez me le dire. Loin de moi l'idée de vous en vouloir d'aimer un homme pour de bon.

Mais le ton d'Alexi contredisait ses propos. Et elle ne trouva rien à lui répondre pour le rassurer. De toute façon, même si elle niait, il ne la croirait pas.

— Bonne nuit, dit-elle froidement sans même se retourner.

Quelques instants plus tard, elle entendit un bruit de verre brisé.

Effrayée, elle prit ses jupes à bout de bras et courut jusqu'à sa chambre.

— Puis-je vous aider, capitaine ?

Alexi leva les yeux, un blaireau à la main, vêtu d'une culotte d'équitation. Reginald se tenait dans l'embrasure de la porte avec le plateau de son petit déjeuner et le journal du matin. L'horreur que le domestique ressentait en contemplant l'état de ses appartements se peignait sur son visage.

— Je fais mes bagages, Reginald, répondit-il d'un air renfrogné.

Une immense malle était ouverte sur son lit. Une grande partie de sa garde-robe était éparpillée à travers la chambre parmi les éclats de verre du miroir qu'il avait brisé la nuit dernière.

S'il restait un autre jour dans la même maison que sa femme, il allait exploser. Il fallait donc qu'il parte, et vite.

Mais cela signifiait également qu'elle avait gagné.

— Où allez-vous, monsieur ? s'enquit Reginald d'une voix prudente.

Alexi soupira. La tension qui l'habitait en était presque douloureuse.

— Je pars une semaine ou deux à Windhaven. Je dois rendre visite à mes parents.

Mais ce n'était pas la seule raison. Il quittait surtout la maison d'Oxford pour retrouver un peu de sérénité. Il s'était rarement senti aussi furieux de toute sa vie. Il rêvait d'arracher les vêtements d'Elysse et de passer une nuit avec elle. Ensuite, elle se montrerait certainement beaucoup moins passionnée à l'égard de Blair…

Les poings sur les hanches, il lorgna vers le petit salon entre leurs deux chambres et sa porte fermée à clé. Dire qu'Elysse était amoureuse de Blair !

Il n'en revenait pas…

Il avait passé toute la nuit à essayer d'intégrer cette idée, en vain. La seule chose qui lui revenait à l'esprit était leur enfance commune. Dès leur première rencontre, Elysse et lui avaient été les meilleurs amis du monde, malgré ses airs hautains et le fait qu'elle soit une fille. Les adultes qui les entouraient s'en amusaient beaucoup. Tout le monde disait qu'ils étaient prédestinés. Et cette idée l'enchantait plus qu'elle ne lui déplaisait.

De même que tout le monde savait qu'Elysse O'Neill était amoureuse de lui, bien qu'ils ne soient que des enfants. Même lui le savait !

Les sentiments qu'elle avait pour lui, son amitié, son

admiration et son amour avaient été l'un des points d'ancrage de sa vie.

Mais aujourd'hui, elle aimait un autre homme. Dans le cas contraire, pourquoi nierait-elle si farouchement l'attraction dévastatrice qui les attirait irrésistiblement l'un vers l'autre ? D'ailleurs, elle avait failli avouer ses sentiments pour le banquier. S'il l'entendait encore une fois lui dire à quel point Blair était un ami cher à son cœur, il ne pourrait pas le supporter.

Qu'espérait-il ? Ils n'étaient plus des enfants, un homme était mort à cause d'eux, ou plutôt à cause d'elle… Et il était piégé dans un mariage déloyal et sans amour.

Aujourd'hui, Elysse était amoureuse de Thomas Blair, l'homme qui s'apprêtait à financer ses concurrents les plus redoutables. Et pour couronner le tout, elle mettait un point d'honneur à rester fidèle à son amant !

Il était furieux, et non jaloux, songea-t-il en massant ses tempes douloureuses. Elysse l'avait trompé alors qu'elle n'avait juré fidélité qu'à lui, son mari. Et voilà qu'elle choisissait d'être loyale envers un autre homme ! Tout comme elle avait délibérément choisi d'aguicher Montgomery, et ce avec succès. Peut-être savait-elle depuis toujours que Blair finançait ses traversées. Dans ce cas, tout s'expliquait…

Il ressentit l'envie de tout casser.

— Emballez mes affaires, Reginald, dit-il abruptement.

Aveuglé par la colère, il se sentait incapable de le faire lui-même. Seule l'image d'Elysse avec Blair dans un lit, à l'agonie du plaisir, occupait son esprit.

— Dois-je envoyer une femme de chambre nettoyer les débris de verre, capitaine ? demanda Reginald.

Alexi acquiesça tandis que son regard se dirigeait lentement vers la porte qui conduisait à la chambre d'Elysse. Il n'avait pas fermé l'œil de la nuit, alors qu'il était certain qu'elle avait dormi comme un bébé. Jamais il n'aurait dû la laisser s'installer ici, ni accepter qu'elle donne son dîner. Il aurait dû l'embrasser, abattre une à une ses défenses, la

conduire dans son lit et lui faire l'amour jusqu'à ce qu'elle se pâme de plaisir dans ses bras. Au point de lui faire oublier Thomas Blair.

Il repensa au moment où il l'avait aperçue sur les quais de St Katherine. Il en avait eu le souffle coupé, comme la première fois qu'il l'avait vue à son arrivée à Askeaton, après son premier voyage en Chine. Comme la première fois qu'il avait posé ses yeux sur elle après son arrivée de la Jamaïque. Seigneur, il aurait mieux fait de prendre ses jambes à son cou ce jour-là !

Sauf qu'il ne l'avait pas fait. Il était resté, et aujourd'hui ils partageaient la même maison, mais pas le même lit. Pourtant, si elle pouvait accorder ses faveurs à Blair, elle pouvait en faire de même pour son propre mari ! Après tout, il lui avait donné son nom. Il méritait bien quelque chose en retour.

Il regarda fixement la porte. Aucune femme ne se refusait à lui, sauf sa propre épouse. Un rival lui avait ravi le cœur d'Elysse. Elle aimait Blair, mais pas lui. Et s'il pouvait lui pardonner une aventure, jamais il ne lui pardonnerait d'être tombée amoureuse d'un autre…

Elysse ne l'aimait plus, songea-t-il de nouveau, abasourdi.

— De quoi aurez-vous besoin pour votre voyage, capitaine ? demanda Reginald qui s'était approché de lui.

Une bonne balayait en silence les débris de verre, les yeux rivés au sol.

— Des vêtements pour monter à cheval, des tenues de soirée, et un costume.

Il se tourna de nouveau vers la porte d'Elysse. Il aurait dû s'en aller sans aucune explication, sans même l'en informer. Mais il revit Blair lui tenant les mains dans le hall, le visage empreint d'inquiétude. Il tambourina à sa porte.

— Etes-vous réveillée, Elysse ? J'ai besoin de vous parler.

Comme son appel restait sans réponse, il frappa de nouveau. Du coin de l'œil, il aperçut Reginald qui se retirait sans demander son reste.

Il tapa plus fort du poing contre le montant de bois.

— Je vais quitter la ville, Elysse. Vous avez réussi à me chasser de ma propre maison. Ouvrez la porte et venez savourer cet instant de triomphe.

La porte s'ouvrit lentement sur Elysse, ses longs cheveux blonds ondoyant en vagues désordonnées sur ses épaules, ses yeux améthyste agrandis de surprise. Une fine chemise de nuit de soie retenue par deux fines bretelles révélait chaque partie de son corps parfait. Elle était si belle, si sensuelle qu'il sentit sa bouche s'assécher. Un ardent désir se mit à brûler au creux de ses reins.

— Bonjour, dit-il, le sourire aux lèvres.

Elle posa ses yeux sur son torse nu et commença à refermer la porte. Ignorant son geste, il pénétra dans la pièce.

— Ne souhaitez-vous pas dire au revoir comme il se doit à votre mari ? demanda-t-il d'une voix moqueuse.

Elle avait rougi, comme si c'était la première fois qu'elle voyait un homme à moitié nu manifester son désir.

— Pourquoi n'allez-vous pas vous habiller ? demanda-t-elle en s'éclaircissant la voix. Nous pouvons nous retrouver en bas.

Il scruta attentivement son visage, détournant à contrecœur les yeux de son corps aux courbes sensuelles. Des cernes sombres creusaient ses traits. Elle non plus ne semblait pas avoir trouvé le sommeil. Lentement, un sourire étira ses lèvres et il retrouva une lueur d'espoir.

— Qu'y a-t-il, Elysse ? N'avez-vous pas bien dormi ? Ne me dites rien, vous avez rêvé de Blair, n'est-ce pas ? Ou serait-ce de moi ?

— Vous n'êtes pas habillé.

— Vous non plus. Et cela me convient tout à fait.

Il abandonna toute prudence en fermant la porte derrière lui. Il savait ce qu'il voulait, mais jamais il ne forcerait Elysse à faire quelque chose contre son gré. Pourtant, la colère qu'il ressentait l'aveuglait tellement en cet instant qu'il en fut presque inquiet.

Surtout lorsqu'il imaginait Elysse dans les bras et dans le lit de Blair…

Il croisa les bras sur sa poitrine et lui sourit.

— Quels sont vos projets aujourd'hui ?

Elle le regarda d'un air hébété, comme si elle ne comprenait pas ce qu'il disait.

— Où allez-vous ? demanda-t-elle.

— A Windhaven. La robe que vous portiez hier soir vous allait très bien, mais cette chemise de nuit vous sied encore mieux.

Il posa les mains sur ses épaules. Il ne pouvait pas s'empêcher de la toucher. L'inquiétude se peignit sur son beau visage tandis qu'il caressait ses bras d'un geste lent et sensuel.

— Si vous ne rouvrez pas immédiatement cette porte, je crie, dit-elle en tremblant.

— Pourquoi cela ? Auriez-vous peur de moi ? Ou peur de votre propre désir, Elysse ? Allons, inutile de le nier. Vous aimez peut-être un autre homme, mais c'est moi que vous désirez.

Elle humecta ses lèvres, et ce simple geste l'excita encore plus. Il prit sa main et l'attira brusquement vers lui.

— Je veux que vous me disiez adieu dans les formes, murmura-t-il. Vous êtes ma femme, bon sang !

Déstabilisée, elle s'écrasa contre son torse pour se rattraper.

— Je ne peux pas, Alexi, bégaya-t-elle, les joues en feu.

Ainsi, elle aimait vraiment Thomas Blair. Elle tremblait comme une feuille, le souffle court. Il savait reconnaître le désir lorsqu'il se manifestait, mais elle avait fait le choix de se refuser à lui. Pour un autre homme.

Il la lâcha instantanément et elle recula de plusieurs pas, haletante.

Il brûlait d'envie de la jeter en travers du lit et de passer ses mains sur chaque parcelle de son corps, même si elle se débattait. Il inspira profondément tandis qu'un long frisson le parcourait tout entier.

— Je pars à Windhaven, répéta-t-il d'une voix sans appel.

Il pivota et se dirigea vers la porte de sa chambre. Sans aucun doute, sa décision de partir loin d'elle était la meilleure à prendre… pour tous les deux !

— Je doute que je vous manque beaucoup, ajouta-t-il. J'ai toutefois une demande à vous faire.

Elle saisit un peignoir et l'enfila prestement. Il grogna en constatant qu'il ne la couvrait qu'à moitié. Il était aisé de deviner à travers la soie les courbes de ses jambes fuselées.

— Vous pouvez voir qui bon vous semble pendant mon absence, mais pas dans cette maison. Utilisez l'appartement de Grosvenor Square ou une chambre d'hôtel.

Elle croisa les bras en tremblant.

— Jamais je ne vous manquerai de respect comme vous le suggérez, et j'apprécierais que vous fassiez preuve à mon égard d'un minimum de considération.

Il la contempla sans répondre, s'attardant sur sa silhouette parfaite, ses cheveux magnifiques, son corps mince et délicat. Comment pouvait-il partir en Irlande et la laisser aller et venir à sa guise au bras de son rival, l'homme qu'elle aimait ?

Il revit le petit garçon qu'il était autrefois et qui courait dans les jardins de Harmon House avec ses cousins, sachant que lorsqu'ils rentreraient dans la maison, elle serait là à l'attendre, le sourire aux lèvres. A cette pensée, son cœur chavira.

Sa trahison était encore pire qu'une autre et le plongeait dans une rage sans nom.

— Alexi ? demanda-t-elle d'une voix douce.

Il lui tourna le dos et se dirigea à grands pas vers la porte. La détestait-il à présent ? Haïr Elysse O'Neill lui paraissait aussi impossible que marcher sur la lune. Mais il n'en était plus si certain. Le monde tel qu'il le connaissait semblait s'effondrer autour de lui.

Et tout était de sa faute à elle…

Car elle aimait un autre homme.

— Quand serez-vous de retour ?

— Quand je l'aurai décidé, répondit-il sans faiblir.

13

Sagement assise à l'arrière du cabriolet avec Ariella, Elysse serrait fermement entre ses mains gantées son sac de soie doré. En ces premiers jours de mai, la journée était belle et ensoleillée. Hyde Park était rempli de ladies et de gentlemen qui se promenaient en voiture ou à pied. Des enfants seuls ou accompagnés de leur nurse couraient dans tous les sens, heureux de pouvoir jouer dehors. Pas très loin, un gentleman d'un certain âge promenait son épagneul. Les ormes qui bordaient la route étaient luxuriants et verts, et les jonquilles étaient en fleur. Renonçant à enfiler un manteau ou une pelisse pour sortir, Elysse avait choisi une robe bleu pâle avec une parure d'aigues-marines et un superbe chapeau à plumes assorti.

Elle sourit en saluant deux ladies qui venaient de les dépasser dans un autre cabriolet.

La nuit dernière, elle les avait déjà croisées au cours d'un dîner. Elles se connaissaient de longue date, et elles étaient souvent venues lui rendre visite chez elle. Le fait qu'Elysse ne soit pas venue escortée à la soirée ne leur avait pas échappé, et elles lui avaient demandé des nouvelles de son mari… et de son prétendu amant.

— Thomas Blair nous évite-t-il en ce moment ? lui avait demandé Mme Richard Henderson d'un air innocent.

— Je n'en sais rien, avait répondu Elysse poliment.

L'innocence de la dame était feinte, et elle le savait.

— Vraiment ? Pourtant, il est toujours avec vous, ou

plutôt, il l'était jusqu'au retour de votre mari. Il nous manque tellement, ma chère, vous devez insister pour qu'il vienne !

Elysse leur avait assuré que la prochaine fois qu'elle le verrait, elle lui transmettrait le message.

Susan Craycroft les avait alors interrompues.

— J'ai entendu dire que M. Blair accompagnait désormais Mme Weir partout.

Elysse avait gardé son sourire.

— Personnellement, je trouve que Debora est une femme très bien et charmante. Je suis certaine que M. Blair apprécie sa compagnie.

Les deux commères avaient échangé des regards entendus.

— Vous êtes si gracieuse, lui avait dit Susan, si prompte à pardonner. Pour ma part, je serais plutôt jalouse. Blair est un si beau parti !

Elysse avait tenté d'esquiver la question, mais la remarque de Beth Henderson l'avait prise au dépourvu.

— Que peut bien faire le capitaine de Warenne en Irlande depuis trois longues semaines ? avait demandé l'une des ladies.

Comme si elle le savait !

— Je suppose qu'après tant d'années en mer, avait-elle répondu d'une voix calme, il profite de ses parents et de ses sœurs.

Beth Henderson avait ensuite pris Susan Craycroft à part, mais Elysse les avait entendues murmurer.

— Lady Jane Goodman est en Irlande, vous savez ! Et elle ne connaît absolument personne là-bas.

— Elle doit aimer la campagne, avait répondu Susan en gloussant. Après tout, nous aimons tous la pluie, n'est-ce pas ?

Elle sentit soudain la main d'Ariella se poser sur son bras et sortit de sa torpeur.

— Tu as l'air si déprimé, dit son amie.

Elysse se força à sourire, heureuse de penser à autre chose. Une fois encore, elle se sentait abandonnée et terriblement seule. La douleur qui l'assaillait tous les jours était un sentiment à la fois ancien et nouveau.

— Je ne suis pas déprimée, Ariella. Juste fatiguée. Je souffre de nouveau d'insomnies.

Deux autres ladies vêtues de robes crème avec des ombrelles assorties passèrent à côté d'elle. Elysse leur fit un signe de la main.

— Je sais très bien ce qui t'empêche de dormir la nuit, dit son amie d'une voix grave.

Elysse ne voulait pas parler de ses sentiments à Ariella, et encore moins se les avouer à elle-même. Pour ne plus penser à Alexi, elle avait passé ces trois dernières semaines à redécorer la maison d'Oxford et à sortir jusqu'à l'épuisement. Elle sortait avec de simples connaissances, des gentlemen beaucoup plus âgés qu'elle, ou extrêmement jeunes. Elle avait également commandé une nouvelle garde-robe complète, qui lui avait demandée des jours et des jours d'essayage. Elle envisageait de voyager sur le Continent, et de faire le tour des palaces des plus grandes villes. Elle avait aussi donné trois autres dîners, les uns plus réussis que les autres.

Blair n'avait pas été invité.

Depuis le départ d'Alexi pour l'Irlande, il lui avait envoyé des fleurs à quatre reprises. Dans chaque bouquet se trouvait un petit mot affectueux et prévenant. Il se faisait toujours du souci pour elle et espérait la revoir très bientôt. Il refusait de baisser les bras, surtout pas maintenant qu'il avait compris sa situation. Certes, il accompagnait Debora Weir en ville, mais Elysse était certaine qu'il demeurait son plus fidèle protecteur.

Son amitié et sa force tranquille lui manquaient, mais elle n'osait pas le revoir. Alexi était suffisamment furieux des conclusions erronées qu'il avait tirées. Non qu'elle se soucie de sa colère, mais elle luttait désespérément pour sauver les apparences et la tâche s'avérerait assez difficile s'il restait furieux contre elle. Les commérages sur leur mariage et leurs relations allaient déjà bon train. Alors si

Elysse permettait à Blair de revenir dans sa vie, son époux penserait aussitôt qu'elle se jouait de lui. La situation lui rappelait étrangement son passé tragique, lorsqu'elle avait stupidement jeté son dévolu sur William Montgomery dans l'espoir de rendre Alexi jaloux.

Depuis le départ de son mari, ses insomnies ne la quittaient plus. La nuit, les yeux rivés au plafond, elle pensait à Alexi et à Thomas. Elle détestait son époux de l'avoir de nouveau abandonnée, elle qui n'aspirait qu'à vivre un amour que, visiblement, elle ne connaîtrait jamais. Car Alexi avait beau être son mari, il la méprisait. Et Blair était amoureux d'elle, mais elle n'osait pas aller plus loin avec lui. Comme la vie était injuste !

Lorsque, au petit matin, elle trouvait enfin le sommeil, elle était assaillie par de mauvais rêves, dans lesquels Alexi la provoquait et la séduisait dans leur maison d'Oxford avant de lui faire l'amour avec fougue. Elle se réveillait alors en nage et haletante juste au moment où elle le voyait lui sourire avec chaleur…

Elle rêvait aussi de leur enfance. Alexi et ses cousins couraient vers Harmon House, la demeure où ils s'étaient si souvent retrouvés pendant les réunions de famille. Les garçons se mettaient toujours dans de drôles d'histoires pendant qu'elle attendait leur retour. Alexi se vantait alors de leurs exploits. Elle feignait de s'en désintéresser, mais chacun de ses mots la tenait en haleine. Leur relation privilégiée était aussi indéniable qu'indestructible…

Si seulement elle pouvait oublier cette époque ! Mais c'était impossible…

Elle avait même rêvé de William Montgomery. Elle flirtait de manière éhontée, sachant exactement ce qu'elle faisait, et elle se réveillait au moment même où Alexi apparaissait et tirait furieusement en arrière le corps de l'Américain écrasé sur le sien.

Aujourd'hui, le retour d'Alexi avait chamboulé sa vie.

Et il menaçait l'apparence de bonheur qu'elle cherchait à afficher en public, ce qui était intolérable.

Si quelqu'un lui avait dit que son mari referait surface dans sa vie au bout de six ans, et qu'il aurait encore le pouvoir de la blesser, elle ne l'aurait pas cru.

Grâce à Dieu, elle ne s'était pas laissé séduire !

Elle faisait tout pour oublier Alexi. Mais dès qu'un visiteur impromptu se présentait chez elle, et qu'elle entendait le bruit d'un attelage dans l'allée, son cœur s'emballait à l'idée qu'il puisse être de retour.

Une partie d'elle-même attendait ce jour-là avec impatience. Et une autre ne s'en souciait plus. Tel un funambule, elle se bornait à marcher sur la corde raide qu'était sa vie.

— J'ai très envie d'aller faire du shopping, dit Elysse d'une voix faussement enjouée à Ariella en sortant de sa rêverie. Nous pourrions aller à Bond Street. Asprey m'a envoyé un carton d'invitation pour venir voir la nouvelle collection d'été.

— Alexi mérite que tu dévalises tout le magasin, renchérit Ariella. Je lui ai écrit une lettre en des termes on ne peut plus directs pour décrier son comportement inexcusable, lui demandant de revenir à Londres immédiatement.

Seule Ariella pouvait se permettre une telle chose.

— Inutile qu'il revienne, rétorqua-t-elle. Il ne me manque absolument pas.

Mais elle mentait. Elle s'était maintes fois imaginé son retour. Parfois, elle envisageait même de changer la serrure de la maison et de faire porter toutes ses affaires dehors, dans la rue.

D'autres fois, elle le voyait entrant dans la demeure et se dirigeant directement dans sa chambre. Dans ses rêves, il la prenait dans ses bras, la couchait sur le lit et lui souriait comme lorsqu'ils étaient jeunes, avant de l'embrasser passionnément…

— Je n'en crois rien, répondit Ariella d'une voix ferme. Je suis persuadée que les liens qui vous unissaient quand vous étiez enfants sont toujours présents. Emilian partage aussi mon avis.

Sa belle-sœur était folle, songea Elysse en se tordant nerveusement les mains. Entre Alexi et elle, il n'y avait plus que des regrets et une attirance dérangeante.

— Madame de Warenne ? l'interpella une voix d'homme qu'elle connaissait bien.

Elle se tourna et eut la surprise de reconnaître Baard Janssen, monté sur un grand alezan noir. Il lui souriait avec chaleur et elle hésita à répondre à son sourire. Elle ne l'avait plus revu depuis leur brève rencontre dans les bureaux de Windsong Shipping, plusieurs semaines plus tôt. Elle n'avait d'ailleurs plus pensé à lui depuis ce jour-là. Elle se souvint pourtant d'un commentaire d'Alexi, selon lequel Janssen avait cherché un financement auprès de Blair.

— Je vous ai vue passer, dit-il, et j'ai tout de suite su que c'était vous.

Son regard gris était aussi audacieux que le jour de leur première rencontre.

— J'ai galopé pour vous rattraper, ajouta-t-il. Heureusement, j'ai grandi avec les chevaux, même si je préfère sentir sous mes pieds le roulis d'un bateau.

Il souleva son chapeau pour saluer Ariella, puis son regard se tourna de nouveau vers Elysse.

— Comment allez-vous ? demanda-t-il. C'est une belle journée pour se promener pour une belle femme comme vous.

Il la dévisageait si ouvertement qu'elle se sentit mal à l'aise. Elle tapa sur le siège du cocher.

— Arrêtez-vous, s'il vous plaît, lança-t-elle.

Elle sourit à Janssen.

— Je ne savais pas que vous étiez resté en ville, répondit-elle. Je vais bien, merci. Appréciez-vous Londres, capitaine ?

— Je l'apprécie encore plus maintenant.

— Puis-je vous présenter ma belle-sœur, la vicomtesse St-Xavier ? Ariella, voici Baard Janssen, capitaine de l'*Astrid*, du Danemark.

Janssen adressa un sourire poli à Ariella.

— J'ai toujours l'espoir de vous faire visiter mon navire, dit-il en s'inclinant vers elle. Qu'en pensez-vous ?

Elysse jeta un coup d'œil à Ariella, qui semblait mécontente de le voir flirter avec elle.

— J'ai été terriblement occupée, capitaine, dit-elle. Je vais consulter mon calendrier et voir s'il me reste un après-midi disponible prochainement.

— Je ne me contente jamais d'un « non » comme réponse, surtout venant d'une femme aussi gracieuse et captivante que vous.

Elle lui sourit poliment.

— Vous êtes trop aimable, capitaine. Quand levez-vous les voiles ? Vous êtes resté au port assez longtemps, me semble-t-il. Si mes souvenirs sont bons, vous transportiez de la canne à sucre dans vos soutes.

— Une femme qui souhaite parler de navigation avec moi ! s'écria-t-il, un petit sourire aux lèvres. J'attends la conclusion de certaines affaires, madame de Warenne, puis je partirai pour l'Afrique.

Elle eut un mouvement de surprise. Elle n'avait encore jamais rencontré de commerçants avec l'Afrique. Il ne faisait tout de même pas la traite des esclaves ! songea-t-elle, inquiète.

— Vous allez chercher de l'huile de palme, dans ce cas, dit-elle avec aplomb.

— Evidemment. Les pays industrialisés en font une grande consommation.

— En effet.

Blair avait-il financé ce voyage ? Et s'agissait-il du genre d'informations qu'Alexi espérait qu'elle glane auprès du banquier ? Pourtant, d'après ce qu'elle savait, le commerce de l'huile de palme n'intéressait pas son époux.

Sur ces mots, Janssen les salua d'un signe de tête et fit exécuter à son cheval un spectaculaire demi-tour, essayant de toute évidence de les impressionner. Elysse se retint de rire. A la manière qu'il avait de tirer exagérément sur les rênes, son corps déséquilibré par la brusquerie de son geste, elle avait tout de suite vu qu'il était un piètre cavalier.

Dès qu'il fut parti, Ariella posa une main sur son genou.

— Qui était-ce ? demanda-t-elle.

— Janssen… je l'ai rencontré dans les bureaux de Windsong Shipping, le jour du retour d'Alexi… Ne me regarde pas comme ça, Ariella ! Je suis la femme d'un navigateur, Ariella. Dès qu'il s'agit de commerce, je ne peux pas m'empêcher de manifester de la curiosité.

— Alexi et toi allez si bien ensemble, soupira Ariella.

— Je ne crois pas, dit-elle en hochant tristement la tête. Tu lui as donc écrit une lettre ? Que t'a-t-il répondu ?

Elle s'efforçait de garder un ton désinvolte, tandis qu'un magnifique attelage s'arrêtait à côté d'elles.

— Il m'a répondu qu'il reviendrait quand il en aurait envie, et pas avant.

Elysse ne put retenir un sourire.

— Je ne sais même pas pourquoi je t'ai posé la question…

— Il semblait très en colère dans sa lettre, Elysse. Que s'est-il passé ? Pourquoi est-il parti le lendemain du dîner ? Et pourquoi se montre-t-il si grossier et si insupportable ?

Elle haussa les épaules avec indifférence, même si ses blessures s'étaient remises à saigner. Tous les jours, elle entendait des rumeurs sur elle, et sur eux. Ces six dernières années, elle avait subi beaucoup d'humiliations, mais ce n'était rien comparé à ce qu'elle endurait aujourd'hui. Le monde entier savait que son mari se désintéressait d'elle et qu'il n'avait aucun respect pour sa femme.

— Madame de Warenne, lady St-Xavier.

Elysse sentit son cœur bondir dans sa poitrine en découvrant Thomas Blair debout au pied de leur cabriolet. Il venait de sortir de l'attelage garé à côté du leur. Il posa une main sur la portière et lui sourit.

— Quelle merveilleuse surprise de vous voir ! s'écria-t-elle, sincèrement ravie.

— Le plaisir est partagé.

Il se tourna vers Ariella et la salua, mais sa belle-sœur ne fit rien pour cacher son mécontentement.

— Profitez-vous pleinement de cette belle journée ? demanda-t-il.

— C'était le cas jusqu'à présent, maugréa Ariella.

— Ne faites pas attention à elle, s'empressa de répondre Elysse. Comment ne pas apprécier ce beau temps, Thomas ?

Elle posa sa main gantée sur la sienne.

— Venez faire quelques pas avec moi, proposa-t-il, le regard brillant. Vous m'avez manqué.

A ces mots, Ariella sursauta tandis qu'Elysse affichait un air radieux.

Pourquoi diable s'était-elle détournée de Blair ? songea Elysse. Elle était seule et il était l'un des hommes les plus aimables et les plus séduisants qu'elle ait jamais rencontrés. Sans compter qu'en ce moment même, Alexi battait la campagne en compagnie de Jane Goodman…

— Attends-moi quelques minutes, Ariella, dit-elle, je vais marcher un peu.

— Tu risques d'empirer les choses ! chuchota sa belle-sœur.

— J'en doute, répondit-elle, tandis que Blair lui ouvrait la portière et l'aidait à descendre de voiture. Mais si tu veux rentrer, je prendrai un taxi.

— Je peux aussi vous raccompagner, suggéra Blair.

— Non, je t'attends ! répliqua Ariella d'une voix catégorique.

Elysse choisit de l'ignorer et glissa fermement son bras sous celui de Blair. Son regard chaleureux et sa présence virile et réconfortante lui faisaient le plus grand bien après ces semaines de solitude. Ils remontèrent l'allée d'un pas lent.

— Je me demandais pendant combien de temps vous me tiendriez à l'écart, dit-il.

— Ça n'a pas été facile, répondit-elle en souriant.

— Dans ce cas, pourquoi ? demanda-t-il en plantant ses yeux dans les siens.

La franchise de son regard ne lui fit pas le même effet désagréable que celui de Janssen.

Ils s'immobilisèrent, face à face. Il lui tenait toujours le bras.

— Vous aviez raison, Thomas, dit-elle. Mon mariage est un désastre. J'ai beau essayer de sauver les apparences, je n'y arrive pas.

— Votre mari va trop loin ! s'emporta-t-il. Il devrait faire un effort dans votre sens, ne serait-ce que par respect pour vous.

Il fulminait à présent. Elysse ne l'avait jamais vu perdre son sang-froid et sa réaction la laissa sans voix.

— Alexi ne voit pas d'un bon œil notre relation, expliqua-t-elle lorsqu'elle se fut remise de son choc, d'autant que vous êtes son banquier.

— Je ne mélange jamais affaires et plaisir, répondit Blair au bout de plusieurs secondes, et je ne fais jamais rien qui puisse compromettre mes profits. Mais… je suis très épris de vous, Elysse.

Il se remit à marcher, l'air maussade.

— Que voulez-vous dire ? demanda-t-elle en lui emboîtant le pas. Avez-vous l'intention de saper ses projets, ou de financer ses concurrents ?

Il s'arrêta brusquement.

— Loin de moi cette idée ! Je suis un banquier, Elysse, et j'aime les bilans avantageux. Quant à mes autres clients, sachez que ces informations sont strictement confidentielles.

— Je suis désolée, je ne voulais pas être indiscrète, s'excusa-t-elle en posant une main sur sa joue.

Dire qu'elle avait failli accéder à la requête d'Alexi en essayant de lui soutirer des informations, alors même que Blair était le gentleman le plus aimable qu'elle connaissait.

Il prit sa main et la maintint serrée contre sa joue.

— J'étais sincère en vous disant que vous m'aviez manqué.

Elle le laissa tenir sa main quelques instants avant de la retirer lentement.

— J'essaie de faire ce que je crois être le mieux, dit-elle en hochant gravement la tête.

— Je l'ai bien compris. Est-ce que cela veut dire que vous allez m'éviter jusqu'au départ de votre époux ?

Elle acquiesça.

— Je pense que c'est la meilleure chose à faire, Thomas, dit-elle d'une voix hésitante. Je ne veux pas me jouer de vous.

— Qu'entendez-vous par là ? demanda-t-il durement.

— Je me suis jouée d'un homme autrefois pour rendre Alexi jaloux, et il n'en est sorti rien de bon.

Elle sentit ses joues s'empourprer légèrement.

— Mon Dieu, dit-il en prenant ses mains entre les siennes. Dire que j'avais de l'estime pour vous. Mais vos sentiments pour de Warenne sont bien plus complexes que je le croyais au départ.

— Non ! Je vous aime beaucoup et je ne me sers pas de vous pour rendre Alexi jaloux. Mais mon mari et moi sommes engagés dans une terrible bataille, et je ne veux pas vous mettre au milieu de nos conflits.

— L'aimez-vous toujours ? demanda-t-il en scrutant attentivement son visage.

— Non ! s'écria-t-elle en reculant d'un pas.

Mais tandis qu'elle prononçait ces mots, l'image d'Alexi lui souriant comme autrefois, avant la mort de William Montgomery, avant qu'il fasse le choix de la protéger en l'épousant, traversa brièvement son esprit.

Blair glissa un bras autour de sa taille.

— Je serai toujours là pour vous, Elysse. Vous comptez beaucoup pour moi. J'ai entendu les commérages sur vous, et ils me rendent fou de colère.

— Faites comme moi, ignorez-les.

— Arrivez-vous vraiment à ignorer les rumeurs ? demanda-t-il en prenant son visage entre ses mains.

Elle se raidit, effrayée à l'idée qu'il puisse l'embrasser. Il l'avait déjà fait à plusieurs reprises, et elle avait apprécié ses baisers, mais c'était avant le retour d'Alexi.

Il laissa bientôt tomber ses bras le long de son corps.

— Je ne vous demanderai plus de sortir avec moi jusqu'au départ de votre mari. Et peut-être devrais-je même m'abstenir de vous envoyer des fleurs.

Elle lui sourit, soulagée qu'il ne l'ait pas embrassée.

— J'aime beaucoup vos fleurs, dit-elle.

— Au fait, était-ce le capitaine Janssen que j'ai aperçu sur un alezan, tout près de votre voiture ? demanda-t-il en rebroussant chemin.

— En effet.

Il s'arrêta net.

— Pourquoi diable s'approche-t-il de vous ? Connaît-il lady St-Xavier ?

— Non, nous nous sommes rencontrés une fois, dans les locaux de Windsong Shipping.

— Je ne lui fais nullement confiance, Elysse. C'est un gredin. Surtout, tenez-vous loin de lui.

— Très bien, répondit-elle, interloquée. Mais je vous trouve très dur, Thomas. Qu'a-t-il donc fait ?

Blair hésita quelques secondes.

— J'ai refusé de financer son voyage, et pas seulement à cause du cours du sucre qui réduit nos marges. Il se livre au commerce des esclaves, Elysse.

— Dire qu'il m'a proposé de visiter son bateau ! s'écria-t-elle, choquée.

— J'espère que vous avez décliné son invitation.

— Je le ferai maintenant. Comment se fait-il que nous l'ayons accepté dans l'un de nos ports ?

— Il est arrivé à Londres avec du sucre, ma chère, et ses cales sont maintenant vides.

Elle sentit son estomac se nouer.

— Merci de m'avoir dit la vérité, Thomas. Quel homme méprisable !

— Tout ce commerce est méprisable. J'espère que le monde entier suivra l'exemple de la Grande-Bretagne et émancipera tous les esclaves.

Ils avaient rejoint leur attelage où Ariella montrait des signes d'impatience.

— J'espère ne pas vous avoir choquée, dit Blair.

— Ne vous inquiétez pas, Thomas, je ne suis pas une petite fleur fragile.

Elle n'avait encore jamais rencontré de négrier et elle était vraiment scandalisée par cette nouvelle.

— Je le sais, répondit-il d'une voix douce. Vous êtes la femme la plus forte que je connaisse. De Warenne est un sacré idiot.

Ravie par ces propos flatteurs, Elysse remonta dans la voiture. Blair embrassa alors sa main gantée et tourna les talons. Elle le regarda partir tout en songeant à son mari absent.

Elle se sentait piégée, enfermée dans une impasse. Elle était la femme d'Alexi et elle voulait par-dessus tout vivre avec lui un mariage normal. D'un autre côté, Blair souhaitait qu'elle devienne sa maîtresse, mais c'était impossible. Elle ne pouvait rien faire d'autre qu'attendre que son mari revienne.

Il était prévu qu'il reparte pour la Chine au mois de juin.

Tôt ou tard, il faudrait bien qu'il revienne à Londres pour embarquer. Puis il la quitterait de nouveau.

Etrangement, la vie d'Elysse semblait se résumer à une attente sans fin…

L'attelage d'Alexi approcha à petits trots de l'imposante façade de sa maison d'Oxford. Il venait de passer ces trois dernières semaines sur les chantiers navals de Windsong Shipping à Limerick, où deux clippers étaient en cours de construction. Il s'était beaucoup occupé à modifier leur conception, ainsi qu'à dessiner un yacht qu'il réservait à ses loisirs. Il avait passé des heures devant sa planche à dessin. Il était également allé à une chasse au renard avec ses voisins au cours de laquelle il s'était démis l'épaule suite à une mauvaise chute.

Il y avait aussi eu plusieurs nuits de débauche à Dublin, dont une qui lui avait laissé un souvenir particulièrement cuisant. Il avait en effet perdu trois cents livres au poker, sans compter sa plus belle paire de bottes. D'ordinaire, il gagnait toujours, comme cette fois où il avait remporté une plantation de canne à sucre sur l'île de Gorée. Mais cette fois-ci, il avait joué pour détourner ses pensées de son épouse, et son esprit avait été ailleurs pendant toute la partie.

Il lança un regard noir vers la porte d'entrée de bois de rose. Hier, pendant qu'il préparait son retour en ville, une excitation sombre et intense s'était de nouveau emparée de lui. Il avait quitté Londres pour fuir Elysse et échapper au désir profond qu'elle éveillait en lui, et pourtant, ce désir l'avait poursuivi pendant ces trois semaines, quoi qu'il fasse. A présent, il ne pensait plus qu'à Elysse et à sa manie de flirter avec d'autres hommes pour le faire enrager.

Sauf qu'elle ne se contentait plus de flirter. Elle était amoureuse de Thomas Blair à présent…

Des images d'elle remplirent son esprit, sans qu'il cherche à les écarter. Certaines étaient inoffensives, mais d'autres étaient vraiment dangereuses. Il la revoyait en hôtesse gracieuse le soir du dîner, avec sa robe de soie bleue et sa parure de saphirs, puis vêtue d'un déshabillé de soie terriblement séduisant. Elle repoussait ses avances, les joues en feu et le regard aussi brillant que le sien. Quelles que soient les circonstances, il la trouvait incroyablement belle. Et derrière toutes ces images se profilait l'image de Blair…

Ces dernières semaines, Alexi avait repensé à la manière dont Elysse s'était servie de Montgomery pour le rendre jaloux. Son aventure avec Blair avait un étrange goût de déjà-vu.

Il avait pourtant fait tout son possible pour ne pas l'imaginer dans les bras de son banquier. Avait-elle ri de lui avec Blair après avoir fait l'amour ? Conspiraient-ils ensemble pour saboter ses affaires ? Peut-être même essayait-elle de convaincre Blair d'augmenter ses taux d'intérêts, ou de financer Littleton… Elysse et Blair prévoyaient certainement de s'enfuir ensemble. Et elle avait beau se plaindre des rumeurs qui l'avaient humiliée, aujourd'hui, les commérages portaient sûrement sur lui. Heureusement, personne ne pouvait lui retirer l'exploit qu'il avait accompli en revenant de Chine en un temps record. Il était peut-être un mari trompé, mais il restait un grand capitaine.

Bien entendu, Alexi était conscient de l'irrationalité de ses pensées. Elysse était son épouse. Elle pouvait certes le trahir en prenant Blair comme amant, et même oser tomber amoureuse de lui, mais elle n'œuvrerait jamais contre ses intérêts. Pas plus qu'elle ne partirait avec Blair. Le banquier ne renoncerait jamais à son pouvoir et à ses responsabilités pour elle.

Lorsque son attelage s'immobilisa devant le perron, l'appréhension commença à le gagner. L'après-midi venait à peine de commencer, et il ne savait pas si Elysse serait là… Des domestiques s'étaient élancés à sa rencontre pour lui ouvrir la portière et il s'extirpa de la voiture en étouffant un juron. Il ne voulait pas revenir chez lui dans ces conditions. Elysse lui avait dit que Londres n'était pas assez grand pour eux deux, et maintenant, il partageait son avis. Plus tôt il lèverait les voiles, mieux ce serait pour lui. Elle pouvait même garder la maison et son amant ! Qu'elle aille au diable !

En le voyant passer le seuil de la porte, Reginald vint l'accueillir avec un sourire radieux. Il semblait sincèrement heureux de le revoir.

— Capitaine ! s'écria le majordome. J'espère que vos vacances ont été bonnes. Vous n'avez pas donné de vos nouvelles mais nous vous attendions. Restez-vous avec nous ce soir ?

Alexi leva les yeux vers l'escalier, espérant presque

qu'Elysse apparaîtrait dans toute sa splendeur sur la dernière marche.

— Je ne crois pas, répondit-il en reportant son attention sur Reginald. Où est Mme de Warenne ?

— Je crois qu'elle est à Londres pour une promenade au parc avec lady St-Xavier. Plus tard, elle est attendue chez des amis pour dîner.

Il scruta Reginald avec tant d'insistance que le majordome baissa les yeux, mal à l'aise.

— Les ladies sont certainement escortées comme il se doit, dit-il d'un air suspicieux.

— Je n'ai pas vu qu'elles l'étaient.

— Venez avec moi, Reginald, dit-il.

Il avait bien l'intention de le soumettre à un interrogatoire poussé.

Le majordome le suivit jusqu'à la bibliothèque, qui était devenue la pièce préférée d'Alexi.

— Où va-t-elle ce soir, et avec qui ? demanda-t-il en se servant un scotch.

— Elle est attendue pour dîner chez M. Bentley, capitaine. Je crois que son cavalier est M. Avery Forbes. Elle m'a annoncé qu'elle se reposerait un peu chez votre sœur et qu'elle se changerait chez elle.

Il serra nerveusement son verre dans ses mains.

— Insinuez-vous que Thomas Blair ne l'escorte pas ?

— M. Forbes l'a déjà accompagnée au théâtre cette semaine, répondit prudemment Reginald.

Mais qui était donc ce Forbes ?

— Je ne connais pas cet homme, dit Alexi. Qui est-ce ?

Voyant Reginald hésiter, il le pressa.

— Allons, crachez le morceau !

— C'est un vieux gentleman, capitaine, et très gentil.

— Un vieux gentleman ? Qu'est-ce que cela veut dire ?

Le majordome semblait perplexe.

— Quel âge a-t-il exactement ? ajouta Alexi.

— Je ne le sais pas avec exactitude, mais je dirai soixante-dix ans, au moins.

Interloqué, Alexi plongea ses lèvres dans son verre. Il venait de comprendre. Elysse se servait du vieil homme pour couvrir son aventure avec Blair.

— Blair est-il venu dans cette maison ? demanda-t-il en reposant son scotch.

Reginald se figea.

— Parlez, Reginald !

— Non, capitaine, il n'est pas venu, dit-il d'un air gêné.

— J'espère que vous n'êtes pas de son côté ! Ce ne serait pas un choix très sage.

Le majordome blêmit.

— Il n'est pas venu, mais il a souvent envoyé des fleurs.

— Evidemment.

Ainsi, il avait raison, songea-t-il, fou de rage. Le vieux gentleman n'était que la partie visible de la tromperie. Il vida d'un trait son verre, puis s'en servit un autre, conscient de la colère qui le rongeait. Non, il n'était pas jaloux, songea-t-il. Car pour cela, il aurait fallu que sa petite débauchée de femme compte un peu pour lui.

— Quel genre de fleurs a-t-il envoyé ? demanda-t-il entre ses dents.

Reginald se balança d'un pied sur l'autre, apparemment confus. Alexi reposa sa question d'une voix plus impatiente.

— Il a envoyé des roses, monsieur.

— Quel genre de roses ?

— Je crois bien que la première fois, elles étaient blanches, la deuxième, jaune, et depuis, elles sont rouges.

— Depuis quand ? Et combien de fois mon banquier a-t-il envoyé des roses à ma chère épouse ?

— Aujourd'hui, cela fera cinq fois, dit Reginald d'un air malheureux et désespéré.

— Où sont-elles ? siffla-t-il.

— Dans les appartements de Madame.

Alexi posa brusquement son verre et traversa la pièce à

grands pas. Il se sentait presque satisfait, comme s'il avait surpris Elysse au lit avec son amant. Il monta les marches trois à trois. La porte de la chambre était ouverte, et il aperçut les superbes fleurs rouges avant même d'entrer. Elles se trouvaient au centre du guéridon, près de la fenêtre.

A vue de nez, il y en avait à peu près trois douzaines, agencées avec goût dans un grand vase.

Une enveloppe était accrochée à une tige.

Il fila comme une flèche, presque aveuglé par la colère, et tira sur le papier d'un geste brusque. Il sortit ensuite le billet soigneusement plié.

« Ma très chère Elysse,

» J'ai du mal à décrire le plaisir que j'ai eu à vous voir aujourd'hui. Je suis heureux de l'arrangement que nous avons conclu. J'attends avec impatience de vous revoir. Avec toute mon affection et mon grand respect, Thomas. »

Sa main tremblait en lisant la note. Jamais il ne s'était senti si en colère. Quel arrangement avaient-ils conclu ? Quand était prévu leur prochain rendez-vous galant ? Ce soir, peut-être. En tout cas, une chose était sûre : ils avaient passé l'après-midi dans les bras l'un de l'autre.

L'image d'Elysse enlacée avec Blair dans une étreinte passionnée l'assaillit soudain. Elle était insupportable. Il s'était menti à lui-même ces trois dernières semaines, pensant qu'il se fichait de savoir ce qu'elle faisait et avec qui.

Il repensa aussi à William Montgomery. Elysse cherchait-elle à le provoquer de nouveau ? Il croyait pourtant qu'elle avait tiré les leçons de la mort tragique de l'Américain. Non, elle n'utilisait pas Blair, elle l'aimait… Il était son ami et son amant. Il était même devenu son protecteur ! Il l'avait entendu de sa propre bouche. Il rêvait d'aller trouver Blair et de lui coller son poing dans la figure. Sauf qu'il n'agirait plus jamais sous l'effet de la colère. Il y avait longtemps qu'il avait compris la leçon.

Il devrait donc accepter cette intolérable aventure.

Son regard se posa soudain sur un coffre où d'autres roses beaucoup moins fraîches étaient disposées dans un vase. Il ne vit nulle part de note. Il fouilla sur une table parmi des livres empilés, sans succès.

Il se dirigea alors vers le petit bureau qui ne contenait que du papier à lettres et une plume. Lorsqu'il ouvrit le tiroir central, il découvrit une pile d'enveloppes entourées d'un ruban rose.

Il reconnut immédiatement l'écriture de Blair et retint son souffle. Puis il s'assit et plaça le petit paquet sur ses genoux. Il y avait quatre billets qu'il parcourut lentement, l'un après l'autre.

A l'issue de sa lecture, il ne faisait plus aucun doute que Blair était profondément épris de sa femme…

Que lui avait-elle répondu ? songea-t-il, le cœur serré. Quelle importance ? Alexi savait déjà qu'Elysse aimait Thomas en retour.

La jalousie le consumait impitoyablement de l'intérieur.

Elysse était sa femme, elle était à lui !

Il poussa un rugissement de colère en renversant violemment la table et tout son contenu.

14

Il était minuit passé lorsque Elysse rentra seule chez elle. Avery Forbes, son cavalier, était beaucoup trop âgé pour la raccompagner, la maison d'Oxford se trouvant à une heure du centre de Londres. Elle avait pris l'habitude de le déposer chez lui directement après leurs soirées. Forbes, qui était veuf depuis vingt ans, était ravi de l'avoir à son bras de temps en temps. C'était un délicieux gentleman, attentionné, spirituel et respectueux. Elle pouvait difficilement demander mieux.

En descendant de la voiture, emmitouflée dans une cape en velours rouge, elle songea à Blair. Ils s'étaient vus ce soir chez les Bentley, où le banquier était invité en compagnie de Debora Weir. Elle avait trouvé un moment pour faire quelques pas dehors avec lui et échanger quelques mots au clair de lune. Leur innocente promenade avait été pour elle un véritable plaisir.

Comme elle aurait aimé avoir Blair comme cavalier ce soir ! songea-t-elle. Cet après-midi, Ariella lui avait fortement déconseillé d'autoriser Blair à continuer de l'entourer de ses attentions. La jeune femme était persuadée que cela déplairait à Alexi. Et elle-même ne le savait que trop…

Dès qu'elle eut atteint la porte d'entrée, Reginald lui ouvrit la porte, l'air inquiet. Troublée, elle pénétra dans le hall. Mais elle n'eut pas le temps de l'interroger : une ombre se dessina à l'autre bout de la pièce.

Alexi était de retour.

Reginald prit son étole tandis que Lorraine sortait précipitamment de l'antichambre. Elysse regarda fixement Alexi et il soutint son regard, un petit sourire presque menaçant aux lèvres.

La puissance de sa présence emplissait le lieu. Ses cheveux hirsutes tombaient de manière désordonnée sur son visage. Il avait retiré sa veste et son gilet, déboutonné les premiers boutons de sa chemise et retroussé ses manches. Ses grandes mains hâlées étaient posées nonchalamment sur ses hanches, mais tout dans son attitude indiquait qu'il était prêt à bondir vers elle à tout moment.

Elle sentit la tension monter d'un seul coup.

— Puis-je faire quelque chose pour vous, madame de Warenne ? demanda Reginald.

Elle ne pouvait pas détacher son regard d'Alexi.

— Tout va bien, dit-elle d'une voix légèrement tremblante.

Puis elle se tourna vers la bonne.

— Je vais avoir besoin d'aide pour retirer ma robe avant d'aller me coucher, Lorraine.

— Elle n'aura pas besoin d'aide, l'interrompit sèchement Alexi.

Elysse s'immobilisa. Elle pouvait à peine respirer. La bonne acquiesça et se retira rapidement, le rouge aux joues.

Il n'était pas sérieux… Il lui semblait pourtant qu'elle avait répondu clairement à la question avant son départ.

— Vous pouvez aussi nous laisser Reginald, dit Alexi d'un ton neutre. Bonne nuit.

Soudain, l'air était devenu irrespirable dans le hall.

— Bonsoir, Alexi, dit-elle d'une voix hésitante. Je ne vous attendais pas.

— Pourquoi cela ? Tout le monde guettait pourtant mon arrivée.

Ses yeux glissèrent sur son corsage avant de revenir vers son visage.

— Je vois que vous portez du rouge.

Rien n'avait changé, songea-t-elle avec effroi. Leur attirance fatale demeurait intacte.

— Voulez-vous boire un petit verre avant d'aller vous coucher…, ma chérie ?

Son culot la laissa sans voix. Accepter sa proposition était une très mauvaise idée.

— Comment était votre voyage en Irlande ? demanda-t-elle, immobile.

— Froid. Humide. Ennuyeux.

Ainsi, sa liaison avec Goodman était terminée… Même si elle s'en fichait, elle se sentit soulagée.

— Comment était votre dîner chez les Bentley ? demanda-t-il à son tour.

— Très bien. Mais je ne crois pas qu'il soit judicieux que nous buvions un verre, Alexi. Rien n'a changé et il se fait tard.

— Vous êtes si belle habillée en rouge.

Le ton doux et sensuel d'Alexi lui paraissait étrange. Il n'avait pas esquissé un geste depuis qu'elle était entrée dans la maison, pourtant, son regard brillait comme celui d'un prédateur. Confuse, elle sentit sa gorge se nouer. Mieux valait se montrer aussi polie que possible, songea-t-elle.

— Merci beaucoup, mais il est tard, répondit-elle d'une voix douce. Vous n'essayez pas de me séduire, n'est-ce pas ?

Le petit sourire menaçant revint flotter sur ses lèvres.

— Lorsque ce sera le cas, vous vous en apercevrez.

— Etes-vous prêt à reparler de notre arrangement ? avança-t-elle prudemment.

Comment pouvait-il être si sûr de lui ?

— Vous voulez parler de cet arrangement unilatéral dans lequel vous me proposez de jouer au mari parfait, pendant que vous endossez le rôle de l'épouse délurée ?

Le ton de sa voix lui fit froid dans le dos. Quelque chose ne tournait pas rond.

— Etes-vous ivre ? demanda-t-elle.

— En réalité, j'ai commencé à boire à 15 heures cet après-midi.

Elle sentit un petit vent de panique souffler.

— Ici, et tout seul ? s'étonna-t-elle.

Il s'avança lentement vers elle, d'un pas étrangement calme.

— Oui, ici, tout seul. Sachez que je ne suis pas disposé à jouer bêtement à l'époux aimant, Elysse.

Il s'arrêta devant elle. Incapable d'échapper à son regard implacable, elle se raidit.

— Peut-être me serais-je plié à votre petit jeu autrefois, mais plus maintenant.

Elle ressentit le besoin urgent de s'enfermer dans sa chambre.

— Qu'est-ce qui a changé, Alexi ?

Il parcourut de nouveau son décolleté des yeux.

— J'étais sincère en vous disant que vous pouviez mener la vie que vous souhaitiez. Mais je n'accepterai pas d'être votre dévoué époux pendant que vous passez vos après-midi à manifester votre dévotion à Blair.

— De quoi parlez-vous ?

— Osez le nier ! dit-il d'une voix dure en se penchant vers elle. Osez nier que vous n'avez pas passé un après-midi passionné dans les bras et le lit de Blair ?

— Vous êtes fou ! s'écria-t-elle, indignée. J'ai croisé Blair au parc, et je n'ai pas passé plus de dix minutes avec lui, et en public !

— J'ai vu ses fichues fleurs ! cria-t-il. J'ai lu ses fichues lettres d'amour !

— Vous n'aviez pas le droit ! s'insurgea-t-elle.

— J'ai tous les droits, rugit-il. Vous m'appartenez. Mais vous préférez son lit. Lui peut avoir votre corps si parfait, mais moi, que m'offrez-vous, en dehors d'une retraite dans un pays froid et humide ?

Elle recula d'un pas, mais il la saisit par la taille et l'attira brusquement vers lui.

— Arrêtez, vous me faites mal ! s'écria-t-elle en se débattant.

Il la secoua.

— Plus d'une douzaine de gentlemen vous ont eue. Et moi qui suis votre mari, vous me refusez votre lit !

— Lâchez-moi, cria-t-elle, effrayée en luttant pour se dégager.

Mais il la serra plus fort contre lui.

— Vous devriez vous enfuir avec lui. Je vous jure que je ne vous retiendrai pas ! Je m'en fiche !

Les larmes lui montèrent aux yeux. Jamais elle ne l'avait vu dans une telle rage.

— Vous êtes ivre, dit-elle en s'efforçant de contrôler les tremblements de sa voix. Et vous êtes fou. Je ne vais m'enfuir avec personne. Nous sommes mariés, Alexi. Blair et moi sommes de simples amis, c'est tout.

Il éclata d'un grand rire.

Profitant de cette occasion, elle parvint à se dégager et commença à monter les marches. Alexi n'était pas juste de mauvaise humeur. Son attitude avait quelque chose de menaçant. Elle jeta un coup d'œil par-dessus son épaule et croisa ses yeux déments. Il savait qu'elle ne pourrait pas s'enfuir suffisamment loin ou suffisamment vite pour lui échapper !

La peur l'envahit tout entière. Remontant ses jupes, elle courut à toute vitesse dans l'escalier et trébucha.

Poussant un cri de terreur, elle se sentit inexorablement tomber, mais Alexi la retint juste à temps et l'emprisonna dans ses bras.

— Dites-moi la vérité, murmura-t-il contre sa joue. Vous aimez me rendre jaloux. Vous saviez depuis le début qui était Blair, et c'est la raison pour laquelle vous l'avez choisi pour réchauffer votre lit !

— Alexi, non, dit-elle entre ses larmes.

— Je vous hais, Elysse. Si lui peut vous avoir, alors moi aussi.

Sa voix était dure mais il desserra son étreinte.

Elle ne perdit pas une seconde. Paniquée, elle s'élança de nouveau dans l'escalier. Jamais Alexi ne lui ferait du mal, songea-t-elle pour se rassurer. Pourtant, elle ne l'avait jamais vu dans une telle fureur.

Elle tendit l'oreille pour savoir s'il la suivait, mais le bruit de sa propre respiration était trop fort. Arrivée devant sa chambre, elle ouvrit la porte à la volée, se précipita à l'intérieur, et tourna la clé dans la serrure. Puis elle s'adossa contre le battant, le visage baigné de larmes. Alexi allait-il essayer de la prendre de force ?

Elle ne l'avait jamais vu si menaçant, si en colère !

Elle entendit alors avec effroi la porte du salon entre leurs deux chambres s'ouvrir. Elle avait oublié de la verrouiller !

Lorsqu'elle pivota, Alexi s'avançait déjà vers elle à grands pas. Son visage n'était qu'un masque de fureur. Ses yeux brillaient d'un désir brut et sauvage.

Elle pivota pour tenter de déverrouiller la porte qui donnait sur le couloir, mais en vain : ses mains tremblaient beaucoup trop. Alexi l'enlaça par-derrière.

— Arrêtez ! cria-t-elle, affolée.

Ignorant ses cris de protestation, il la souleva comme une plume dans ses bras, traversa la chambre avec elle et la jeta en travers du lit.

— Il est amoureux de vous, gronda-t-il en la toisant de toute sa hauteur. J'ai lu ses fichues lettres. Et vous l'aimez en retour. Soyez maudite, Elysse ! C'est moi que vous êtes censée aimer !

Elle essaya de rouler sur le côté pour se lever, mais il l'en empêcha en se couchant sur elle et l'immobilisa en la prenant aux épaules. Ses cuisses pesaient lourdement sur ses jambes.

Elle croisa son regard et tenta de le repousser. Pour la première fois de sa vie, elle avait peur de lui.

— Alexi, vous me terrorisez, gémit-elle.

Le temps sembla alors se figer. Alexi la fixa d'un regard

vide et inexpressif. Elle n'entendait plus que le bruit saccadé de sa propre respiration. L'horloge tinta sur le manteau de la cheminée. Elle n'osait pas esquisser le moindre geste, effrayée à l'idée de le provoquer. Couchée sous son corps, elle soutint son regard et perçut soudain une lueur de lucidité. Elle soupira de soulagement. Non, jamais il ne lui ferait du mal. Ne lui avait-il pas promis de toujours la protéger ?

— Il vous a possédée… et moi non, dit-il d'une voix rauque.

— Non, ce n'est pas vrai.

Son cœur semblait vouloir sortir de sa poitrine.

— Vous me faites peur, Alexi, murmura-t-elle.

Il prit une profonde inspiration et frissonna. Son regard passa alors de ses yeux à sa bouche. Il se consumait à présent de désir et non de colère.

— Comment pouvez-vous avoir peur… de moi ? demanda-t-il d'une voix mal assurée. Jamais je ne vous ferai du mal, Elysse.

Sous la pression de son corps viril, elle sentit sa tension s'apaiser peu à peu. Elle le dévisagea avec méfiance.

Soudain, les yeux d'Alexi se posèrent sur ses seins. En voyant ses longs cils s'abaisser vers elle, elle perçut le changement qui s'opéra instantanément en lui. Toute sa colère semblait s'être évanouie, remplacée par un désir brûlant.

Il pencha son visage vers sa gorge et effleura lentement sa poitrine.

— N'ayez pas peur, murmura-t-il.

Lorsqu'elle sentit ses lèvres entrouvertes frôler sa peau, elle fut prise de vertige. Non, elle n'avait plus aucune crainte, elle savait qu'il ne lui ferait aucun mal. Les larmes troublèrent soudain sa vision.

— N'ayez pas peur de moi, répéta-t-il, jamais.

Ses lèvres s'étirèrent en un sourire timide.

— Je vous protégerai toujours Elysse, continua-t-il. Ne vous souvenez-vous pas de la promesse que je vous ai faite ? S'il vous plaît, ne pleurez pas.

Soulagée, elle ne put retenir ses larmes. Le jeune garçon qui avait été autrefois son ami le plus cher, et qu'elle avait aimé en secret, était revenu. Le sourire d'Alexi s'élargit et il pencha son visage vers le sien sans la quitter des yeux. Lorsqu'elle ne put plus soutenir son regard, elle ferma les paupières et lui offrit sa bouche tandis que ses lèvres se posaient sur les siennes.

Hésitant et timide au départ, il se contenta de les frôler. Elle l'attrapa aux épaules avec autant de timidité, certaine de ce qui allait suivre. Elle ne songeait même plus à se refuser à lui : elle avait attendu ce moment-là toute sa vie. Tandis que la chaleur gagnait tout son corps, elle sentit son cœur chavirer. Il lui avait tant manqué ! Elle avait attendu son retour car elle l'aimait toujours. Jamais elle ne cesserait de l'aimer. Il était à lui seul son destin.

Leurs bouches s'unirent enfin. Elle le serra plus fort contre elle, son corps tendu par l'excitation et le besoin urgent qu'elle avait de lui. Ils étaient à deux doigts du précipice et s'apprêtaient à faire le grand saut. Alexi semblait en être également conscient car, l'instant d'après, il se redressa et plongea son regard dans le sien. Bouleversée par le sérieux et l'intensité de son expression, elle hocha lentement la tête.

Sans un mot, il retira vivement sa chemise et elle trouva aussitôt le chemin vers la peau nue de ses épaules. Puis il vint s'allonger sur elle.

— Elysse, gémit-il tout contre sa bouche.

Elle sentit une vague de désir déferler en elle. Faisant glisser ses mains le long de son dos musclé, elle le tira vers elle de toutes ses forces en l'embrassant avec fougue.

Son corps viril épousa étroitement le sien et elle sentit son sexe bandé contre sa hanche. Puis il glissa une main fiévreuse dans ses cheveux et approfondit son baiser. Aussitôt, leurs langues se mêlèrent dans un ballet passionné.

Les événements se succédèrent comme dans un brouillard. Elle sentit sa bouche la fouiller sans relâche, tandis que les barrières que formaient ses vêtements tombaient une à une.

Une pluie de baisers s'abattit sur son visage, sa bouche, sa nuque et sa poitrine. Lorsqu'il agrippa ses hanches à pleines mains et enfouit son visage entre ses cuisses, elle sentit sa langue brûlante et experte explorer ses parties les plus intimes. Elle gémit et se tordit de plaisir, s'abandonnant aussitôt à un torrent d'extase.

Puis il vint se placer sur elle, et elle se demanda si elle devait le prévenir qu'elle était encore vierge. Mais lorsqu'il la caressa de son regard si chaud, elle ne pensa plus à rien. Il la pénétra doucement et elle eut un sursaut de surprise.

Jamais elle n'aurait cru que le fait de ne faire qu'un avec lui serait un acte si parfait, si stupéfiant d'intensité et de justesse.

Leurs regards se croisèrent, et Alexi eut l'air aussi confondu qu'elle.

Mais la seule chose qui occupait son esprit était l'amour qu'elle ressentait pour lui et le bonheur d'être unie à lui.

Il lui adressa un sourire de profonde satisfaction.

— Elysse, murmura-t-il.

— Je vous aime, répondit-elle en enlaçant ses larges épaules et en enroulant ses jambes autour de sa taille.

Il commença à lui faire l'amour avec douceur.

— Je le sais, répondit-il.

Son sourire ne l'avait pas quitté.

Le plaisir était si grand qu'elle fut incapable de lui répondre. Puis il l'envahit tout entière et elle s'abandonna.

Lorsqu'il se réveilla, il avait la bouche pâteuse, mal à la tête et l'estomac au bord des lèvres. Aucun doute, il avait encore trop bu. Il soupira en ouvrant les yeux, et fut bientôt ébloui par les rayons du soleil qui envahissaient la chambre à coucher. La matinée était déjà bien avancée.

Soudain, il s'aperçut qu'il n'était pas dans sa chambre.

Il fut surpris de découvrir des murs turquoise à fines rayures dorées, et sursauta en découvrant Elysse, couchée à côté de lui dans le lit.

Il n'en croyait pas ses yeux.

Elle dormait paisiblement, tournée vers lui, ses longs cheveux blonds étalés sur ses épaules nues dans un désordre total. Son expression était douce et tranquille. Sous les couvertures qui ne la couvraient qu'à moitié, il devina qu'elle était nue. Elle était aussi belle qu'un ange.

Soudain, des images floues lui traversèrent l'esprit. Il la revit montant à toute vitesse l'escalier, tomber dans sa course, puis couchée sous lui et se débattant pour se dégager.

Il se redressa d'un bond, encore sous le choc. Que s'était-il passé ?

Il faillit s'étrangler en se souvenant l'avoir soulevée dans ses bras avant de la jeter en travers du lit !

Mon Dieu, qu'avait-il fait ?

Horrifié, il se redressa et remarqua des tâches de sang sur les draps. Son corps se crispa. Lui avait-il fait du mal, l'avait-il violée ? Il essaya de se souvenir des événements de la soirée. Elysse avait gémi de plaisir dans ses bras pendant qu'il lui faisait l'amour. Il l'entendait encore murmurer son nom. Mais c'était tout.

Alexi, vous me faites peur.

Soudain, ses souvenirs refirent surface. Il était revenu chez lui et avait trouvé les roses que Blair avait envoyées à Elysse. Il avait lu ses lettres d'amour. Ensuite, il avait bu plus que de raison. Et Elysse était rentrée, toute vêtue de rouge.

A tâtons, il trouva son pantalon et l'enfila. Puis, saisi d'effroi, il posa de nouveau les yeux sur elle.

Des images, encore floues, lui revinrent en vrac, cruelles. Il avait poursuivi Elysse dans l'escalier, tandis qu'elle tentait de s'enfuir ! Puis il l'avait jetée sur le lit avec brutalité, prêt à la violer. Et elle avait eu peur de lui.

Avait-elle vraiment joui dans ses bras ? Ou était-ce seulement le fruit de son imagination ? Lui avait-il fait l'amour ?

— Elysse, dit-il d'une voix rauque.

Elle ne bougea pas.

Il trouva alors sa chemise et l'enfila, puis contourna le lit et s'assit près d'elle. Pourvu que ses souvenirs soient faux… Certes, il avait été furieux après elle, mais pas au point de lui faire du mal.

— Elysse, répéta-t-il doucement.

Il avait peur de la toucher, mais il se décida à frôler son épaule.

— Réveillez-vous.

D'autres souvenirs l'assaillirent, de passion cette fois.

Elle roula sur le dos en soupirant de contentement, et il contempla ses seins. Elle était encore plus belle nue, et il s'en voulut de la désirer de nouveau.

Il remonta lentement le drap sur elle tandis que ses paupières s'ouvraient lentement. Dès qu'elle l'aperçut, elle cligna des yeux, puis se figea.

Son expression de surprise était la réponse à toutes ses questions…

— De toute évidence, nous avons passé la nuit ensemble, dit-il en frémissant.

Elle se redressa et remonta les couvertures, les yeux rivés sur les siens. Il s'écoula plusieurs secondes avant qu'elle prenne la parole.

— Oui…, dit-elle d'une voix hésitante. Bonjour.

— Pouvez-vous vous habiller ? J'aimerais vous parler.

Elle hocha la tête, les yeux écarquillés.

— Vous me trouverez dans le salon, dit-il prudemment. Prenez votre temps.

Il évita de croiser son regard, puis quitta la pièce, obnubilé par une seule pensée.

Il lui avait fait du mal et jamais il ne pourrait se le pardonner.

Confortablement installée dans son lit, Elysse ferma doucement les yeux et laissa les souvenirs de la veille refaire surface. Elle se rappelait surtout comment Alexi lui avait fait l'amour avec ferveur, avec autant de frénésie et d'enthousiasme qu'elle. Elle revit son sourire lorsqu'il l'avait prise dans ses bras pour la serrer tout contre lui. Puis elle s'était endormie…

Pleine d'espoir, elle maintint les couvertures serrées contre sa poitrine. La nuit dernière avait été si formidable… Alexi était si formidable… Et elle était si amoureuse de lui !

Ne lui avait-il pas fait l'amour comme s'il l'aimait en retour, avec ferveur, passion et dévotion ? Elle ne l'imaginait pas touchant le corps d'autres femmes comme il avait touché le sien ! Jamais elle n'aurait imaginé qu'une telle passion soit possible. Certes, sa nuit avec lui avait été pour elle une expérience nouvelle, mais elle avait également retrouvé l'homme d'autrefois qui lui souriait avec chaleur, affection et amour.

Nul doute que cette nuit marquerait pour eux deux un nouveau départ.

Elle frémit, incapable de contenir sa joie. Soudain, elle entendit frapper à la porte. Lorraine lui demanda si elle pouvait entrer.

— Bien entendu, répondit-elle en se pelotonnant sous les couvertures.

Elle se sentait épuisée, mais étonnamment bien. Elle savait maintenant ce qu'était un plaisir satisfait et rougit en songeant à tous les orgasmes qu'elle avait connus dans les bras d'Alexi.

Avec lui, ils ne pouvaient être que formidables, songea-t-elle, le sourire aux lèvres.

Tandis que Lorraine pénétrait dans sa chambre, elle se plongea dans ses réflexions. Après ce qui était arrivé, Alexi voulait évidemment lui parler. Mais il ne pouvait pas avoir de regrets, c'était impossible. Leur relation avait pris un tournant radical. Une réconciliation de cet ordre, après six années de séparation, ne pouvait pas passer inaperçue. Alexi voulait certainement lui parler de leur mariage, qui n'avait plus rien d'une union de convenance.

Elle bougea légèrement les jambes et, curieusement, des aiguillons de plaisir envahirent son bas-ventre. Comme elle aurait aimé qu'il soit avec elle maintenant, dans son lit…

Serait-elle devenue une dévergondée ? se demanda-t-elle, inquiète.

Elle avait dit à Alexi qu'elle l'aimait à plusieurs reprises, à des moments où toute conversation aurait été malvenue. Il ne lui avait pas dit qu'il l'aimait en retour, mais ce n'était pas non plus ce qu'elle avait attendu de lui. Elle lui avait avoué spontanément son amour. Pourtant, elle espérait du fond du cœur qu'il ressente la même chose pour elle. Comment pouvait-il en être autrement ?

Si Alexi lui déclarait son amour, elle serait aux nues. Ce n'était qu'une question de temps, songea-t-elle, pleine d'espoir. Ne s'aimaient-ils pas depuis qu'ils étaient enfants ? Gênée, elle regarda Lorraine s'approcher de son lit avec un peignoir.

La femme de chambre fit semblant de ne pas remarquer qu'elle était nue et que ses cheveux étaient dénoués. En se levant, elle aperçut des tâches de sang sur les draps. Alexi devait maintenant connaître la vérité, songea-t-elle, certaine qu'il serait heureux d'apprendre qu'elle lui avait été fidèle. Il était un homme expérimenté. Il avait dû remarquer que c'était la première fois qu'un homme lui faisait l'amour…

Elle songea soudain à Blair. Il serait certainement blessé d'apprendre leur réconciliation et elle avait suffisamment d'estime pour lui pour aspirer à le voir heureux. Peut-être pourrait-elle lui présenter une femme belle et aimable ?

Alexi s'était mis dans une telle colère en découvrant ses lettres…

— Vous semblez heureuse ce matin, madame, dit Lorraine en souriant.

Elle ne put contenir sa joie et lui décocha un immense sourire. Blair n'avait plus aucune importance.

— Mon mari est fantastique, répondit-elle.

Lorraine éclata de rire.

— C'est ce que nous avons tous entendu, madame.

*
* *

Une heure plus tard, Elysse pénétra dans le salon qu'elle partageait avec Alexi, vêtue d'une robe rose à rayures crème. C'était l'une de ses tenues préférées. Elle plairait certainement à son époux. Elle se sentait aussi excitée qu'une collégienne à l'idée de le revoir. Tout en s'habillant, il avait fallu qu'elle se pince pour se persuader qu'elle n'avait pas rêvé cette nuit. Elle était pourtant bien décidée à l'impressionner par sa dignité et son sang-froid afin de ne pas lui apparaître comme une jeune fille vivant son premier amour.

Alexi se tenait devant une fenêtre et lui tournait le dos, perdu dans ses pensées. Il songeait certainement à leur nuit. Elle s'immobilisa sur le pas de la porte, même si elle rêvait de se jeter dans ses bras pour lui dire combien elle était folle de lui. Elle se contenta de lui sourire, étrangement intimidée.

— Bonjour, dit-elle d'une petite voix.

Il pivota mais ne lui rendit pas son sourire. Il la détailla de la tête aux pieds. Si sa tenue lui plaisait, il n'en dit rien. Son expression était indéchiffrable.

— Bonjour, répondit-il.

Il se dirigea vers elle et ferma la porte derrière eux.

Pourquoi était-il si sérieux ? Elle voulait lui dire que cette nuit avait été merveilleuse, mais son air grave la retint.

— Alexi, qu'est-ce qui ne va pas ? demanda-t-elle.

Il aurait dû se réjouir de la tournure qu'avaient pris les événements, mais son expression était empreinte d'inquiétude et d'hésitation.

— Comment pouvez-vous seulement me poser la question ? demanda-t-il en se plantant devant elle. Je vous ai terrorisée la nuit dernière.

Il songeait certainement à la manière dont la soirée avait commencé, alors qu'elle ne pensait même plus à la colère qu'avaient déclenchée les lettres de Blair !

— C'était un malentendu, dit-elle, mais maintenant, tout est arrangé.

— Vraiment ? demanda-t-il en croisant les bras sur sa poitrine, l'air mécontent. Etes-vous blessée ?

— Je vais très bien, répondit-elle, de plus en plus confuse.

— Vous ai-je fait mal, Elysse ? demanda-t-il d'un air encore plus grave.

Elle eut un mouvement de recul, comprenant qu'il avait trop bu la veille pour se rappeler les événements.

— Non, Alexi, dit-elle en lui souriant timidement, nous nous sommes disputés, mais ensuite, nous avons fait l'amour.

— Oh, je m'en souviens très bien. Mais aucune femme ne mérite un tel traitement.

— Alexi, répondit-elle, incrédule, c'était un malentendu.

— Vous vous êtes enfuie, vous étiez effrayée. Je vous ai jetée sur le lit.

Son regard lançait des éclairs.

— Pour la dernière fois, demanda-t-il, vous ai-je fait du mal ?

Elle hésita, puis répéta de nouveau :

— Nous avons fait l'amour.

L'expression d'Alexi était si dure que son visage semblait sculpté dans la pierre.

— J'ai vu du sang sur les draps, dit-il d'une voix blanche.

Ainsi, il ne s'était pas aperçu qu'elle était vierge ! Comment était-ce possible ? songea-t-elle en frémissant.

— En effet, dit-elle, laconique.

— Pourquoi y avait-il du sang, Elysse ?

Il émit un petit rire sans joie.

— Je vous ai poursuivie dans l'escalier, continua-t-il, puis je vous ai jetée sur le lit. Vous vous débattiez et je vous ai violée.

— Non ! s'écria-t-elle, affolée. Tout a commencé de façon terrible, mais ensuite, nous avons fait l'amour.

— Vous êtes bien généreuse avec moi ce matin. Je ne le mérite certainement pas.

— Vous ne m'avez pas forcée, dit-elle péniblement. C'est

moi qui vous ai accueilli dans mon lit, Alexi, et cette nuit a été merveilleuse. C'est un nouveau départ pour nous deux.

— Vraiment ? Nous n'avons fait que céder à l'attirance que nous ressentons l'un pour l'autre depuis toujours, Elysse. Mais cela ne change rien au passé. Cela ne change rien aux raisons pour lesquelles nous sommes mariés, pour lesquelles je vous ai abandonnée, ni au fait qu'il y ait des lettres d'amour d'un autre homme dans votre tiroir.

Il se renfrogna.

— Cela ne change rien au fait que vous en aimiez un autre, n'est-ce pas ? ajouta-t-il sur un ton menaçant.

Elle poussa un petit cri. Ainsi, leur nuit d'amour ne voulait pas dire la même chose pour lui que pour elle. Rien n'avait changé… sauf qu'elle n'était plus une vieille fille de vingt-six ans !

— Je n'aime personne d'autre ! se défendit-elle.

Il semblait ne pas l'entendre.

— Vous êtes trop bonne, et je peux comprendre pourquoi. Je vous ai humiliée pendant six ans, et la nuit dernière, je vous ai séduite malgré vous. Je vous ai utilisée.

Sa voix était calme, mais ses joues étaient rouges d'émotion.

Elle lui tourna le dos en retenant ses larmes. C'était donc ce qu'il pensait ?

Il ne l'aimait pas en retour, songea-t-elle, le cœur serré.

— Nous ne pouvons pas continuer comme cela, lâcha-t-il durement.

Elle se raidit mais ne se tourna pas vers lui, effrayée à l'idée de croiser son regard.

— Vous n'êtes pas heureuse, ajouta-t-il. Et moi non plus.

Ses mots lui transpercèrent le cœur comme la lame d'un couteau. Elle se retourna et tendit la main vers lui.

— Nous pouvons essayer de nous réconcilier, dit-elle.

Il lui lança un regard sombre et dubitatif.

— Je pense que c'est déjà fait. Mais de toute évidence, nous sommes incapables de vivre ensemble en tant que mari et femme.

Prise de vertige et anéantie, elle se retint au dossier d'une chaise pour ne pas chanceler. Elle ne pouvait plus parler.

— Je pars pour Canton en juin, dit-il froidement, comme s'il s'adressait à un comité de directeurs ou à un groupe d'investisseurs. J'avais l'intention de lever les voiles au milieu du mois, mais je vais avancer mon départ. Je m'en vais dans deux semaines. D'ici là, je vous demande une trêve.

— Une trêve ! s'écria-t-elle, effarée.

La nuit dernière, il lui avait fait l'amour avec une passion inégalable ! Et aujourd'hui, il déclarait qu'ils ne pouvaient pas vivre ensemble et lui demandait une trêve !

— Je jouerai même au parfait mari si vous le souhaitez.

Il passa devant elle et ouvrit la porte. Il ne semblait pas voir qu'elle était en état de choc.

— N'ayez crainte, conclut-il, je saurai me contrôler. Je ne viendrai plus frapper à votre porte.

Brisée par le chagrin, Elysse éclata en sanglots.

15

Hébétée, Elysse retourna dans sa chambre et ferma la porte. Elle se tint là, immobile, fixant la pièce sans la voir.

Qu'allait-elle faire maintenant ?

Le chagrin la submergea complètement, l'empêchant de respirer. Leur nuit ne signifiait rien pour Alexi. Rien n'avait changé… Leur passé s'interposait toujours entre eux, et il la prenait toujours pour l'une des plus grandes séductrices de Londres. Il ne l'aimait pas du tout. Pourtant, une chose avait changé. Elle avait compris qu'elle l'aimait et qu'elle n'avait jamais cessé de l'aimer.

Elle avait survécu à la mort de William Montgomery, à l'abandon d'Alexi et à six années de commérages. Mais comment survivrait-elle à son indifférence ?

Il ne voulait pas d'un véritable mariage, mais lui demandait une trêve.

De son côté, elle le voulait comme amant, mari et ami. Elle aspirait à une vie pleine d'amour et de passion, et non à une trêve !

Soudain, elle entendit les pas d'Alexi devant sa porte. Elle essuya vivement ses larmes et l'ouvrit en grand. Il était déjà au milieu du couloir, habillé pour aller en ville.

— Où allez-vous ? demanda-t-elle d'une voix un peu trop aiguë à son goût.

Il hésita avant de se retourner. L'expression de son visage restait impénétrable.

— Je sors, Elysse. Si je dois avancer mon voyage en

Chine, j'ai beaucoup d'affaires à régler. Je serai au bureau une grande partie de la journée et de la soirée.

Inventait-il une excuse pour ne pas revenir ?

— Je sortirai pour dîner, ajouta-t-il. Si vous avez prévu de rester à la maison ce soir, ne m'attendez pas.

Elle ne se souvenait plus des engagements qu'elle avait pris pour la soirée. Elle se contenta de le dévisager en espérant ne rien révéler de son angoisse.

— Bonne journée, dit-il poliment.

Puis il tourna les talons et se dirigea vers l'escalier.

Immensément déçue, elle revint dans sa chambre et ferma la porte avant de s'effondrer sur la chaise la plus proche. Elle refoula ses larmes en tremblant. Après avoir touché de si près l'amour, la douleur était insupportable. Elle rêvait d'être pour de bon l'épouse aimante et dévouée d'Alexi. Elle ne pourrait plus se contenter de faire semblant. Seigneur, qu'allait-elle devenir à présent ?

— Vous avez de la visite, madame de Warenne.

Plusieurs jours s'étaient écoulés depuis qu'Alexi lui avait fait l'amour avant de déclarer que cet événement était sans conséquence sur leur situation. La tristesse ne quittait plus Elysse. Le premier jour, elle était restée dans sa chambre, incapable de sortir. Puis elle avait repris son masque de mensonges et s'était rendue à des déjeuners et des dîners ainsi qu'à un gala de charité. Elle avait eu toutes les peines du monde à s'entretenir avec ses amis et connaissances, à sourire au bon moment et à formuler les réponses appropriées. Plusieurs ladies lui avaient demandé si elle était malade. Elle avait menti avec désinvolture, prétendant avoir pris froid.

Elle avait vu Alexi à plusieurs reprises, mais en coup de vent dans la maison. Ils ne s'étaient pas parlé, mais il l'avait toujours saluée d'un signe de tête. Il se montrait poli, bien que son expression reste terriblement neutre.

Les déjeuners, les goûters, les dîners ou les bals de charité ne l'intéressaient pas. Les visites non plus.

Lorsque Reginald vint lui annoncer de la visite, elle était confortablement installée dans le petit salon qui donnait sur les jardins à l'arrière de la maison, plongée dans la lecture d'une lettre de son frère, Jack, parti aux Etats-Unis chercher l'aventure et peut-être la fortune.

— Je ne reçois personne aujourd'hui, Reginald, dit-elle en levant la tête de son écritoire.

— C'est lady St-Xavier, répondit-il, gêné.

Elysse sentit l'angoisse la gagner. Si elle parlait à Ariella, la carapace qu'elle avait érigée autour de son cœur s'effriterait.

— Pouvez-vous lui dire que je ne me sens pas bien ?

Elle aimait Ariella comme sa propre sœur, mais elle se sentait incapable de jouer la comédie devant elle. Et il ne faudrait qu'une seconde à son amie pour comprendre qu'elle n'allait pas bien !

Après toutes ces années, elle craignait de devoir lui avouer la vérité, toute la vérité…

Reginald se retira et elle contempla la lettre de Jack, luttant contre une nouvelle vague de tristesse. Puis elle entendit les talons hauts de son amie résonner dans le couloir et s'arrêter sur le seuil de la porte. Tendue, elle leva les yeux.

— Que s'est-il passé ? dit la jeune femme en se précipitant vers elle, le visage empreint d'inquiétude. Qu'est-ce que mon frère t'a fait ?

Elysse s'était pourtant dit qu'elle ne devait pas pleurer. Elle ne pouvait pas se confier à Ariella. Elle essaya de sourire mais elle ne put que grimacer. Son amie l'obligea à se lever et la serra très fort dans ses bras.

— On dirait que quelqu'un est mort ! s'écria-t-elle.

Elysse se mit à pleurer.

— Mon Dieu, mais que se passe-t-il ? ajouta-t-elle.

Elle s'écarta d'un pas.

— C'est vraiment fini, Ariella, murmura-t-elle. J'ai perdu l'amour de ma vie.

Les yeux de son amie devinrent ronds comme des soucoupes, puis elle prit le visage d'Elysse entre ses mains.

— Je suis là, Elysse. Je serai toujours là pour toi. Viens, allons nous assoir.

Ariella la conduisit vers le canapé où elle s'assit lourdement, acceptant le mouchoir que son amie lui tendait. La douleur l'oppressait tellement qu'elle avait du mal à réfléchir.

— Qu'y a-t-il ? demanda Ariella en prenant ses mains.

— Nous avons fait l'amour, dit-elle en levant les yeux vers elle. Je l'aime, je l'ai toujours aimé. Mais pour lui, rien n'a changé. Il ne m'aime pas, et ne m'aimera jamais. Il veut une trêve, Ariella, une trêve ! Jusqu'à son départ en Chine.

— Je sais que tu l'aimes, répondit son amie en haussant les épaules. Tu l'as aimé dès le premier regard, alors que nous n'étions que des enfants !

Elle lui lâcha la main.

— Qu'est ce qui ne va pas chez Alexi ? demanda-t-elle. Il t'aimait aussi, autrefois. C'est évident. Tu dois me dire ce qui vous oppose autant !

Pourquoi ne lui avait-elle pas encore raconté toute la vérité sur cette nuit tragique ?

— Tu te souviens de William Montgomery, le pilote d'Alexi ? demanda Elysse.

Ariella acquiesça.

— L'Américain, répondit-elle. Celui qui était venu à Windhaven, et qui est reparti brusquement, si mes souvenirs sont bons ?

— Il n'a pas quitté l'Irlande après le bal, Ariella. Il est mort cette nuit-là.

Son amie poussa un cri et devint blême.

Soudain, le passé lui parut si proche, les souvenirs si clairs.

— Je l'ai aguiché pour rendre jaloux Alexi, même si je ne l'ai pas tout de suite compris. Alexi m'a demandé à plusieurs reprises de cesser mon petit jeu avec William, mais j'étais si stupide ! Il m'avait prévenue que Montgomery n'avait rien d'un gentleman. Cette nuit-là, Alexi nous a trouvés en bas de la terrasse. L'Américain a essayé de me violer.

— Oh, mon Dieu ! s'écria son amie en lui prenant les mains.

— Alexi et lui se sont battus, et l'Américain s'est cogné la tête sur une marche de l'escalier. C'était un accident.

Elle essuya les larmes qui s'étaient remises à couler.

— Deux ladies m'ont brièvement aperçue ensuite dans le hall. J'étais complètement débraillée. Alexi ne m'a pas épousée par amour, mais pour me couvrir et pour sauver ma réputation.

Ariella prit une profonde inspiration, essayant d'intégrer ce qui s'était passé lors de cette nuit fatidique.

— Au fil du temps, continua-t-elle, j'ai compris que c'était un accident et j'ai cessé de m'en vouloir sans pour autant excuser mon comportement. Mais Alexi n'oubliera jamais cette nuit. Et pour compliquer encore plus les choses, il croit que je suis amoureuse de Blair.

Ariella passa un bras autour de ses épaules.

— Maintenant, dit-elle, je commence à comprendre pourquoi Alexi n'a pas été capable de te pardonner. Il t'aime tellement, Elysse. A l'époque, il ne pouvait pas supporter de te voir flirter avec Montgomery. Et même si tu ne me crois pas, il en va de même pour ta supposée liaison avec Blair. Peut-être te pardonnera-t-il si tu lui dis la vérité sur Blair, et sur ces six années. J'ai toujours cru que tu avais été fidèle à Alexi. Est-ce que je me trompe ?

— Il s'est montré si cruel, répondit-elle en rougissant. Je crains qu'il se fiche de la vérité. Peut-être même se moquera-t-il de moi s'il apprend que je suis restée vierge pendant toutes ces années !

Comme Ariella ne répondait rien, elle ajouta :

— Nous avons passé six ans à évoluer chacun de notre côté, jusqu'à devenir des personnes très différentes. Comment ai-je pu seulement espérer que nous pourrions retrouver notre ancien amour, alors que notre mariage repose sur la mort d'un homme ?

— Et pourtant, répondit son amie l'air convaincu, toi et lui êtes voués l'un à l'autre. Alexi a choisi de t'épouser. As-tu oublié ce que l'on dit de ma famille ? Un de Warenne n'aime qu'une seule fois, et pour toujours. Alexi est tombé amoureux de toi lorsqu'il était enfant. Il est en colère, il se sent coupable et il est jaloux de Blair, mais il t'aime toujours. J'en suis sûre !

Elysse se leva et contempla le visage de son amie.

— Ariella, la nuit où nous avons fait l'amour a été la plus belle de ma vie. J'ai cru que nous allions prendre un nouveau départ, que nous allions vivre un véritable mariage, plein d'amour et de passion !

— Que veut dire une trêve pour lui ?

— Il envisage de reprendre la mer plus tôt que prévu. Il embarquera pour la Chine au début du mois de juin, et non le quinze, afin de s'éloigner de moi ! Jusqu'à cette date, il veut que nous cohabitions de manière courtoise, comme deux étrangers. Sauf qu'il n'est pas un étranger pour moi ! C'est mon mari et l'homme que j'aime. Dire qu'autrefois, c'était mon plus cher ami !

— Ainsi, il prévoit de s'éloigner de toi ?

— Oui.

— Très intéressant, Elysse, dit Ariella en lui lançant un regard étonné. Alexi n'est pas un lâche, mais un battant. Pourtant, il craint de rester avec toi. A ton avis, pourquoi ?

— Je ne vois pas où tu veux en venir.

— Alexi est tourmenté par le passé tout autant que toi, peut-être même plus. Et maintenant, il fuit. Que comptes-tu faire ?

— Je te demande pardon ?

— Allons, Elysse. Tu as connu la passion dans les bras de l'homme de tes rêves. Tu ne vas pas rester les bras croisés et le regarder partir ?

Elysse sentit une sourde excitation se former au creux

de son ventre. Pourquoi avait-elle laissé à Alexi le soin de lui dicter les termes de leur mariage ? Elle savait ce qu'elle voulait maintenant : elle voulait son mari auprès d'elle.

— Si Emilian se comportait en goujat égoïste, je me battrais. Je me battrais bec et ongles pour lui. Et je commencerais par le séduire.

Elysse sursauta. Des images de la nuit qu'elle avait passée avec Alexi traversèrent son esprit. Il s'était montré si désespérément impatient d'être avec elle. Elle était certaine qu'ils vivaient un désir hors du commun. Non, elle n'allait pas le laisser s'en aller. Mais oserait-elle prendre les choses en main ?

— Tu as raison, dit-elle d'une voix déterminée. Je veux mon mari. Je veux vivre un vrai mariage. Il est temps que je me batte pour nous !

Alexi avança dans le grand hall de la maison d'Oxford d'un pas prudent. Il était 10 h 30 et il n'avait pas envie de croiser Elysse. Il avait fait de son mieux pour l'éviter depuis leur nuit désastreuse où il l'avait poursuivie et pratiquement violée. Même si elle prétendait le contraire.

De son côté, il ne pouvait oublier les cris d'effroi de son épouse, qui résonnaient encore dans sa tête.

Non, il ne lui avait pas fait l'amour, c'était impossible. Après tout l'alcool qu'il avait ingurgité, il n'était capable que de consommer du sexe et de satisfaire bestialement son désir. Sa soirée avec Elysse était très floue, mais de temps à autre, il se souvenait de la manière désespérée dont il l'avait touchée, embrassée et tenue dans ses bras. Ses souvenirs étaient certainement trompeurs car il ne pouvait pas continuer de l'aimer après toutes ces années, comme lorsqu'il était enfant.

Il essayait de toutes ses forces d'oublier cette nuit, mais en vain. Son comportement lui faisait atrocement honte. Dire qu'il lui avait fait peur avec son désir et sa colère !

Lui, l'homme qui avait toujours voulu la protéger… Que leur était-il arrivé ?

Vivre avec elle dans ces conditions était impossible. Il ne se faisait plus confiance lorsqu'il était avec elle. Il en était même arrivé à frôler les couloirs de sa propre maison pour l'éviter ! Plus vite il partirait pour la Chine, mieux ce serait. Le premier juin lui paraissait même éloigné pour lever les voiles.

Il avait donc décidé de réorganiser le chargement de son bateau aussi vite que possible. Ses cales étaient déjà remplies à soixante pour cent et il travaillait sans relâche pour trouver le complément de marchandises. S'il réussissait, il pourrait partir à la fin de la semaine.

Il avança vers l'escalier aussi doucement que possible. Si Elysse était sortie ce soir, elle ne serait pas de retour avant minuit. Et si elle était restée, elle était sûrement dans sa chambre à l'heure qu'il était. Il y avait peu de chance que leurs chemins se croisent.

Reginald vint bientôt à sa rencontre. Malgré ses ordres précis, le majordome s'obstinait encore à attendre son retour.

— Avez-vous besoin de quelque chose ce soir, capitaine ?

— Non, merci, répondit-il en fixant l'escalier. Mme de Warenne est-elle ici ?

— Oui, monsieur. Elle s'est retirée depuis un moment dans ses appartements.

Il hocha la tête en silence.

— Bonne nuit, Réginald, répondit-il.

Le majordome le regarda comme s'il voulait ajouter quelque chose, mais il se contenta de rougir et se retira.

Soulagé à l'idée d'éviter tout face-à-face avec Elysse, Alexi monta rapidement l'escalier. Il était heureux d'aller se réfugier dans son sanctuaire. Il ne trouverait peut-être pas tout de suite le sommeil, mais il pourrait lire, confortablement installé dans son lit, jusqu'à ce que ses yeux se ferment.

Il refusait de songer à la nuit qu'il avait passée avec Elysse.

Pourtant, en montant les marches, il sentit un désir intense l'envahir. Il savait qu'une fois étendu sous les couvertures, il vibrerait en repensant à leurs moments de passion.

En entrant dans le petit salon commun à leurs chambres, il aperçut immédiatement le grand feu qui crépitait dans la cheminée. Etrange, songea-t-il. Puis son regard se posa sur la table dressée pour deux.

Abasourdi et incrédule, il s'immobilisa.

Sur le petit guéridon trônaient deux verres en cristal et des assiettes en porcelaine. Des bougies brûlaient sur de majestueux chandeliers en argent et une bouteille de champagne était posée dans un seau à glace.

— Qu'est-ce que tout cela veut dire ? demanda-t-il à haute voix.

La porte de la chambre d'Elysse s'ouvrit d'un coup. Elle se tenait sur le seuil, vêtue d'un déshabillé en dentelle ivoire assorti à des escarpins à talons hauts. Cette vision extraordinaire le laissa sans voix.

— Bonsoir, Alexi, dit-elle en souriant.

Elle s'avança dans le salon. Ses longs cheveux dénoués tombaient sur ses épaules, tandis que la soie de sa tenue épousait sensuellement ses hanches et ses cuisses.

Il sentit son corps se tendre comme un arc.

— Mais que faites-vous ? s'écria-t-il, interloqué.

Elle s'avança vers lui et empoigna le revers de sa veste avant de se dresser sur la pointe des pieds pour déposer un baiser sur sa joue. Sa poitrine frôla son torse et des effluves de parfum fleuri l'envahirent.

— Je vous invite à boire un verre avant d'aller nous coucher, susurra-t-elle.

Leurs regards se croisèrent et ils se dévisagèrent avec intensité.

— Jamais de la vie ! s'écria-t-il soudain.

D'un pas chaloupé, elle contourna la table et sortit la bouteille de champagne du seau. Il se contenta de l'observer remplir deux flûtes, paralysé de surprise. Il pouvait à peine respirer. Il n'allait pas la laisser le séduire ! Il ne pourrait rien sortir de bon de leur relation. Vivement qu'il quitte cette ville ! songea-t-il, partagé entre le désir et la crainte.

Elysse se tourna vers lui et lui tendit un verre.

Furieux, il le saisit avant de le reposer brusquement sur la table.

— Pourquoi essayez-vous de m'aguicher ?

— Je ne vous aguiche pas.

— Tentez-vous de me séduire, alors ?

— Absolument.

Elle plongea ses lèvres dans la flûte sans le quitter du regard.

— Pourquoi voulez-vous m'ajouter à votre tableau de chasse ? demanda-t-il en tremblant de colère. Voulez-vous que je devienne un de ces idiots qui se traînent à vos pieds ? Pourquoi faites-vous cela, Elysse ?

— Loin de moi l'idée de vous faire ramper à mes pieds. Vous n'êtes pas une conquête, mais vous êtes certainement un idiot.

Ses tempes battaient si fort qu'il avait du mal à réfléchir.

— Pourquoi seriez-vous le seul autorisé à me séduire ? ajouta-t-elle.

— Qu'y a-t-il, Elysse ? Blair n'était pas disponible, ce soir ?

— Ce n'est pas Blair que je veux. Je n'ai jamais voulu de lui. C'est vous que je veux.

Elle posa sa flûte et porta la main à la ceinture de son peignoir de soie.

— La porte est ouverte ! s'écria-t-il.

Il n'en croyait pas ses yeux.

Elle défit lentement le lien de son déshabillé et le fit glisser langoureusement sur ses épaules. Elle se tenait maintenant devant lui, vêtue de la plus minuscule chemise de nuit de soie qu'il ait jamais vue.

— Dans ce cas, allez la fermer, murmura-t-elle.

Il l'entendit à peine, absorbé par son beau visage rose de

désir et la pointe érigée de ses seins qui tendait sa nuisette, si courte qu'elle révélait ses jambes longues et fines.

— Pourquoi faites-vous cela ? répéta-t-il d'une voix rauque.

— Je vous l'ai dit, je vous veux.

Il tenta de reprendre son souffle tandis qu'elle s'approchait dangereusement de lui. Puis elle glissa ses mains délicates sous sa veste, en haut de son torse.

— Et nous savons tous les deux que vous me voulez aussi, dit-elle dans un souffle.

Son corps souple se pressa contre le sien. Il était doux et chaud. Et elle était si féminine. Malgré lui, il l'enlaça et la serra très fort contre lui, sa bouche collée à ses cheveux. Son cœur était sur le point d'exploser. Il la désirait tellement ! Depuis qu'ils avaient fait l'amour, il avait rêvé d'elle nuit et jour. Il aspirait tellement à être de nouveau avec elle… Jamais il n'avait désiré autant une femme. A cet instant précis, le passé n'avait plus aucune importance.

Il leva doucement son visage vers le sien et croisa son regard brillant et ardent. Au bout de ses longs cils luisaient quelques larmes.

Il ne savait pas ce qu'elles signifiaient, et était incapable d'y réfléchir. Bientôt, il trouva sa bouche et posa ses lèvres sur les siennes. Il était animé d'un besoin urgent et primitif de la posséder tandis qu'elle lui rendait son baiser avec fougue. Leurs bouches s'unirent et s'ouvrirent l'une à l'autre. Il prenait un tel plaisir à jouer avec sa langue qu'il aurait voulu que ce moment dure des heures ! Il glissa ensuite ses mains impatientes sous sa chemise de nuit de soie et les posa sur ses fesses nues. Au comble de l'excitation, il la tint serrée contre lui, tandis qu'elle gémissait et haletait tout contre sa bouche, prête à s'offrir à lui.

— Nous allons le regretter tous les deux, grogna-t-il entre deux baisers enfiévrés.

— Je ne regretterai rien, murmura-t-elle.

D'un geste souple, il la souleva dans ses bras et se

dirigea à grands pas vers sa chambre, avant de la déposer délicatement sur le lit. Il ne se souvenait que trop bien à quel point il s'était montré brutal avec elle la première fois. Elle lui sourit en tendant vers lui sa main, ses longues cuisses écartées, son corps offert dans une invitation qu'il ne pouvait pas refuser.

Il retira précipitamment sa veste et se coucha sur elle. Tout en l'embrassant, elle continua de le déshabiller et il grogna lorsque son sexe nu et bandé frôla la peau douce et humide de son ventre. Il aurait tant aimé lui dire à quel point il avait besoin d'elle, songea-t-il en prenant son visage entre ses mains. Il ne pouvait pas se passer d'elle, jamais. Mais les mots ne franchirent pas la barrière de ses lèvres.

— Alexi, murmura-t-elle.

Comme un flash, il se souvint alors de la nuit où elle lui avait dit qu'elle l'aimait. Avait-il rêvé ? Oui, c'était la seule explication. Car c'était Blair qu'elle aimait.

— Faites-moi l'amour, Alexi, dit-elle dans un souffle.

Il obéit aussitôt. Le désir était trop pressant pour attendre.

Elysse haleta lorsqu'il prit possession de son corps. Il la serra très fort contre lui. C'était si bon…

Elysse soupira, tandis que les vagues d'extase refluaient peu à peu. Alexi roula à son côté et elle chercha sa main, son corps vibrant encore de plaisir.

— Alexi, murmura-t-elle.

Elle ouvrit les yeux et le regarda.

Il était couché sur le dos, complètement nu, magnifique. Son regard était rivé au plafond.

Ainsi, ses tentatives de séduction avaient abouti, songea-t-elle avec satisfaction. Elle pivota sur le côté sans lâcher sa main. Etait-ce le moment de lui répéter qu'elle l'aimait ?

— J'aime beaucoup être avec vous, Alexi, dit-elle à la place.

Il tourna la tête vers elle et l'observa.

— Non, vous n'allez pas oser vous mettre en colère maintenant, dit-elle en se redressant vivement devant l'expression de son visage. Nous avons passé un moment merveilleux, et vous le savez !

Il se leva à son tour en jetant les draps sur elle.

— Oui, nous avons partagé une formidable partie de jambes en l'air !

— Nous avons fait l'amour, rectifia-t-elle, terriblement blessée.

Il bondit sur ses pieds.

— Vraiment ? demanda-t-il.

— Pourquoi faites-vous cela ? s'écria-t-elle en rabattant les draps au pied du lit.

Il attrapa son pantalon.

— Vous m'avez séduit, Elysse, alors que je vous avais expressément demandé une trêve.

— En effet, et vous avez été étonnamment facile à séduire !

Elle finit par se couvrir.

— Vous savez à quel point vous êtes belle et sensuelle ! fulmina-t-il. Vous savez l'effet que vous faites aux hommes !

— Pourquoi êtes-vous si en colère ? Nous sommes tous les deux adultes, et nous sommes mariés de surcroît !

— Parce que je ne veux pas être marié, et encore moins avec vous ! hurla-t-il.

Il enfila rapidement son pantalon et ferma les boutons avec des gestes brusques remplis de colère.

Elysse sentit ses blessures se rouvrirent à ces paroles, mais ce n'était pas le moment de céder.

— Pourtant, répondit-elle, nous sommes bel et bien mariés, et il se trouve que j'ai envie d'être votre épouse.

Il sursauta, l'air incrédule.

— Je croyais que cette nuit serait un nouveau départ pour nous, dit-elle en souriant. Je veux vivre un vrai mariage avec vous.

Mais elle savait qu'elle ne le convaincrait pas.

Il saisit sa chemise et la garda en boule dans sa main.

— Essayez ce que vous voulez, mais je n'ai pas l'intention de jouer au mari parfait. Il est hors de question que je partage de nouveau votre lit.

— Pourquoi ?

— Parce que je ne veux pas vivre un vrai mariage avec vous ! cria-t-il de nouveau, le visage en feu.

— Pourquoi ne pas essayer ? demanda-t-elle d'une voix tremblante.

Il lui lança un regard méprisant.

— Essayer ce que vous voulez, je ne peux pas vous en empêcher. Comme vous ne pourrez m'empêcher de partir.

Elle faillit s'étrangler.

— Où allez-vous ? demanda-t-elle, au bord des larmes.

— Je retourne au bureau, lâcha-t-il sèchement.

— Mais il est minuit passé !

— J'ai changé mes plans, répondit-il en la toisant durement. J'espérais vous le dire dans un jour ou deux, mais je me dois de vous en informer dès à présent.

Paniquée, elle serra le drap contre son cœur.

— Qu'avez-vous l'intention de faire ?

— J'espère lever les voiles à la fin de la semaine, dit-il d'une voix plus apaisée. A l'heure où nous parlons, j'organise le chargement de mes cales.

— Quoi ! s'écria-t-elle, ahurie.

— J'ai l'intention d'embarquer à la fin de la semaine. Soixante pour cent de la marchandise est déjà à bord. Je cherche de quoi compléter le chargement.

Ainsi, il prévoyait de repartir dans six jours, loin d'elle et le plus vite possible !

— J'ai hâte d'entreprendre ce voyage, ajouta-t-il. Cela fait beaucoup trop longtemps que je suis sur la terre ferme.

— Ne partez pas ! le supplia-t-elle.

Elle bondit sur ses pieds, toujours enroulée dans le drap.

Le regard d'Alexi se posa sur sa hanche nue.

— Quelle différence cela fait-il que je parte quelques semaines avant ?

— Vous serez absent pendant six mois. Et nous devons trouver une issue à notre situation ! dit-elle, prise de panique.

— Il n'y a rien à trouver, répondit-il en se dirigeant vers la porte.

Elle se précipita vers lui.

— Il y a tout à trouver, au contraire, Alexi.

Puis, spontanément, elle s'écria :

— Emmenez-moi avec vous !

Ses yeux s'agrandirent de surprise.

— Etes-vous devenue folle ? Je ne vous emmènerai ni en Chine ni ailleurs ! s'exclama-t-il.

— Et pourquoi pas ? Votre belle-mère suivait votre père partout ! se défendit-elle, horrifiée par la tournure qu'avaient pris les événements. A moins que vous ne prévoyiez de prendre du bon temps à Singapour ?

— Je ne vous ai jamais promis d'être fidèle ! s'écria-t-il.

Ainsi, il s'apprêtait à rendre visite à sa maîtresse…

— S'il vous plaît, emmenez-moi, supplia-t-elle. Nous devons trouver une solution à notre mariage. Nous ne pouvons pas continuer ainsi.

— Je vous donne raison sur ce dernier point, dit-il d'un air sombre. C'est justement parce que nous ne pouvons pas continuer ainsi que je m'en vais.

Rongée par le chagrin, elle enfouit son visage dans ses mains et lâcha le drap.

Sa bouche formait un pli dur lorsqu'il se pencha pour le ramasser. Il posa l'étoffe sur ses épaules.

— Et quant à notre mariage, conclut-il, il n'y a rien à résoudre.

Les jours qui suivirent passèrent comme dans un brouillard. Alexi ne revint pas à la maison et Elysse apprit qu'il séjournait au St James Club, un hôtel de luxe réservé aux gentlemen les plus distingués et aux touristes fortunés. Ariella lui conseilla de le traquer jusqu'à ce qu'il entende raison, mais elle ne se sentait plus capable de suivre ses conseils. Elle l'avait déjà séduit une fois, et son initiative s'était retournée contre elle.

Elle avait fini par lui écrire une lettre en choisissant soigneusement ses mots.

« Mon cher Alexi,

» Si vous pensez que vous devez partir pour la Chine, sachez que je vous soutiens tout à fait dans votre choix. Je vous souhaite beaucoup de succès, comme toujours. Que Dieu vous garde tout au long de ce voyage.

» Votre départ ne changera rien au fait que nous sommes mariés. Je resterai à Londres et veillerai sur notre maison et nos affaires jusqu'à votre retour. J'espère du fond du cœur qu'à votre prochain retour, nous réglerons les différends qui nous opposent.

Votre dévouée, Elysse.

Elle avait envoyé son cocher lui porter la lettre en mains propres quarante-huit heures avant son départ. Les deux jours qui suivirent s'écoulèrent avec une lenteur insupportable. Elle était certaine qu'il répondrait à sa lettre, ne serait-ce que de manière informelle. Mais la veille de son départ, elle n'avait reçu aucune nouvelle. Son cœur et son âme étaient à vif. Alexi n'était pas encore parti qu'il lui manquait déjà.

Ariella était venue lui rendre visite tous les jours avec des nouvelles d'Alexi. Elle lui avait avoué qu'elle ne l'avait jamais vu aussi déterminé.

D'après elle, rien ne pourrait l'arrêter.

La nuit avant son départ, elle tourna et se retourna dans son lit, incapable de dormir. Peut-être pouvait-elle se rendre au St James et le supplier de rester ? Mais cela équivaudrait à renoncer à sa fierté… et c'était tout ce qu'il lui restait.

A l'aube, elle se rendit en voiture sur les quais St Katherine, enveloppée dans une couverture en laine bien chaude. Elle contempla le clipper. Les bras autour des épaules, elle regarda l'équipage s'affairer sur le pont. Les voiles furent hissées et les amarres larguées. Alexi se tenait sur la plage arrière, d'où il pouvait tout contrôler.

Il ne pouvait pas ne pas avoir remarqué sa voiture : elle était seule sur les quais.

Lorsqu'elle vit les ancres se lever, elle ouvrit la porte en tremblant. Elle descendit de voiture en chancelant, sans même prévenir son cocher. Puis elle remonta lentement le quai.

Alexi resta immobile à la barre, criant de temps à autre un ordre. Les huniers se dressèrent en premier, puis les grands-voiles se déployèrent.

La gorge nouée, elle s'arrêta au bout du quai.

Une trentaine de mètres les séparaient, mais leurs regards se croisèrent malgré la distance.

S'il vous plaît, ne partez pas ! le supplia-t-elle en silence, tandis que le grand navire s'éloignait doucement.

Il la regardait toujours lorsque le clipper prit le vent et commença à gagner de la vitesse. La silhouette d'Alexi rétrécit tandis que le bateau s'éloignait.

Son cœur se serra douloureusement dans sa poitrine et elle étouffa un sanglot. Comment pouvait-elle le laisser partir encore une fois ?

La Coquette filait à présent à toute allure sur l'océan. Elle ne reconnaissait que d'instinct la silhouette d'Alexi debout sur le pont. Peut-être même la regardait-il encore… Elle leva la main sans espérer de réponse, mais il leva à son tour le bras en signe d'adieu.

Elle avait bien vu son geste. Soudain, elle se mordit la lèvre. Sa décision était prise ! Elle ne pouvait pas le laisser la quitter. Pas comme cela.

Si Alexi partait pour la Chine, elle le suivrait, qu'il le veuille ou non !

PARTIE III

La victoire de l'amour

16

Lorsqu'elle arriva dans les locaux de la société Windsong Shipping à 8 heures du matin, Elysse fut accueillie par deux employés qui étaient déjà à leurs postes, derrière le comptoir.

Elle leur adressa un aimable signe de tête. Elle venait de passer une heure à réfléchir, chaudement emmitouflée dans son attelage. Cette fois, elle ne laisserait pas Alexi partir et fuir leur mariage. Elle était même prête à le suivre jusqu'en Chine. Jamais elle ne s'était sentie aussi sûre d'elle. Toutefois, elle commençait tout juste à comprendre la difficulté d'entreprendre un tel voyage pour une femme seule.

Aucune traversée n'était vraiment sûre. Les pirates continuaient à sévir en haute mer et attaquaient régulièrement les navires pour voler leurs chargements. Lorsque cela arrivait, l'équipage était souvent pris en otage ou réduit en esclavage. Sans oublier que les bateaux pouvaient être pris dans des tempêtes ou des ouragans.

La peur s'insinua en elle, contrecarrant tous ses espoirs. Seigneur ! dire qu'elle envisageait de voyager seule autour du monde ! Soit elle possédait un courage insoupçonné, soit elle était folle à lier.

— Bonjour, madame de Warenne, la salua l'employé aux cheveux roux. Belle matinée pour s'embarquer, n'est-ce pas ?

— Bonjour, répondit-elle en chassant ses angoisses.

Elle suivrait Alexi, quoi qu'il lui en coûte.

— La brise était forte ce matin, en effet, répondit-elle. Mon beau-père est-il arrivé ?

Elle venait tout juste de terminer sa phrase lorsque Cliff de Warenne apparut dans le couloir qui desservait les bureaux situés au rez-de-chaussée.

— Elysse ? demanda-t-il, l'air surpris. Que faites-vous en ville de si bonne heure ?

Il s'approcha d'elle à pas lents et déposa un baiser sur sa joue.

— Je suis venue regarder Alexi partir, dit-elle en soutenant son regard. J'ai besoin de m'entretenir avec vous, s'il vous plaît.

Ses yeux azur, du même bleu que ceux d'Alexi, s'agrandirent de surprise.

— Ne nous dérangez pas, dit-il aux employés en lui prenant le bras.

Quelques instants plus tard, ils pénétrèrent dans son bureau, qui occupait tout un angle du rez-de-chaussée. De larges fenêtres donnaient sur la rue où se pressaient des ouvriers sur les quais bondés. Un immense bureau de bois massif faisait face aux fenêtres. Une bibliothèque remplie de livres sur les bateaux ainsi qu'un canapé et deux chaises face à une cheminée complétaient le mobilier de la pièce.

Cliff ferma la porte derrière eux et lui offrit du thé.

— Tout va bien, le rassura Elysse.

Il se servit ensuite, versant le liquide brûlant dans une minuscule tasse en porcelaine, beaucoup trop fine et délicate pour ses larges mains. Puis il lui tendit une chaise qu'elle refusa d'un signe de tête.

— J'ai besoin de votre aide, dit-elle de but en blanc. Sachez que je suis aussi désespérée que déterminée.

— Je serais heureux de vous apporter toute l'aide qui est en mon pouvoir, répondit Cliff en la détaillant avec curiosité. Que puis-je faire pour vous ?

Elle hésita quelques instants.

— Je dois aller en Chine, Cliff.

Il eut un mouvement de recul et renversa quelques gouttes de son thé.

— Je veux embarquer le plus rapidement possible, ajouta-t-elle.

Elle se mit alors à tordre nerveusement ses mains. Son cœur battait à tout rompre. Elle s'imagina soudain sur le pont d'un clipper, seule femme au milieu d'une douzaine d'hommes d'équipage.

Cliff posa sa tasse de thé sur son bureau.

— Mon Dieu, Elysse, pourquoi diable voudriez-vous vous rendre en Chine ? Et si tel était votre souhait, pourquoi n'êtes-vous pas partie avec Alexi ?

Elle prit une profonde inspiration. Il était temps de jouer cartes sur table.

— Je le lui ai demandé, mais il a refusé.

Comme Cliff ne répondait rien, elle ajouta :

— Je ne peux pas rester loin de lui une année entière.

Son beau-père l'étudia plus attentivement.

— Qu'est-ce que cela veut dire ? demanda-t-il, surpris. Vous avez vécue séparée de mon fils pendant six ans. Votre mariage n'est qu'une façade et, d'après ce que je sais, il ne tient qu'à un fil. Qu'est-ce qu'une année de plus peut bien changer ?

— Elle change tout car je l'aime, dit-elle en frémissant. Je ne peux plus le laisser me rejeter et mépriser notre mariage !

Son beau-père semblait complètement abasourdi.

— J'ai essayé de l'oublier, mais en vain, ajouta-t-elle. Je l'ai aimé dès le premier instant où je l'ai vu, lorsque nous étions enfants ! Mais je ne vous apprends rien. Je veux voir revenir mon meilleur ami, je veux mon mari ! Vous avez raison, notre mariage n'est qu'une mascarade. Sauf qu'aujourd'hui, j'aspire à une véritable union. Je suis déterminée à me battre pour nous.

Toujours sous le choc, Cliff s'approcha d'elle.

— Vous ne pouvez pas savoir combien je suis heureux d'entendre que vous êtes prête à vous battre pour mon fils et pour votre mariage.

Puis, sans crier gare, il la serra très fort dans ses bras.

Elysse sentit les larmes lui monter aux yeux. Elle aimait beaucoup son beau-père et sa belle-mère, et elle était folle de joie à l'idée de bénéficier de nouveau de leur soutien.

— Je l'aime tellement, dit-elle entre deux sanglots.

— Je le sais. Cela fait des années que je me demande si nous avons fait le bon choix en permettant qu'Alexi couvre l'accident qui a tué Montgomery.

Il relâcha son étreinte.

— Je voulais me marier avec Alexi, murmura-t-elle. Mais je n'ai jamais cessé de regretter la façon dont je me suis comportée avec William. Peut-être que si je n'avais pas flirté avec lui comme une écervelée, il serait encore en vie. Peut-être qu'Alexi et moi serions mariés et heureux de l'être…

— C'était un accident, déclara fermement Cliff. Une lady a le droit de flirter. N'oubliez pas qu'il vous a agressée, Elysse. Si Alexi n'était pas intervenu, c'est moi qui l'aurais tué de mes propres mains. Un homme doit toujours défendre et protéger la femme qu'il aime.

Mais était-ce vraiment ce qu'Alexi avait fait ? songea-t-elle. Puis soudain, au plus profond de son cœur, elle sut que c'était la vérité. Ils s'aimaient depuis leur plus tendre enfance sauf qu'à l'époque, ils étaient trop jeunes pour le comprendre.

— Autrefois, Alexi m'appréciait beaucoup, dit-elle, pleine d'espoir. Avec un peu de chance, il pourra retrouver les sentiments qu'il avait pour moi. Mais il me résiste avec acharnement.

Cliff lui sourit.

— Alexi est un homme fier et têtu. Vous l'avez blessé en acceptant que Montgomery vous courtise, et vous avez continué de le blesser avec vos nombreux prétendants. Mais je suis certain que vous n'aurez pas beaucoup de mal à le convaincre. Je suis certain qu'il vous aime encore.

A ces mots, elle sentit son cœur exulter de joie. Si seulement son beau-père avait raison…

— J'ai été stupide de me servir de Montgomery pour rendre Alexi jaloux, dit-elle, honteuse. Je l'ai compris depuis cette nuit tragique à Windhaven. J'ai même dit à Alexi à quel point j'étais désolée. Mais il est si obstiné. Il refuse de me pardonner, et de se pardonner à lui-même. Quant aux rumeurs sur mes liaisons, sachez que mes prétendus amants n'ont jamais été que des amis. J'ai joué la comédie pendant toutes ces années pour sauver ma fierté et éviter les humiliations. Et aussi pour punir Alexi de sa trahison...

— Avez-vous dit tout cela à mon fils ? demanda Cliff.

— Il ne me croira jamais.

— Il faut qu'il le sache. A mon avis, vos aventures ont causé plus de tort à votre mariage que la mort de Montgomery.

Cliff avait peut-être raison. Alexi était si fier, et elle commençait à comprendre à quel point il était jaloux.

— Mais lui aussi a ses aventures, se défendit-elle.

— Oui, mais c'est un homme et, dans notre société, la donne n'est pas équitable, dit-il d'un ton catégorique.

Il avait raison. Les hommes pouvaient sortir la tête haute d'une liaison scandaleuse, mais pas une lady. Elle se dirigea lentement vers l'une des grandes fenêtres et contempla la rue remplie de voitures et de chariots. Un peu plus loin, elle vit que l'on déchargeait un bateau. Des centaines de barils scellés s'entassaient avant d'être acheminés vers des entrepôts. Cliff vint se placer derrière elle.

— C'est de l'huile de palme, du Bénin, expliqua-t-il. Nous n'arrivons pas à satisfaire la demande de nos usines.

Elle pivota pour lui faire face. Elle se fichait de l'huile en provenance de l'Afrique. Une seule chose était claire dans son esprit.

— Je suis résolue à enterrer le passé une fois pour toutes, dit-elle d'une voix calme. Je suis résolue à réparer à tout prix ce mariage et je suis déterminée à aimer Alexi, qu'il le veuille ou non.

— Maintenant que vous avez fait votre choix, il ne résistera pas longtemps à votre détermination.

Si seulement il pouvait dire vrai !

— Cliff, je ne peux pas rester à Londres pendant un an en attendant le retour d'Alexi. Je vais le suivre en Chine. Mais pour ce faire, j'ai besoin de votre aide.

Le sourire de son beau-père s'évanouit.

— Elysse, vous ne pouvez pas partir seule en Chine !

— Pourquoi pas ? Je peux réserver une cabine sur le prochain bateau de marchandises. Quand part le prochain clipper ?

— Notre prochain navire s'en va le 15 juillet, mais il ne prend pas de passagers. Un tel voyage est dangereux. Vous êtes une lady ! Vous pouvez être agressée par des hommes d'équipage, ou des pirates. Et que faites-vous des ouragans et des pluies de la mousson ? Et de la malaria ?

Elle ne prêta pas attention à ses objections. Le prochain bateau de sa compagnie ne partait pas avant six semaines. Elle ne pouvait tout simplement pas attendre aussi longtemps !

— Si j'embarque à bord de ce navire, Alexi sera déjà sur le chemin du retour lorsque j'arriverai à Canton. Laissez-moi louer à mes frais un bateau, alors !

Mais c'était impossible : elle n'avait pas assez d'argent pour ça… De plus, il était absurde d'envoyer un navire sans chargement pour une seule femme.

— Vous y laisseriez la moitié de votre fortune, répondit-il d'une voix laconique. Je n'ai pas l'intention d'envoyer un bateau vide en Chine. Vous ne m'avez pas bien compris, Elysse. Ce voyage n'est pas sûr. De plus, si ce n'est pas avec un navire de ma compagnie ou avec votre mari, je ne vous laisserai pas entreprendre seule une telle traversée. Comme je dois rester ici pour gérer les affaires de Windsong Shipping et qu'Alexi est déjà parti, vous devrez attendre ici, à Londres, qu'il revienne.

Elle s'apprêtait à le contredire mais son regard dur et implacable l'arrêta. Elle détourna les yeux. S'il découvrait que ses intentions n'avaient pas changé malgré les dangers qu'elle encourait, il remuerait ciel et terre pour l'arrêter. Elle ferma les yeux. C'était le moment ou jamais de mentir.

— Je ne sais pas ce qui m'a pris, dit-elle en fixant son beau-père droit dans les yeux. Evidemment, il est hors de question que je parte seule en Chine. Il faudrait être inconscient pour envisager une telle folie.

— Ecrivez-lui une lettre, déclara Cliff fermement. Il sera à Canton pendant au moins un mois. Si vous l'envoyez tout de suite, il y a de fortes chances qu'il la reçoive.

Elysse lui sourit. Alexi ne recevrait pas sa lettre avant 110 jours environ…

— Très bonne idée, dit-elle d'un air faussement convaincu. Je vais tout lui expliquer dans une lettre.

Une semaine à peine plus tard, Elysse se tenait à l'arrière de sa voiture, les rideaux à moitié tirés, cachée derrière un chapeau à épaisse voilette. Elle contempla la porte d'entrée de la compagnie Potter. Comme si elle répondait à un signal, Matilda sortit de l'établissement habillée en grande dame, avec un chapeau à voilette pour ne pas qu'on la reconnaisse. Elysse inspira à fond et s'adossa à la banquette tandis que Matilda traversait la rue, tête baissée.

Jusque-là, elle n'avait pas trouvé de bateau qui accepte de l'emmener en Chine. Elle avait envoyé sa bonne se renseigner en prenant toutes les précautions nécessaires, car elle savait que son beau-père ferait tout pour l'empêcher de s'embarquer. Elle devait donc agir dans le plus grand secret. Tout le monde la connaissait dans le quartier et elle avait immédiatement su qu'il lui fallait un complice. Les deux seuls clippers en partance pour la Chine avaient malheureusement refusé de la prendre comme passagère. Au fond de son cœur, elle priait pour que Matilda réussisse auprès de la compagnie Potter, Wilson & Co.

Matilda ouvrit vivement la porte de la voiture et monta, l'air soucieux.

— Encore un échec ? demanda Elysse inquiète.

Mais elle connaissait déjà la réponse.

— Peut-être devriez-vous vous résigner, madame, dit Matilda. Aucun navire ne souhaite transporter une femme seule jusqu'en Chine, quel que soit le prix qu'elle est prête à offrir.

Face à cette succession d'échecs, Elysse se mit à réfléchir à la situation. Peut-être s'y était-elle mal prise… Jusqu'à présent, elle s'était adressée aux responsables et aux directeurs de ces sociétés. Mais si elle sollicitait directement les capitaines des vaisseaux ? Contrairement à beaucoup de marins, Alexi était un riche gentleman, songea-t-elle, anxieuse. Mais un capitaine plus modeste se montrerait peut-être plus souple et accepterait de l'amener à Canton en échange d'une grosse somme, à l'insu de ses employeurs…

— James, dit-elle au cocher, j'aimerais me rendre sur les quais pour voir les bateaux.

Matilda la regarda fixement tandis que la voiture se mettait en route. Ignorant la désapprobation de sa bonne, Elysse ouvrit les rideaux et laissa son regard vagabonder. Alexi était parti depuis déjà six jours. Elle devait trouver un moyen de le rejoindre rapidement. C'était une véritable course contre la montre. Il prévoyait sans doute d'arriver au plus vite à Canton afin de profiter de la mousson de novembre pour revenir. Tous les jours, elle se demandait combien de temps il faudrait à Alexi pour remplir ses soutes de thé. Elle n'avait plus de temps à perdre. Elle ne pouvait pas arriver à Canton pour découvrir qu'Alexi venait tout juste de partir !

Soudain très lasse, elle se massa les tempes. Un mal de tête lancinant la faisait souffrir depuis plusieurs jours. Jamais elle n'avait été soumise à une telle tension. Jamais elle ne s'était fait autant de soucis, et jamais Alexi ne lui avait tant manqué ! Parfois, elle se surprenait à rêver qu'il changeait d'avis et mettait le cap sur Londres pour venir la chercher. Sauf qu'à l'heure qu'il était, Alexi longeait certainement les côtes du Portugal…

En parcourant les quais, elle aperçut soudain un grand vaisseau qui lui parut familier. Le brigantin avait jeté l'ancre à une centaine de mètres environ. Le cœur battant, elle l'observa avec ses jumelles. Elle ne s'était pas trompée.

— C'est l'*Astrid*, dit-elle, très excitée.

Baard Janssen saurait certainement lui dire qui partait où et quand… Mais où logeait-il ? Accepterait-il de l'aider ? Il fallait qu'elle arrive à le convaincre !

Elle était sur le point d'abaisser ses jumelles lorsqu'elle aperçut un petit cotre quitter le navire danois. Janssen se tenait à la proue et s'approchait du quai.

Rapidement, elle releva sa voilette qu'elle épingla sur son chapeau et sortit de la voiture. Elle atteignit le bord du quai au moment même où le cotre accostait. Janssen l'avait déjà repérée. Quelques instants plus tard, il amarra l'embarcation et bondit sur la terre ferme.

— Madame de Warenne ! s'écria-t-il, un grand sourire aux lèvres. Quelle heureuse surprise ! Je pourrais presque croire que vous m'attendiez.

Elle lui rendit son sourire en se rappelant les recommandations de Blair. Pourtant, elle n'avait pas le choix : elle devait lui faire confiance.

— Je vous attendais en effet, capitaine. Vous ne m'en voulez pas ?

En revanche, elle devait veiller à ne pas flirter avec lui avec trop d'effusion. Elle n'était pas là pour l'aguicher.

Il s'approcha d'elle, lui prit la main et y déposa un baiser.

— Je suis heureux de vous revoir. Vous faites battre mon cœur comme un collégien.

— Vous me flattez, dit-elle sans se départir de son sourire.

— Une des plus belles femmes de Londres m'attend sur le quai. Comment pourrais-je ne pas être ému ?

Il finit par lâcher sa main.

— Avez-vous décidé d'accepter de visiter mon bateau, finalement ?

— J'avais quelques affaires à régler dans les bureaux de Windsong Shipping, mentit-elle. En tant que fille et épouse d'un capitaine de marine, je ne peux pas venir dans cette partie de la ville sans me rendre sur les quais et admirer les grands vaisseaux qui s'y trouvent. J'ai tout de suite repéré l'*Astrid*.

— De Warenne est un homme chanceux, dit Janssen, l'air sincère. J'ai entendu dire qu'il était parti pour la Chine. Si j'étais lui, j'éprouverais des regrets de quitter la terre ferme.

— Il n'avait pas le choix… Le commerce que nous faisons avec ce pays nous fait vivre, dit-elle très sagement. Quand quittez-vous Londres, monsieur ?

Il sembla légèrement surpris par sa question.

— Dans deux semaines. L'*Astrid* a besoin de quelques réparations, et j'attends qu'elles soient finies. Votre époux vient tout juste de lever les voiles, et vous venez me trouver. Intéressant, non ?

Soudain, l'air aimable d'Elysse disparut. Il était temps d'en venir aux faits.

— J'ai désespérément besoin de votre aide, monsieur, dit-elle d'un air grave.

Le visage du danois s'emplit d'inquiétude.

— Vous semblez sérieuse.

— Tout ce qu'il y a de plus sérieux. Mais d'abord, j'ai besoin que vous me donniez votre parole que vous ne rapporterez à personne ce que je vais vous demander.

— Pourquoi ai-je le sentiment que vous n'allez pas me demander de visiter mon bateau ?

— Ai-je votre parole ? insista-t-elle.

— Vous avez ma parole, madame de Warenne, répondit-il solennellement en la dévisageant avec curiosité.

— Je cherche à tout prix à me rendre en Chine. Pouvez-vous trouver pour moi un bateau qui m'accepte à bord ?

Personne ne doit être au courant, car ma famille fera tout pour m'en empêcher. Je vous paierai grassement, capitaine.

Il croisa les bras en l'étudiant attentivement, l'air pensif.

— Une lady dans la détresse, dit-il quelques instants plus tard. Je me demande quelles sont les difficultés qui vous poussent à vous lancer à la poursuite de votre mari.

Inutile de lui cacher la vérité.

— Nous nous sommes disputés, mais je l'aime, dit-elle en s'approchant de lui. Je veux arranger les choses entre nous, mais je ne peux attendre un an pour le faire.

— Comme je l'ai déjà dit, de Warenne a beaucoup de chance.

Son expression était impénétrable.

— Si je peux négocier votre départ, dit-il d'une voix douce, qu'en tirerai-je ?

— Mon éternelle gratitude, dit-elle rapidement et, sauf si cela vous offense, une compensation financière.

— J'en espérais bien plus.

— Je suis amoureuse de mon mari ! s'écria-t-elle, consternée par son attitude.

— C'est bien ce que je vois. Pourtant, la rumeur dit aussi que vous êtes amoureuse d'un autre homme : Thomas Blair.

Elle grimaça.

— Non, je n'ai jamais aimé personne d'autre que mon mari. Blair et moi sommes, et resterons des amis.

Janssen semblait réfléchir. Il désigna la voiture d'un geste de la tête et ils avancèrent ensemble. Pourvu qu'il accepte de l'aider ! Le capitaine marchait tête baissée et ne cessait de lui jeter des coups d'œil en coin. Elle était incapable de déchiffrer ses pensées. Au bout d'un moment, il s'arrêta et lui prit le bras.

— Je peux facilement trouver un bateau pour vous, dit-il. D'ailleurs, je crois que l'*Odyssey* lève les voiles à la fin de la semaine. Je connais assez bien son capitaine. En échange d'une bonne récompense, je pense qu'il vous donnera une couchette. Je peux négocier pour vous.

Elle poussa un petit cri de joie et faillit le prendre dans ses bras.

— Si je peux obtenir une cabine sur ce bateau, je ferai tout pour vous dédommager !

— Etes-vous certaine que vous ne préférez pas une promenade au clair de lune sur le pont de mon navire ?

— Voyons, capitaine !

— Tant pis, mais c'est sans doute mieux pour moi. Votre époux ne semble pas m'apprécier et, un jour ou l'autre, j'aimerais travailler pour sa compagnie.

Il lui sourit.

— Dès que votre embarquement sera arrangé, je vous ferai signe.

— S'il vous plaît, répondit-elle, au comble de la joie, dépêchez-vous. Plus vite je partirai, mieux ce sera.

Dès que Janssen l'eut raccompagnée à sa voiture, Elysse ordonna au cocher de les ramener chez elle.

— C'est fait, dit-elle d'une voix tremblante à sa femme de chambre. A la fin de la semaine, je pars en Chine !

17

Au large de Cape Coast, Afrique

Trois semaines plus tard, alors que l'*Odyssey* venait de jeter l'ancre, Elysse scruta à travers ses jumelles la ligne spectaculaire de la côte ouest-africaine, indifférente au soleil qui brûlait sa peau. En haut d'une falaise rocheuse se dressait le château de Cape Coast.

La formidable forteresse étendait ses tentacules de pierre blanche qui brillaient au soleil comme des diamants, à l'exception des douzaines de canons orientés vers la mer. Des jungles émeraude et luxuriantes s'étendaient à perte de vue derrière des plages de sable blanc. A vue de nez, l'*Odyssey* se trouvait à plusieurs kilomètres du château. Une douzaine de bateaux avaient jeté l'ancre dans les eaux calmes, au large, et elle comprenait aisément pourquoi. Près du bord, les vagues de l'Atlantique étaient beaucoup trop violentes, et même les petits bateaux n'osaient pas s'y amarrer. Elle observa attentivement quelques cotres qui essayaient de se frayer en chemin vers la plage au milieu des grands rouleaux.

Lorsque les marins baissèrent les grands-voiles, l'*Odyssey* se transforma en une ruche en pleine effervescence. Tout en observant la scène, Elysse remarqua la présence d'une douzaine de pirogues où des rameurs africains pagayaient en direction des bateaux amarrés. Certaines transportaient des passagers, d'autres des marchandises. Soudain, l'une des embarcations fut renversée par une immense vague. Le cœur battant, elle regarda les hommes lutter pour revenir vers la plage à la nage. Dès qu'ils furent à terre, elle tendit les jumelles à Lorraine.

Jamais elle n'aurait imaginé que l'Afrique était un continent aussi spectaculaire. Depuis Lisbonne, ils étaient restés en pleine mer pour profiter de vents favorables. Pourquoi s'étaient-ils soudain approchés si près des côtes ? songea-t-elle, mal à l'aise. Heureusement, les quartiers généraux de la marine anglaise étaient à portée de vue.

— Où sommes-nous ? demanda Lorraine, les yeux écarquillés.

— Cape Coast, là où notre marine a pris ses quartiers.

— Nous allons nous arrêter ici ?

— Je ne sais pas. Le capitaine Courier n'avait pas mentionné d'arrêts.

— On baisse les grands-voiles, pourtant.

Elysse leva la tête : les marins travaillaient rapidement. L'équipage s'apprêtait à jeter l'ancre. Mais pourquoi s'arrêtaient-ils ?

C'est alors qu'elle vit le capitaine s'approcher. L'*Odyssey* était un trois-mâts d'une compagnie de Glasgow commandé par le capitaine Courier, un français. Il parlait très mal l'anglais, mais heureusement, Elysse parlait couramment le français. Il avait passé ces trois dernières semaines à la régaler de ses récits en mer. Il était charmant, comme tous les européens du Continent, mais elle ne lui faisait pas confiance. Elle veillait à se montrer polie, mais limitait au maximum leur contact afin qu'il ne s'imagine pas pouvoir avoir une aventure avec elle. Il insistait toujours pour que Lorraine et elle le rejoignent le soir dans sa cabine pour partager son dîner. Et Elysse ne voyait pas quelle excuse elle aurait pu invoquer pour refuser son invitation.

— Nous jetons l'ancre, madame de Warenne, lui dit-il en français.

Il était blond et sa peau était burinée par le soleil. Ses yeux bleus pétillaient d'admiration en la regardant.

— Avez-vous remarqué comme l'océan est calme ici ? ajouta-t-il. Le vent ne peut pas nous gêner. En revanche, les vagues qui se forment au bord sont très dangereuses. Estimez-vous heureuse de ne pas avoir besoin d'accoster.

— Pourquoi nous sommes-nous arrêtés, capitaine ?

— Nous venons chercher de l'eau, répondit-il d'une voix aimable.

Elle tiqua. Ils n'étaient en mer que depuis trois semaines et ils n'avaient déjà plus d'eau ? Etrange…

— Combien de temps allons-nous rester ?

— Un jour ou deux. Je dois me rendre à terre, j'ai quelques affaires à régler, mais soyez rassurée, nous remonterons les voiles très prochainement.

Puis il s'inclina poliment.

Elle lui sourit timidement et saisit instinctivement la main de Lorraine. Sa bonne avait rougi. Elle trouvait visiblement le capitaine très beau. Il les salua avant de retourner à la barre.

— Qu'y a-t-il ? demanda Lorraine à voix basse.

Inutile d'alarmer la servante.

— Nous allons nous approcher un peu des autres vaisseaux avant de baisser les autres voiles, répondit-elle en masquant son inquiétude.

— Je n'arrive pas à croire que nous soyons en Afrique, dit Lorraine.

Elysse hocha la tête. Elle-même avait encore du mal à prendre conscience qu'elle était si loin de Londres. En tout cas, elle était heureuse de ne pas être seule.

Préférant cacher son projet à Reginald, elle avait prétendu qu'elle retournait quelques mois en Irlande et le majordome n'avait pas paru inquiet. Elle ne tenait pas à mêler ses domestiques à sa folie. Toutefois, elle avait été soulagée lorsque Lorraine, qui l'accompagnait partout, avait insisté pour venir. Jamais elle n'aurait cru que sa gouvernante, d'un naturel plutôt timide, accepterait de la suivre jusqu'en Chine. Elle appréciait beaucoup sa loyauté. Comment aurait-elle pu survivre aux interminables journées en mer sans la compagnie de la jeune femme ?

A l'exception d'Ariella, personne ne savait où elle était.

— Tu pars rejoindre mon frère en Chine ? s'était écriée son amie lorsqu'elle était venue lui dire au revoir.

— Oui, Ariella, je vais le suivre jusqu'en Chine. J'ai bien l'intention de me battre bec et ongles pour conquérir son amour.

La jeune femme l'avait serrée très fort dans ses bras.

— C'est un voyage dangereux, avait-elle répondu. Tu es si courageuse ! Mais je ferais la même chose à ta place.

— Non, je ne suis pas courageuse. J'ai surtout très peur.

Elle lui avait aussi fait jurer de garder le secret.

— Emilian et moi, nous t'aimons tellement, avait dit Ariella les larmes aux yeux. Nous attendrons ton retour avec impatience.

Elles s'étaient embrassées une dernière fois, jusqu'à ce qu'Emilian entre dans la pièce. Il avait regardé d'un air méfiant leurs effusions.

Puis, le cœur serré, Elysse avait rendu une dernière visite à Blair. Elle s'était rendue à son bureau, ce qui n'était encore jamais arrivé auparavant. Dès qu'il l'avait aperçue, il avait ordonné à ses employés de se retirer en fermant la porte.

— Vous venez mettre un terme à notre relation, avait-il dit aussitôt en la dévisageant d'un air grave.

— Je suis désolée, avait-elle répondu en prenant son visage entre ses mains. Vous êtes l'un de meilleurs amis que j'aie eus, et l'un des hommes les plus merveilleux que je connaisse !

Il avait saisi ses poignets.

— Je ne veux pas être votre meilleur ami, Elysse. Je veux être celui que vous aimez.

— Je vous apprécie tellement… mais je suis profondément amoureuse de mon mari.

Son visage s'était immédiatement fermé. Elle détestait avoir à le blesser, mais elle n'avait pas le choix. Elle espérait simplement qu'il trouverait un jour le vrai amour.

Elle était restée suffisamment vague quand elle lui avait dit qu'elle quittait la ville, refusant de lui donner plus d'explications. Elle ne lui avait même pas précisé qu'elle partait en Irlande. Il l'avait regardée d'un air méfiant et sceptique.

— Si de Warenne ne revient pas à la raison et ne vous traite pas comme vous le méritez, il aura affaire à moi, avait-il dit.

Ils s'étaient quittés sur ces mots.

Elle espérait vivement qu'Alexi « reviendrait à la raison », comme l'avait si bien dit son ami…

— Etes-vous en train de penser au capitaine de Warenne ? demanda Lorraine en la sortant de sa torpeur.

Sa servante savait qu'elle pensait à lui nuit et jour.

— Je pense à l'Angleterre, dit-elle à voix basse.

Elle s'aperçut que l'on mettait à la mer une embarcation plus petite qu'un cotre.

Soudain, elle sentit son estomac se nouer. Etait-elle en sécurité en l'absence de Courier ? Aurait-elle dû insister pour l'accompagner à terre ? Elle aperçut alors le capitaine s'avancer vers elle et elle jeta un regard en coin à sa servante. Il avait enfilé une veste froissée et un tricorne.

— Je serai de retour demain, annonça-t-il poliment.

— Peut-être serait-il préférable que ma bonne et moi vous accompagnions à terre, s'empressa-t-elle de répondre.

— C'est impossible, madame de Warenne. En revanche, mes officiers resteront à bord avec vous. Je leur fais entièrement confiance. Vous n'avez absolument rien à craindre.

— J'ai peur d'aller à terre, madame, chuchota Lorraine en la regardant d'un air effrayé.

Elysse savait que la jeune femme ne savait pas nager. Elle l'avait répété une centaine de fois.

— Je vous fais confiance, monsieur, répondit-elle en le gratifiant d'un sourire sincère.

Il lui lança un regard plein de chaleur et s'inclina vers elle. Quelques instants plus tard, elle le vit monter dans l'embarcation avec cinq de ses hommes.

— Bonne chance, cria-t-elle spontanément.

Il lui répondit par un petit signe de la main.

L'heure qui suivit, elles scrutèrent l'océan à l'aide de leurs jumelles et poussèrent un soupir de soulagement lorsqu'elles aperçurent l'embarcation de Courier fendre sans encombre les vagues.

Elysse se tourna vers la bonne.

— Nous devrions aller nous reposer jusqu'au retour du capitaine, Lorraine.

La jeune femme acquiesça et elles allèrent sans tarder trouver refuge dans leur cabine, qui se composait de deux lits, d'une petite commode et d'une table soigneusement vissés au sol. Elles fermèrent la porte à clé.

Ce soir-là, lorsque la lune se leva, Elysse était étendue sur son lit face au hublot ouvert, incapable de dormir. La nuit était noire, parsemée d'étoiles, tandis qu'un croissant de lune pâle lui souriait. Le navire oscillait agréablement, les mâts craquaient et les voiles chuchotaient. Elle pensa à Alexi, qui lui avait parlé de ses longues nuits sans sommeil en mer, et son cœur se serra. A l'heure qu'il était, il passait sûrement le cap de Bonne-Espérance. Pensait-il à elle ? Et arrivait-il à trouver le sommeil ? Il ne pouvait pas ignorer la passion qu'ils avaient partagée. Si seulement le fantôme de ce pauvre Montgomery pouvait cesser de le hanter…

Soudain, les mâts se mirent à craquer beaucoup plus fortement. Elle pouvait presque voir Alexi seul à la barre de son navire, son visage tourné vers la lune. Elle aurait tellement aimé être avec lui ! Elle aurait tout donné pour être en ce moment dans ses bras.

Le bois gémit une fois encore.

Elle se redressa aussitôt en veillant à ne pas se cogner contre le plafond très bas de la cabine. La petite soute de l'autre côté de leur porte était absolument silencieuse. Pourtant, elle était certaine d'avoir entendu un bruit de pas.

Elle tendit l'oreille. Lorraine dormait à poings fermés et respirait calmement. Les voiles murmuraient toujours.

Elle entendit alors le loquet de la porte cliqueter.

Le cœur battant, elle plongea la main vers la sacoche avec laquelle elle dormait et en sortit un pistolet chargé, tandis que le loquet tournait lentement.

Lorraine se réveilla en sursaut et hurla.

La porte s'ouvrit brusquement.

— Entrez et je tire, cria-t-elle, saisie de frayeur.

Dans l'obscurité, elle distingua deux grands yeux qui la regardaient fixement.

Il lui fallut plusieurs secondes pour comprendre qu'un immense africain se tenait sur le seuil de la porte. Il se rua vers elle et lui prit le poignet. Lorsqu'elle tira, d'autres hommes se précipitèrent dans la cabine. Ils étouffèrent les cris de Lorraine et lui arrachèrent des mains son pistolet. Puis ils lui mirent un sac sur la tête.

Terrorisée, Elysse se débattit comme une folle. Puis, quelqu'un lui parla dans une langue locale. A l'aveugle, elle essaya d'atteindre son visage et ses yeux avec ses ongles. Soudain, elle sentit un coup fulgurant sur sa nuque.

La douleur la paralysa et l'obscurité l'envahit.

18

Les quais de Londres ne lui avaient jamais semblé si accueillants. Debout près du pilote, à la barre de son clipper, Alexi avait du mal à se tenir tranquille tandis que les quatre énormes ancres descendaient lentement dans la Tamise. Il avait commis l'impensable. Malgré ses cales pleines à ras bord de marchandises, il avait fait demi-tour.

Il était parti quatre semaines plus tôt, mais il n'avait jamais dépassé Gibraltar.

L'équipage avait été sur le point de se mutiner car tous ceux qui étaient à bord connaissaient le coût d'une telle décision. Alexi songea alors à Elysse telle qu'il l'avait vue pour la dernière fois, petite tâche bleue sur les quais St Katherine, lui faisant tristement signe de la main. Il l'avait regardée à travers ses jumelles jusqu'au dernier moment.

Une douleur indicible avait transpercé sa poitrine, comme si on lui avait planté un poignard dans le cœur.

— Amarrez les grands-voiles, ordonna-t-il soudain. Nous allons les laisser sécher.

— A vos ordres, monsieur.

L'un de ses officiers se précipita pour lui obéir.

Il avait évité de justesse la mutinerie en garantissant personnellement à l'équipage une compensation conséquente pour les quatre semaines de traversée, qu'il leur verserait sur ses fonds personnels.

— Descendez le canot à la mer, continua-t-il.

L'image d'Elysse revint hanter son esprit. Cette fois, elle

se trouvait dans leur maison d'Oxford, son visage rempli de tristesse lorsqu'il lui avait annoncé qu'il partait à la fin de la semaine.

« — Nous avons fait l'amour… c'était merveilleux.

— Rien n'a changé.

— C'est un nouveau départ pour nous. »

Il inspira profondément, tandis que le petit canot tanguait sur la rivière à côté du clipper. Elysse lui avait dit qu'elle l'aimait à plusieurs reprises. Pourtant, il savait qu'elle était amoureuse de Blair…

Il ne supportait pas de l'imaginer avec lui. Elysse lui appartenait depuis toujours.

Elle était sa femme !

Il se souvenait du jour où ils avaient échangé leurs vœux à Askeaton Hall. Il ne voulait pas l'épouser. Il était jeune, et en colère, mais il était décidé à la protéger à tout prix.

Ces deux dernières semaines, il avait fait face à un terrible dilemme : fuir leur mariage et l'autoriser à revenir vers Blair, ou assumer ses devoirs d'époux et honorer les vœux qu'il avait pris auprès d'Elysse six années plus tôt. Or il ne voulait pas être marié. Il était célibataire et il aimait les femmes. De plus, en sa qualité de marin, la mer était sa maîtresse. Pourtant, il n'acceptait pas l'idée qu'Elysse puisse coucher avec Blair ou n'importe quel autre homme. Mais il y avait autre chose.

Il allait devoir sonder le fond de son cœur. Oui, il avait aimé Elysse dès leur première rencontre, alors qu'elle n'était qu'une enfant. Il n'avait jamais oublié la promesse qu'il lui avait faite cette nuit-là à Errol Castle. Même si elle était égoïste et prétentieuse, même si elle se comportait en insupportable aguicheuse, il l'avait aimée et l'aimait toujours.

Il avait pensé inlassablement aux mois qu'il venait de passer à Londres. Elysse avait changé. Il était si en colère après elle qu'il ne l'avait pas vu… Avait-elle flirté avec un homme devant lui une seule fois ? Non. S'était-elle montrée égocentrique et vaniteuse ? Plus il y pensait, plus il comprenait à quel point elle avait mûrie. Elle était devenue une jeune femme aimable et gracieuse. Même sa relation avec Blair ressemblait plus à une profonde amitié qu'à une aventure passionnée.

Il devait l'admettre : par rapport à l'enfant ou à la jeune fille qu'il avait connue, Elysse était méconnaissable !

Mais tout cela n'avait pas d'importance. Même si elle avait continué à flirter sans relâche, il l'aimerait tout autant. Tel était son secret le plus sombre et le plus profond.

Voilà pourquoi il avait fait faire demi-tour à *La Coquette* : pour aller la reconnaître comme son épouse.

Il se sentait au bord d'un gouffre, prêt à tomber. Il aimait Elysse et il la désirait, mais l'idée d'endosser ses responsabilités d'homme marié le terrorisait. Dès l'instant où il se réconcilierait avec elle, sa vie changerait à tout jamais.

Sortant de ses rêveries, Alexi descendit souplement le long de l'échelle de corde et prit place dans la petite embarcation amarrée contre le clipper. Depuis son plus jeune âge, il montait aux mâts et escaladait les voiles. Il était capable d'embarquer sur ce type de canot même par temps de tempête. Dès qu'il fut installé, il fit un signe de tête aux deux rameurs. Le canot se dirigea alors lentement vers les quais et son cœur s'emballa. La maison d'Oxford ne se trouvait qu'à une heure de route, Elysse n'était qu'à une heure de lui, songea-t-il, fébrile à l'idée de la retrouver.

Il ne savait pas ce qu'il lui dirait en la voyant, ou comment il s'habituerait à un vrai mariage, étant donné tout le mal qu'ils s'étaient fait. Si seulement il pouvait changer le passé ! Il espérait aussi que les amants d'Elysse ne se dresseraient pas entre eux. Mais il était prêt à lui pardonner. Après tout, il avait aussi eu son compte de maîtresses et, contrairement à la plupart des hommes, il ne croyait pas que les femmes devaient se plier à des règles de moralité plus strictes que les hommes. Pourtant, le passé frivole d'Elysse le dérangeait. Comme un idiot, il avait espéré qu'elle l'aimerait assez pour attendre qu'il revienne à la raison et qu'il accepte de devenir pleinement son mari.

Mais aujourd'hui, le plus important était de se réconcilier avec elle. Jamais plus il ne la laisserait s'éloigner de lui !

— Alexi !

La petite embarcation venait à peine de heurter l'embarcadère lorsqu'il entendit la voix de son père. Il leva les yeux vers lui, prêt à encaisser ses reproches. Cliff paraissait véritablement choqué de le voir. Mais avant que son père lui pose la moindre question, Alexi descendit souplement du bateau.

— Je paierai le coût du voyage et je repartirai pour Canton dans la semaine, le rassura-t-il aussitôt.

Les joues de son père s'empourprèrent.

— Lorsque j'ai entendu que *La Coquette* avait fait demi-tour, j'ai cru à une catastrophe ! L'équipage est-il sain et sauf ? Vous n'avez pas été frappé par la peste ou la malaria ? Est-ce que le navire est intact ? Vous n'avez pas été attaqué par des pirates ?

— L'équipage et *La Coquette* sont intacts, père, dit-il, mal à l'aise.

Mais comment lui en vouloir d'être furieux ?

— J'avais des affaires personnelles et importantes à régler, expliqua-t-il.

Cliff le dévisagea d'un air incrédule.

Puis, à sa grande surprise, il esquissa un sourire.

— Vraiment ? Tu avais des affaires personnelles à régler ?

Pourquoi n'était-il pas en colère après lui pour tout ce temps et ces ressources perdus ? Pour le tort qu'il causait à la réputation de leur société ? Pour le courroux de leurs bailleurs de fonds et de leurs clients ?

— Je suis parti sur un coup de tête, répondit-il d'un air renfrogné. Je dois parler à ma femme et me réconcilier avec elle avant de partir pour une année complète.

Son père lui tapota gentiment l'épaule.

— Je suis si heureux de te l'entendre dire ! Je pense

qu'Elysse sera heureuse de te voir. Mais elle n'est pas à Londres, Alexi. Elle est partie en Irlande.

Il sursauta. Pourquoi avait-elle pris une telle décision ? Elle n'avait rien à y faire. Le doute le gagna progressivement.

— En êtes-vous certain ?

— Evidemment, répondit son père d'une voix calme. Elle ne me l'a pas dit directement, mais elle a été très claire avec ton personnel de maison. Elle a confié à Ariella qu'elle voulait se retirer du monde quelque temps.

— Blair est-il en ville ?

Alexi n'avait pu s'empêcher de lui poser la question. Peut-être étaient-ils partis ensemble ? songea-t-il, mortifié.

Le visage de son père s'assombrit.

— Je n'en sais rien, mais tu devrais laisser à Elysse le bénéfice du doute. Après m'être entretenu avec elle, je le lui offre volontiers.

— Vraiment ?

Il sentit une vague de colère l'envahir, qu'il combattit avec force.

— Je l'ai abandonnée il y a six ans. Aujourd'hui, j'ai décidé que cette comédie avait assez duré. Je veux me réconcilier avec elle. Mais pour cela, il faut qu'elle mette un terme à son amitié avec Blair. Je ne conçois pas les choses autrement.

Il aperçut le petit attelage de son père, garé au bout du quai.

— Puis-je utiliser votre voiture ? ajouta-t-il. Je ne serai pas long.

— Bien sûr. Mais où veux-tu aller ? Tu n'as tout de même pas l'intention de rendre visite à Blair à son bureau ?

Son père posa une main sur son épaule.

— Prends le temps de réfléchir à la situation, continua-t-il. Il ne s'agit pas de rendre l'impasse dans laquelle vous vous trouvez encore plus inextricable. Tu dois pouvoir t'entretenir calmement et de manière sensée avec Elysse avant d'entreprendre quoi que ce soit, Alexi.

Mais il écoutait à peine son père, déjà prêt à remonter le

quai. Elysse était-elle avec Blair ? Cette simple évocation le fit tellement souffrir qu'il fut surpris de découvrir à quel point il était jaloux. Elle lui avait dit qu'elle l'aimait, mais le pensait-elle vraiment ? Aujourd'hui, il savait qu'elle avait changé. Et elle était capable d'être allée s'isoler à Askeaton.

En quittant les quais à petits trots, il se souvint de leurs conversations et de la lettre qu'elle lui avait écrite.

« Je n'aime personne d'autre… nous avons fait l'amour… c'était merveilleux.

» Ce n'est pas Blair que je veux, c'est vous…

» Je veux être votre épouse… Je croyais que ce serait un nouveau départ pour nous…

» Votre départ ne changera rien au fait que nous sommes mariés. Je resterai à Londres et veillerai sur notre maison et nos affaires jusqu'à votre retour. »

Ces paroles sincères étaient celles d'une femme mûre, attentionnée et sensée, une femme d'expérience avec une volonté de fer. Etait-il possible qu'elle l'aime ? Si son analyse était juste, elle n'avait pas pu retourner aussi facilement vers Blair.

De son côté, il avait maintenant la certitude qu'elle n'attendait que lui, son mari. Il lui suffisait de la retrouver…

Blair devait savoir où la chercher. Et puis, même si c'était idiot, il voulait également s'assurer que l'homme était bien à Londres, et non avec elle…

Les bureaux du banquier se trouvaient à deux pas de Bond Street. A peine arrivé, Alexi fut invité à entrer dans son bureau. Quel soulagement de découvrir qu'il était là ! Dès que leurs regards se croisèrent, il sut que Thomas n'était plus un rival. Tout dans son attitude indiquait que sa relation avec Elysse était terminée.

Le banquier lui tendit une chaise et posa sa hanche contre le bord de son bureau.

— Ainsi, dit Blair, vous êtes revenu en ville. Où se trouvent votre bateau et la marchandise ?

Alexi ne prit pas la peine de s'aseoir.

— Il est ancré dans la Tamise. J'embarquerai dans une semaine. Je suis revenu pour parler à ma femme. Où est-elle ?

Blair se leva.

— Je l'ignore. Mais je suis heureux que vous soyez revenu à la raison. Elysse est une femme formidable, et elle mérite votre confiance, votre considération et votre affection.

— Vous ne savez donc pas où la trouver ? demanda-t-il, surpris.

— Elle est venue me faire ses adieux, mais son attitude m'a paru étrange. Elle était abattue et anxieuse. Elle est surtout restée très évasive. Je n'ai pas réussi à savoir quels étaient ses projets. Elle s'est contentée de me dire qu'elle devait quitter Londres quelque temps.

— Elle a dit à tout le monde qu'elle était partie en Irlande.

Pourquoi ne s'était-elle pas confiée à Blair ?

Le banquier lui lança un regard étonné.

— Elle ne m'a rien dit. Elle ne m'a jamais menti. Pourtant, quelque chose me dit qu'elle n'est pas partie en Irlande. Je suis inquiet, de Warenne.

Alexi planta son regard dans les yeux de Blair. L'homme avait l'air sincère. L'appréhension le gagna peu à peu. Elysse n'était pas du genre à se retirer à la campagne. Où pouvait-elle être ? Elle ne pouvait être qu'en Irlande ! Elle lui avait dit qu'elle resterait à Londres pour gérer ses affaires pendant son absence.

— Est-il possible qu'elle se soit retirée quelque part en ville ? demanda-t-il, la gorge nouée.

— Non, je ne crois pas. Peut-être que sa gouvernante sait quelque chose. J'ai essayé de parler avec Matilda, mais en vain. Elysse s'est certainement confiée à quelqu'un.

Bien sûr ! Ariella savait sûrement où elle était allée !

— Vous avez raison. Ma sœur est sa meilleure amie et sa confidente, dit Alexi précipitamment en se dirigeant déjà vers la porte.

Blair le rattrapa.

— Il y a autre chose.

— Je vous dis cela pour elle, et non pour vous. Nous n'avons jamais été autre chose que des amis.

Alexi inspira, profondément soulagé.

— Pourtant, vous êtes amoureux d'elle.

— Oui, mais de toute évidence, je ne suis pas le seul.

Il se sentit rougir.

— J'apprécie votre franchise, dit-il en lui tendant la main. Je connais Elysse depuis si longtemps. Il existe des liens que rien ne peut briser, quelles que soient les épreuves endurées. Je ne peux pas m'apitoyer sur vous, Blair, mais je vous souhaite bonne continuation.

Le banquier lui prit la main.

— Merci et bonne chance, de Warenne.

L'heure qui suivit fut la plus longue de sa vie. Il ne cessait de ruminer en songeant à toutes les éventualités. Elysse avait très bien pu décider de partir à Paris pour faire des achats, comme le faisaient de nombreuses femmes de sa connaissance pour soigner leurs peines de cœur.

Aussitôt arrivé chez Ariella, il déboula dans la bibliothèque sans attendre d'être annoncé. Il savait qu'il y trouverait sa sœur avec un livre. Dès qu'elle le vit, elle lâcha son ouvrage sur le canapé où elle était allongée.

— Alexi ! s'écria-t-elle en pâlissant. Tu n'es pas en mer ?

— Je vais bien, dit-il sur un ton accusateur, conscient d'avoir vu juste. Tu sais où se trouve Elysse !

— Mais pourquoi n'es-tu pas en chemin pour la Chine ? s'étrangla-t-elle.

— Parce que j'ai besoin de parler à Elysse. Comme tu peux le voir, je suis enfin revenu à la raison et je souhaite me réconcilier avec elle.

A ces mots, Ariella se jeta dans ses bras et le serra de toutes ses forces.

— Elle t'aime tellement et je sais que tu l'aimes aussi !

s'écria-t-elle. Je suis si heureuse pour vous deux. Tu l'as terriblement mal jugée, tu sais.

Il la dévisagea d'un air sévère.

— Tu sais où elle est, n'est-ce pas ?

Cette fois, sa patience était à bout.

— Je suis terriblement inquiet, Ariella ! ajouta-t-il. Est-elle partie en Irlande ? Et si tel n'est pas le cas, où diable est-elle ? En France ?

Le visage livide d'Ariella ne fit qu'accroître ses craintes.

— Oh, mon Dieu. Alexi, surtout, garde ton calme !

Alexi savait par avance que les paroles de sa sœur le plongeraient dans une humeur sombre.

— Je resterai calme si tu me dis où elle se trouve. Je dois la voir absolument.

— Elle s'est embarquée pour la Chine, dit-elle du bout des lèvres.

Il eut un mouvement de recul tandis qu'il dévisageait sa sœur avec un regard fou. A présent, son horreur ne connaissait plus de limites…

Des aiguillons de douleur traversèrent son crâne. Peu à peu, Elysse commença à se réveiller et sentit qu'elle était entravée, comme si ses jambes et ses mains étaient liées. La douleur s'intensifia. Elle savait qu'elle devait se réveiller, mais elle avait du mal à s'extirper du brouillard qui l'enveloppait. Elle sentit quelque chose de pointu dans son dos et sous ses fesses ainsi que le roulis des vagues. Etait-elle sur l'océan ? Des souvenirs flous apparurent dans son esprit. Finalement, elle reprit conscience et cligna des yeux.

Aussitôt, un soleil brûlant l'aveugla.

Il lui fallut quelques instants pour comprendre qu'elle gisait sur le dos, face au ciel azur et au soleil. Lorraine était adossée au bord de l'étroite pirogue, et la regardait d'un air anxieux, le visage brûlé par le soleil. Trois hommes très noirs de peau, des Africains, vêtus de simples pagnes, pagayaient.

Elysse se souvint alors de la porte de sa cabine qui avait été forcée et de l'Africain sur lequel elle avait essayé de tirer. Elle poussa un petit cri.

— Tout va bien ? cria Lorraine. Oh, madame, j'ai bien cru que vous étiez morte !

Elysse découvrit que ses mains et ses chevilles étaient étroitement liées. En se contorsionnant un peu, elle essaya de s'asseoir. La douleur explosa de nouveau dans sa tête, tandis que la peur envahissait son cœur. L'Africain qui ne pagayait pas la regarda.

— Restez tranquille, dit-il.

Elle avait été enlevée…

Prenant une profonde inspiration, et enfin assise, elle comprit que la pirogue se dirigeait vers la plage. Droit devant, elle aperçut les vagues violentes et chargées d'écume qui déferlaient sur le sable. La plage était déserte, à l'exception d'une poignée d'hommes qui semblait les attendre. Les douzaines de navires marchands et les quelques vaisseaux de la marine britannique qui étaient ancrés au large étaient désormais hors de vue. Ils étaient seuls sur l'océan.

Effrayée, elle regarda de nouveau la côte. Une forteresse en pierre trônait au sommet d'une colline, tout près de la plage. Et il ne s'agissait pas du château de Cape Coast !

— Où sommes-nous ? demanda-t-elle. Et où nous emmenez-vous ?

— Tais-toi, dit l'Africain.

Puis il lui tourna le dos.

Elle comprit alors la gravité de la situation. Elle avait été enlevée et on l'emmenait loin des quartiers généraux de la marine et de l'*Odyssey*. L'Afrique et ses immenses étendues se trouvaient droit devant elle !

— Nous avons été enlevées à minuit, dit-elle à Lorraine, et il doit être midi !

— J'ai l'impression d'être dans ce bateau depuis des siècles, se plaignit la femme de chambre, les larmes aux yeux.

Puis elle cligna furieusement des paupières.

— Nous sommes en route vers la côte, ajouta-t-elle, et je ne sais pas nager !

— Détachez-moi, ordonna Elysse à l'Africain en luttant contre sa peur.

Courier était certainement complice de leur enlèvement. Soudain, elle songea à son mari et à sa famille. Seigneur, comment pourraient-ils l'aider ? Et si elle ne revoyait plus jamais Alexi ?

« Ne vous ai-je pas dit que je vous protégerai toujours ? »

Elle trembla en repensant à la stupide promesse qu'il lui avait faite lorsqu'ils étaient enfants, il y avait si longtemps, dans les ruines de ce château irlandais. Elle s'était perdue, et elle était terrorisée. Mais Alexi était venu la chercher.

Jamais il ne l'abandonnerait au fin fond de l'Afrique !

Non, Alexi était un homme d'honneur et il lui avait fait une promesse. Il la retrouverait, c'était certain.

— Monsieur ! cria-t-elle. Détachez-moi afin que je puisse aider mon amie à rejoindre la plage. Elle ne sait pas nager !

La colère se mêla à la peur. Non, elle n'allait pas laisser Lorraine se noyer dans les vagues devant elle !

L'Africain la toisa avec mépris.

— Elle ne sait pas nager ! insista-t-elle. Vous me comprenez ? Il faut que je puisse l'aider si jamais nous chavirons !

Elle leva ses poignets entravés.

— Détachez-moi, nom de Dieu !

Elle vit alors luire la lame d'un couteau, et son cœur s'arrêta de battre. Puis, avec un sourire, l'Africain coupa les cordes autour de ses poignets et de ses chevilles d'un geste rapide. Aussitôt, elle soupira de soulagement, encore tremblante. Puis l'homme défit les liens qui entouraient les poignets de Lorraine. Contrairement à elle, ses chevilles n'avaient pas été entravées.

Elysse se massa aux endroits où la corde avait douloureusement comprimé ses chairs.

— C'est Courier qui a organisé cet enlèvement ? demanda-t-elle.

— Tais-toi, répondit l'Africain.

— Je crois qu'il ne parle que quelques mots d'anglais, chuchota Lorraine. Comment va-t-on nous retrouver, madame ?

— Ne vous inquiétez pas. Tôt ou tard, le capitaine de Warenne viendra nous chercher.

La bonne la regarda comme si elle avait perdu l'esprit.

Elysse ferma brièvement les yeux. Mon Dieu, comme elle avait du mal à réfléchir ! Elle aurait aimé trouver le moyen de s'enfuir, mais passer les brisants sans se noyer avec Lorraine était pour l'heure sa seule priorité.

— Cramponnez-vous très fort aux bords de la pirogue, dit-elle en regardant droit devant elle.

— J'ai peur, répondit la jeune femme en tremblant.

— Je ne vous laisserai pas vous noyer.

Mais elle avait beau être une excellente nageuse, aucune femme ne pouvait nager avec autant de vêtements sur elle.

La pirogue heurta la première série de vagues. Lorraine cria tandis que la minuscule embarcation était propulsée en l'air. Les deux hommes manœuvrèrent en tenant un instant leurs rames en l'air. Puis, lorsque le bateau atteint le creux de la vague, ils plongèrent de nouveau leurs rames dans l'eau. La pirogue partit alors à l'assaut d'une nouvelle vague et Elysse retint sa respiration. Les deux Africains avaient l'air de marins chevronnés. Ils avaient certainement déjà traversé les brisants une centaine de fois. Lorraine se tenait de toutes ses forces au bord de la pirogue, le teint verdâtre. Elysse n'avait jamais eu le mal de mer, mais elle sentit elle-aussi la nausée la gagner.

Quelques instants plus tard, l'embarcation sortit du dernier creux et se mit à dériver paisiblement dans un lagon, laissant le vacarme des brisants derrière elles. Elysse aperçut alors deux hommes vêtus à l'européenne debout sur la plage. Ils avaient l'air étrange dans leurs costumes sombres et leurs chapeaux hauts de forme. Derrière eux, la jungle formait un mur dense et impénétrable. Elle avait donc vu juste : ils les attendaient. Mais avant d'avoir pu réfléchir à la raison de leur présence, les rameurs sautèrent de la pirogue avec leur chef et tirèrent l'embarcation vers la plage jusqu'à ce que la proue heurte le sable. Puis l'un d'eux la prit dans ses bras pour la porter sur la terre ferme, tandis qu'un autre s'occupait de Lorraine.

La bonne cria, mais les Africains se contentèrent de les amener sur la berge comme deux paquets légers avant de les poser délicatement sur le sable.

Lorraine la regarda avec de grands yeux étonnés, époussetant le sable qui s'était accroché à ses jupes.

— Je suis à peine mouillée, constata-t-elle.

Elysse souffla de soulagement tandis qu'elle tournait les yeux vers les deux Européens qui se dirigeaient vers elles. Pour se rassurer, elle prit la main de la servante et la serra très fort. Elle remarqua alors une piste poussiéreuse qui serpentait le long de la plage en bordure de la jungle, ainsi qu'une charrette tirée par une mule.

— Ces marins sont expérimentés, mais nous avons eu beaucoup de chance de ne pas nous noyer, dit-elle.

Lorraine se tourna vers elle après avoir aperçu à son tour les deux hommes.

— Que vont-ils nous faire ? demanda la bonne d'une voix tremblante. Que nous veulent-ils ?

— Ils ne nous feront pas de mal, ne vous inquiétez pas.

Elysse tentait d'afficher un air confiant. Après tout, elle ne voyait qu'une raison à leur enlèvement : ces hommes allaient certainement exiger une rançon contre leur libération.

Les Africains leur firent un signe de la main et elles commencèrent à remonter la plage. Elles avaient du mal à avancer dans le sable d'une blancheur immaculée. Elysse se rendit soudain compte qu'elle avait très soif. En arrivant devant les deux Européens, elle sentit son cœur chavirer. Ils n'étaient pas rasés, ils étaient sales et ils sentaient très mauvais : ce n'était pas des gentlemen. Leur apparence comme leurs manières étaient grossières.

— Parlez-vous anglais, français ou espagnol ? demanda-t-elle, pleine d'espoir.

Les Européens ne lui répondirent pas et se contentèrent de tendre au chef africain un paquet enveloppé de toile huilée. Ce dernier sourit en dévoilant des dents très blanches. Lorsqu'il souleva le tissu, elle distingua un mousquet.

Aussitôt, elle lança un regard en coin à Lorraine. Ainsi, on les avait enlevées contre des armes. Mais qui avait bien pu manigancer tout cela ?

Tandis que les trois Africains retournaient vers la pirogue, l'Européen lui prit le bras et la poussa en avant.

— Où sommes-nous ? demanda-t-elle.

Face à l'absence de réponse, elle formula la même question en français et en espagnol, mais sans succès.

Les six heures qui suivirent passèrent horriblement lentement. On les engouffra à l'arrière de la charrette où elles furent de nouveau ligotées. On leur donna aussi de l'eau pleine de gruau sans goût à boire. Le plus grand des Européens monta à l'avant de la charrette pour conduire, tandis que l'homme le plus corpulent s'asseyait à l'arrière avec elles. Il portait un fusil et ne les quittait pas des yeux. Lorsque Elysse commit l'erreur de croiser son regard, il lui décocha un sourire lubrique.

Jamais elle n'avait eu aussi peur de toute sa vie. Le soleil était atrocement chaud et les brûlait impitoyablement de ses rayons. Ses joues et son nez lui faisaient horriblement mal. Lorraine était maintenant terriblement brûlée. Leur ravisseur continuait de les observer et elle n'eut aucun mal à lire dans ses pensées. Allait-il la violer ? songea-t-elle, prise de panique. Comment Lorraine et elle allaient-elles survivre au fin fond de l'Afrique de l'Ouest jusqu'à ce que l'on vienne à leur secours ?

Alexi ne la retrouverait jamais... A l'heure qu'il était, il devait passer le cap de Bonne-Espérance. Il était beaucoup plus probable que son père ou son frère vienne les chercher. Pourtant, elle ne cessait de repenser à cette nuit à Errol Castle. Elle avait l'impression que c'était la veille.

« Tu n'es pas perdue. Jamais je ne te laisserai... »

Soudain, elle entendit d'autres bruits que celui des sabots de la mule et le ronronnement des roues de la charrette. Elle tendit l'oreille et reconnut ce qui lui sembla être des cris et des hurlements d'enfants. Aussitôt, elle se redressa et leva la tête. Autour d'elle se dressaient des huttes avec des toits en chaume de part et d'autre de la piste.

— De la civilisation, murmura-t-elle.

Etaient-ils arrivés à destination ? Pendant qu'elle parlait, l'ensemble du village africain apparut devant ses yeux, constitué essentiellement de huttes ouvertes sur pilotis. Quelques jeunes enfants jouaient avec des bouts de bois et une balle sur la route, et elle entrevit plusieurs femmes torse nu. Deux d'entre elles, qui transportaient de grandes jarres sur leur dos, s'arrêtèrent pour les regarder passer.

Lorraine lui prit le bras. La route formait un virage et, face à elles, se dessina un grand port, plein de bateaux de tout genre. Au loin, plusieurs bâtiments de pierre blanche étincelaient sous le soleil de plomb. Elle échangea avec la bonne un regard inquiet. Où qu'elles soient, elles allaient bientôt pouvoir se mettre à l'abri du soleil. Elle tourna de nouveau la tête vers le port qui représentait à présent une lueur d'espoir.

Les distances étaient trompeuses, et la mule avança péniblement encore une heure avant qu'elle puisse distinguer les quais et toute l'activité liée au commerce. Des marchandises étaient chargées et déchargées des dériveurs, des cotres et des pirogues comme celle sur laquelle elles étaient arrivées sur le rivage. Des charretiers transportaient des denrées des quais vers les entrepôts. D'autres Européens se mêlaient à la foule. Elle échangea de nouveau un regard avec Lorraine. Elles trouveraient bien quelqu'un pour les délivrer de leurs ravisseurs.

Leur charrette quitta bientôt le port pour se diriger vers le village en passant devant un café en plein air. Devant une hutte ouverte, elle entrevit des hommes noirs avec de grosses chaînes dorées assis près d'hommes blancs douteux qui fumaient la pipe. Elle eut alors une réaction de surprise.

— Est-ce… une prison ? demanda Lorraine d'une voix rauque.

Ils passaient maintenant devant une structure de bois surmontée d'un toit de chaume. Mais, contrairement aux huttes qu'ils avaient dépassées, les murs étaient composés de barreaux de bois. Il s'agissait de toute évidence d'une cellule, aussi vaste qu'une salle de réception. Des dizaines d'Africains, hommes et femmes, s'entassaient si près les uns des autres qu'ils ne pouvaient plus bouger. Choquée par ce spectacle, Elysse resta sans voix. Elle venait de comprendre qu'il s'agissait de prisonniers africains destinés au marché de l'esclavage…

— Ces Africains vont être transportés vers le Brésil, les Antilles, et peut-être même vers les colonies américaines comme esclaves, Lorraine ! dit-elle plusieurs minutes plus tard.

— Mais le commerce des esclaves est illégal ! s'écria la bonne.

— Illégal dans l'empire britannique, mais pas en d'autres endroits, répondit-elle en serrant les poings. Heureusement, notre marine est là pour pourchasser les esclavagistes qui vont quitter ce port.

C'était une chose de lire des articles sur ce commerce scandaleux, et une autre d'être le témoin de toute cette cruauté et de cette inhumanité.

Elysse contempla le port en se demandant lequel de ces navires se dédiait à l'esclavage. Leurs coques devaient être plus larges, ainsi que leurs cales. Elle en repéra trois.

Deux minutes plus tard, la charrette s'arrêta en face d'un

des bâtiments en pierre blanche. A cette distance, il était aisé de voir qu'il était vieux et érodé. Les volets des fenêtres ouvertes étaient déformés, et la peinture sombre s'écaillait. Bientôt, on les fit descendre de la charrette, les poignets toujours attachés. Elle sentit la crosse du fusil dans le bas de son dos. Furieuse et outrée, elle se raidit mais ne daigna pas regarder le grossier Européen qui l'avait molestée de la sorte. L'homme éclata de rire.

Elle accueillit l'air frais du bâtiment avec soulagement. La pièce unique se divisait en plusieurs parties : une pour dîner, avec une très belle table et six chaises à hauts dossiers, un salon avec un canapé en brocart usé et deux chaises rembourrées, ainsi qu'un bureau avec une grande table.

L'homme qui était assis se leva et lui sourit.

Elle l'observa le cœur battant.

C'était un Européen, mince et bien habillé, avec des cheveux sombres et un teint clair.

— Bienvenue à Ouidah, madame de Warenne, dit-il en s'approchant d'elle, l'air ravi.

A son fort accent, elle comprit qu'il était français. Il lui tendit la main.

— Qui êtes-vous et que voulez-vous ? demanda-t-elle en retirant brusquement sa main.

— M. Laurent Gautier, à votre service, madame. Je ferai de mon mieux pour rendre votre séjour aussi confortable que possible.

— Je vous ai demandé ce que vous vouliez de nous. Et je voudrais que l'on me détache.

— Coupez ses liens, ordonna-t-il en français.

Elle leva ses poignets tandis que le plus grand des Européens lui ôtait ses attaches. Il libéra également Lorraine.

— Merci, dit-elle sèchement.

Le Français lui sourit.

— Cela fait longtemps que je n'ai pas eu le plaisir de partager la compagnie d'une véritable lady, dit-il d'un ton courtois.

Elle le transperça du regard.

— Pour ma part, jamais je ne me suis trouvée en si grossière compagnie.

Le sourire de l'homme s'évanouit et son regard devint glacial. Aussitôt, elle regretta ses paroles.

— Vous serez mes hôtes jusqu'à votre libération, dit-il. Vos chambres se trouvent à l'étage.

— Et quand serons-nous libres ? demanda-t-elle.

— Dès que j'aurai reçu une compensation suffisante.

— Vous nous prenez donc en otage en échange d'une rançon.

— Vous ne mâchez pas vos mots ! En effet, vous avez vu juste.

Elysse eut du mal à contrôler la panique qui venait de la gagner. Mais au moins savait-elle ce qui l'attendait, maintenant…

— Capitaine, ma famille paiera ce que vous voudrez contre ma libération, mais jamais elle ne vous le pardonnera.

Il haussa les épaules.

— Je connais la réputation de votre père, l'infâme capitaine Devlin O'Neill. Je connais également celle de votre époux, madame. Je leur demanderai une rançon digne de celle d'un roi et, dès que je l'aurai reçue, je m'envolerai vers des cieux plus cléments.

Là où personne ne le trouverait jamais, songea-t-elle.

— Libérez-moi sur-le-champ, dit-elle posément. Si vous me laissez partir, je promets de vous payer la somme que vous voudrez.

— Me prenez-vous pour un idiot ?

Il fit un signe de la main aux deux autres hommes, qui les poussèrent vers l'escalier.

— Ne la poussez pas ! ordonna-t-il. C'est une lady.

L'Européen obéit. Remontant ses jupes, elle gravit les minuscules marches de l'escalier. Tout en haut, on la dirigea vers une petite chambre. Les murs peints en blanc étaient sales et écaillés. Un tapis usé jusqu'à la corde était posé sur le plancher de bois. Un lit poussé contre le mur et un bureau avec une bassine pour la toilette complétaient le maigre mobilier. La pièce était éclairée par une minuscule fenêtre en hauteur. A travers cette ouverture, elle distingua les eaux bleues et étincelantes du port.

Gautier passa devant les deux Européens et Lorraine.

— Je vous attends pour dîner à 7 heures, dit-il en s'inclinant.

Puis il lui claqua la porte au nez.

Aussitôt, elle s'élança vers le battant et tenta de l'ouvrir, mais il était verrouillé de l'extérieur.

— Vous m'enfermez ? hurla-t-elle. Qu'allez-vous faire de Lorraine ?

— Madame de Warenne, cria la bonne entre deux sanglots, ne les laissez pas m'emmener !

— Votre bonne sera bien traitée, répondit Gautier. Je vous attends à 7 heures.

Elysse entendit le bruit de ses bottes qui s'éloignaient et celui d'une autre porte que l'on fermait à clé. Les pleurs de Lorraine traversaient les murs.

La panique ainsi que l'épuisement eurent raison d'elle. Hébétée, elle pivota lentement sur elle-même, scrutant l'horrible chambre sordide, et les larmes se mirent à couler.

Lorraine et elle avaient été séparées. Qu'allaient-ils faire à sa bonne, qui ne disposait pas d'une fortune et d'un titre pour la protéger ? A cette seule pensée, les sanglots la secouèrent de plus belle.

On l'avait enlevée en échange d'une rançon… Il faudrait au moins un mois pour que sa famille soit informée des conditions de Gautier et encore trois ou quatre semaines pour que la rançon soit payée.

Elle songea alors à tout ce qu'elle avait entendu sur les ladies enlevées en mer que l'on n'avait plus jamais revues. Mais tel ne pouvait pas être son destin !

« Si tu te perds, je te trouverai. Si tu es en danger, je te protégerai. »

Les mots qu'Alexi avait prononcés des années plus tôt résonnèrent clairement dans sa tête. Elle y croyait encore, même si elle avait très peur !

Elle se dirigea tristement vers la fenêtre et laissa vagabonder son regard. Le port de Ouidah était magnifique, avec ses eaux d'un bleu scintillant et ses voiles claires et lumineuses sous son soleil de plomb. Malgré tout, ses larmes continuèrent de couler jusqu'à obstruer totalement sa vision.

Elle posa alors une main sur son cœur douloureux et apeuré.

— Alexi, murmura-t-elle, pour l'amour du ciel, sauvez-moi…

19

— Baissez les huniers, cria Alexi en observant les bateaux qui étaient à l'ancre dans l'océan azur. Il se trouvait à deux miles du château de Cape Coast.

— A vos ordres, capitaine, lança un officier.

Aussitôt, tous ses hommes se précipitèrent pour lui obéir.

Le cœur battant, il fixa la forteresse étincelante à travers son télescope. Jamais il n'avait eu aussi peur pour quelqu'un de sa vie. Sa sœur lui avait appris qu'Elysse s'était embarquée sur l'*Odyssey* pour le suivre jusqu'en Chine. Il n'arrivait pas à l'imaginer seule en mer, avec pour seule compagnie sa bonne. Bien avant d'apprendre cette nouvelle, ses nuits étaient déjà agitées. Mais aujourd'hui, hanté par les cauchemars et les regrets, il ne trouvait plus du tout le sommeil. Il n'avait plus aucun doute sur l'étendue de son amour pour elle et sur le choix qu'il avait fait d'assumer ses responsabilités en tant qu'époux.

Il était au large du Portugal, *La Coquette* filant à pleines voiles grâce à ses cales vides, lorsqu'il avait appris que l'*Odyssey* avait été vu au mouillage au large de Cape Coast. Il avait glané cette information d'un navire portugais de passage, grâce au langage complexe qu'utilisaient tous les capitaines de marine au moyen de leurs drapeaux. Depuis, il avait croisé une quinzaine de vaisseaux, mais aucun n'avait entendu parler de l'*Odyssey*. Son inquiétude grandissait de jour en jour.

L'*Odyssey* était censé se rendre en Chine. Rien ne justifiait donc qu'il jette l'ancre au large des côtes ouest-africaines. D'autant que les vents du nord-est étaient censés maintenir le vaisseau très loin de la côte.

Il avait passé trois jours à Londres pour mener son enquête sur l'*Odyssey*, ses propriétaires et son capitaine. Son instinct lui avait pourtant dicté de partir aussitôt pour la Chine, mais il avait fallu qu'il décharge les cales de son navire. Il avait donc mis à profit ce temps pour se renseigner. L'*Odyssey* appartenait à une respectable compagnie maritime de Glasgow, McKendrick and Sons. Personne n'était au courant que son capitaine avait pris sa femme à bord pour l'amener à Canton. Aussi bien les agents que les responsables de la compagnie avaient été choqués d'apprendre cette nouvelle. Et ils ne lui avaient pas fait l'éloge du capitaine Courier. Ils n'avaient eu recours à ses services qu'une seule fois et ils ne savaient pas grand-chose de lui. Ils étaient même incapables de lui décrire le personnage.

Depuis, il avait flairé qu'Elysse avait des ennuis, et son instinct ne le trompait jamais. La panique qui l'avait envahi depuis qu'il avait appris son départ pour la Chine l'avait consumé. Il était certain que quelque chose ne tournait pas rond.

Elysse se trouvait-elle dans le château de Cape Coast ? songea-t-il. Il pria pour que ce soit le cas. Si l'*Odyssey* était encore au mouillage, cela voudrait dire qu'il avait retrouvé sa femme…

Il entendit les huniers descendre derrière lui. Cette manœuvre était à la fois un geste de courtoisie et une mesure défensive. Il permettait d'indiquer à la marine britannique que ses intentions n'étaient pas hostiles. En effet, aucun navire ne pouvait partir rapidement sans ses huniers. La tradition voulait donc que tous les vaisseaux qui passaient près du château ou qui jetaient l'ancre à proximité baissent leurs voiles.

— Tirez à tribord ! ordonna-t-il sans quitter des yeux

les quartiers généraux de la marine britannique à travers sa lunette.

Aussitôt, les neuf canons de *La Coquette* retentirent dans un vacarme assourdissant. Le château brillait sous le soleil, à l'exception de ses canons noirs pointés vers la mer. Quelques instants plus tard, les neuf canons le saluèrent en retour.

Fébrile, il ordonna que l'on prépare le canot. Le capitaine Courier avait-il été contraint de s'arrêter à Cape Coast pour effectuer des réparations ou remplacer des membres de son équipage ? s'interrogea-t-il en y prenant place. Les tempêtes causaient souvent de graves dommages aux navires, et les marins pouvaient être terrassés par la malaria du jour au lendemain. Pourtant, aucune de ces versions ne lui convenait. Aucun des vaisseaux qu'il avait croisés ne lui avait communiqué de telles informations ces quinze derniers jours.

Courier était donc dans la capacité de naviguer. Dans ce cas, son arrêt à Cape Coast était douteux.

Une fois le canot à la mer, son unique voile déployée, Alexi se plaça à la proue. Il devait d'abord découvrir si l'*Odyssey* était reparti vers la Chine.

Si seulement Elysse s'était contentée d'attendre sagement à la maison son retour, comme n'importe quelle autre femme ! songea-t-il en marmonnant un juron.

Mais qu'est-ce qui avait bien pu lui passer par la tête ?

Certes, elle lui avait clairement demandé de l'emmener avec lui. Pourquoi ne l'avait-il pas écoutée lorsqu'elle lui avait demandé un vrai mariage ? S'il lui arrivait quelque chose, il en serait l'unique responsable !

Anxieux, il scruta l'océan à la recherche de l'*Odyssey*. Il n'en avait vu aucun dessin, mais ses propriétaires lui en avaient fait une description si claire qu'il se le représentait avec précision. Il avait mémorisé son tonnage, ses lignes et son gréement. Il le reconnaîtrait n'importe où. Mais il n'aperçut aucune trace de ce navire.

Profondément déçu, il tourna ses jumelles vers Cape Coast.

Il s'était rendu à plusieurs reprises au château et connaissait bien la forteresse qui tournait le dos à la terre et qui était entourée des trois côtés par l'océan. Des rochers sombres et dangereux se dressaient au-dessus des vagues près des remparts. Un clocher s'élevait tout en haut de la partie la plus élevée du château. La porte qui donnait sur la mer se trouvait sur la plage, et bon nombre de canots déposaient leurs passagers et leurs marchandises à cet endroit.

D'après ses calculs, il se trouvait à deux semaines derrière Elysse, si l'*Odyssey* ne s'était pas attardé à Cape Coast. Mais si tel était le cas, la distance qui le séparait de sa femme pouvait se compter en jours. Grâce à ses cales vides, il rattraperait très vite le navire.

D'un côté, il était impatient de repartir sur les routes commerciales afin de le poursuivre à pleines voiles. Mais la partie la plus sensée de lui-même l'exhortait à s'arrêter au château pour découvrir pourquoi l'*Odyssey* avait jeté l'ancre dans ce port.

Les vagues blanches chargées d'écume se trouvaient à présent droit devant eux. Alexi s'assit et saisit une rame, tandis que le canot heurtait la première série de vagues. Quelques instants plus tard, l'embarcation glissait dans le lagon face à la plage. Lui et ses hommes étaient trempés. Plusieurs petits africains s'élancèrent vers eux pour les accueillir en poussant des cris de joie.

Alexi descendit du bateau et s'enfonça jusqu'à mi-cuisse dans l'eau, laissant derrière lui le canot à ses hommes. Lorsque les enfants arrivèrent à sa hauteur, il leur sourit. Hélas, il avait oublié de prendre quelques objets de valeur à leur offrir.

— Je suis navré, dit-il en hochant tristement la tête, je n'ai rien apporté.

Le sourire des enfants s'évanouit et ils cessèrent de le suivre dès qu'ils comprirent qu'il ne leur donnerait ni cadeau ni gourmandise.

Arrivé face à la porte de la forteresse qui donnait sur la

mer, il fut accueilli par un jeune lieutenant. Deux soldats armés étaient postés en haut de l'escalier, de part et d'autre de la porte d'entrée.

— Capitaine de Warenne, monsieur, se présenta Alexi, de *La Coquette* et de la compagnie Windsong Shipping.

Le visage du lieutenant s'éclaira et il lui tendit la main.

— J'ai beaucoup entendu parler de vous, monsieur. Bienvenue au château.

Le militaire lui sourit et l'invita d'un geste de la main à entrer.

— En quoi puis-je vous aider ? Mes hommes m'ont dit que votre bateau croisait nos routes en direction de la Chine pour acheter du thé.

Alexi était incapable de lui rendre son sourire. Ils entrèrent alors dans une petite cour.

— Nos cales sont vides, lieutenant, répondit-il d'une voix neutre. Je crains de devoir vous informer que je suis à la recherche de ma femme.

Le lieutenant Hawley sursauta puis s'empourpra. Ils se trouvaient maintenant sous l'un des remparts.

— Elle voulait venir avec moi en Chine, expliqua-t-il, et j'ai refusé. Heureusement, j'ai dû rebrousser chemin et revenir à Londres pour effectuer des réparations. C'est là que j'ai appris que ma très chère épouse avait décidé d'entreprendre seule ce voyage pour venir me rejoindre.

— Dieu du ciel ! s'écria le lieutenant. Mais pourquoi diable vous êtes-vous arrêté à Cape Coast ?

— Avez-vous aperçu ou entendu parler de l'*Odyssey* ? Ce navire a jeté l'ancre ici il y a deux ou trois semaines. Ma femme se trouvait à bord.

Fébrile, il attendit la réponse de l'officier.

Mais Hawley se contenta de hocher la tête.

— Ce nom ne me dit rien du tout. Toutefois, nous tenons un journal de tous les navires qui jettent l'ancre ici, capitaine. Si ce bateau a accosté à Cape Coast, nous saurons exactement quand et pourquoi il a fait halte chez nous.

— Quand pourrais-je avoir accès à ces journaux ? demanda aussitôt Alexi. Je crains que le temps joue contre moi.

Le lieutenant lui lança un regard acéré. Il se demandait certainement si sa femme n'était pas en fuite…

— Le capitaine Courier est une énigme, ajouta-t-il vivement. J'ai le pressentiment qu'il n'est pas fiable.

— Courier, dites-vous ? Il a dîné avec le gouverneur, capitaine. Il se trouve que j'étais de service lorsqu'il est arrivé.

A ces mots, il faillit s'étrangler.

— Etait-il accompagné d'une femme ?

— Non, il est venu seul. Si votre femme était avec lui, il aurait dû l'inviter à se joindre à lui et au gouverneur pour dîner, non ? demanda Hawley, l'air soucieux.

— Allons voir ces journaux.

Alexi traversa avec le lieutenant une autre grande cour. Puis, ils montèrent une série d'escaliers, longèrent un long couloir avant de pénétrer dans un bureau rempli de clercs. Alexi s'assit à côté du jeune militaire et se plongea dans les journaux des semaines qui venaient de s'écouler. Dix minutes plus tard, le lieutenant trouva l'information qu'ils cherchaient.

— L'*Odyssey* a jeté l'ancre le 23 juin, capitaine. Il est reparti le lendemain.

Alexi tendit la main vers le journal.

— C'est très étrange, dit-il en parcourant les quelques lignes. Aucun navire ne rentre dans un port pour vingt-quatre heures. D'ordinaire, ils y passent des semaines, voire des mois. Le journal indique que Courier a emporté 175 gallons d'eau, ce qui est tout aussi bizarre. Pourquoi aurait-il besoin d'eau, alors qu'il n'était en mer que depuis quelques semaines ?

En lisant la suite, son sang se glaça.

*23 juin 1839. L'*Odyssey *jette l'ancre à 15 h 30. Il demande 175 gallons d'eau. Le navire est en route pour la Chine avec un chargement de tissus.*

24 juin 1839. 3 ou 4 pirates sont montés à bord du navire

*vers 0 h 30. Des coups de feu ont été échangés avec l'équipage. Les natifs ont pris la fuite sans incident. Personne n'a été blessé et aucun vol n'a été rapporté. L'*Odyssey *a levé les voiles pour Canton à 6 h 30.*

— Le bateau a été attaqué par des pirates le 24 dans la soirée ! s'exclama-t-il, l'estomac noué par la peur.

— Apparemment, répondit Hawley, l'air inquiet, personne n'a été blessé. Mais pourquoi rien n'indique-t-il la présence de votre épouse à bord ? D'habitude, capitaine, la liste des passagers est consignée, dans les rares cas où nos marchands en prennent à leur bord.

Alexi se tourna alors vers le lieutenant. Il tremblait à présent.

— Soit on ne voulait pas que l'on sache que mon épouse était à bord, soit elle ne l'était plus lorsque le bateau a jeté l'ancre.

Elysse était-elle à bord lorsque les pirates ont attaqué ? songea Alexi, au bord de l'asphyxie. Et si tel n'était pas le cas, où diable se trouvait-elle ?

— Monsieur, intervint un jeune officier assis à la table d'à côté, l'air embarrassé, je n'ai pas pu m'empêcher d'écouter votre conversation.

— Savez-vous quelque chose, sergent ? demanda Hawley.

— C'est moi qui ai rédigé ce rapport, monsieur. Le capitaine Courier s'est longuement vanté de la fortune qu'il allait acquérir grâce à ce voyage en Chine. Il n'arrêtait pas de dire que c'était son jour de chance et que cette traversée représentait pour lui une occasion unique.

Alexi le regarda fixement. Que signifiait cette nouvelle information ?

— Lorsqu'il est parti, ajouta le jeune homme, il a dit que rien n'était plus beau que d'être accueilli par une belle femme, surtout lorsqu'elle était riche.

Alexi retint son souffle.

— Il parlait de ma femme ! s'écria-t-il. Etes-vous certain qu'il n'a pas fait allusion à un passager, ou deux ?

Le jeune sergent secoua la tête, tandis que Hawley se tournait vers lui.

— Puis-je vous faire une suggestion. Les pirates étaient des Africains. Or il se trouve que nous travaillons en étroite collaboration avec les hommes qui naviguent sur les pirogues. Les nouvelles circulent très vite sur la côte. Nous sommes au courant d'incidents qui ont lieu à plus de deux cents kilomètres d'ici en quelques heures seulement. Les indigènes utilisent une méthode ancestrale de communication, capitaine : les tam-tams. Ils sont au courant de tout. Commencez par interroger les marins, soit pour localiser les pirates, soit pour savoir si quelqu'un a vu votre femme à bord de ce navire.

— Mais il me faudra des semaines, répondit Alexi au comble du désarroi.

— Vous seriez surpris. Les côtes ouest-africaines sont un très petit monde, vous savez.

Gautier lui sourit.

— Vous êtes très belle ce soir, ma chère.

Elysse eut toutes les peines du monde à lui rendre son sourire. Elle venait de vivre les deux semaines les plus longues de sa vie. Depuis son arrivée à Ouidah, elle avait été retenue prisonnière dans sa chambre, sauf pour le dîner. Un garde armé venait tous les soirs la chercher pour la conduire en bas, dans le salon, pour le repas du soir, en compagnie de son ravisseur et de Lorraine. Elle avait demandé à Gautier l'autorisation de sortir, expliquant qu'elle avait besoin de prendre l'air tous les jours, mais il avait refusé. Pourtant, elle s'était attendue qu'en bon gentleman il accède à sa demande. Sa réaction l'avait donc laissée stupéfaite. Elle était même prête à sortir avec un garde armé et les mains attachées, mais Gautier était resté inflexible.

— Ouidah est un port très actif, avait-il répliqué. J'ai entendu dire que vous étiez une femme étonnamment intelligente, madame de Warenne, et que vous connaissiez la mer et le commerce. Je ne vais pas vous laisser l'occasion d'essayer de vous mettre en rapport avec les marchands ou les missionnaires de passage dans notre ville. Sans compter que les Anglais possèdent un comptoir commercial ici. Je ne vous laisserai pas vous enfuir, ma chère.

Elysse l'avait regardé d'un air consterné. Depuis des jours, elle réfléchissait au moyen de communiquer avec quelqu'un, n'importe qui, pour s'enfuir.

— Vous allez donc me tenir enfermée dans cette minuscule et horrible chambre jusqu'à ce que la rançon soit payée ?

— Je le crains, avait-il répondu calmement.

Elle devait pourtant le remercier des petites faveurs qu'il leur accordait. Ni Lorraine ni elle-même n'avaient subi de mauvais traitements. Elle avait été très claire : toute atteinte à sa servante serait considérée comme un affront personnel. Et Gautier savait que son mari serait prêt à se venger.

Il leur avait apporté des vêtements de rechange et un nécessaire de toilette, du papier et un crayon ainsi que des livres. Elle avait pu écrire à sa famille. Gautier se chargeait d'envoyer ses lettres, non sans les avoir préalablement censurées.

Elle avait écrit à Alexi, à ses parents et à Ariella. Bien entendu, le temps que ses lettres leur parviennent, elle serait déjà de retour chez elle. C'était du moins ce qu'elle espérait…

Lorsqu'elle pénétra dans le salon, elle se dirigea vers la chaise que son ravisseur avait tirée pour elle. Lorraine était déjà assise à table. Elle avait une mine épouvantable. Elle avait perdu du poids et des cernes sombres ombraient ses yeux. Sa peau brûlée avait pelé et elle avait l'air encore plus pâle qu'avant.

Elle-même disposait d'un petit miroir de poche dans sa chambre. Son apparence n'était guère plus flatteuse. Elle sourit à sa femme de chambre en prenant place à table.

— Comment allez-vous, ma chère ? demanda-t-elle.

Mais Lorraine lui lança un regard triste et ne prit même pas la peine de lui répondre.

Elysse lui prit la main.

— Les choses pourraient être pires. Nous aurions pu être agressées. Et nous savons que nos rançons vont être payées. Vous le savez, n'est-ce pas ?

— Oui, murmura la jeune femme. Mais nous sommes ici depuis si longtemps.

Elysse comptait les jours dans un petit journal. Elles en étaient à leur vingt-cinquième journée de captivité. Une éternité. Elle se devait pourtant de rester optimiste, et de se montrer joyeuse et pleine d'espoir, même si dans son cœur, elle était beaucoup plus désespérée et abattue qu'elle voulait bien le montrer. Pour l'heure, Alexi devait certainement approcher de Madagascar dans l'océan Indien. S'il avait su dans quelle terrible détresse elle se trouvait, il aurait rebroussé chemin pour venir la chercher, elle n'en doutait pas une seule seconde.

Il lui avait fait la promesse de ne jamais l'abandonner. Certes, ils n'étaient alors que des enfants, mais Elysse savait qu'Alexi n'avait qu'une parole. Elle avait foi en lui, il était son seul espoir et son seul salut. Ces six dernières années lui semblaient désormais dérisoires. Alexi l'accompagnait par la pensée, jour et nuit. Il était son point d'ancrage et elle puisait en lui sa force. L'homme qui ne quittait pas ses pensées était celui qu'elle connaissait depuis toujours. Le marié qui l'avait trahie juste après avoir prononcé ses vœux de mariage n'existait plus. Celui qui l'avait abandonnée pendant six longues années s'était envolé. Avait-il seulement jamais existé ? Comment avait-elle pu douter de ses sentiments pour elle ? Alexi soulèverait des montagnes pour elle. Il viendrait la chercher jusqu'en enfer s'il le fallait. Elle l'aimait profondément, comme jamais elle n'avait aimé. Aujourd'hui, lorsqu'elle repensait au petit manège auquel ils s'étaient livrés ces derniers mois à Londres, elle comprenait les raisons de sa colère. Il était jaloux de Blair, comme il avait été jaloux de Montgomery. Alexi l'aimait aussi, elle n'en doutait pas une seule seconde.

Mais c'était trop tard, songea-t-elle. Si seulement la jeune coquette stupide et vaniteuse qu'elle avait été n'avait pas existé. Si seulement elle n'avait pas aguiché Montgomery et tous ses autres prétendants. Jamais elle n'aurait dû tromper la société en feignant d'être heureuse dans son mariage et libérée sexuellement. Elle n'aurait pas dû donner l'illusion qu'elle était une femme d'expérience.

Lorsqu'elle se trouverait de nouveau dans les bras d'Alexi, elle lui dirait toute la vérité.

La mort de Montgomery avait été pour elle une révélation de ce qu'elle était. Mais aujourd'hui, on ne pouvait plus la blâmer. Lorsqu'elle serait avec Alexi, elle ferait en sorte qu'il puisse oublier le passé et que ses plaies cicatrisent. A présent, la seule chose importante était de survivre pour pouvoir envisager l'avenir qu'ils méritaient de partager ensemble.

Les dîners avec Gautier étaient d'ordinaire très calmes. Son ravisseur se montrait jovial et se chargeait de faire la conversation. Elysse essayait d'être aussi polie que possible en retour. Faire preuve de bonnes manières était une question de bon sens : en aucun cas elle ne voulait se mettre son ravisseur à dos, pas plus qu'elle ne souhaitait se priver, tout comme Lorraine, de ce petit instant de liberté qu'elle éprouvait en partageant un dîner digne de ce nom avec Gautier.

A la fin du repas, il remontait avec elle l'escalier et lui souhaitait bonne nuit devant sa porte, comme si de rien n'était. Et lorsqu'elle entendait la porte se verrouiller de l'extérieur, elle se mettait à tourner en rond sans relâche. Alexi lui manquait tellement que s'en était douloureux. Mais jamais elle ne succomberait au désespoir ! Tant qu'il y avait une lueur d'espoir, elle s'y accrocherait. Sa rançon finirait bien par être payée. Elle serait libérée et pourrait enfin rejoindre Alexi, heureuse de laisser l'absurdité de leurs six dernières années derrière eux.

Elle était sur le point de se déshabiller avant d'enfiler sa chemise de nuit lorsqu'elle entendit la voix d'un visiteur venant du rez-de-chaussée. Gautier ne recevait jamais personne après le dîner. Elle se dirigea vers la porte et colla l'oreille contre le battant à l'affût de la moindre information. Pourtant, elle savait qu'il était encore trop tôt : la demande de rançon venait certainement tout juste d'arriver à sa famille.

Malgré ses efforts, elle perçut des voix d'hommes mais ne put distinguer le moindre mot. Soudain, un frisson glacial traversa son corps. Elle connaissait cette voix…

Son cœur battait à tout rompre.

Prenant une profonde inspiration, elle tendit un peu plus l'oreille. Puis son corps se couvrit de sueurs froides. Etait-ce Baard Janssen qui s'entretenait avec Gautier ?

Un bref instant, elle se demanda s'il était venu la délivrer.

Mais la seconde d'après, elle chassa cette hypothèse farfelue. Il ne pouvait pas se trouver là par hasard… Gautier lui avait dit que Ouidah était un grand port de transit pour les esclaves, et Blair avait insinué que le danois se livrait à ce commerce scandaleux.

Tous ses espoirs s'évanouirent aussitôt. C'était Janssen qui avait organisé sa traversée ! songea-t-elle avec effroi.

Les deux hommes parlaient toujours. Janssen avait-il planifié son enlèvement ? Etait-il goujat à ce point ? Alexi et Blair l'avaient pourtant mise en garde contre lui…

Complètement hébétée, elle sentit la colère l'envahir. Elle ne devait pas tirer de conclusions hâtives. La présence de Janssen n'était peut-être qu'une simple coïncidence. Peut-être était-il un allié ? Elle tambourina contre la porte.

— Laissez-moi sortir ! cria-t-elle. Au secours, Janssen ! C'est Elysse de Warenne. Je suis retenue prisonnière ici !

Quelques instants plus tard, Gautier déverrouilla la porte et l'ouvrit, l'air étrangement pâle. Baard Janssen était avec lui. Dès qu'elle croisa son regard, elle sut que sa présence à Ouidah n'avait rien d'une coïncidence.

Il ne semblait ni surpris ni choqué de la voir.

— Bonjour, Elysse, dit-il avec un petit sourire narquois. Pour un otage, vous avez l'air en forme.

C'était donc lui l'instigateur de son enlèvement ! songea-t-elle, pétrifiée.

— Vous auriez dû vous taire, madame, dit Gautier d'une voix blanche.

Janssen hocha tristement la tête.

— Mais elle ne l'a pas fait, et elle m'a vu, Laurent.

— C'est vous qui m'avez fait enlever ! cria-t-elle.

Son regard glissa grossièrement sur elle.

— Vous m'avez demandé de vous aider à embarquer, et vous m'avez ainsi offert une opportunité formidable, Elysse.

Elle le frappa aussi fort qu'elle put au visage.

Et il lui rendit sa gifle, avec la même force.

La puissance du coup la propulsa en arrière et elle heurta violemment le lit avant de tomber. Une explosion de douleur envahit sa joue. Elle se demanda si les os de sa mâchoire ne s'étaient pas brisés. Interloquée, elle leva la tête. Des étoiles dansaient devant ses yeux. Janssen se tenait devant elle et la toisait de toute sa hauteur.

Il l'avait frappée.

Et il était dans sa chambre maintenant.

— Janssen ! protesta Gautier, l'air choqué. C'est une lady !

— Taisez-vous !

Le regard implacable de Janssen ne laissait aucun doute sur ses intentions.

Apeurée à l'idée qu'il la frappe de nouveau, ou pire, elle n'esquissa pas le moindre geste.

— Vous avez l'air terrorisé, grinça le danois.

Elle retint son souffle. Il allait la violer…

— Vous valez une petite fortune, ma chère. Alors, oui, j'ai planifié votre enlèvement.

Il lui tendit la main.

— Vous avez fait une erreur fatale en venant me trouver pour vous aider à quitter Londres, et une erreur encore plus grossière de sortir de votre chambre pour venir à ma rencontre.

Elle refusa de prendre sa main. Son cœur battait à tout rompre dans sa poitrine, sous l'effet de la panique.

— Qu'allez-vous me faire ?

Mais elle connaissait déjà la réponse. Il lui suffisait de la lire dans son regard. Janssen n'était pas du genre à s'évanouir en Afrique comme Gautier. Maintenant qu'elle savait qu'il était l'instigateur de son enlèvement, il ne lui laisserait pas la vie sauve…

Combien d'otages n'étaient jamais revenus, même lorsque leur rançon avait été payée ?

— Il aurait mieux valu pour vous que vous ne nous entendiez pas ou que vous ne me voyiez pas. Et je n'ai nullement l'intention de fuir devant votre mari toute ma vie.

Ainsi, elle avait vu juste. Il allait la tuer…

Elle trembla de tous ses membres.

— Si jamais vous me faites du mal, ou si vous me tuez, il vous poursuivra et ne s'arrêtera qu'une fois que vous serez mort.

Janssen gloussa.

— Sauf qu'il ne le saura jamais.

Elle retint son souffle en étouffant un sanglot. Que faire, maintenant ?

Elle entendit alors le cliquetis aigu d'un chien qu'on relève. Gautier se tenait derrière le danois, un pistolet à la main.

— C'est une lady, Baard, dit-il froidement.

Janssen pivota et le toisa d'un air moqueur.

— C'est une lady qui est condamnée, mon ami, et vous feriez mieux de vous faire à cette idée. Baissez donc votre pistolet. J'ai l'intention de m'amuser un peu cette nuit.

— Sortez, répondit Gautier d'un air grave.

Pétrifiée, elle regarda tour à tour les deux hommes.

Gautier était bien décidé à la protéger, mais le visage de Janssen était déformé par la colère.

— Très bien, dit enfin le Danois. Mais nous continuerons cette conversation demain. Et dès que la rançon sera payée, je pourrai disposer d'elle à ma guise. Réfléchissez-y. Vous verrez que c'est ce qu'il y a de mieux pour nous.

Gautier ne répondit pas.

Janssen sortit alors comme une furie de la pièce et elle s'effondra au sol, en larmes.

Gautier s'agenouilla près d'elle.

— Cet homme est dangereux, madame. Vous n'auriez pas dû vous manifester lorsque vous l'avez entendu tout à l'heure.

Elle leva doucement les yeux vers lui. D'une certaine manière, il était devenu son protecteur.

— Merci, murmura-t-elle.

Mais elle savait qu'elle n'en avait plus pour très longtemps à vivre.

Elysse ne ferma pas l'œil de la nuit, le regard fixé sur le plafond écaillé où une araignée tissait sa toile. Toujours vêtue de sa robe, elle retenait ses larmes, effrayée comme jamais elle ne l'avait été dans sa courte vie. Gautier ne semblait pas capable de la protéger très longtemps. Elle allait devoir le convaincre de la cacher ailleurs. Alexi ou sa famille la retrouveraient-ils un jour ?

Le soleil monta enfin dans le ciel, peignant l'aube de ses rayons rouges. Elle se dirigea vers la fenêtre et regarda le port, dont les eaux tropicales avaient pris des teintes de pêche et de rose. Ironiquement, elle ne pouvait s'empêcher de s'extasier sur la beauté spectaculaire du port de Ouidah, avec ses eaux d'azur, ses superbes navires, ses plages blanches et ses jungles émeraude. Ce matin, elle laissa son regard s'attarder sur les quais. Peut-être que, quelque part, une centaine d'Africains enchaînés étaient conduits vers l'un des vaisseaux qui se livraient au commerce des esclaves. Elle pleura longuement, pour eux, pour Lorraine et pour elle-même.

Soudain, elle entendit frapper à la porte. Tous les matins, à 8 heures, on lui apportait son petit déjeuner. Pourtant, il n'était pas encore l'heure. Tremblante, elle ne bougea pas lorsque la porte s'ouvrit. Gautier se tenait sur le seuil, l'air hagard, comme s'il n'avait pas fermé l'œil de la nuit.

— Je ne le laisserai pas abuser de vous avant de vous tuer, madame.

Elle approuva d'un signe de tête.

— Dans ce cas, laissez-moi rentrer chez moi, où je serai en sécurité.

Il tarda plusieurs secondes à lui répondre, l'air tendu.

— Les nouvelles vont très vite en Afrique.

Elle le regarda sans comprendre.

— Votre mari a été vu à Cape Coast il y a trois jours, madame.

Elle sentit ses jambes se dérober sous elle.

— Dieu du ciel, pourvu que ce soit vrai ! Mais comment était-ce possible ? Alexi devrait se trouver dans l'océan Indien à l'heure qu'il était !

— N'est-il pas le capitaine de *La Coquette* ? demanda-t-il d'un air morose. Ce bateau a été vu au mouillage.

Ainsi, Alexi avait retrouvé sa piste, songea-t-elle, pleine d'espoir. Elle sentit la pièce autour d'elle chavirer. Aussitôt, Gautier la retint et l'aida à s'asseoir. Dès qu'elle eut retrouvé ses esprits, elle lui prit le bras.

— Amenez-moi au château de Cape Coast, s'il vous plaît ! supplia-t-elle.

— S'il vous a suivie jusqu'ici, il sait certainement où vous êtes. Je ne peux plus arrêter les dégâts. Je vais essayer d'obtenir une rançon lorsqu'il arrivera à Ouidah. Pendant ce temps, je vais doubler la garde afin d'empêcher Baard de venir ici.

Dès que Gautier eut quitté la pièce, Elysse se coucha sur son lit et pleura de soulagement. Alexi allait venir la chercher ! Elle lui faisait entièrement confiance. Jamais il ne permettrait qu'il lui arrive du mal. Il le lui avait promis…

Rassurée, elle bondit sur ses pieds, tira une chaise près de la fenêtre et s'assit en contemplant le port. Un navire négrier venait d'être chargé, mais ses voiles n'étaient encore pas hissées. Elle se demanda s'il s'agissait de l'*Astrid*. Bientôt, le soleil monta un peu plus haut dans le ciel et elle vit plusieurs voiles apparaître à l'horizon.

Vers midi, elle distingua nettement trois navires au loin et pria en silence. Lorsqu'un trois-mâts devint visible, son cœur chavira de déception. Puis une grande goélette apparut. Elle retint son souffle en attendant de pouvoir discerner le troisième bateau. Le temps s'arrêta. Le soleil brillait très haut dans le ciel. Cramponnée au dossier de sa chaise, elle attendit. Toutes les voiles du navire étaient déployées. Son cœur manqua alors un battement, et elle plissa les yeux pour mieux voir. Aucun doute, avec sa silhouette fine, longue et élancée, c'était un clipper !

Rongée par l'impatience, elle se pencha à la fenêtre, et bientôt elle put distinguer le drapeau qui flottait au grand mât. C'était le drapeau britannique…

A présent, elle était en mesure de l'identifier à coup sûr et laissa échapper un petit cri. C'était bien *La Coquette* !

Jetant un dernier regard vers son si cher navire, elle courut vers la porte et tambourina frénétiquement contre le battant. Quelques instants plus tard, Gautier vint lui ouvrir.

— Il est ici, dit-elle précipitamment, Alexi est ici ! Laissez-moi le rejoindre, Laurent !

Elle s'agrippa au revers de sa veste.

— Si vous allez à sa rencontre en me retenant prisonnière, il vous percevra comme un ennemi. Il découvrira où je suis et il vous tuera sur-le-champ. Laissez-moi partir maintenant ! Je vous offrirai une généreuse récompense, je le jure sur mon honneur !

Il grimaça sans répondre.

— Vous ne vous attendiez pas à ça ! s'écria-t-elle. Vous

ne saviez pas que Janssen était un voyou de cette envergure et que mon mari me suivrait jusqu'ici. Vous ne voulez pas d'une confrontation avec Alexi de Warenne !

Gautier passa une main nerveuse sur son visage et elle vit à quel point il était épuisé.

— Vous devez devenir mon protecteur, insista-t-elle. Vous êtes un gentleman, monsieur !

Il soupira longuement.

— Aucun gentleman n'aurait pu tolérer votre enlèvement, madame, et nous le savons tous les deux. Je suis un gredin, au grand désespoir de ma famille. Mon Dieu, je déteste cet horrible pays !

Elysse le dévisagea d'un air étonné.

— Qui aimerait s'établir dans un tel endroit, au milieu de toute cette souffrance humaine ? ajouta-t-il. Vous étiez le seul moyen d'acheter ma liberté, madame.

Elle se mordit nerveusement les lèvres, cherchant désespérément un moyen de le convaincre.

— Vous m'avez protégée, monsieur. Et c'est ce que je dirai à Alexi. Je suis une femme de parole, Laurent.

Il eut un petit rire sans joie.

— Inutile de le dire, dit Gautier d'un air sévère. Très bien, à partir de maintenant, je vais vous faire confiance, madame. Vous allez me protéger comme je vous ai protégée la nuit dernière. Nous allons donc nous rendre sur les quais ensemble.

Très excitée, elle acquiesça vigoureusement. Son calvaire était sur le point de se terminer, et plus rien ne pouvait se mettre en travers de son chemin. Lorsqu'elle planta son regard dans les yeux de Gautier, elle sut qu'il pensait la même chose. Mais le Danois était là, quelque part, et il ferait tout pour les empêcher de partir.

— Nous devons tout faire pour éviter Janssen, dit-elle.

Laurent Gautier hocha gravement la tête.

— Après-vous, répondit-il.

20

Le cœur d'Alexi se mit à battre plus fort tandis que son canot était amarré à l'une des digues du port d'Ouidah. Il bondit de son embarcation avant même que les amarres soient lancées et remonta le quai au pas de course.

Elysse avait été enlevée. Sa femme était retenue prisonnière à Ouidah, ville tristement célèbre pour son trafic d'esclaves.

Ce salaud de Courier était descendu de son bateau à Cape Coast pour organiser son enlèvement. Qui d'autre était impliqué dans cette atrocité ?

Courier le paierait de sa vie. Quant aux autres…

Avec l'aide d'un interprète anglais, il venait de passer deux jours à interroger des marins africains. Deux indigènes lui avaient appris que leurs frères avaient reçu des armes pour enlever deux femmes blanches sur l'*Odyssey* et que deux Européens les avaient attendues sur la plage. Il ne leur avait fallu que quelques heures pour localiser l'homme à l'origine de l'enlèvement d'Elysse. Alexi avait aussitôt exprimé son désir de le tuer de ses propres mains, mais le lieutenant Hawley avait senti sa rage et lui avait rappelé que l'homme gagnait sa vie comme il pouvait, et qu'ils avaient besoin de lui pour mener leur enquête. En échange de quelques pièces de monnaie, l'Africain leur avait finalement livré l'information dont il avait tant besoin. L'indigène avait entendu les Européens dire qu'ils emmenaient Elysse et sa servante à Ouidah.

Alexi remonta rapidement le quai couvert de sable.

Animé d'une rage sourde mais ardente, il ne pouvait se départir d'un obscur sentiment de terreur.

Sa femme avait été enlevée et, à l'heure qu'il était, elle était retenue en otage, Dieu savait où et dans quelles conditions…

Elysse était une femme terriblement belle, dans un monde rempli de sauvages et de brutes. Il avait peur de ce qu'ils avaient déjà pu lui faire. Mais elle était en vie. Il refusait de croire qu'il puisse en être autrement. Ses ravisseurs voulaient une rançon, preuve qu'elle était vivante.

J'arrive, Elysse, songea-t-il, l'estomac noué par l'angoisse.

Dès qu'il la trouverait, il ferait tout ce qui était en son pouvoir pour rattraper ces six dernières années. Il n'avait fait que la blesser, la trahir et l'humilier. Et il avait encore du mal à croire qu'il l'avait abandonnée au pied de l'autel le jour de leur mariage ! Il aimait sa femme. Il l'avait aimée dès le premier regard, et n'avait jamais cessé de l'aimer, pas même lorsque leur mariage n'était qu'une mascarade et qu'elle passait ses nuits dans les bras de ses nombreux amants. Les aventures de sa femme l'avaient plongé dans une rage plus violente encore que la nuit du bal à Windhaven. Il aurait tant aimé se connaître mieux, comprendre ses véritables sentiments pour elle des années plus tôt et avoir fait un pas vers elle au lieu de lui tourner le dos en feignant l'indifférence. Comment avait-il pu penser, ne serait-ce qu'un seul instant, qu'elle ne comptait pas pour lui ? C'était un de Warenne, et Elysse était l'amour de sa vie.

Il se débrouillerait pour rattraper le passé. Mais pour l'heure, il ne songeait plus qu'à la trouver et à la ramener saine et sauve chez eux.

Elle devait savoir qu'il viendrait la chercher, même s'il avait tout fait pour qu'elle perde foi en lui. Seigneur, comme elle devait avoir eu peur ! Certes, elle était courageuse, ces six dernières années en étaient la preuve, mais aujourd'hui, la situation était autrement plus grave ! Il se souvint de cette nuit à Errol Castle, lorsqu'elle s'était perdue dans les ruines et qu'elle était terrifiée. Se rappelait-elle la promesse qu'il lui avait faite ? Il avait pensé chacune de ses paroles : il la protégerait toujours.

Il ne savait pas où elle était retenue à Ouidah, mais une lady comme elle devait être difficile à cacher. Quelqu'un l'avait forcément vue. Pour la trouver, il remuerait ciel et mer.

Un capitaine qui connaissait bien la région lui avait donné une carte grossièrement dessinée de la ville, qui comptait quatre comptoirs : français, hollandais, britannique et portugais. Le comptoir britannique faisait le commerce de l'huile de palme, et non des esclaves, comme les autres. Il s'arrêta au comptoir français au centre de la ville. Après tout, Courier était français. Il pouvait aussi bien se tromper que décrocher le gros lot. Mais il retrouverait Elysse. Il ne la laisserait pas se perdre en Afrique. Elle était son épouse et il comptait bien passer le reste de sa vie avec elle…

— Alexi !

Il resta immobile, incrédule. Non, cette voix, ce ne pouvait pas être elle… Faisant volte-face, il la vit qui courait vers lui, ses longs cheveux au vent, le visage couvert de larmes.

Son cœur cessa de battre. Elle était vivante ! Il l'avait trouvée !

Il s'élança vers elle et la prit dans ses bras, avant de constater à quel point elle était pâle. Elle avait perdu beaucoup de poids et ses beaux yeux étaient cernés. Pourtant, jamais il ne l'avait trouvée aussi belle ! Il la berça contre lui tandis qu'elle sanglotait contre son torse.

— Dieu merci ! dit-il en embrassant ses cheveux.

— Vous êtes venu !

Il prit son visage en coupe.

— Je vous protégerai toujours si vous êtes en danger !

— Je le sais, dit-elle entre deux sanglots. Vous vous souvenez lorsque nous étions enfants ? C'est exactement ce que vous m'avez dit, vous avez dit que vous ne m'abandonneriez jamais ! Oh, Alexi !

Et elle s'effondra de nouveau dans ses bras.

Tout en la serrant étroitement contre lui, il prit alors conscience qu'il pleurait aussi.

— Je vous aime, Elysse, dit-il d'une voix rauque. Je vous ai toujours aimée et je vous aimerais toujours.

Elle leva lentement la tête vers lui, l'air stupéfait.

— Je le pense vraiment, ajouta-t-il en souriant.

Elle caressa alors sa joue et l'embrassa. Elle ne se contenta pas d'un baiser timide, mais l'embrassa à pleine bouche, avec fougue. Comment trouvait-elle cette force, alors qu'elle avait été blessée, et peut-être violée ? songea-t-il, choqué. Elle avait surtout besoin de soins et de réconfort. Il avait aussi tellement envie de lui faire l'amour ! Mais il faudrait attendre. Il encadra à son tour son visage et suspendit ses élans passionnés.

Soudain, elle recula d'un pas.

— Comment m'avez-vous retrouvée ? demanda-t-elle, à bout de souffle. Pourquoi n'êtes-vous pas dans l'océan Indien en cet instant ?

— J'ai fait demi-tour au large de Lisbonne, expliqua-t-il. Vous me manquiez, et je ne pouvais pas le supporter. Je suis revenu pour être le mari que vous méritez.

Elle se remit à pleurer à chaudes larmes.

Emu, il la prit tendrement dans ses bras.

— Vous ont-ils fait du mal ? demanda-t-il enfin, saisi de panique.

Elle le regarda en tremblant.

— Je n'ai rien, Alexi, dit-elle en jetant un coup d'œil derrière elle. Mais j'ai eu si peur. M. Gautier m'a laissée partir. Je lui dois beaucoup.

Il remarqua alors le gentleman debout derrière eux, accompagné de la femme de chambre d'Elysse. Lorraine était aussi mince et décharnée que sa femme, et pleurait de joie et de soulagement. Il planta ses yeux dans ceux du Français et il ne lui en fallut pas plus pour comprendre que l'homme était un voyou. Gautier le dévisagea prudemment. Il semblait tendu et inquiet.

Elysse avait dit que cet homme l'avait laissée partir. Alexi se figea tandis que la signification de ces mots faisait son chemin dans son esprit. Il n'avait pas besoin de grands discours pour savoir qui était cet homme et ce qu'il avait fait.

— Il vous a retenue prisonnière, dit-il à voix basse sans quitter Gautier des yeux.

— En effet, mais il ne nous a fait aucun mal et il m'a libérée, répondit Elysse en prenant sa défense.

Alexi ne retint pourtant que le début de sa phrase.

La rage sourde qui l'animait enfla comme une vague. Il portait un pistolet et un couteau, mais il n'avait besoin d'aucune arme. Il lâcha Elysse en fixant dangereusement le Français.

— Monsieur ! s'écria Gautier d'une voix blanche. J'ai sauvé votre épouse d'un sort encore plus cruel que la mort !

— Vraiment ? siffla-t-il.

Ce que l'Européen avait à lui dire ne l'intéressait pas.

— Alexi ! cria Elysse en le saisissant par les épaules. Il m'a sauvé la vie ! Il a empêché Baard Janssen de me violer. C'est lui qui a organisé ma traversée et mon enlèvement. Janssen voulait abuser de moi la nuit dernière avant de me tuer. Et Gautier est intervenu pour me sauver !

A ces mots, Alexi se figea.

— Est-ce vrai ? demanda-t-il au Français.

Il finit par tourner son regard vers Elysse, qui se tenait devant lui, miraculeusement saine et sauve.

— Il m'a protégée, Alexi, ajouta-t-elle. Janssen est venu hier soir dans ma chambre. Il était terrifiant.

Elle frémit en prenant son bras.

— Il est toujours en ville, dit-elle d'une voix tremblante.

— Il l'a frappée, capitaine, s'écria Gautier, et je l'ai chassé sous la menace de mon pistolet.

Alexi caressa la joue d'Elysse.

— C'est de là que vous vient ce bleu ?

Elle acquiesça.

— Il est vrai que Gautier m'a retenue en otage, mais il a pris soin de moi. Je voudrais le remercier, Alexi.

Alexi détestait la vue de ce bleu violacé sur son si beau visage, et l'idée que quelqu'un l'ait frappée si violemment le rendait malade. Il n'avait aucune envie de récompenser Gautier alors même qu'il avait retenu sa femme prisonnière. Il la contempla un long moment et soutint son regard franc et déterminé.

— La vie est pleine de surprises, dit-elle d'une voix douce. Tout n'est jamais tout à fait blanc ou noir.

Soudain, Alexi sentit sa colère s'apaiser alors que son cœur s'emplissait d'amour pour sa femme. Elysse était devenue sage pendant leurs longues années de séparation.

— Nous en reparlerons, céda-t-il enfin avec l'étrange sentiment qu'elle sortirait gagnante de cette partie.

Puis il se tourna vers le Français.

— Où est Janssen ?

— Dans l'auberge en bas de la rue, répondit Gautier, visiblement soulagé.

Elysse lui prit de nouveau le bras.

— Ne pouvez-vous pas laisser les autorités se charger de lui ? murmura-t-elle d'une voix inquiète. J'ai tellement besoin de vous.

— Je ne peux pas laisser Janssen s'en tirer comme cela, Elysse, et vous le savez.

Elle lui caressa la joue en souriant.

— Je n'étais pas certaine que nous serions un jour de nouveau ensemble. Et un meurtre va à l'encontre de la loi, Alexi.

Il se souvint soudain de cette nuit à Windhaven, lorsqu'il s'était battu avec Montgomery.

— Nous ne sommes pas en Grande-Bretagne, répliqua-t-il sèchement, mais sur une terre de non-droit.

— N'avons-nous pas suffisamment souffert ?

Il la regarda fixement, conscient qu'elle pensait elle aussi à William. Mais aujourd'hui, la situation était radicalement différente. Janssen avait mis Elysse en danger et l'avait menacée. Il avait voulu la tuer.

— Notre mariage a commencé avec la mort d'un homme, murmura-t-elle.

Et aujourd'hui, songea-t-il, ils prenaient un nouveau départ. S'il mettait ses menaces à exécution, il serait fondé sur la mort d'un autre homme... Pourtant, Janssen méritait de mourir.

Soudain, Elysse se figea et blêmit.

Regardant par-dessus son épaule, il aperçut alors Baard Janssen un peu plus loin dans la rue poussiéreuse. Le Danois s'arrêta net en le voyant, visiblement choqué de les trouver là. Tout aussi incrédule, Alexi sentit son cœur exploser d'une joie sauvage. C'était trop beau pour être vrai...

Aussitôt, Janssen tourna les talons et prit ses jambes à son cou.

Alexi saisit son pistolet et visa. Il allait tuer ce salaud ! Qu'importe que Montgomery continue de le hanter, que ce geste le transforme en meurtrier et qu'Elysse soit juste à côté de lui, prête à prendre un nouveau départ avec lui.

— Vous n'êtes pas un meurtrier, Alexi ! cria Elysse. Ne faites pas cela. Laissez les autorités le pendre !

Pendant quelques secondes, il ne baissa pas la main. Il rêvait d'appuyer sur la détente ! Puis les images de sa vie défilèrent devant ses yeux. Il revit Elysse à Londres, en jeune femme gracieuse et élégante, sûre d'elle et pleine de convictions. Elle s'était tant battue pour préserver sa fierté et sa dignité. Elle avait survécu aux peines de cœur et aux humiliations. Aucun doute que des rumeurs couraient déjà sur son enlèvement. Elle n'avait pas besoin qu'un meurtre vienne les attiser encore plus. Elle ne méritait pas d'endurer les souffrances d'un procès. Résigné, il baissa son arme.

— Vous avez raison, Elysse. Vous méritez que je vous offre bien plus.

Il lui sourit et elle lui sourit en retour, visiblement soulagée.

— Mais Janssen sera pendu pour acte de piraterie, ajouta-t-il.

Prendre une personne en otage en échange d'une rançon n'était pas un crime passible de pendaison, contrairement à la piraterie. Alexi se lança aussitôt à la poursuite du gredin.

Janssen regarda brièvement par-dessus son épaule et comprit qu'Alexi était après lui. Il courut encore plus vite et tourna dans une petite ruelle. Le cœur battant, Alexi déploya toute son énergie pour le rattraper. Dès qu'il l'eut rejoint, il s'arrêta net : l'homme tenait un couteau dans sa main.

Rapide comme l'éclair, Janssen tenta de le frapper de son arme, mais les réflexes d'Alexi étaient aussi vifs que ceux d'une panthère. Il bondit sur le côté et tenta d'esquiver le coup, qui aurait dû l'atteindre en plein cœur. Le couteau effleura son épaule. Grognant sous l'effet de la douleur, il prit le Danois à bras-le-corps et l'immobilisa, dos contre le sol. Puis il plaça ses mains autour de son cou.

— Tu as voulu violer ma femme, espèce de salaud !

Non, il n'était pas un meurtrier, mais la lie de la société méritait de disparaître. En cet instant précis, il voulait le tuer.

— Ne faites pas ça ! hurla Elysse en courant vers eux. S'il vous plaît, Alexi… pour moi, pour nous !

Le Danois avait à présent les yeux exorbités. Alexi rêvait de lui tordre définitivement le cou, sauf qu'il ne pouvait imaginer que son avenir avec Elysse commence par un meurtre. Ils avaient tellement de temps à rattraper…

Soudain, Gautier arriva à son tour, armé d'un pistolet. Il sut alors que tout était terminé. A contrecœur, il relâcha le Danois et gémit en sentant des élancements de douleur jaillir de son épaule. Elysse l'aida à se relever tandis que Gautier tenait Janssen sous la menace de son arme.

— Vous êtes blessé ! s'écria-t-elle en passant une main autour de sa taille. Mon Dieu, il vous a poignardé !

Lorraine, qui venait de les rejoindre, lui tendit un mouchoir qu'Elysse pressa contre sa blessure.

— Ce n'est qu'une égratignure, dit-il.

Puis il se tourna vers Gautier.

— Ligotez-le, ordonna-t-il. Nous allons l'emmener à Cape Coast où il sera jugé pour acte de piraterie en pleine mer, ainsi que pour l'enlèvement de ma femme. Et ce sera sa parole contre la mienne. Je vous blanchirai de toute responsabilité dans ce crime.

— Merci, monsieur, répondit Gautier en soupirant de soulagement.

Elysse se blottit alors dans ses bras en tremblant.

— Merci, dit-elle à son tour.

Il l'enlaça et la serra très fort contre lui. Jamais il ne s'était senti aussi bien.

Installée dans la cabine du bateau d'Alexi, Elysse suivit du regard son mari qui remerciait le chirurgien avant de le raccompagner à la porte. Elle n'était jamais montée à bord de *La Coquette* et encore moins dans la cabine de son capitaine. Elle fut étonnée de découvrir à quel point la pièce était exiguë et fonctionnelle. Le lit se résumait à une simple couchette couverte de draps brodés. Une étagère accrochée au mur faisait office de table de nuit. Un magnifique tapis oriental ornait le sol et une table entourée de quatre chaises de style espagnol complétait ce mobilier rudimentaire. Près du hublot trônait un majestueux bureau de bois sculpté, couvert de cartes de navigation.

Alexi ferma la porte de la cabine et se tourna vers elle. Il était torse nu et son épaule avait été désinfectée avec de la teinture d'iode avant que le médecin recouse la plaie et immobilise son bras à l'aide d'un bandage. Pendant toute la durée de l'opération, son teint était resté très pâle et elle ne croyait pas que le brandy ait pu lui être d'une quelconque aide contre la douleur. Elle aurait aimé lui tenir la main, mais il lui avait lancé un regard incrédule lorsqu'il avait deviné ses intentions. Impuissante, elle s'était contentée de tordre nerveusement ses mains pendant toute l'intervention.

Grâce à Dieu, elle était libre ! L'horreur de ces derniers mois était derrière elle, Alexi l'aimait et, visiblement, il n'avait jamais cessé de le faire.

Son mari lui sourit tendrement.

— Je n'arrive pas à croire que vous soyez ici, dit-il simplement.

Elle frémit en le dévisageant ouvertement. Les muscles de son torse bougèrent lorsqu'il inspira. Elle n'avait pas l'habitude d'assister au spectacle de cette puissante virilité.

— J'ai toujours su que vous viendriez me chercher, dit-elle, les larmes aux yeux. Nous voilà enfin réunis.

Elle croisa son regard, songeant non seulement à son enlèvement, mais aussi à leurs six années de séparation.

Le visage d'Alexi était impénétrable.

— Oui, nous sommes ensemble.

Il fit une pause sans esquisser un seul geste.

— J'ai eu si peur, ajouta-t-il. En réalité, j'étais terrorisé à l'idée de ne pas vous retrouver.

— J'ai eu beaucoup de chance.

— Il n'y a que vous pour penser une chose pareille.

Il s'avança lentement vers elle et son cœur bondit dans sa poitrine. Soudain, elle n'eut qu'une seule envie : être dans ses bras et se perdre dans la passion de leur amour. Mais la terrible hostilité qui les avait opposés pendant ces six années était-elle terminée ? Alexi lui avait dit qu'il l'aimait et que tout était pardonné, mais il ne connaissait pas encore la vérité.

Il s'assit près d'elle, l'air grave, et prit sa main.

— Etes-vous certaine que le fait d'avoir été frappée hier par Janssen soit la pire chose qui vous soit arrivée. Vous devez me dire la vérité, Elysse.

Elle hocha gravement la tête.

— J'ai toujours été traitée avec respect, Alexi. C'était horrible, j'étais enfermée dans une minuscule chambre miteuse, mais tous les soirs, j'ai dîné avec Laurent. Il m'a aussi donné des livres à lire. J'avais le droit d'écrire des lettres. Il m'a aussi protégée de Janssen. Nous avons fait le bon choix en remettant ce malfrat aux autorités et en choisissant de laisser Laurent libre avec une récompense.

Janssen avait été remis aux autorités britanniques arrivées à bord d'un petit destroyer dans l'après-midi. Gautier avait déjà quitté la ville, plus riche que jamais.

Il était prévu qu'ils reprennent la mer le lendemain à l'aube. Lorraine et elle partageraient la cabine d'Alexi. Sa bonne se trouvait actuellement dans le meilleur hôtel de Whydah, escortée par de jeunes officiers de l'équipage d'Alexi.

— Je n'arrive pas à croire que vous ayez tant souffert, dit-il en serrant plus étroitement sa main.

Puis il caressa sa joue.

— Je n'arrive pas à croire que vous vous soyez mise dans une situation aussi grave à cause de moi ! continua-t-il. Vous êtes si forte, si courageuse ! Vous êtes là, assise à me raconter vos épreuves si calmement. D'autres femmes seraient devenues hystériques !

— Je ne suis pas une autre femme, Alexi, répondit-elle doucement.

Elle avait appris le courage il y avait bien longtemps. Elle avait très envie de lui à cet instant, mais d'abord, ils devaient résoudre leurs différends.

— Une fois de plus, vous vous accusez alors que les torts sont partagés, répliqua-t-elle. Souvenez-vous que je vous ai laissé croire que Blair et moi étions amants, sachant à quel point cela vous faisait du mal.

Il lâcha sa main et la dévisagea quelques instants. Puis, comme s'il lisait dans ses pensées, il répondit :

— Toutes ces épreuves ont été terriblement dures pour vous, n'est-ce pas ? Je vous avais abandonnée, mais cela ne vous a pas empêché de feindre de vivre un mariage heureux. Chaque fois que vous sortiez, les gens parlaient dans votre dos. Mais vous n'avez jamais baissé les bras.

Elle prit sa main et la pressa contre sa poitrine.

— C'était horrible. J'ai vécu dans le mensonge. Ma vie avait pris la forme d'une supercherie. C'était si humiliant, Alexi ! Tout ce que j'avais, c'était ma fierté et ma dignité.

Il grimaça sans la quitter des yeux.

— Ma seule ambition était d'éviter d'autres humiliations à tout prix, continua-t-elle. Mais les rumeurs ne s'arrêtaient jamais. Elles m'ont toujours poursuivie, et parfois elles étaient si proches de la vérité.

Elle lâcha sa main.

— Mon Dieu, je suis vraiment navré ! s'écria-t-il.

— Mais c'est du passé maintenant, n'est-ce pas ? demanda-t-elle, inquiète.

Il la regarda prudemment.

— Je vous ai blessée, Elysse, dit-il d'une voix grave.

— En effet. Et je sais que je vous ai aussi fait du mal avec mes prétendues aventures.

— Blair m'a avoué que vous n'aviez jamais couché avec lui.

Elle frémit.

— Comment aurais-je pu coucher avec Blair en étant amoureuse de vous ?

— La comédie était très convaincante, Elysse, dit-il durement.

— Je l'avoue. J'ai délibérément donné l'illusion d'être une mondaine libérée et amorale. C'est ainsi que je voulais que l'on me voie.

Leurs regards se croisèrent.

— J'avais peur qu'en découvrant la vérité vous ne vous moquiez de moi.

De très longues minutes s'écoulèrent, pendant lesquelles il sembla réfléchir.

— J'ai été volontairement cruel, répondit-il enfin. Je suis désolé. Mais si vous n'avez pas couché avec Blair, qu'en est-il des autres ?

— Il n'y en a jamais eu d'autres, Alexi, avoua-t-elle à

voix basse. Tout n'était qu'une grande illusion destinée à protéger ma fierté.

— Vous voulez dire que vous m'avez été fidèle pendant toutes ces années ? demanda-t-il en se rembrunissant.

— Il n'aurait pas pu en être autrement, admit-elle simplement.

Il la contempla, les yeux écarquillés, comme absorbé par la nouvelle qu'elle n'avait jamais trahi ni lui ni leur amour. Il la prit alors dans ses bras et la serra très fort contre lui. Elle sentit son cœur battre fortement à un rythme qu'elle connaissait bien maintenant. Son sang bouillonnait dans ses veines.

— J'ai eu si peur de ne jamais vous revoir, murmura-t-elle. Je vous aime, Alexi. Je vous aime tellement.

Il embrassa sa joue et il reprit la parole d'une voix rauque de désir.

— Je suis désolé de vous avoir abandonnée au pied de l'autel il y a six ans… J'étais si stupide ! Je n'ai jamais cessé de vous aimer, Elysse, depuis que je suis enfant. Mais ma fierté s'est également interposée entre nous.

Elle se dégagea légèrement, suffisamment pour croiser son regard. Ses yeux azur affichaient autant de désir que de désespoir.

— Nous étions terriblement jeunes, prétentieux et inconscients, répondit-elle. Vos batifolages me rendaient folle ! Je suis navrée d'avoir aguiché Montgomery.

— Je le sais, mais cela n'a plus d'importance. Le passé est derrière nous, maintenant.

Il prit son visage entre ses mains et l'embrassa avec fougue.

— Je vais vous montrer combien je vous aime, Elysse.

Puis il l'embrassa de nouveau.

Son corps s'embrasa, tandis qu'elle lui rendait son baiser avec le même élan passionné.

— Vous êtes la femme que j'ai toujours aimée, dit-il dans un souffle. Celle que j'aimerai toute ma vie. Vous pouvez me croire.

— Je sais, murmura-t-elle.

Il effleura tendrement ses lèvres.

— Notre vie commence aujourd'hui, dit-il en l'entraînant de nouveau dans un baiser.

Et le monde autour d'elle cessa d'exister.

Oui, elle savait qu'Alexi l'aimait. Elle avait toujours su qu'il était l'homme de sa vie, et qu'elle lui était destinée. Tout en l'embrassant, elle sentit ses larmes couler car, là où la souffrance avait laissé dans son cœur un trou béant, brillait aujourd'hui la lueur d'une promesse nouvelle.

21

Londres, Angleterre
Eté 1839

La maison d'Oxford surgit devant eux, grande et majestueuse, avec ses murs de pierre et ses jardins parsemés de fleurs. Elysse serra étroitement la main d'Alexi tandis que leur attelage de location avançait chaotiquement sur l'allée de graviers blancs. Elle était si heureuse d'être de retour chez elle ! Ils avaient jeté l'ancre quelques heures plus tôt, après un voyage sans histoire. Le père d'Alexi était venu les accueillir sur le quai, accompagné de tous les employés de Windsong Shipping. Dès que la foule les avait aperçus ensemble sur la plage arrière de *La Coquette*, elle les avait acclamés. Et aussitôt après avoir foulé la terre ferme, Elysse s'était retrouvée dans les bras de son beau-père qui l'avait serrée si fort contre lui qu'elle ne pouvait plus respirer. Dans un souffle, il lui avait murmuré qu'il espérait qu'Alexi veillerait dorénavant sérieusement sur elle afin qu'elle ne reparte plus jamais seule en Chine. Elle avait voulu s'excuser, mais s'était abstenue en s'apercevant que Cliff pleurait de joie.

Tandis que la voiture approchait de la demeure, Alexi l'enlaça et la serra contre lui.

— Ce voyage a été incroyablement long, dit-il à voix basse.

Lorraine était assise en face d'eux et elle rougit en croisant le regard d'Elysse. Cette dernière se blottit contre son mari, sachant à quoi il faisait allusion. Lorraine et elle avaient partagé la même cabine et elle avait eu du mal à trouver du temps pour être seule avec Alexi et faire sauvagement et librement l'amour avec lui. Heureusement, ils avaient réussi à trouver quelques occasions pour assouvir leur désir.

Elle avait l'impression que ces six dernières années s'étaient envolées en fumée. C'était comme si ces terribles années de souffrance et de séparation n'avaient jamais existé.

— Je vais te faire l'amour toute la journée et toute la nuit, et encore demain, lui chuchota-t-il à l'oreille.

Elle frémit et sentit un long frisson la parcourir tout entière.

— Est-ce un avertissement ? demanda-t-elle à voix basse.

— Absolument.

Elle éclata de rire. Elle était si impatiente d'être seule avec lui une journée entière, ou même une semaine.

L'attelage s'arrêta devant l'escalier en pierre. Alexi sortit le premier et aida Lorraine à descendre. Elysse lui tendit à son tour la main en souriant, mais lorsqu'il la prit, il l'attira vers lui et la souleva dans ses bras.

Elle gloussa de plaisir.

— Vas-tu me faire passer ainsi le seuil de la porte ? demanda-t-elle.

— Tout à fait !

Au milieu des marches, il s'interrompit et l'embrassa avec ferveur, comme s'il voulait assouvir des semaines de passion contenue. Aussitôt, elle sentit son cœur s'emballer. L'attrapant aux épaules, elle lui rendit son baiser avec encore plus d'ardeur. Ils étaient enfin chez eux, et rien ne pouvait les interrompre maintenant. Les moments qu'elle passerait avec Alexi ne seraient plus des instants volés !

Soudain, il interrompit son baiser, le regard brillant de désir. Puis, sans un mot, il continua de gravir les marches.

Lorraine les avait devancés. Ils passèrent enfin le seuil de la porte d'entrée, et Reginald ainsi que le reste du personnel se précipitèrent à leur rencontre.

— Monsieur ! s'écria le majordome. Madame de Warenne ! C'est un grand jour, vous voilà tous les deux revenus !

Elysse aperçut une dizaine de visages familiers. Elle voulut demander à Alexi de la lâcher afin de pouvoir saluer comme il se devait le personnel lorsqu'elle sentit les pas de son mari s'accélérer. Lorsqu'il arriva au pied de l'escalier qui conduisait à l'étage, il se tourna vers Reginald.

— Nous ne voulons pas être dérangés, ordonna-t-il, même si la maison brûle.

Elle sentit ses joues s'empourprer et enfouit son visage dans son cou tandis qu'il gravissait les marches deux par deux.

— Alexi ! dit-elle timidement. Que vont-ils penser ?

— Ils vont penser que je suis amoureux fou de ma femme, et que je vais lui faire l'amour toute la journée.

Elle croisa son regard. Il semblait farouchement déterminé, mais sa voix était chargée d'humour.

— Je t'aime, répondit-elle.

Il lui répondit par un baiser brûlant de désir. Il longea le couloir puis heurta brusquement un mur sans cesser de l'embrasser. Malgré la passion qui enflammait son corps, elle se mit à rire.

Il la regarda en souriant.

— Emmène-moi dans ton lit, ajouta-t-elle, mais s'il te plaît, fais attention !

Il posa de nouveau ses lèvres sur les siennes, mais au lieu de poursuivre son chemin, il la posa au sol et l'adossa contre le mur.

Elle ne pouvait que répondre avec la même fougue. Son cœur battait la chamade lorsqu'elle glissa une main sous sa chemise. Personne n'oserait monter : ils pouvaient faire l'amour à cet endroit même. Il semblait lire dans ses pensées lorsqu'il souleva d'un geste fébrile ses jupons.

— Je ne peux pas attendre, dit-il d'une voix rauque.

— Moi non plus, dit-elle en le caressant à travers son pantalon.

Il grogna en entendant une porte s'ouvrir et se fermer au rez-de-chaussée. Des voix vaguement familières montèrent jusqu'à eux. Alexi avait maintenant remonté sa robe jusqu'à la taille. Il commença par embrasser sa gorge en une caresse aussi douce que sensuelle puis glissa une main entre ses cuisses humides. Elle frémit de plaisir et entendit la porte d'en bas se fermer. Saisissant la ceinture du pantalon d'Alexi, elle se demanda si elle avait bien distingué la voix d'Ariella et d'Amanda.

Soudain, Alexi se figea, haletant.

— Ai-je bien entendu « Adare » ? demanda-t-il d'une voix rauque.

Elle se raidit à son tour. La voix de l'épouse du comte et celle, plus forte, de son frère Jack lui parvinrent distinctement. Mi-amusée, mi-contrariée, elle croisa le regard incrédule d'Alexi, qui se consumait encore de désir.

— Bon sang ! dit-il en souriant. Il semblerait qu'un comité de réception nous attende au rez-de-chaussée.

Elle lui caressa les cheveux.

— Ils sont venus nous voir, nous ne pouvons pas les décevoir, Alexi.

— Nous pouvons faire très vite.

Elle lui sourit et l'embrassa sur la joue.

— Nous avons toute la nuit et toute la semaine pour passer des nuits décadentes.

— J'aime quand tu me parles comme ça, répondit-il en repoussant une mèche de cheveux derrière son oreille.

Il remit les pans de sa chemise dans son pantalon et lui prit la main puis, échangeant un sourire complice avec elle, ils rebroussèrent chemin vers le hall. Main dans la main, ils descendirent les marches mais, lorsqu'ils constatèrent que tous les membres de leur famille s'étaient réunis pour les accueillir, ils eurent un choc. En cette fin du mois de juillet, personne n'était censé se trouver à Londres ! Elle soupçonnait son beau-père d'avoir prévenu tout le monde de leur retour. Cliff se tenait debout à côté d'Amanda, son épouse, et tous les deux leur souriaient tandis qu'ils atteignaient le bas des marches. Tous les regards étaient braqués vers eux et pétillaient de joie.

Ariella était avec St-Xavier et Diana, la petite sœur d'Alexi. Le comte d'Adare était également présent avec la comtesse. Ned, son héritier, et sa fille Margery se tenaient près d'eux, un bouquet de fleurs à la main. Son oncle Sean, qui ne quittait que rarement le nord de l'Irlande, était aussi présent avec sa femme, Eleanor, accompagné de leur fils aîné, Michael, et de sa femme, Brianna, qu'elle connaissait à peine. Même son fils Rogan et sa femme, dont elle avait oublié le nom, étaient venus ! Sir Rex, lady Blanche et leurs filles les regardaient avec bienveillance. Clarewood les attendait à côté de ses propres parents et de son frère, Jack. Il y avait aussi une demi-douzaine d'enfants en très bas âge qu'elle ne connaissait pas, et qui devaient être les petits-enfants de Sean et d'Eleanor. Tout ce petit monde leur souriait tandis qu'un grand silence s'était abattu dans la pièce.

Toute sa famille semblait s'être réunie dans la chaleur humide et insupportable de l'été londonien pour elle…

Dire qu'Alexi et elle avaient envisagé de rester enfermés à l'étage, comme deux adolescents insouciants ! Elle passa une main nerveuse dans ses cheveux en bataille.

— Ne t'inquiète pas, murmura Alexi, tout le monde sait ce que nous étions en train de faire !

Elle s'aperçut alors qu'il la taquinait comme au bon vieux temps.

— Et cette idée te réjouit ? répondit-elle.

— Je me fiche que le monde entier sache que j'ai très envie de ma femme.

Elle rougit et frémit de plaisir malgré elle.

Jack fut le premier à s'avancer vers eux en souriant.

— Bienvenue à la maison, les tourtereaux ! s'écria-t-il en riant.

Elle s'empourpra de plaisir lorsque son frère la prit dans ses bras.

— Il n'y a que toi pour partir seule en Chine à la poursuite d'un homme ! dit-il sur un ton de reproche.

Ariella vint les rejoindre et l'embrassa à son tour.

— Tu as fait exactement ce que j'aurais fait, et vois comme cela t'a réussi ! Vous êtes de nouveau amoureux l'un de l'autre.

Mais avant d'avoir pu lui répondre, Elysse se retrouva dans les bras de sa mère. Devlin serra chaleureusement la main d'Alexi, tandis qu'Amanda le serrait très fort contre elle. Les larmes commencèrent à couler. Elle entendit Alexi essayer de répondre au flot de questions qui les submergeait.

— Oui, répondit-elle enfin à sa meilleure amie, nous sommes amoureux, et nous l'avons toujours été. Mais j'ai l'impression que nous sommes les derniers à l'avoir appris, n'est-ce pas ?

Ariella se contenta de lui sourire, des larmes de joie dans les yeux.

— Tout le monde savait que vous étiez prédestinés, dit Devlin l'air ému. Nous parlerons plus tard de la folie de tes actes.

— J'ai un mari à présent, père, dit-elle en redressant fièrement le menton, et je n'ai plus dix-huit ans.

Les yeux du vieil homme s'embuèrent.

— En effet, mais tu seras toujours ma petite fille chérie.

Elle le prit dans ses bras.

— Je vais bien, dit-elle d'une voix rassurante. Personne ne m'a fait aucun mal.

— Dieu soit loué ! répondit Devlin, visiblement soulagé.

Clarewood avait posé une main sur l'épaule d'Alexi.

— Vous avez fini par succomber, mon cher ? demanda-t-il, l'air amusé.

— Je suis non seulement amoureux, mais encore plus heureux de pouvoir l'avouer, répondit-il à son ami. Je vais même essayer de vous convaincre des joies qu'un mariage heureux pourrait vous apporter.

Clarewood roula de gros yeux. Tout le monde savait que c'était à contrecœur qu'il avait cherché pendant si longtemps une fiancée.

Elysse passa tour à tour dans les bras de Lizzie, la belle et plantureuse comtesse d'Adare et de Tyrell, son époux. Puis ce fut le tour de sa cousine Margery. Un tout petit enfant passa en courant entre elles et faillit la faire tomber, suivi d'une horde riante qui se dirigea vers la porte d'entrée. Un petit garçon brun avait pris la tête de la troupe, fermée par une petite fille rousse.

— Où allez-vous ? gronda la voix d'un homme qui devait être leur père.

— Nous partons explorer le labyrinthe dans le jardin ! cria le petit garçon brun en s'arrêtant devant la porte, entouré des cinq autres enfants. Il avait l'air têtu et prêt à défendre ses projets.

— D'accord, répondit Regan O'Neill, vous pouvez sortir mais vous devez être de retour avant la nuit tombée.

Elle sentit son cœur chavirer lorsque Alexi s'avança vers eux.

— Les enfants se perdent toujours dans le labyrinthe, mon ami, dit Alexi au petit garçon.

Le petit garçon écarquilla les yeux, mais la petite fille rousse avait l'air apeuré.

— Vous vous moquez de moi, monsieur ! répondit alors le petit garçon.

— En effet, répondit Alexi en souriant.

Puis il se tourna vers elle et son sourire s'évanouit.

Elle le dévisageait gravement, sachant qu'ils n'oublieraient jamais cette nuit à Errol Castle, surtout après ce qui lui était arrivé. Ils furent interrompus par Jack, Ned et Clarewood qui tendirent une flûte de champagne à Alexi. Elle sentit son cœur exploser de bonheur en le voyant trinquer avec ses amis et les membres de sa famille, l'air heureux, tout en les régalant de descriptions hautes en couleur de l'immense continent africain.

— Allez-vous partir pour Canton le 8, comme prévu ? demanda soudain Jack.

Elle sentit son cœur se serrer. Elle savait qu'Alexi devait repartir le plus tôt possible. Mais même si son humeur s'était assombri, car immanquablement il lui manquerait terriblement, l'avenir leur appartenait. Alexi était le plus grand commerçant avec la Chine de son époque et cela impliquait de faire des sacrifices. De plus, elle prévoyait déjà de trouver de nouveaux investisseurs pour leur société en son absence. Elle avait beaucoup de relations à Londres, et elle était une hôtesse accomplie. Elle pouvait lui être d'une grande aide.

Ils étaient réunis, et pour toujours, comme le voulait la tradition des de Warenne.

— Nous partons pour la Chine le 8 août, répondit Alexi sans la quitter du regard. Si Elysse veut bien être du voyage.

Elle poussa un cri de joie. C'était la toute première fois qu'il évoquait cette possibilité !

Il lui sourit tendrement en levant sa flûte en signe de salut.

— Je veux à mes côtés la femme la plus courageuse que je connais, ajouta-t-il, pleine de grâce, de dignité, de courage et de conviction, sans parler de sa beauté.

Tout le monde leva sa flûte.

— Ecoutez tous, continua-t-il en plantant son regard dans le sien. Je bois à ma femme, qui fait de moi l'homme le plus heureux du monde. Et à l'avenir… notre avenir.

Tout le monde trinqua joyeusement.

Emue, Elysse s'élança dans ses bras. Jamais l'avenir ne lui avait paru plus beau et plein de promesses.

— Jamais je ne te laisserai partir sans moi en Chine ! s'écria-t-elle.

Il lui prit son verre des mains et l'entraîna dans un long baiser passionné.

Un peu plus tard, au beau milieu de la nuit, tandis qu'elle était blottie dans ses bras, elle songea à l'ironie du destin. Aujourd'hui, ils étaient revenus à leur point de départ, à l'après-midi où ils s'étaient rencontrés et où elle l'avait snobé. Sauf que, désormais, ils s'étaient avoué leur amour. Elle sourit et embrassa le torse de son mari. Il avait honoré sa promesse. Et leur amour d'enfants était devenu un véritable amour.

BestSellers

A paraître le 1er novembre

Best-Sellers n°535 •thriller

Tourmentée - Pamela Callow

Hantée par la mort de sa jeune sœur, fragilisée par une rupture amoureuse mais décidée à aller de l'avant, Kate Lange se lance à corps perdu dans sa carrière d'avocate, en Nouvelle-Ecosse. Mais le meurtre horrible de Lisa, la petite-fille de l'une de ses clientes venue lui demander conseil au sujet de l'adolescente, ravive ses blessures secrètes : aurait-elle pu empêcher ce drame ? Est-elle responsable de cette mort – comme de celle de sa petite sœur, morte 15 ans auparavant dans un accident de voiture dont elle seule a réchappé ? Tourmentée par le poids de ses doutes, déterminée à faire la lumière sur le meurtre de Lisa, Kate décide de mener sa propre enquête. Quitte à risquer sa carrière en s'exposant aux critiques acerbes et au regard d'acier de l'intransigeant Randall Barrett, son directeur de cabinet. Et sans savoir que le danger est toujours là. Car le tueur, lui, a déjà repéré sa nouvelle proie…

Best-Sellers n°536 • roman

Le pavillon d'hiver - Susan Wiggs

Désemparée et démunie après l'incendie de sa maison, Jenny Majesky accepte la proposition de sa grand-mère : s'installer au pavillon d'hiver du lac des Saules, la propriété familiale où, adolescente, elle passait ses étés. Loin de tout, dans ce décor sauvage empreint de nostalgie, la neige et le silence font resurgir en elle un flot de souvenirs : le premier – et l'unique – baiser de Rourke, le garçon qu'elle aimait alors, et, plus tard, la douleur muette dans ses yeux quand Joey, son meilleur ami, l'avait demandée en mariage. Elle avait tant espéré, pourtant, que Rourke se déclare ou lui fasse un signe… avant d'épouser Joey. Depuis, les années ont passé. Les non-dits et la mort tragique de Joey ont achevé de les séparer ; Rourke multiplie les conquêtes éphémères et, bien que la côtoyant tous les jours dans la petite ville d'Avalon, semble tout faire pour l'éviter. Aussi, quelle n'est pas sa surprise, peu après son installation, de le voir se présenter à la porte du pavillon.

Best-Sellers n°537 • thriller

Pulsion meurtrière - Erica Spindler

Eté 1983. Une femme est retrouvée pendue dans une maison inoccupée de Thistledown, dans le Missouri, après s'être livrée à des jeux sulfureux avec son amant. Des jeux que trois adolescentes trop curieuses avaient pris l'habitude d'épier. Persuadées que le compagnon de la victime a cédé à des instincts pervers et meurtriers, elles le dénoncent à la police. Mais il est trop tard, et l'homme disparaît du jour au lendemain sans laisser de traces. Quinze ans après ce drame, il resurgit brutalement dans la vie des trois amies. Courriers menaçants, coups de fil anonymes : Andie, Julie et Raven replongent dans l'horreur d'un passé qu'elles avaient cru pouvoir oublier. Et cette fois, il ne fait aucun doute que la folie de l'assassin ne connaît plus de limites.

Best-Sellers n°538 • thriller

Et vos péchés seront pardonnés - Nora Roberts

Washington DC, 15 août… Une étudiante est retrouvée assassinée. Puis une autre. Rien de commun entre ces deux femmes, sinon l'arme du crime : une étole de soie blanche qui a servi à les étrangler. Et la « signature » manuscrite du meurtrier : « Ses péchés seront pardonnés ». Très vite, dans la presse, le tueur psychopathe est surnommé « Le Prêtre ». L'enquête policière piétine… Au troisième meurtre, Ben Paris et Ed Jackson, chargés de l'enquête, font appel à une psychiatre, Tess Court, pour qu'elle les aide à établir le profil psychologique du tueur. « Le Prêtre », un tueur en série qui met en scène ses crimes avec un soin méticuleux, choisit soigneusement ses victimes : jeunes, belles, et blondes. Malgré la surveillance policière, les crimes continuent… Qui est ce tueur de l'ombre ? Pourquoi ne commet-il pas la moindre faute malgré tous les pièges qui lui sont tenus ?

Best-Sellers n°539 • roman

La promesse de Beach Lane - Sherryl Woods

Depuis plusieurs années, Susie O'Brien est engagée avec Mack Franklin dans un jeu amoureux troublant et ambigu. Mais en dépit du désir manifeste qui crépite entre eux, elle persiste à dire que leur relation n'est pas vraiment sérieuse. Et, triste coup du destin, au moment où Susie sent enfin naître en elle une envie d'engagement et de vie commune, elle apprend qu'elle est atteinte d'une maladie grave. Heureusement, Mack, pour lui prouver son amour et son soutien inconditionnels, la demande en mariage. Mais Susie est gagnée par l'inquiétude quand une ancienne petite amie de Mack arrive à Chesapeake. Comment être à la hauteur de cette femme qui a tout pour elle et qui éprouve manifestement toujours des sentiments pour Mack, quand elle-même doit affronter l'épreuve la plus difficile de sa vie ?

Best-Sellers n°540 • anthologie

Magie d'hiver

Les cinq histoires réunies dans ce livre explorent la magie d'un hiver scintillant de givre, où les flocons de neige offrent un écrin précieux à la tendresse et à la passion. Au fil des pages, les plus belles plumes du roman féminin feront miroiter les mille et une facettes de l'émotion amoureuse. Emotion bouleversante pour Laura et Gabbe qui, bloqué comme elle par une tempête de neige, va aider la jeune femme à mettre au monde un enfant. Intense émotion pour Adelaïde et Maxim, qui, au soir d'un réveillon pour le moins inattendu, vont devoir apprendre à s'apprivoiser. Emotion profonde pour Tracy et Graham, parents adoptifs d'une jeune orpheline à qui ils vont réapprendre la confiance et l'amour. Quant à Savannah et Trace, c'est à une adorable vieille dame qu'ils vont devoir le bonheur de leur rencontre de Noël. Et si Katharine ne peut se résoudre au mariage de raison que lui propose Daniel, c'est parce qu'elle l'aime en secret. Mais en cette période de fêtes, tous les espoirs ne sont-ils pas permis ?

Best-Sellers n°541 • historique
L'ange du passé - Judith James

Angleterre, 17ème siècle

En pleine tempête, alors que la guerre civile fait rage, Elizabeth découvre un homme presque inconscient sur le seuil de sa modeste demeure. Ses vêtements ne laissent aucun doute sur son appartenance : c'est un soldat, un ennemi de surcroît. Aussi Elizabeth hésite-t-elle : en portant secours à cet inconnu, elle se mettrait en danger, elle et tous ceux qui partagent son foyer. Mais ses hésitations volent en éclat lorsqu'elle découvre le visage du jeune homme. Ce regard intense, ces traits séduisants ne sont autres que ceux de William de Veres, l'ami d'enfance dont elle était éperdument amoureuse, celui qui, alors qu'ils n'étaient que des adolescents, lui a promis de toujours veiller sur elle ! Bouleversée, Elizabeth décide de venir en aide à William, au risque de se voir accuser de trahison. Une décision qui va complètement bouleverser son existence…

Best-Sellers n°542 • historique
L'héritière de Boston - Kat Martin

Londres, 1859.

Venue à Londres pour faire annuler son mariage avec Rule Dewar, Violet Griffin est convaincue que son époux sera soulagé par sa requête. Après tout, si, sur son lit de mort, le père de Violet ne l'avait pas supplié de prendre soin de sa fille, jamais le séduisant Anglais n'aurait posé les yeux sur elle. La preuve : depuis qu'ils ont échangé leurs vœux trois ans plus tôt, Rule n'a jamais remis les pieds à Boston, préférant mener une vie de débauche en Angleterre, sans même prendre la peine de se montrer discret.

Et pourtant, contre toute attente, Rule Dewar ne se montre pas aussi coopératif que prévu. Pis encore ! il impose ses propres conditions à Violet : pour obtenir son accord, elle devra accepter de vivre sous son toit pendant trente jours…

www.harlequin.fr

GRATUITS !

2 romans

et 2 cadeaux surprise !

Pour vous remercier de votre fidélité, nous vous offrons 2 merveilleux romans **Best-Sellers** entièrement GRATUITS et 2 cadeaux surprise ! Bénéficiez également de tous les avantages du Service Lectrices :

- **Vos romans en avant-première**
- **5% de réduction**
- **Livraison à domicile**
- **Cadeaux gratuits**

En acceptant cette offre GRATUITE, vous n'avez aucune obligation d'achat et vous pouvez retourner les romans, frais de port à votre charge, sans rien nous devoir, ou annuler tout envoi futur, à tout moment. Complétez le bulletin et retournez-le nous rapidement !

☐ **OUI !** Envoyez-moi mes 2 romans Best-Sellers et mes 2 cadeaux surprise gratuitement. Les frais de port me sont offerts. Sauf contrordre de ma part, j'accepte ensuite de recevoir tous les deux mois 3 livres Best-Sellers inédits au prix exceptionnel de 6,75€ le volume (au lieu de 7,10€), auxquels viennent s'ajouter 2,95€ de participation aux frais de port. Dans tous les cas, je conserverai mes cadeaux.

N° d'abonnée (si vous en avez un) ☐☐☐☐☐☐☐☐ EZ2F09

Nom : .... Prénom : ....

Adresse : ....

CP : ☐☐☐☐☐ Ville : ....

Téléphone : ☐☐☐☐☐☐☐☐☐☐

E-mail : ....

☐ Oui, je souhaite être tenue informée par e-mail de l'actualité des éditions Harlequin.

☐ Oui, je souhaite bénéficier par e-mail des offres promotionnelles des partenaires des éditions Harlequin.

Renvoyez cette page à : Service Lectrices Harlequin – BP 20008 – 59718 Lille Cedex 9

Date limite : **30 novembre 2012.** Vous recevrez votre colis environ 20 jours après réception de ce bon. Offre soumise à acceptation et réservée aux personnes majeures, résidant en France métropolitaine. Offre limitée à 2 collections par foyer. Prix susceptibles de modification en cours d'année. Conformément à la loi Informatique et libertés du 6 janvier 1978, vous disposez d'un droit d'accès et de rectification aux données personnelles vous concernant. Il vous suffit de nous écrire en nous indiquant vos nom, prénom et adresse à : Service Lectrices Harlequin - BP 20008 - 59718 LILLE Cedex 9. Harlequin® est une marque déposée du groupe Harlequin. Harlequin SA – 83/85, Bd Vincent Auriol – 75646 Paris cedex 13. SA au capital de 1 120 000€ - R.C. Paris. Siret 31867159100069/APE5811Z

Composé et édité par les

éditions HARLEQUIN

Achevé d'imprimer en août 2012

BRODARD & TAUPIN

La Flèche

Dépôt légal : septembre 2012

N° d'imprimeur : 69230

Imprimé en France